한국 현대문학과
지역문학

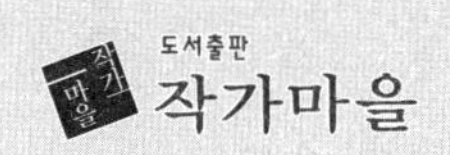

한국 현대문학과 지역문학

초판 1쇄 발행 2022년 9월 1일

지은이 양왕용
펴낸이 배재경
펴낸곳 도서출판 작가마을

등록 2002년 8월 29일(제 2002-000012호)
주소 부산광역시 중구 대청로 141번길 15-1 대륙빌딩 301호
대표전화 051)248-4145, 2598 | **팩스** 051)248-0723
전자우편 seepoet@hanmail.net

ISBN 979-11-5606-198-4 03810 ₩20,000

한국 현대문학과
지역문학

양왕용 · 문학평론집

한국문학 영역의 확장과 그 방향

필자는 2015년부터 지금까지 자의 반 타의 반으로 전국적인 문인단체의 임원으로 참여하고 있다. 그런데 이 기간 동안 필자가 주로 행한 일들은 국내외를 막론하고 각 지역에서 개최되는 문학 심포지엄이나 세미나에 주제발표자나 좌장 혹은 행사 자체의 기획자로 참여하는 것이었다. 그러면서 관심과 뇌리에서 떠나지 않는 것은 지금의 한국문학의 현상은 그의 영역이 계속 확장될 것이라는 생각이었다. 한편으로는 그로 인하여 문인들만의 문학이 되어 오히려 독자들로부터 멀어지는 역기능은 어떻게 하면 극복할 것인가 하는 명제도 중요한 관심사였다. 그 결과 이 평론집의 글들 중에는 각급 자치단체의 행정당국에 당부하는 구체적 제안의 글들과 문인들의 자발적이고 창의적인 활동을 통한 문학의 위상 회복이 결론으로 등장하는 경우가 많다.

제1부에서는 주로 전국 단위의 현대시 관련 심포지엄의 주제 발표와 탄생 100주년 시인의 작품론, 코로나 19의 영향으로 비대면 문학 행사에서 발표한 글들로 편집되었다. 행사가 개최된 도시는 충북 옥천군, 청주시, 충남 계룡시, 강원도 평창군, 그리고 서울이었다. 서울을 제외한 지역에서의 행사는 그 지역 작고 시인에 대하여 집중적으로 살펴, 결과적으로 그 지역 현역시인들의 참여가 활발히 이루어져 지역 시단의 활성화에도 기여하였다. 〈펜데믹 시대의 한국 현대시의 나아갈 방향〉에서는 국내 현역 시인뿐만 아니라 교포 시인들의 작품까지 살펴 한국문학 영역의 확장에 일조를 하였다.

제2부에 편집된 글들은 지역문학의 나아갈 방향에 대한 글들로 경기 부천시와 경남 창원시 그리고 남해군에서 발표한 글들과 남강문화권이라는 독특한 문학활동의 중심에 있는 진주시에서 발표한 글들이다. 특히 진주를 연고한 작고문인들의 작품세계와 진주문학의 구심점인 개천예술제에서 그들의 역할에 대하여 언급한 글들은 지난 2020년에 엮은 평론집『한국 현대시와 토포필리아』에서 살핀 〈남강문화권 시인들의 작품세계〉와 같이 읽으면 하나의 진주문학사가 될 것이다. 제3부는 그동안 살핀 전국 각 지역 현역시인들의 작품세계에 대한 글들로 그 가운데는 오래전의 글들도 있다.

마지막 제4부의 글들은 해외 거주하면서 한글로 시와 소설을 쓰는 문인들의 작품의 특성을 살핀 글들이다. 그 가운데 많은 글들은 주로 미국 동부 수도 워싱턴 근교에서 활동하고 있거나 활동하였던 문인들에 관한 글들이 많다. 이는 2016년 한국문인협회의 워싱턴 심포지엄에서 만난 작가들과의 인연 때문이다. 이들을 포함한 남미와 캐나다 거주 한인문인들의 작품들도 이제는 당당하게 한국문학사에 편입되어야 한다는 소신에서 살핀 글들이다.

이번의 이 평론집은 한국출판문화산업진흥원의 2022년 우수출판콘텐츠 제작지원 사업에 힘입은 출판이다. 진흥원 관계자와 심사위원 그리고 지역 출판사의 한계를 극복하기 위하여 몸부림치는 작가마을 배재경 사장에게도 아울러 고마움을 전한다.

2022년 여름 해운대 바닷가에서

양왕용

차례

한국 현대문학과 지역문학

제1부

한국 현대시의 여러 양상

제2부

한국 지역문학과 남강문화권 문학의 특성

제3부

한국 각 지역 현역 시인들의 작품세계

제4부

미주 지역 문인들의 작품세계

양왕용 평론집
한국 현대문학과 지역문학

제1부

한국 현대시의 여러 양상

정지용 해금 34년, 그래도 남은 몇 가지 문제

1. 해금 전후의 정지용 연구

1988년 3월 30일 그 당시의 문화공보부에서 정지용과 김기림의 작품들이 공식적으로 해금하였다. 따라서 올 해로 해금된 지 꼭 34년이 된다. 사실 정지용(1902~1950)의 문학작품들은 해방 공간의 행적에 대한 대한민국 건국 초기 정부의 편협된 시각과 그에 대한 국민들의 민감한 반응을 극복하기 위한 좌익 전향을 위한 선무 단체인 보도연맹 가입과 6·25전쟁기의 행방불명에 대한 잘못된 몇몇 증언으로 인하여 분명히 납북임에도 불구하고 자진 월북으로 오해되어 1949년 1월 정부수립 직후부터 각종 중등 국어교과서에 수록되었던 작품들이 사라지면서 6·25 전쟁 이후에도 한국 현대문학사에 매몰된 채 40년의 세월이 흘렀던 것이다. 그러나 그동안 조심스럽게 학문적 연구는 가능하였다. 필자도 1972년 3월에 발간된 학술지 《어문학》 26집에 「1930년대의 한국시 연구-정지용의 경우」라는 논문을 발표하면서 정지용을 부제에만 넣었다.

정지용의 해금은 하루아침에 갑자기 이루어진 것이 아니다. 1982년부터 그의 장남 정구관(1925~2004)에 의하여 각종 자료와 각계의 지원을 받아 정부 당국에 탄원하였는데 정치적 상황으로 지연되다가 1987년 6월, 6.29선언으로 민주화의 조짐이 보이자 기대를 하게 되었다. 그러다가 1988년 3월 30일 우선 실질적으로 납북된 정지용과 김기림(1908~?)이 1차로 해금 된 것이다. 그 해 10월 27일에는 문인을 포함한 104명의 월 · 납북 예술가들이 해금되었다. 이렇게 되자 정지용에 관련된 저서가 발간되기 시작했다. 그 첫 결실은 그 동안 오래 동안 해금을 기대하고 준비한 김학동 교수의 『鄭芝溶研究』(1987. 11. 3. 민음사)가 그 첫 테이프를 끊었다. 정지용의 시와 산문 선집인 『鄭芝溶 詩와 散文』(1987. 9.15. 깊은샘)이 발간되고, 전집이 시와 산문으로 나누어 민음사에서 1988년 1월과 2월에 나왔다. 필자의 경우 1987년 12월 경북대학교에서 〈鄭芝溶詩研究〉로 정지용 단일 주제로 학계 최초의 박사학위 논문이 통과되어 1988년 2월 학위를 받았으며 학위논문을 보완하여 1988년 5월 15일(정지용의 호적상 생일날) 역시 학계 최초의 단행본 『鄭芝溶詩研究』(서울, 三知院)를 내게 되었다. 이러한 성과로 필자는 1995년 5월 12일 제8회 지용제에서 옥천군 주최로 개최된 제1회 정지용 세미나에 주제 발표자로 초청된 바도 있다. 1988년 해금으로부터 34년이 지난 현재 수많은 석 · 박사 학위논문과 단독 논문 그리고 여러 형태의 연구서와 자료집 등이 나왔다. 뿐만 아니라 여러 종류의 정지용 시집과 전집도 발간되었다.

무엇보다 해금되던 해 4월 지용의 생전의 지인들과 몇몇 문인과 애호가 중심으로 조직된 민간단체 지용회(초대회장 방용구)가 재빠르게 조직되어 5월 15일 서울 세종문화회관에서 지용제를 개최하고, 옥천문화원 박효근 원장이 중심이 되어 지역축제로 발전시키기 위한 전초전으로 6월 25일 제1회 지용제를 개최하였다. 이 축제는 그동안 옥천군의 지원으로 매년 빠짐없이 개최되어 올해로 35회가 된다. 그리고 대한민국 최초의 문인 개인 이름의 지역축제이면서 동시에 전국적 명성을 획득했다. 행사 가운데 정지용 문학포럼이 부정기적으로 축제 기간에 개최되고 있다. 2002년에는 탄생 100주년 기념행사가 서울과 옥천에서 시행되었다. 정지용 시비의 경우 제2회 지용제 기간인 1989년 5월 「향수」가 지용회와 옥천문화원 주관으로 제막되었고, 2002년에는 옥천에 「고향」과 「유리창」 시비가 세워졌다. 2003년에는 생가에 흉상이 제막되었다. 그리고 2005년에는 정지용문학관이 건립되었다.

다음으로는 동지사대학 정지용 시비건립에 대하여 살펴보기로 한다. 1997년 1월 필자는 교육부 중점지원연구 프로젝트인 「일제강점기 재일

한국인의 문학활동과 의식연구」 연구 책임자로 3명의 연구원과 함께 자료 조사차 처음으로 동지사대학을 방문했다. 그때에 이미 윤동주의 「서시序詩」가 자필로 새겨진 시비는 있었으나 정지용의 시비는 없었다. 당시 교육학과의 모 일본인 교수에게 정지용 시인에 대하여 아느냐고 물었으나 알지 못하였다. 그래서 윤동주 시인의 스승 격이자 동지사 대학 예과와 영문과 학부를 졸업한 한국 현대시의 선구자라고 소개한 바 있다. 그러면서 정지용 시비가 없음을 안타까워했다. 다행스럽게도 그 이듬해인 1998년 인천대 오양호 교수가 일한교류기금의 지원으로 京都大 객원교수로 파견되어 그 해 12월 18일 정지용기념사업회를 솔선수범하여 발족시켜 백방으로 노력한 결과 옥천군을 비롯한 각계각층의 도움으로 2005년 12월 18일 윤동주 시비 바로 옆에 경도가 배경인 시「鴨川」을 새긴 정지용의 시비가 세워졌다. 2008년에는 시비 건립 3주년 기념 한일국제 세미나가 옥천군의 협조로 개최 되었으며, 다음 해인 2009년 4주년 기념 세미나에는 필자가「정지용 시인과 동지사대학 출신 문인들」이란 제목으로 발표를 하였다.

2. 정지용 죽음에 대한 남북의 갈등

2001년 2월 26일 제3차 남북이산가족 상봉단에 북쪽에서 신청한 정지용 시인의 3남 구인(1933~)이 포함되어 내려왔다. 그는 그의 형인 차남 구익(1931~)과 함께 6·25전쟁 와중에 아버지를 찾으러 간다고 나섰다가 행방불명 되었던 것이다. 남쪽의 가족 장남 구관(1925~2004), 장녀 구원(1934~2015)이 나가 만났다. 그 당시 신문기사에 의하면 장남과 3남은 아버지 정지용의 죽음을 놓고 심각한 이견을 보였다고 보도하고 있다. 장남은 그 동안 자기 자신이 아버지 즉 정지용을 복권시키기 위하여 찾아본 여러 사람들의 증언과 관계 기관의 답변서 등을 바탕으로 북한 점령하에 정치보위부에 자수하기 위하여 갔다 체포되어 평양감옥에 수감되어 있다가 감옥이 유엔군의 포격으로 파괴되면서 사망하였다고 주장하였다. 3남 구인은 자진 월북 도중 동두천 소요산 기슭에서 미군 비행기의 기총소사 탄환에 숨을 거두었다고 함께 북행하던 사람들에게서 들었다고 주장했다. 장남과 여동생은 아무리 납득시키려고 했으나 납득하지 않아 절망하였다. 특히 3남 구인은 함께 집을 나간 2남 구익에 대해서는 아는 바 없다고 하여 남쪽 가족들을 더욱 안타깝게 했다.

3남 구인의 이러한 주장은 박태상 교수(박태상 『정지용의 삶과 문학』, 2010, 깊은샘, pp.347~349)의 북한 《통일신보》 영인 자료에 의하면 1948년 9월에 월북하여 1960년대 이후 북한체제 찬양과 남한사회 비방한 시로 북한정권의 신임을 얻은 시인 박산운(1921~?)이 3회에 걸쳐 《통일신보》에 연재하여(1993. 4. 24, 5. 1, 5. 7) 발표된 「시인 정지용에 대한 생각」에 나와 있는 것을 그대로 옮긴 것이다. 사실 박산운은 월북하기 전 정지용과 교류한 적도 없다고 한다. 이런 그가 직접 목도한 것도 아니고 신빙성 없는 인물에게서 들었다고 하여 구인을 세뇌시켰다. 그리고 1995년 6월 17일에는 정구인의 「애국 시인으로 내세워 주시여」라는 기사에 정지용의 독사진과 함께 정구인(조선중앙통신 기자)에게 김정일 국방위원장이 회갑상을 내렸다는 설명과 함께 찍은 가족 사진이 실려 있다. 그 기사에서는 정지용을 1920년대와 30년대에 창작활동을 한 애국시인의 한 사람이라 하고 있다. 박산운의 기사를 보면 남쪽에서 정구관이 아버지 복권운동을 한 것처럼 북쪽에서는 정구인이 박산운을 통하여 아버지 정지용의 북한문학사 복권 운동을 했다. 그리고 정구인의 글에는 아버지의 업적을 알아주는 김정일에게 감사하고 있다. 이러한 일연의 기사들에 발맞추어 2000년 10월에 발행한 조선대백과사전 제17권에 지금까지 브르조아 잔재 작가로 몰려 보이지 않던 정지용이 수록되었다. 그런 후에 정구인을 2001년 2월 26일 3차 상봉단에 포함시켜 내려 보낸 것이다. 말하자면 북한은 그 당시 정구인을 내세워 남쪽에 문화선전 공세를 한 것이다. 그 결과 형제는 갈등하게 되었고 오늘날의 남쪽의 일부 글에는 북한의 주장을 정지용의 최후로 받아들여 반미 감정을 조장하는 경우도 있다. 말하자면 정지용은 다시 한번 민족분단의 비극이 된 것이다. 그러나 이러한 형제상봉의 역설적 소득은 정구관이 생전에 말한 것처럼 북한에 가서 협력하지 않았기 때문에 월북이라고는 볼 수 없게 되었다는 점이다.

3. 정지용의 개종

정지용의 개종에 대하여 살펴보기로 한다. 정지용의 개종에 대하여 처음으로 문제 제기를 한 사람은 박용철(1904~1938)이다. 그는 정지용의 첫 시집 『鄭芝溶詩集』(1935, 시문학사) 발문에서 다음과 같이 말하고 있다.

> 제1부는 그가 가톨릭으로 개종한 이후 촉불과 손, 유리창, 바다(1) 등으로 비롯해서 제작된 시편들로 그 심화된 시경詩境과 타협 없는 감각은 초기의 제작諸作이 손쉽게 친밀해질 수 있는 것들과는 또 다른 경지를 밟고 있다.

박용철의 이 글은 「발跋」이라는 제목으로 시집 말미에 2페이지에 걸쳐 게재된 글이다. 박용철은 김영랑(1903~1950)과 더불어 동인지 《詩文學》(1930~31, 통권 3호)에 정지용을 동인으로 영입하면서 출판사 시문학사의 발행인으로 동인지 발간과 편집을 주도한 인물이다. 동인지는 1931년 10월 3호로 단명하였으나 출판사는 지속되어 1935년 정지용 첫 시집을 발간해 주면서 발문을 쓴 것이다. 같은 해 김영랑의 첫 시집 『영랑시집』을 발간 해주었다. 뿐만 아니라 그는 1931년에 《문예월간》 4권, 1934년에 《문학》 3권 등 도합 10권의 문예지를 사재를 털어 발간하였다. 이러한 박용철의 위상으로 볼 때 그가 개종이라 한 것은 상당히 근거가 있는 말이다.

『정지용 시집』의 편집도 발문의 내용으로 보아 그가 주도한 것이라고 볼 수 있다. 그리고 각 부별 시의 경향에 대하여 간단히 언급한 것으로 보아 그의 평론가적 기질도 작용하고 있다. 제1부의 작품 가운데 박용철이 열거한 「촉불과 손」(1931. 11. 신여성), 「유리창」(1930. 1. 조선지광), 「바다(1)」(1930. 5. 시문학 2호)은 제2부에 편집된 1926년부터 29년까지의 정지용 경도유학시절에 창작된 박용철의 표현을 빌리면 '눈물을 구슬같이 알고 지어라도 내러는 듯하는' 초기작에 비하여 감정이 절제된 경향의 작품으로 시집 발간 시점에서는 최근작이다. 박용철은 개종 전의 종교에 대하여 언급하고 있지는 않다. 그러나 경도 유학 초기에는 가톨릭이 아니라 유학 말기에 가톨릭으로 개종한 것이라 볼 수 있다. 이러한 추론은 사나다 히로코眞田博子 여사가 인하대 박사학위 논문을 근간으로 2002년에 출간한 『最初의 모더니스트 鄭芝溶』(2002. 역락)에 자세하게 언급된 〈정지용의 가톨리시즘〉(pp.165~181)에서 실증적으로 밝히고 있다. 그는 2000년 7월 31일 교도의 가와라마치 교회(聖 프랑시스코 사비엘 천주당)에서 정지용의 세례기록을 확인하고 있다. 세례기록에 의하면 1928년 7월 22일 전도사 요셉 히사노 신노스케를 대부로 하여 프랑스인 뒤퓌 신부에게 세례를 받았다. 정지용은 1923년 5월 3일 예과에 입학하여 정상적인 졸업(3월말)보다 3개월 늦은(정노풍; 「시단회상」 《동아일보》, 1930. 1. 16.~18.) 1929년 6월 30일 영문과를 졸업했다. 따라서 예과에 입학한지 5년이 넘게 경과하고 졸업을 8개월(실제로 11개월) 앞두고 세례를 받았다. 따라서 유학생활 막바지에 세례를 받은 것이 증명되었다.

동지사대학의 설립은 단순히 미국 연합교회 선교사가 주도한 것이 아니라 일본 최초의 미국 유학생이자 크리스트교 전도사인 니지마 조(新島襄, 1843~1890)의 주도로 1875년 설립한 동지사영어학교에 두 명의 미국 선교사가 적극적으로 참여하여 개교한 학교이다. 그 동안 동지사신학교, 동지사전문학교를 거쳐 1919년에는 선교사 D · W 라네드가 동지사대학 학장으로 취임하였으며, 1920년에는 대학령에 의한 동지사대학이 정식으로 개교하였다. 그리고 제8대 학장에 에비나 단죠海老名 彈正

동지사대교회 명예목사가 부임했다. 정지용이 1923년 예과에 입학하였으니 비교적 초기 입학생이다. 그리고 일요일 체플에는 총장과 미국 선교사들이 번갈아 설교를 했다고 하며 자리가 모자랄 정도로 성황을 이루었다고 한다.

정지용 시인의 동지사대학 입학과 졸업은 오래 전에 조사한 김윤식 교수에 의하여 1923년 5월에 예과에 입학하여 1929년 6월 영문과 졸업이라고 알려 져 있다. 그런데 필자는 2017년 8월 3일부터 6일까지 군산에서 개최된 제16회 동북아기독교작가회의에 참석한 일본 측 대표 중의 한 사람인 세리카와 테쓰요芹川哲世 박사에 의하여 1923년 4월 1일부터 16일까지는 동지사대학 신학부 재학하다가 예과를 거쳐 영문과로 옮아갔다는 증언이 나왔다. 그는 동지사 대학 학적부를 확인하였다고 한다. 이로 인하여 예과에 한 달 늦게 입학한 의문이 풀릴 뿐만 아니라 정지용 자신이 동지사 대학 입학할 때에는 동지사대학의 설립정신을 반영하고 가장 오래된 신학부에 입학하여 개신교 신앙에 관심이 많았다고 볼 수 있다.

다음으로 주목할 것은 정지용과 김말봉이 동지사대학 재학 중의 만남이 있었다는 사실이다. 정지용과 김말봉(1901~1961)의 동지사대학 시절의 인연은 예사롭지 않다는 것은 정지용 연구하는 사람들에게는 공통적인 인식이며 시나다 하르꼬 여사 역시 앞의 저서에서 공감하고 있다. 이러한 인식은 1963년 9월호 《현대문학》, 〈작고문인 특집〉에서 김팔봉의 글 「백조 동인과 종군작가단」에서 정지용과 김말봉이 1926년 여름 조선지광사에 동행하여 왔다고 회고한 글과 역시 같은 지면의 유치한의 글 「예지를 잃은 슬픔」에서 김말봉이 방학 때 옥천 정지용의 집을 찾았다는 것을 지용에게서 들었다고 회고하는 글을 근거로 추증하여 정지용의 산문 「鴨川上流(上)(下)」(1937. 11. 13.~14. 《조선일보》)에 나오는 정지용과 동행한 여학생이 김말봉이라는 것도 모두 공감한다.

김말봉은 정지용보다 한 살 연상이며 부산 출신으로 어려운 가정환경에도 불구하고 미국 선교사가 경영하는 초등학교와 미션스쿨인 부산의 일신학교(현재의 동래여중고)를 3년 수료하고 역시 미션 스쿨인 서울의 정신여학교에 편입하여 1년만인 1918년 졸업한다. 말하자면 어릴 적부터 개신교 신자였다. 그런 그가 1919년 황해도 재령의 명신여학교 교사로 근무하다가 1920년 도일하여 동경의 쇼에이頌榮고등학교에 편입하여 이듬해에 졸업하고 다가네(高根)女熟에 입학하여 1923년 졸업 후 그 해 동지사여학교(현재의 동지사여자대학) 전문학부 영문과에 입학하였던 것이다. 이러한 김말봉의 여정에서 짐작할 수 있는 것이 그 당시의 여성으로서는 적극적인 성격의 소유자라고 볼 수 있다.

정지용은 예과 입학한 1923년 일본 생활의 초년병이었지만 김말봉은 이미 4년 전 일본에 왔으며 미션스쿨인 동지사대학의 분위기에 익숙했다고 볼 수 있다. 따라서 자연스럽게 대학은 달랐으나 같은 구내에 있고 전공이 두 사람 다 영문학이었기 때문에 일본 유학생활을 시작하는 정지용으로서는 누님 같이 의지하였을 것이다. 이러한 정황을 직접적으로 확인할 수 있는 정지용의 일어 산문을 시나다 히로코 박사가 《근대풍경》 2권 4호(1927. 4.)에서 발굴하여 앞의 저서(p.16)에 일부를 소개하고 있다. 최근에는 권영민 교수에 의하여 편찬한 『정지용 전집-3 미수록작품』(2016, 민음사, pp.558~560)에 권 교수의 초역으로 「춘삼월의 작문」이라는 제목으로 그 전문이 소개되고 있다. 그 가운데 마지막 부분을 인용하면 다음과 같다.

> 누님은 내 믿음이 깊지 않음을 비난한다.
>
> 공작이 꼬리를 펼치는 듯한 나의 시정詩情을, 함부로 구는 행동을 비난한다. 생각이 깊고 행동이 고상하기를 요구하는 정도가 가벼운 피가 위로 솟아 오르는 것을 느낀다.
>
> — 중략 —
>
> 자칫 연설에서 탈선하게 되면 누님은 기도를 강요한다. 저 대리석처럼 하얀 이마의 긴장과 신비로운 신성하고도 낭랑한 기도 소리에 나는 점

점 악마가 된다.

신이여, 누님이여, 저는 결코 악한 사람이 아닙니다.

—《近代風景》 2권 4호(1927. 4.) 69~70쪽

정지용은 《근대풍경》 제1권 2호(1926. 12.)에 경도학우회 회지로 발간된 《學潮》 창간호(1926. 6.)에 발표한 시 「카페 프란스」를 일본어로 번역하여 투고한 것이 발행인이자 그 당시 일본의 대표적 시인인 기타하라 하쿠슈北原白秋의 눈에 들어 발표한 이래 실력 있는 신인 대우를 받으며 일어 시와 산문을 1928년 2월호까지 27편의 시와 2편의 산문을 발표하고 있다. 그 가운데 하나가 위에 인용한 작품이다. 여기서 '누님'이 누구일까 하는 문제가 대두된다. 이 작품의 창작 시기는 정확하게 알 수 없으나 《근대풍경》이 매월 나오고 있는 것으로 보아 1927년 3월 중에 창작되었으며 누님과 그가 글 속에서 있었던 일은 오래전부터 반복된 일이라 볼 수 있다. 김말봉은 1927년 3월 동지사여학교 전문부 영문과를 졸업하고 귀국한다. 따라서 김말봉이 귀국하기 전의 일들이고 기도를 소리 내어 하는 것으로 보아 가톨릭적 관습이라기보다는 개신교적 관습이라고 볼 수 있다. 이상으로 보아 누님은 김말봉인 것이다. 정지용은 이 시점에는 동지사대학의 채플에 김말봉과 같이 참석하면서 때때로 함께 기도하는 개신교 신앙을 가졌다고 볼 수 있다. 시나다 히로코 박사는 이 산문에 나타난 누님은 김말봉이 아닌 다른 사람 즉, 정지용을 가톨릭 입교를 권유한 사람으로 보고 있으나 창작 시기적으로 김말봉이라고 보는 것이 옳으며 이때의 정지용의 신앙은 개신교였다.

김말봉이 졸업하여 귀국한 이후 그는 1928년 7월 2일 가와라마치 천주당에서 세례를 받으며 11월 10일에는 그곳에서 창립된 신우회 경도지부 서무부장으로 이름을 올린다. 그런 후에 그는 졸업을 3개월 미룰 정도로 열광적인 신앙생활을 하면서 개신교 비판에 적극적이었다. 개신교 비판에 적극적이었다는 것 자체가 그 전의 신앙이 개신교였다고

볼 수 있는 증거가 된다.

정의홍(1944~1996)교수의 학위논문을 보완한 저서『鄭芝溶의 詩 研究』(1995, 형설출판사)에 의하면《가톨릭 청년》창간호(1933. 6.)부터 같이 편집한 오기선 신부의 회고를 근거로 동지사대학에 입학하면서 마음의 허전함을 달래기 위하여 개신교를 믿게 되었다고 털어 놓았다고 한다.(p.37) 오기선 신부의 정지용 가톨릭 입교 동기 즉 경도제대 재학중이던 동갑이나 선배격인 이태규 박사(《학조》2호 말미에 1927년 3월 경도제국대학 이과 졸업생으로 나와 있음. 졸업 후 대학원에 진학하여 1931년 박사학위를 받고 경도제대 교수가 됨)의 권유로 입교했다는 점은 시라다 하루꼬 박사의 저서에서 이태규 박사의 회고록에 의하여 근거하여 오히려 이태규 박사의 세례 대부가 정지용이라고 밝혀지고 있으나(『최초의 모더니스트 정지용』, p.173~174) 정지용이 개신교 신앙을 가졌던 것은 사실이라고 보아야 할 것이다.

정지용의 가톨릭 입교 경위를 유추해 볼 수 있는 글로「素描(1)」(《가톨릭 청년》 창간호, 1933. 6. 발표)이 있다. 이 작품은 수필이라기보다 소설이나 꽁트에 가까운 산문이다. 그러나 글 속의 '나'는 경도 시절의 정지용이라 볼 수 있다. 여기에 등장하는 여인은 미스 R이다. 그는 R의 전도로 프랑스 신부가 있는 성당에 출석하게 된다. 아마 이 시기가 김말봉이 졸업하여 귀국한 1927년 3월 이후라 볼 수 있다. 그러나「素描(2)」(《가톨릭 청년 2호, 1933. 7)는 (1)보다 허구성이 더 심하다. 등장하는 인물은 정지용 자신이 아니라 P라는 인물이다. 다니는 학교도 동경에 있는 청산학원이다. 그리고 이 산문의 배경이 경도인 것도 불분명하다. 즉 K시가 일제강점기의 서울 이름인 경성도 될 수 있기 때문이다. 그러나 개신교 신자로 개종한 인물을 등장시켜 종교적 갈등을 보여주는 것은 시사하는 바가 크다. 시나다 히로코 박사가 입수한 일본의《가톨릭신문 1929년 1월1일 자(앞의 저서 p.170) '신우회 경도지부 창립총회'라는 제목의 기사에서 재일본조선공교신우회 임원을 소개하고 있는 데 정지용은 서무부장이 되어 있고, 이름으로 보아 여성으로 짐작되는 사람들이 많다. 아마「소묘」(1)의 미스 R은 이때의 여자 임원일 수도 있겠다는 짐작을 해본다.

정지용은 1930년대 한국 가톨릭계의 중심인물이 되어 《가톨릭 청년》 편집에 참여하고 그 지면을 통하여 가톨릭 신앙시를 여러 편 발표하며 이상과 김기림의 작품도 소개한다. 해방공간에는 1946년 9월에 창간한 가톨릭계 일간지 《경향신문》 주간에 발탁되어 윤동주(1917~1945)의 동경 시절 시를 소개한다.

4. 정지용과 시문학파

대체적으로 한국시가 근대시에서 현대시롤 전환하는 시기를 《詩文學》 동인지가 창간된 1930년으로 잡는다. 그러면서 그 중심에 정지용과 김영랑(1903~1950) 그리고 박용철이 있다고 본다. 그런데 이 동인회의 결성 과정과 정지용의 참여 열정을 보면 이러한 주장에 문제점이 있는 것을 발견할 수 있다.

> …하여간 芝溶, 樹洲 中 得基一이면 시작하지…중략…나는 지용이가 좋으이 《문예공론》과 특별한 관계나 맺지 않았는지 모르지 서울걸음을 해 보아야 알지…(박용철이 김영랑에게 보낸 사신 『박용철전집 · 2』〈1940, 동광당서점〉, p.319)

전남 광주 근교 송정리에 사는 박용철이 강진에 사는 김영랑에게 《시문학》 동인지 발간을 앞두고 보낸 편지이다. 이 당시 두 사람은 한국시단에서는 무명에 가까운 신인이었다. 여기서 《문예공론》은 평양의 숭실전문 교수인 양주동(1903~1977)의 주도로 1929년에 발간된 문예지이다 이 역시 3호로 종간되었다. 이 편지로 보아 그 당시의 신인이었던 두 사람이 1926년부터 왕성한 시작활동을 하여 한국시단에 어느 정도 자리를 잡은 정지용과 변영로(1897~1961) 등을 영입하여 동인지를 만들고자

한 것이다. 창간호에 동인으로 참여한 사람은 정지용과 박용철, 김영랑, 이하윤(1906~1974) 정인보(1893~1950) 등이며, 2호부터 김현구(1903~1950), 변영로, 3호에 허보(1907~?), 신석정(1907~1974) 등이 동인으로 참여하였다.

정지용의 경우 창간호(1930. 3)에 「따알리아」(1926. 11. 《新民》), 「이른 본 아침」(1927. 2. 《신민》), 「鴨川」(1927. 6. 《학조》 2호), 「船醉」(1927. 6. 《학조》 2호) 등 4편을 발표하였는데 모두 다 이미 다른 곳에 발표한 것을 재발표하는 형식으로 발표하였다. 물론 2호(1930. 5)에는 신작 5편(「바다」, 「피리」, 「저녁 햇살」, 「호수」〈1〉, 「호수」〈2〉)을 발표하고 재발표 작품은 2편(「紅椿」 1926. 11. 《신민》, 「甲板 우」 1927.1 《문예시대》)으로 줄어든다. 마지막 호가 된 3호에는 신작 2편(「無題」〈시집에는 「그의 반」으로 개제〉, 「바람은 부옵는데」〈시집에는 風浪夢(2)로 개제〉)과 재발표 2편(「석류」, 1927. 3. 《朝鮮之光》, 「뻣나무 열매」, 1927. 5. 《조선지광》)을 발표하였다.

이상을 볼 때 정지용의 《시문학》 지 발표는 크게 적극적이지 않고 이로 인하여 현대시의 출발이 《시문학》이라는 것은 문제가 있다. 차라리 정지용이 시작을 활발하게 시작한 1926년(14편 발표)과 1927년(28편)으로 현대시의 기점을 올리는 것이 타당할 것 같다. 이러한 주장은 정한모(1923~1991) 교수에 의하여 1984년 「한국 現代詩 연구의 반성」(《現代詩》, 1984, 여름호, pp.36~53)에서 이미 주장한 바 있다. 그러면 자연스럽게 정지용은 "현대시의 아버지"가 될 것이다.

5. 정지용 시의 아포리아

정지용 시에는 그 동안의 개별 작품에 대한 활발한 연구 성과에도 불구하고 쉽사리 해석되지 않거나 해석이 대립되고 있는 몇 작품들이 있다. 그 가운데 가장 대표적인 작품이 「鄕愁」이다.

「鄕愁」는 우선 창작 시기부터 문제가 된다. 1927년 3월 《朝鮮之光》 3월호에 발표하면서 작품 말미에 창작 시기를 기록해 놓았다. 세로로 '—

一九二三. 三一'으로 되어 있다. 그 동안 연도 앞의 一로 인하여 창작 시기에 대하여 필자를 비롯한 여러 사람들이 혼선이 있었다. 창작시기는 1923년 3월이고 날짜는 밝히지 않고 있다. 이 3월이 상당히 중요한 시기이다. 창작시기로 보면 '1922. 3 마포 현석리에서'라고 밝힌 그의 실질적인 처녀작 「風浪夢」에 이어 두 번째 창작한 작품이다. 그리고 1923년 3월은 그가 4년제 졸업을 하고 5년제로 승격한 휘문고보에 편입하여 문우회 회장으로 회지를 발간하고 졸업한 시기이다. 따라서 이 시는 비록 자기 자신이 창작 장소를 밝히고 있지는 않으나 일본 유학(4월 동지사대 산학부 입학, 5월 예과로 전과)을 앞두고 서울에서, 고향 옥천에 대한 그리움과 부모와 조혼한 아내와 누이동생 곁을 떠나 일본으로 가야 하는 착잡한 심정을 표출한 것이라 볼 수 있다. 말하자면 일본에서 창작한 것은 아니라는 주장이 되겠다.

다음으로는 의미가 애매하거나 그 해석이 대립되고 있는 중요한 시어를 몇 개만 살펴보겠다.

> 넓은 벌 동쪽 끝으로
> 옛이야기 지줄대는 실개천이 회돌아 나가고,
> 얼룩백이 황소가
> 해설피 금빛 게으른 울음을 우는 곳,
>
> — 그 곳이 참하 꿈엔들 잊힐리야.
>
> —「鄕愁」 첫 연과 후렴 첫 연

우선 첫 연 4행 '해설피'가 문제이다. '해설피'는 문맥상 그동안 '얼룩백이 황소의 게으른 울음'을 수식하는 부사로 인식하여, '어설프다'에서 나온 부사형 '어설피'와 유사한 '헤설프다' 혹은 '헤설피'의 변형으로(정지용 시에서 모음을 바꾸는 시어는 많다.) 파악되어 왔다. 말하자면 유창하지 못한 어설픈 울음으로 인식하여 왔다. 필자는 지금도 그렇게 인식하고 있다. 그 동안 여러 가지 주장이 대두되었다. '헤프고 슬프게'(민병기)라고 주장하는 이도 있어 제6차 교육과정에 의한 『중학국어』(2-2)에서는 이 주장으로 풀이 되기도 했다. 그러다가 '해가 설핏 넘어가는 무렵에' 라는 시간 개념으로 파악되기도 하고 '해가 설핏하다'라는 어원에서 '설핏하다'는 '해가 저서 밝은 기운이 약하다'라는 사전적 의미를 차용하여 '해가 기울어 어둡고 낮은 음색으로'라는 쪽으로 해석하는 주장들이 대두되어 지금은 다수의 견해로 정설화 되어 있다. 그리고 '헤프고 슬프게'라는 뜻은 아니라고 단정적으로 주장하는 이도 있다. '설핏하다'의 첫 번째 의미는 '(베를) 짜거나 엮은 것이 거칠고 성기다'이다. 이 경우 '해'를 어떻게 볼 것이냐에 달려 있다. 황혼 무렵이라 보는 견해들은 '금빛 게으른 울음'에서 '금빛'과 연결시킨 의미 파악이다. 그러나 문장의 호응은 부사형이니까 금빛보다 '게으른 울음 우는'과 연결시켜야 한다. 즉, 금빛 게으른 울음을 해가 기울어 어둡고 낮은 음색으로 우는 곳이라 볼 수 있다. 이 경우 금색이라는 밝고 화려한 색채감각과는 배치된다. 최동호 교수가 편찬한 『정지용 사전』에는 다양한 견해를 모두 수용하고 있다. 이러한 다양성을 존중하는 읽기 방식이 바람직한 것 같으며 이견을 틀렸다는 것은 치명적인 오독이 아닐 때는 피력해서는 안 될 것이다. 정지용의 다른 작품에도 '해설피'라는 시어는 없다. 다만 '산 그림자 설핏하면/사슴이 일어나 등을 넘어간다.(「九城洞」 마지막 연)와 '햇살피어/이윽한 후(「朝餐」 첫째 연) 등에서 '설핏'과 '햇살피어'가 등장하고 있을 뿐이다.

후렴구의 '참하'의 경우는 '차마'라는 부사에서 왔으며 '참하'는 고어와 사투리도 아니다. 다만 정지용이 창조한 고유어이다. 그러나 '참하'는 '차마'보다 훨씬 간절한 감정이 이입된 것이다. 따라서 표준말로 고칠 것이 아니라 그대로 두어야 할 것이다. 뿐만아니라, 후렴구 역시 앞의 정경을 제시한 연에 부속된 것이 아니고 떨어져 독립된 연으로 정서 즉 그리움을 적절히 노출시키는 효과를 가지고 있다. 달리 말하면 앞뒤의 의미 단락 연을 연결시키는 고리 역할을 한다. 그래서 이 작품의 구조가 미묘 한 것이다. 이렇게 볼 때 옥천군에 1989년 5월 최초로 세워진 「鄕愁」 시비에서는 마치 앞 연의 마지막 행으로 새겨져 잘못되어 있다.

> 하늘에는 석근 별
> 알수도 없는 모래성으로 발을 옮기고,
> 서리 까마귀 우지짖고 지나가는 초라한 집웅
> 흐릿한 불빛에 돌아 앉어 도란 도란거리는 곳.
>
> —「鄕愁」 마지막 연

이 부분에서는 첫 행의 '석근'이 논란이 되고 있다. 발표 지면과 시집에는 '석근'으로 정착되어 있다. 다만 1946년 박두진에 의하여 편집된 『芝溶詩選』(을유문화사)에서는 '석근'을 '성근'으로 표기되어 있다. 그리고 김희갑 작곡, 가수 이동원과 서울대 박인수 교수가 뚜엣으로 취입하여 1989년 5월 제2회 지용제에서 처음으로 발표한 가요 「鄕愁」에서는 '성근'이 채택되어 이제는 많은 사람들의 애창곡으로 불리워지고 있다.

그리고 노래 가사로서는 '석근'보다 '성근'이 울림 크고 감동적이다. 이러한 대중적 인기로 탓은 아니겠지만 많은 연구자들이 '석근'은 잘못 되었고 '성근'이 옳다는 쪽으로 언급하고 있다. 그러나 『지용시선』의 경우는 지용보다 박두진의 판단에 따른 것이다. 그리고 지용이 이화여대 수업시간에 '성근 별'이라 하였다는 증언도 있으나 그것은 어디까지나 다른 사람의 증언이지 정지용이 확정한 텍스트는 '석근'이다.

또 다른 문제는 '석근'과 '성근'의 뜻이 정반대라는 점이다. '석근'의 경우 석기다 혹은 섞기다의 관형사형 석긴(섞긴)의 변용으로 밤하늘의 크고 작은 별들의 섞긴 모습을 말하는 것이다. '성긴'의 경우는 '성기다'의 관형사형으로 '드문 드문하다' 즉. '드문 드문한'의 뜻이다. 따라서 두 시어 가운데 하나는 틀린 것일 수밖에 없다. 요즈음의 밤하늘에는 별 찾기가 힘들지만 이 시를 지은 1923년의 밤하늘에는 크고 작은 별들이 섞여 있었을 것이다. 필자의 생각으로는 '하늘에는 석근 별'의 다음 행인 '알수도 없는 모래성'이 어떤 뜻을 내포하고 있는가가 중요하다. 이것을 밤하늘을 가로 지르는 '은하수'(문덕수; 『韓國모더니즘 詩硏究』 1981, 시문학사, p.86)로 보는 이도 있다. 그렇게 되면 '석근 별'은 은하수 주변의 크고 작은 별들이라는 해석이 가능하다. 그리고 정지용의 시에 '성긴'이라는 시어가 별도로 다음과 같이 등장하고 있다. '성긴 눈이 별도 없는 거리에 날리어라'(「溫井」)에서와 같이 드문드문한 뜻으로 '성긴'을 바로 쓰고 있기 때문에 '석근'을 성근 혹은 성긴으로 보는 것은 무리가 따른다.

「鄕愁」 말고도 다른 작품도 애매하고 다의적으로 해석되는 작품들이 많다. 그것들은 다른 기회에 언급하기로 하고 확실하게 오독인 경우만 두 군데 지적하기로 한다. 우선 시 「發熱」(1927. 7. 《조선지광》)의 7행 '가녀린 머리, 주사 찍은 자리에 입술을 붙이고'에서 주사朱砂를 짙은 홍색의 광물로 수은과 유황의 화합물로 읽지 않고 오늘날처럼 이마에다 '주사 바늘' 찌른 자리로 오독하여 활자화 하는 경우이다. 이 시 말미에 기록된 1926. 6 옥천에서는 이마에 주사 찌를 정도의 의료 혜택을 받을 수 없었을 것이다. 따라서 주사 찍은 자리는 광물질 주사를 이마와 볼 등에 찍어 발라 열을 내리는 민간요법 자리인 것이다. 따라서 '주사 바늘 찌른'은 명백한 오독이다.

다음으로 「그의 반」이라는 시의 경우이다. 이 작품은 1931년 10월 《시문학》 3호 발표할 때에는 「無題」라는 제목이었으나 시집에 「그의 반」으로 개제되어 수록되었다. 그런데 여기서 '반'의 한자가 무엇일가 하는 문제가 생긴다. 시 마지막 부분에 '나— 바다 이편에 남긴/그의 반임을 고이 진히고 것노라' 라고 '반'이 나와 있음에 유추하여 그의 반(半) 즉 절반이라는 해석을 한다. 어떻게 나 즉 정지용 나아가서는 사람이 바다 이편 즉 지상에 남겨진 예수님 혹은 하나님의 반쪽이라고 해석할 수 있겠는가 하는 점에 의문을 제기하면 가톨릭적 세계관 아니라도 상식적으로도 납득이 안가는 해석이다. '반'을 한자로 班이라 보는 것이 훨씬 타당하다. 반을 반열班列로 보면 이 땅에 남겨진 반열로 지용이 번역한 글처럼 〈그리스도를 본받음〉의 신앙고백이 될 것이다.

이상과 같이 오독의 가능성이 많은 것이 정지용의 시이다. 이러한 잘못을 타개할 수 있는 길은 창작 당시의 문화적 풍속사적 연구가 필요하다. 그리고 1933년 한글맞춤법 통일안이 조선어학회에서 공포되기 전의 작품에는 정지용뿐만 아니라 많은 문인들의 작품 속에 지역 방언들이 그대로 사용되고 있기 때문에 방언연구의 성과도 해석 방법론으로 차용되어야 할 것이다.

6. 정지용 문학 연구와 지용제의 미래와 그 전망

지금까지 정지용 문학에서 해금 34년이 되어도 아직 해결되지 않고 대립되는 견해들이 서로 충돌하고 있는 몇 사례를 살펴보았다. 이러한 점이 바람직하게 극복되거나 공존하고 지용제가 옥천군의 대표적 축제이자 대한민국 대표적인 문학축제에 걸맞게 발전하기 위한 방안 몇 가지를 제안한다.

(1) 지용 연구에서 가장 선행되어야 하는 점이 지용연구의 상설 학술단체로서 '지용학회'의 설립을 제안한다. 이미 다수의 문인 개인 명의의 학회가 이미 설립되어 있다. 그동안 문학포럼 형태의 발표가 지속되어 왔고 일본과 중국에서의 국제학술대회도 지속적이지는 아니지만 개최되어 오고 있다. 그러나 그것을 주관하는 주체가 개별적이라 참가자의 범위가 일부에 한정되어 있고 연구가 체계적이지 못한 한계를 가지고 있다. 이러한 한계를 극복하기 위하여 국내와 일본과 중국의 정지용 연구자들이 모여 국제적 학회를 설립할 필요가 있다. 그래서 학회 개최를 정례화하여 연간 몇 차례 개최하여야 할 것이다. 물론 학회 설립의 재

정 마련 방안도 강구해야 할 것이다.

(2) 정지용의 생애를 재구하는 완벽한 『정지용 평전』의 발간도 중요한 과제이다. 그동안 경향각지의 학자들과 특히 옥천과 충청북도 지역 학자의 평전들이 선을 보였으나 송우혜 작가가 네 번이나 개정판을 내어 윤동주의 생애를 완벽에 가깝도록 재구한 『윤동주 평전』 같은 수준에는 미흡한 것이 현실이다. 물론 오래 전에 세상을 떠난 미망인과 자녀들이 모두 세상을 떠난 지금으로서는 평전의 가장 핵심 자료인 생전의 정지용의 행적을 회고할 가족들이 없다는 점에서는 한계를 가지고 있다. 제자들도 이미 노령인 점도 한계이다. 그러나 지용과 동시대의 문인들과 친지들의 살아 생전의 정지용 회고의 글들을 최대한으로 수집하면 한계성을 극복할 수 있을 것이다. 다행히 옥천 향토 학자나 문인들 중에는 가족들의 생전의 인터뷰나 정지용의 행적을 그의 산문 속에서 파악한 자료들을 가지고 있는 점도 도움이 될 것이다.

(3) 이제 지용제의 경우 관의 주도보다 지역전문가 혹은 출향인사 나아가서는 경향각지의 정지용 전문가들에게 운영과 진행을 맡겨 전문성을 심화시킬 필요가 있다. 그러기 위해서는 지용제문화재단 같은 것을 출범시킬 필요가 있다. 옥천군 자체로서 힘들다면 충청북도가 나설 수도 있을 것이다. 전문가가 부족하다면 지역대학과 협력하여 지속적인 전문가 양성도 시도할 수 있을 것이다.

(4) 관광이 주가 되는 해외행사는 지양하고 정지용의 행적이 있는 일본 경도와 동지사 대학 그리고 국내의 정지용 생전의 여행 족적을 따라가는 코스를 개발하여 전국의 정지용 애호가를 모집하는 프로그램도 개발할 필요가 있다.

(5) 해마다 정지용에 관심이 있는 문인들을 초청하여 학술대회와는 다른 축제 형식의 문학 페스티벌도 개최하면서 자라는 청소년이나 군민들에게 정지용 시인을 사랑하고 나아가서는 문학을 사랑하도록 하는 행사도 가질 필요가 있다.

김수영 시의 신화, 그 전말

– 김수영 시 세계의 변모 과정

1.

김수영(1921~1968) 시인은 1968년 6월 15일 밤 11시 10분경 귀가 길에 마포구 구수동 집 근처에서 인도로 뛰어든 시내버스에 치어 머리를 다치고 의식불명 상태로 적십자병원에서 응급치료를 받았으나 끝내 의식을 회복하지 못하고 다음날 아침 8시 50분 불과 48세의 나이로 숨을 거둔다. 그의 대표작인 「풀」조차 5월 29일 탈고하였으나 1968년 8월호 《현대문학》에 「사랑의 변주곡」과 함께 〈유고〉 특집으로 발표될 정도의 갑작스러운 죽음이었다. 그러나 김수영 시인은 김춘수(1922~2004) 시인과 더불어 1945년 8월 15일 광복 이후에 시작활동을 한 시인들 가운데 문학사에 남을 대표적 시인으로 평가되고 있다. 이 글은 그의 탄생 100주년을 맞아 김수영의 시와 시작행위가 어떻게 이렇게 신화화되었는가를 살피기 위하여 쓰는 글이다.

김수영 시인은 초등학교 시절 성적이 뛰어나 6년 동안 반장을 지냈다. 그러나 병약하여 졸업 후 바로 진학하지 못하고 우여곡절 끝에 1935년 선린상업학교를 입학하여 1941년 졸업하였다. 선린상업학교 재학 중에는 영어와 주산, 상업미술 등이 뛰어났다. 일본 유학을 떠나 동경의 1고와 2고 그리고 경도의 3고 입학에 도전했으나 낙방하였다. 동경상대 전문부에 시험쳐 들어갔으나 그에 만족하지 못하고 동경성북고등예비학교에 다녔다. 그러다가 2~3개월 고민하다가 동경축지소극장 창설 멤버인 水品春樹를 찾아가 연출지도를 받았다. 말하자면 그는 처음에는 시가 아닌 연극에 몰입하였다. 1943년 귀국하여 안영일(1909~?), 심영(1910~1971) 등과 연극을 하였다. 1944년에는 가족들과 만주 길림으로 가서 그곳에서도 조선 청년들과 연극을 했다. 물론 간간이 시를 쓰기도 했으나 광복 전에는 연극에 몰두 하였다.

2.

김수영 시인은 광복 직후인 1945년 9월 가족들과 함께 만주에서 돌아와 영어학원 강사, 간판 그리기, 통역 등의 일을 하고, 문학하는 친구들과 어울리면서 시를 본격적으로 쓰기 시작한다. 1946년 1월 조연현(1920~1981) 평론가 주도로 창간된 《藝術部落》 2집(1946. 3.)에 「묘정廟庭의 노래」를 발표한다. 이 무렵인 1945년 11월 연희전문 영문과에 편입하였으나 1946년 6월 자퇴하고(2018년 8월 31일 명예졸업장 수여) 김병욱, 박인환, 양병식, 김경린, 임호권, 김경희 등과 〈신시론〉 동인을 결성한다. 이 무렵 교류한 시인들은 동인들 외에 박준경, 박일영, 이한직, 김윤성, 박태진, 박훈산 등이다. 1949년에는 〈신시론〉 동인의 동인지 격인 공동시집 『새로운 都市와 市民들의 合唱』에 「아메리카 타임誌」, 「孔子의 生活難」을 발표한다.

그의 작고 50주년을 기념하여 발간된 3판 전집(2018년, 민음사, 이영준 편)에 의하면 1950년 6·25전쟁 직전까지 창작한 그의 시편은 앞에 열거한 3편 외에 「이」《民聲》(1919. 1.), 「가까이 할 수 없는 書籍」(《민성》, 1949. 11), 「아침의 誘惑」(《자유신문》. 1), 「거리」(《민성》), 「꽃」(《民生報》), 「웃음」(《新天地》1950. 1.), 「음악」(《민주경찰》,1950. 2.), 「토끼」(《신경향》 1950. 6.), 「아버지의 寫眞」 등이다. 모두 12편인데 그 가운데 「웃음」, 「토끼」, 「아버지의 寫眞」을 제외하고는 그의 생전의 유일한 개인 시집인 『달나라 장난』(1959, 춘조사)에 수록되지 않고 있다. 그리고 「거리」와 「꽃」은 김 시인이 그 시집 후기에 발표지를 열거하고 있지만 아직까지 못 찾았다.

우선 김 시인의 데뷔작인 「묘정廟庭의 노래」(제3판 전집〈1〉, pp.30~31, 원래 처음 발표할 당시는 한자가 많았는데 전집 3판의 편집자 이영준 교수는 많이 줄이고 있다. 앞으로 인용 시는 모두 3판에 근거할 것임)를 인용해 보기로 한다.

1

남묘南廟 문고리 굳은 쇠 문고리
기어코 바람이 일고
열사흘 달빛은
이미 과부의 청상靑裳이어라

날아가던 주작성朱雀星
깃들인 시전矢箭
붉은 주초柱礎에 꽂혀 있는
반절이 과하도다

아-어인 일이냐
너 주작의 성화星火
서리 앉은 호궁胡弓에
피어 사위도 스럽구나

한아寒鴉가 와서
그날을 울더라
사람은 영영 잠귀를 잃었더라

2

백화百花의 의장意匠
만화萬華의 거동이
지금 고오히 잠드는 일을 흔들며

관공關公의 색대色帶로 감도는
향로의 여연餘烟이 신비한데

어드매에 담기려고
칠흑의 벽판壁板 위로
향연香烟을 찍어
백련을 무늬 놓는
이 밤 화공의 소맷자락 무거이 적셔
오늘도 우는
아아 짐승이냐 사람이냐

–「묘정廟庭의 노래」 전문

이 시는 김 시인의 1960년대 작품들과는 판이하게 다르다. 즉 난해한 시어가 많다. 그의 1963년의 글(《김수영전집 2 · 산문》, 민음사, 2018, pp.530~531)에서 주장하는 '지극히 평범한 일상어'와는 다른 시어를 구사하고 있다. 그 가운데 대표적인 것이 '시전'(화살), '사위'(애매하여 의미를 정확하게 알 수 없음), '한아'(까마귀),'여연'과 '향연'(연기의 한자 조어) 등이다. 제목에 등장하는 '묘정'도 평범한 시어는 아니다. 그러나 역사적 인물 즉 학자나 장수를 모시는 사당으로 알려져 있다.

난해한 시어들이 많음에도 불구하고 이 시에서 전개되는 공간이 어떠한 곳인가를 짐작할 수 있는 시어가 하나 있다. 시 맨 처음에 등장하는 '남묘'가 그것이다. 정유재란에 참전한 명나라의 유격장군 진린陳璘이 1598년(선조 31년)에 촉나라 장군 관우를 기리는 관왕묘를 남대문 앞에 지었는데 이를 남관왕묘 또는 남묘라 한다. 이 사당은 1952년전쟁 중에 불탔다가 1957년 다시 지었으나 도시개발로 1979년 동작구 서달산 기슭으로 옮겼다. 남묘 말고도 동묘와 북묘 그리고 서묘도 세워졌으나 현재 동묘(종로구 숭인동)만 그 자리에 있고 서묘와 북묘는 없어졌다. 이 남묘를 제재로 하여 지은 시가 바로 「묘정의 노래」이다. 서울 토박이인 김 시인(종로 2가 58-1에서 출생, 본적은 묘동171)은 어린 시절부터 이곳을 보았을 것이며 1946년이니 그 때에는 불타지 않고 남대문 앞에 있었을 것이다. 실제로 김수영 시인은 「연극하다가 시로 전향」-'나의 처녀작(《세대》 9 발표, 전집 산문, pp.422~423)이라는 글에서 이 작품의 창작배경을 '동묘'체험이라고 말하고 있다. 그러면서 그의 작품 목록에서 지워버릴 정도로 부끄러운 작품이라 하고 있다. 이 글에서 시를 보관하지 않고 있다는 점에서 '남묘'와 '동묘' 모두 체험하여 착각하였을 수 있었을 것이다. 그러나 이러한 구체적 공간을 유추하고 이 시를 분석하면 난해성이 어느 정도 극복될 수 있다. 시 〈1〉의 경우 사당 입구 즉 외삼문과 내삼문을 차례로 들어서면서 정경들을 시니컬하게 바라보면서 까마귀까지 등장시켜 비애를 느끼게 하고 있다. 〈2〉의 경우는 정전에 모신 관우의 상을 제재로 하여 비애를 극대화시키고 있다. 이렇게 그의 첫 작품은 난해하나 그가 지향할 비애(설움)의 정서와 풍자성을 배태하고 있다.

모더니스트들이 모였다는 공동 시집 『새로운 도시와 시민들의 합창』(1949)에 발표된 시 가운데 하나인 「아메리카 타임지」(1947년 탈고, 1948년 12월 25일 《자유신문》 발표, 공동시집에 재수록)에서는 이러한 비애와 풍자성이 더욱 분명하게 나타나고 있다. 이 작품에 대해서는 최근에 김응교 교수에 의하여 자세히 분석되었다.(《푸른 사상》, 2018, 여름호, pp.83~93, 「1950년대, 김수영이 쓴 두 편의 시」) 김 교수는 '아직 관념적이지만 서구문화인 《TIME》지 앞에서 올바른 정신으로 바로 보고 싶어 했고 물방울처럼 떨어지고 싶은 자세로 쓴 시'라고 보면서 모더니즘과의 결별이 선언된 시라 하고 있다. 이 시 속에는 그의 일본 유학 체험과 만주 길림성 체험과 영어의 구사에서 오는 미국 체험이 녹아 있다. 『묘정의 노래』에 비하여 난해한 시어는 많이 사라졌으나 '와사瓦斯'라는 '가스'의 일본식 표현이 등장하고 있다. 김수영 시인 자신이 이 작품들을 의도적으로 시집 수록에서 배제하였으므로 그의 사후의 시선집에도 수록되지 되지 않고 있으나 그의 시

창작 출발이나 앞으로의 시세계 구축의 중요한 단서를 제공하는 작품들이다.

3.

6·25전쟁은 많은 시인들을 절망과 고통의 나락으로 밀어 넣었으나 김수영 시인의 경우만큼 심한 고통과 절망을 겪은 체험은 흔하지 않다. 6·25전쟁이 발발하여 28일 서울이 점령당하자 월북하였다가 서울로 돌아온 임화, 김남천 등이 개설한 조선문학가동맹 사무실에 출입하였다가 8월 3일 의용군에 강제로 동원된다. 이때부터 남다른 소용돌이에 휩싸이게 된다. 평남 개천군 복원리 의용군 훈련소에서 두 차례의 탈출, 우여곡절 끝에 서울로 귀환, 집 근처에서 10월 28일 경찰에 체포되어 11월 11일부터 여러 포로수용소 전전, 영어 잘하는 탓으로 야전병원에서 미군 장교와의 친분, 드디어 1952년 11월 28일 온양의 국립구호병원에서 200여 명의 민간인 억류자 중의 한 명으로 석방된다. 말하자면 2년 여 동안 포로생활을 한 것이다.

그 뒤 부산 피란 시절을 거쳐 서울로 돌아와서는 1955년 《평화신문》 문화부 차장을 6개월가량 하였다. 그러나 그 뒤에는 1949년에 결혼하여 피란길에 장남도 낳고 가족들과 가계를 이어간 김현경(1927~) 여사(아직도 생존해 있으며 2013년에는 『김수영의 연인』이라는 회고록도 냈다. 최근에는 김시인 탄생 100주년을 맞아 인터뷰도 자주 하고 기념사업에도 관여한다.)가 주도한 양계업을 돕고 시와 여러 종류 산문 쓰기, 번역 등에 종사하였다.

김수영 시인은 전쟁의 상처를 극복하고 포로에서 석방된 뒤부터 활발한 시작 활동을 하여 1957년 12월 제1회 한국시인협회상을 수상 한다. 이 해에 김종문, 이인석, 김춘수, 이상로, 임진수, 김경린, 김규동, 이흥우 등과 엮은 〈현대시 9인집〉 『평화에의 증언』(삼중당)에 「폭포」, 「도취의 피안」, 「영롱한 목표」, 「봄밤」, 「긍지의 날」 등 5편을 수록하고 있다. 이 시기에 창작된 작품들은 그의 작품 연보에 의하면 「달나라 장난」(《자유세계》, 1953. 4.)을 시작으로 총 54편을 각종 문예지와 신문 그리고 종합지에 발표하였다. 그런데 이러한 아직까지 시집도 내지 않은 46세의 시인에게 제1회 한국시협상을 수여한다는 것은 일종의 파격이었다. 수상작 가운데(〈『한국시협상수상작품집』, 1980, 문학세계사〉에는 수상작품으로 5편을 수록하고 있으나 그 가운데 1957년 전에 발표된 작품은 「폭포」와 「병풍」 뿐이다. 1980년의 한국시협 집행부와 출판사가 가려 뽑은 것이라고 생각된다.) 그 가운데 한 편을 인용해 보겠다.

폭포는 곧은 절벽을 무서운 기색도 없이 떨어진다

규정할 수 없는 물결이
무엇을 향하여 떨어진다는 의미도 없이
계절과 주야를 가리지 않고
고매한 정신처럼 쉴 사이 없이 떨어진다

금잔화도 인가도 보이지 않는 밤이 되면
폭포는 곧은 소리를 내며 떨어진다

곧은 소리는 소리이다
곧은 소리는 곧은
소리를 부른다

번개와 같이 떨어지는 물방울은
취할 순간조차 마음에 주지 않고
나타懶惰와 안정을 뒤집어 놓은 듯이
높이도 폭도 없이
떨어진다

－「폭포」 전문(《조선일보》, 1956. 5. 29.)

이 작품은 앞에서 언급한 9인 공동시집(1957)에도 수록되었지만, 그의 시집 『달나라 장난』(1959, 춘조사)에도 수록된 작품이다. 뿐만 아니라 제5차교육과정 시기인 1990년대 초반 고등학교 『국어』(상) 국정교과서에도 단원으로 등장한 김 시인의 대표작이다. 초기작에 비하여 생소한 시어도 줄었고 의미의 혼란도 보이지 않는다. 그런데 이 시에는 시의 특성인 비유와 상징 그리고 감각적 이미지는 보이지 않는다. 다만 '폭포'라는 사물을 시적 제재로 하여 마치 잠언처럼 시인의 인식의 결과를 진술하는 의미구조를 가지고 있다. 첫 연은 한 행으로 되어 폭포의 떨어짐에다 관념 대신에 무서움 없다는 정서를 부여한다. 둘째 연에서는 폭포의 쉴 새 없이 떨어짐을 '고매한 정신'이라는 관념으로 비유한다. 셋째 연과 넷째 연에서 고매한 정신은 '곧은 소리'라는 양심으로 치환된다. 그런데 그 '곧은 소리'는 주야로 나는 것이 아니라 '금잔화도 인가도 보이지 않는 밤'이라는 밤에만 난다고 하여 시대상황과 비유적으로 연결시킨다. 말하자면 권력에 의하여 인권이 탄압되고 자유가 구속되는 상황일수록 곧은 양심의 소리를 내라는 묵시적 선언이라 할 수 있다. 마지막 연에서는 폭포의 쉴 새 없음을 다시 한 번 강조하여 양심의 소리가 계속되어야 함을 암시한다.

한국시협상을 수상한 2년 후 춘조사에서 〈오늘의 시인〉총서(편집위원: 장만영, 박남수, 김광균) 제1권으로 첫 개인 시집이자 생전의 유일한 시집 『달나라의 장난』(1959. 11. 30.)을 발간한다. 김 시인의 후기에 의하면 1948년부터 1959년까지 여러 잡지와 신문에 발표한 작품을 발표역순으로 편집한 것이라 밝히고 있다. 초기작은 애착은 가지만 거의 소실되어 3편밖에 수습하지 못하였다는 점도 밝히고 있다. 장 별로 나누지 않고 맨 뒤의 「토끼」(1949년 탈고, 《신경향》 1950. 6.)부터 「사령死靈」(1959년 탈고 《신문예》, 1959. 8~9합병호)까지 40편의 시가 세로쓰기 체제로 편집되어 있다.

……활자는 반짝거리면서 하늘 아래에서

간간이

자유를 말하는데

나의 영靈은 죽어 있는 것이 아니냐

—「사령死靈」 첫째 연

4·19 혁명 직전의 김수영 시인의 현실인식 태도를 잘 보여주는 시가 바로 이 작품이다. 이 부분은 첫 행만 '그대는 반짝거리면서 하늘 아래에서'라고 다르게 표현하면서 마지막 다섯째 연으로 반복하고 있다.

4.

김수영 시인의 삶과 현실참여 그리고 시 창작에 절대적 영향을 미친 사건은 1960년의 4·19혁명이었다.

1960년 3월 15일 제4대 정·부통령을 선출하기 위하여 선거를 실시되었는데 여당인 자유당은 다양한 방법의 부정선거를 자행했다. 선거 당일 경남 마산에서는 부정선거에 항의하는 시민과 학생들의 격렬한 시위가 벌어졌다. 경찰은 총격과 폭력으로 강제진압에 나서 다수의 사상자가 생겼다. 4월 11일 에는 1차 마산 시위에서 실종되었던 마산상고 입학 예정자 김주열 군이 눈에 최루탄이 박힌 채 마산 앞 바다에서 떠올랐다. 이에 분개한 시민들의 제2차 시위가 이어졌고, 4월 18일에는 서울에서 고려대학교 학생 3천여 명의 시위가 국회의사당 앞까지 진출했다. 그러나 학생들이 학교로 돌아가던 중 괴청년들의 습격을 받아 일부 청년들이 부상했다. 이에 분노한 전국의 시민들과 학생들이 다음 날인 4월 19일 '이승만 독재 정권 타도'를 외치며 봉기하였고 일부 대학생들은 그 당시 대통령관저인 경무대 앞까지 진출하였다. 그러자 경찰이 발포하여 많은 사상자가 생겼고 비상계엄령이 선포되었다. 4월 25일에는 계엄령에도 불구하고 서울 시내 각 대학 교수단 300여 명이 선언문을 채택하고 시위하자 시민들과 학생들이 합세하였다. 4월 26일 시내를 가득 메운 대규모 군중들이 들고일어나자 이승만 대통령은 하야하였다. 이러한 소용돌이 속에서 김수영은 다음과 같은 시를 썼다.

우리들의 적은 늠름하지 않다
우리들의 적은 커크 더글러스나 리차드 위드마크 모양으로 사나웁지도 않다
그들은 조금도 사나운 악한이 아니다
그들은 선량하기까지도 하다
그들은 민주주의를 가장하고
자기들이 양민이라고도 하고
— 중략 —
우리들의 싸움은 하늘과 땅 사이에 가득 차 있다
민주주의의 싸움이니까 싸우는 방법도 민주주의식으로 싸워야 한다
하늘에 그림지가 없듯이 민주주의의 싸움에도 그림자가 없다
하……그림자가 없다

하……그렇다……
하……그렇지……
아암 그렇구말구……그렇지 그래……
응응……응………뭐?
아 그래……그래 그래.

–「하……그림자가 없다」 첫 부분과 끝 부분
(1960. 4. 3. 탈고, 《새벽》1960년 6월호 발표)

탈고일은 3·15 마산 시위가 있고 난 때로부터 20일쯤 된 시점이다. 이 당시 전국 경찰들은 학생들의 동요를 막기 위해 중요도시의 고등학

교까지 둘러싸고 있었다. 이 때 김수영 시인은 인용 작품「하…… 그림자가 없다」에서 서두처럼 자유당 정권을 늠름하지 않은 민주주의를 가장한 적이라고 진술하고 있다. 이 시에서 그는 거침없이 토로한다. 그래서 이 시는 호흡이 길 수밖에 없다. 첫 연이 20행 둘째 연이 8행 셋째 연이 15행, 인용한 넷째 연이 4행, 마지막 다섯째 연이 6행으로 되어 있다. 둘째 연의 경우 첫 행이 '우리들의 전선은 눈에 보이지 않는다'로 되어 있다. 이 부분에서는 전선의 부재로 인한 싸움의 어려움을 강조하고 있다. 그리고 셋째 연에서는 언제 어디에서나 싸워야 된다고 하고 있다. 넷째 연에서는 투쟁방법도 민주주의식이라야 된다면서 '하……그림자가 없다'는 다소 시적인 표현이 등장하고 있다. 그러나 마지막 연에서는 전혀 시적이 아닌 넋두리나 잠꼬대 같은 혼잣말이 등장하여 시적 표현의 범위를 확대하고 있다. 이 시를 통하여 앞으로 김수영 시인의 시적 표현이 얼마나 거침없어질 것이라는 점을 예견할 수 있다.

이렇게 거침없이 표현한 이 시는 4·19혁명의 와중에는 발표되지 못하고 혁명이 성공한 뒤인 1960년 6월호《새벽》에 발표되었던 것이다. 이 잡지는 그 당시에는 민주당 정치인이었던 주요한(1900~1979) 시인이 일제강점기의 흥사단을 배경으로 그 자신이 창간했던 종합지《동광》(1926~1933, 통권 40호)을 복간하는 형식으로 발행인이 되어 1954년 창간한 종합월간지였는데 1960년 12월에 종간된다. 이 잡지에 시가 많이 게재되었는데 김 시인의 위의 시는 1960년 6월호에 발표되었다.

김 시인의 이승만 대통령을 직접적으로 비난한「우선 그놈의 사진을 떼어서 밑씨개로 하자」(1960. 4. 26. 탈고)도「하……그림자가 없다」와 같이《새벽》6월호에 발표되었다. 이 시의 제목과 탈고 날자가 바로 이승만 대통령이 하야한 날이라는 데서 그의 이승만 독재에 대한 태도가 반영되어 있다. 이로부터 1961년 5월 16일 군사정변이 나기까지의 민주당 정권 시절의 그의 시는 감정의 격정적 표현과 솔직한 현실비판 그리고 파격적인 시어들로 상식적인 시들과는 달리 비시적이고 반시적으로 과

격해졌다.

《새벽》 11월호는 최인훈(1936~2018) 소설가의 분단의 비극이 형상화된 대표작 「광장」(첫 발표는 중편)이 전제되어 고등학교 2학년이던 필자도 감명 깊게 읽었다. 따라서 4·19혁명의 성공과 잡지 《새벽》은 한국현대문학사에 중요한 사건과 매체이다.

5.

1961년 5월 16일 군사정변이 일어난 후 그의 시가 어떻게 변모하였는가를 살펴 볼 수 있는 작품을 인용해 보기로 한다.

(가) 풍경이 풍경을 반성하지 않는 것처럼
곰팡이 곰팡을 반성하지 않는 것처럼
여름이 여름을 반성하지 않는 것처럼
속도가 속도를 반성하지 않는 것처럼
졸열과 수치가 그들 자신을 반성하지 않는 것처럼
바람은 딴 데서 오고
구원은 예기치 않는 순간에 오고
절망은 끝까지 그 자신을 반성하지 않는다

–「절망」 전문
(1965. 8. 28. 《한국문학》, 현암사, 1966년 봄호)

(나) 왜 나는 조그마한 일에만 분개하는가
저 왕궁 대신에 왕궁의 음탕 대신에
50원짜리 갈비가 기름 덩어리만 나왔다고 분개하고
옹졸하게 분개하고 설렁탕집 돼지 같은 주인년한테 욕을 하고
옹졸하게 욕을 하고

한번 정정당당하게

붙잡혀간 소설가를 위해서

언론의 자유를 요구하고 월남 파병에 반대하는

자유를 이행하지 못하고

20원을 받으러 세 번씩 네 번씩

찾아오는 야경꾼들만 증오하고 있는가

– 어느 날 고궁을 나오면서」 1, 2연
(1965. 11. 4. 탈고. 《문학춘추》, 1965. 12.)

이 두 편에서는 4 · 19혁명 직후의 직정적 어조는 사라지고 차분하기까지 하다. (가) 「절망」이라는 관념이 시 제목으로 등장하면서 '절망' 자체를 시로 형상화 하고 있다. 그리고 어조는 직접적으로 감정을 드러내지도 않는다. 게다가 '풍경', '곰팡이', '여름' 같은 사물들이 비유의 원관념으로 등장하고 반면에 '속도', '졸열' ,'수치' 등 일종의 관념어들이 보조관념으로 등장하여 오히려 원관념을 모호하게 하는 애매성도 가지고 있다. 그러나 끝 부분에서는 '절망' 역시 반성하지 않는다고 하여 앞의 보조관념들이 절망을 심화시키기 위하여 열거되었다는 것을 알게 한다. 이로 볼 때 5 · 16 군사정변은 그를 절망하게 만들었다고 볼 수 있다.

(나) 「어느 날 고궁을 나오면서」는 (가)보다는 감정이나 태도를 드러내고 있다. 그러나 직설적 토로보다 자조적인 토로를 하는 어조를 가지고 있다. 근원적인 저항은 하지 못하면서 소시민적인 태도로 서민들에게만 욕을 하는 화자 '나' 즉 김수영 시인 자신의 비겁함을 혐오하고 있다. 그런데 이 시 역시 현실 이 아닌 '고궁'이라는 과거의 의고적인 장소를 시적 공간으로 사용하여 결과적으로 비유적이 되어 오히려 시적 장치로 성공하고 있다. 이렇게 시작 태도가 변한 까닭은 민주당의 제2공화국과 5 · 16 군사정변 이후에 탄생한 공화당의 제3공화국의 통치방식의 차이

에 대한 김 시인의 대응방식의 변화에서 온 것이라 볼 수 있다.

이상과 같은 김수영 시인의 제3공화국에 대한 시적 대응의 연장선상에 불후의 명작이 된 최후의 유작 「풀」(1968. 5. 29. 탈고 《현대문학》 1968. 8 발표)이 창작되었다고 볼 수 있다. 이 시에 대한 해석은 양분되어 있다. 1970년대의 민중문학론자들은 김수영의 초기작에서 보이는 모더니즘적 요소를 비판하면서도 1960년 이후에 보이는 참여시의 최고의 시가 「풀」이라 하고 있다. 그래서 이 시에 등장하는 '풀'은 민중 혹은 노동자이고 '바람'은 그들을 압박하는 권력 혹은 사용자라 규정하여 양자의 대립관계를 보여준 것이라 해석한다. 반면에 분석주의 혹은 구조주의자들은 초기 모더니즘 지향성과 그 동안의 김수영 시의 변모과정을 긍정적으로 보면서 이 시는 리듬과 반복을 통하여 미학적 구조면에서도 성공작이라 평가하고 '풀'과 '바람'의 관계를 노동자와 사용자의 대립으로만 해석해서는 안 된다고 보고 있다. 그래서 보다 다양하게 해석해야 한다고 주장한다. 두 경향 다 이 작품을 김수영 시인의 가장 성공적인 대표작이라고 보는 점은 동일하다. 그리고 한국 현대시의 정수라는 점도 동일하다.

6.

1974년 유신정권이 시작된 시점에 김수영 시선 『거대한 뿌리』(민음사)가 발간되어 당시 자유를 갈망하는 독자들에게 폭발적인 관심을 받았다. 이 시집은 그 뒤 재판을 거듭하여 2020년 10월 4일 현재 2판 24쇄를 찍고 있다. 김현 평론가는 이 시집 해설 「자유와 꿈」에서(pp.143~155) 김수영 시인이 추구한 시적 주제는 초기부터 말기까지 '자유'라고 주장하고 있다. 필자 역시 이에 동감하는 바이다. 이러한 관념이 형상화된 김수영의 「폭포」나 「풀」에서 보이는 미적구조의 성공은 그의 생업의 일부였던 영미문학론의 번역작업에서 터득한 모더니즘 기법에서 왔다고 볼 수 있다.

1981년에는 같은 출판사에서 전집이 시와 산문으로 나누어 편찬되었고 2009년에는 육필 시고집이 발간되었다. 그리고 작고 50주년을 기념하여 전집 2018년 개정판을 엮었다. 2013년에는 서울시 도봉구에 김수영문학관이 개관되었다. 탄생 100주년인 2021년에는 각종 단체에서 다양한 기념사업이 진행되었다.

6·25전쟁에서 종군시와 참전시의 양상과 그 의미

1. 들머리

북한의 기습적인 남침으로 시작된 1950년 6월 25일부터 1953년 7월 27일(1,129일)까지의 6·25전쟁은 우리 민족의 유례없는 비극이요, 아직도 1953년 7월 27일에 조인된 휴전협정이 유효함으로 인하여 남북은 휴전선을 가운데 두고 대치하고 있고, 우리 대한민국은 지구상 유일의 분단국가로 남아 있다.

6·25전쟁을 체험한 시인들은 그들의 작품 속에 6·25전쟁을 어떻게 형상화하고 있는가를 살펴보는 것이 이 글의 목적이다. 그리고 남북대결보다 평화 지향성으로 분단이 극복되어 앞으로 통일 대한민국에 이들의 시가 어떻게 기여하고 어떻게 통일남북문학사에서 자리 매김할 수 있는가를 살펴보는 것도 이 글의 궁극적 목적의 하나이다.

6·25전쟁을 체험한 시인들은 그들의 나이가 어떠했던 전쟁의 상처를 작품으로 남길 수밖에 다른 도리가 없었다. 필자는 1950년 4월 초등학교에 입학한 후 3개월이 다되어 갈 무렵 전쟁이 발발하여 필자의 고향인 경상남도 남해군 창선면은 1950년 8월 19일(음력 7월 7일)부터 9월 27일(음력 8월 16일)일까지 40일 동안 공산치하에 있었기 때문에 전쟁의 참상을 직접 눈으로 보았다. 필자 역시 이때의 상처를 장시 〈여름밤의 꿈〉(제2시집 『달빛으로 일어서는 강물』, 1981, 서울 문장사 수록)으로 남긴 바 있다. 그러나 여기서는 필자의 작품에 대한 언급보다 필자보다 1세대(30세) 혹은 그보다 좀 더 나이 많은 선배 시인들 가운데 당시에 종군 작가로 혹은 직접 군인으로 참전한 시인들 가운데 대표적인 시인들을 골라 그들은 6·25

전쟁을 어떻게 바라보았으며 어떻게 느꼈는가에 대하여 살펴보기로 한다.

2. 6·25전쟁에 대한 문인들의 대응

6·25전쟁이 일어난 다음 날인 1950년 6월 26일 1949년 8월 1일 창간한 《문예》(6·25전쟁으로 정기 발행을 못하다가 1954년 3월 1일 통권 21호로 종간)를 발간하던 문예사 사무실(남대문로 3가)에서 전국문화단체총연합회(약칭 문총) 상임위원회를 열고 국가비상사태에 대한 대책을 논의 하였다. 27일 다시 모인 문총 간부들이 〈비상국민선전대〉를 조직하였다. 그러나 그날 오후부터 포성과 피난민의 물결이 서울 거리에 넘치자 그날 밤과 28일 아침 한강을 넘어간 일부 문인들이 대전에서 합류하여 〈문총구국대〉라는 종군문인단을 조직하여 국방부 정훈국 소속 하에 활동을 개시하였다.(김윤성;6·25와 문단, 『해방문학 20년』, 한국문협 편, 정음사, 1966, pp.77-78 참조)

정부에서는 임시수도를 6월 27일 대전으로 7월 14일에는 다시 대구로 8월 18일에는 부산으로 이전하였다. 9월 28일 서울수복으로 9월 29일 이승만 대통령 서울 귀한, 10월 1일 국회 환도(신익희 의장 성명) 등으로 일시적으로 서울이 수도 역할을 하다가 중공군의 개입으로 인한 1·4 후퇴 때 다시 부산으로 수도를 이전한다. 1953년 7월 27일 휴전협정이 성립되기 전부터 정부를 비롯한 여러 기관이 서울로 옮겨 가다가 9월 16일 국회까지 옮겨감으로써 1950년 8월 18일 시작한 부산 임시수도 시절이 끝난다.

이 시기 낙동강 전선에서 남과 북의 공방전이 벌어질 때 부산과 대구에 문인들이 모여 피난문단을 형성하였으며 육 · 해 · 공군 별로 대전에서 조직한 〈문총국국대〉가 발전적으로 조직되었다.

1951년 3월 9일 공군종군문인단이 〈창공구락부〉라는 별칭으로 대구에서 처음으로 조직되었다. 단장은 마해송 동화작가, 부단장은 조지훈 시인, 사무국장 최인욱 소설가이었고 시인으로는 박두진, 박목월, 이한직, 김윤성, 이상로 등이 참여하였다. 이들은 공군정훈감실 예산으로 시집 『창공』(수록 시 23편) 소설집 『훈장』(수록 소설 16편)을 발간하고 일부 문인은 공군기관지 《공군순보》, 《코메트》 등을 편집하였다.(정유지, 『6.25전쟁과 펜의 전쟁』, 2018, 〈주〉Nexen Media, pp.50~52. 참조)

1951년 5월 26일 오후 6시 대구의 〈아담〉 다방에서 〈육군종군작가단〉이 결성되었는데 단장에 최상덕, 부단장에 김송, 구상(12월 1일에 보선됨), 상임위원에 박영준(당시 육군 정훈감), 이덕진, 김송 등이었다. 이듬해 5월에는 부단장에 김팔봉과 구상 사무국장 박영준, 상임위원 정비석, 최태응, 김송 등으로 바뀌었다. 그 후에 시인 양명문, 장만영, 유치환, 시조시인 이호우 등도 가담하였다. 공군종군문인단에 비해 활발한 종군활동을 할 수 있어 많은 작가와 시인들이 서부, 중부, 동부 전선으로 나누어 종군하였다. 작가단 기관지 《전선문학》을 7호나 발간하였다. 이들은 종군 총 회수 220회, 종군연일수 924일, 보고강연회 8회 문학의 밤 14회, 문인극공연 2회 등 활발한 활동을 벌였다.(최독견, 육군종군작가단, 앞의 책 『해방문학 20년』, pp.89~94. 참조)

해군종군문인단의 경우 바다를 끼고 있는 부산에서 1951년 6월 해군참모부장 김성삼 준장과 소설가 박계주의 주도로 결성되었다. 해군의 경우 박계주 외에 이미 소설가 윤백남, 염상섭, 이무영 등이 현역 장교로 정훈업무를 보고 있었으며, 이서구, 안수길 등이 가세하였다. 그리고 시인 박태진 역시 보도과장이라는 직책을 가지고 있었다. 박계주는 해군뿐만 아니라, 해병대와 육군 부대 등에도 열정적으로 종군하였다. 나머지 작가들은 진해 통제부 기관지 《군항》, 해군본부 기관지 《해군》, 《해군과 해병》, 시집 『청룡』 등의 발간을 도왔고, 이무영은 진해 통제부 정훈실장으로 여러 기관지의 창간을 주도하였다.(정유지, 앞의 책 pp.57~59. 참조)

그리고 대구와 부산에 거주하던 문인들은 경북문총구국대(대장: 이효상),

경남문총구국대(대장; 유치환)를 조직하여 피난 온 서울을 비롯한 타 지역 문인들과 함께 활동하였다.

3. 종군시의 특성 – 유치환과 조지훈의 경우

유치환(1908~1967) 시인은 6·25전쟁이 발발한 1950년 당시 경남 통영에 머물고 있었다. 전쟁 한 달 전인 5월에는 보도연맹 문화부장이던 정지용 시인이 화가 정종여와 함께 한려수도 여행 중 통영을 방문하여 부인 권재순 여사가 운영하던 문화유치원 2층에서 시화전을 열기도 했다. 그러나 6·25전쟁 때에는 호남으로 남하한 북한군에 의하여 8월 초에는 진주가 유엔군과 북한군이 공방전을 벌려 점령당하고 8월 12일에는 경남 고성군이 점령되는 등 결국 통영도 점령당하고 북한군은 마산을 공격하는 지경이 되었다. 유치환은 그 전에 식구들과 부산으로 피난하여 부산측우소(기상대)가 있는 복병산 근처 영주동에 세집을 얻어 거주하였다. 그리고 그곳에는 병든 서정주 시인이 머물기도 하고 대구에서 조지훈이 찾아와 며칠을 지내기도 했다.(이하 유치환의 행적은 문덕수, 『청마유치환 평전』, 서울 시문학사, 2004, pp.175~199, 참조) 그는 문총구국대의 경남지대 격인 경남문총구국대 대장 자격으로 종군을 결심하였다. 국군 제3사단(사단장 최석 준장) 휘하 제23연대에 소속되어 제법 많은 인원들이 출발하였다. 출발 시기는 정확하게 알 수 없으나 기록에 의하면 9월 19일 육군 제3사단은 포항을 탈환하고 있기 때문에 이 무렵이라고 추정할 수 있을 것같다.(이중근 편 『6·25전쟁 1129일』, 서울, 우정문고, 2013, p.139 ; 이하 6·25전쟁의 자세한 전황은 모두 이 책 참조) 대부분의 인원들이 경북 영덕 격전지의 고통을 이기지 못하여 탈락하고, 원산 탈환 직전에 최후로 남은 4인도 서울로 돌아갔으나 유치환은 홀로 종군을 계속하여 안내 장교 김봉룡 소위와 같이 10월 10일 원산 탈환의 기쁨도 만끽한다. 그는 그 후 중공군의 개입으로 후퇴하는 부대를 따라 되돌아 왔다. 이 때의 종군에서 느낀 소회를 형상화한 작품들은 유치환의 제6시집 『步兵과 더불어』(1951, 문예사)에 수록되어 있다.

시집 『步兵과 더불어』는 국판 104쪽으로 1951년 9월 11일 부산으로 피난와 있던 〈문예사〉에서 발행했으나 인쇄는 통영 항남동에 있는 〈통영인쇄주식회사〉에서 하였다. 장정은 이준 화백이 하였고 속표지에 주문진 북방에서 찍은 종군 사진 한 장이 수록되어 있다. 이어서 시집의 서문 격인 유치환의 〈前文〉이 있다. 시 본문은 모두 4부로 구성되어 있다. 〈보병과 더불어〉에 23편(3사단 23연대 종군 시편으로 제목 다음에 부제로 창작 지명이 기록되어 있음), 〈해바라기와 같이〉에 3편, 〈砲煙을 넘어〉에 3편, 〈背水의 거리에서〉에 5편 등 총 34편이 수록되어 있고 그 다음에 발문 격인 조지훈의 〈後記〉, 다시 유치환의 〈追記〉가 수록되어 있다. 이 시집은 〈보병과 더불어〉에 수록된 23편 말고도 대부분 전쟁터에서의 체험과 그 당시의 후방의 참상이 형상화되어 있기 때문에 모두 종군시라고도 할 수 있다.

(가) 여기 茫茫한 東海에 다달은
후미진 한 적은 갯마을

지나 새나 푸른 波濤의 근심과
외로운 세월에 씻기고 바래져

그 어느 세상부터
생긴 대로 살아온 이 서러운 삶을 위해

어제는 人共旗 오늘은 太極旗
關焉할 바 없는 기폭이 나부껴 있다

–「旗의 意味–望洋에서」 전문

(나) 악몽이었던 듯
어젯밤 전투가 거쳐 간 자리에
쓰러져 남은 적의 젊은 시체 하나
호젓하기 차라리 한 떨기 들꽃 같아

외곬으로 짐승처럼 너를 쫓아
드디어 이 문으로 몰아다 넣은 것
그 악착스런 삶의 폭풍도 스쳐 간 이제
이렇게 누운 자리가 얼마나 안식이랴

이제는 귀도 열렸으리
영혼의 귀 열렸기에
渺漠히 영원으로 울림하는
동해의 푸른 구빗물 소리도 은은히 들리니

–「들꽃과 같이 – 長箭에서」 전문

(가) 「旗의 意味」는 시집 『步兵과 더불어』 제1부인 〈보병과 더불어〉에 열 번째로 수록된 작품이다. 부제에 등장하는 지명 '망양'은 강원도 울진군 매화면(지금은 경상북도로 편입) 망양리 해안이다. 지금은 해수욕장과 휴게소 등의 시설로 아름다운 해안이지만 그 당시는 격전지였다. 지척에 울진읍이 있는데 1950년 9월 27일 국군 3사단이 울진을 탈환했다고 되어 있기 때문에 이 때가 이 시의 시간적 배경이라 볼 수 있다.

시인이 이 작품에서 주목하고 있는 것은 전쟁의 생생한 모습이 아니다. 그렇다고 이념적인 측면을 드러내고 있지도 않다. 앞으로는 망망한 동해가 펼쳐진 조그마한 갯마을에서 오랜 세월 동안 파도가 일면 근심에 잠기고 그렇지 않으면 바다에 나가 고기를 잡는 그야말로 외롭고 서럽게 살아가고 있는 주민들의 삶에 주목하고 있다. 그 동안의 그들의 삶은 이념이나 국가보다 기상의 변화에 생계를 걱정하는 생긴 대로 살아온 삶인 것이다. 따라서 그들에게 깃발은 그것이 남과 북 어느 쪽이든 크게 상관이 없다고 볼 수 있다. 즉 깃발은 의미롭기보다 무의미로운 것이다. 그런 면에서 시의 제목 〈旗의 意味〉는 하나의 아이러니라고 볼 수 있다. 그리고 전쟁이라는 부조리보다 시인은 이곳 주민들의 생업과 관계가 있는 파도가 크게 이는 것이 더 중요한 것이라 인식하고 있다. 이러한 유치환의 서민 지향성과 반이념 지향성은 일제 강점기부터 추구한 아나키즘과도 연관이 있다. 따라서 유치환 시인의 전쟁과의 거리두기에서는 민족분단에 대한 비판의식이 나타나고 있다. 이러한 태도는 오늘날 추구하는 분단극복과 통일 지향성과도 통한다고 볼 수 있다.

(나) 「들꽃과 같이」는 열세 번째로 수록된 작품으로 부제에 등장하는 '長箭'이라는 지명은 38선 이북의 고성군 고성읍 장전리이다. 이 지명은 2002년 금강산 관광이 시작되자 장전항이라는 이름으로 알려진 곳이다. 처음에는 관광선을 장전항에 정박해두고 금강산을 다녀오다가 현대아산이 장전항에다 해상관광호텔을 짓고 그 근처에 다른 숙박 시설도 지어 필자도 2006년 8월 육로로 가서 머물다가 온 곳이다. 1950년 10월 4일 국군 3사단은 38선 이북 고성을 점령하였기 때문에 이 시의 시간적 배경은 이때이다. 그리고 3사단은 계속 진격하여 10월 6일 통천(열네 번째 작품 「노래– 通川에서」), 7일 고저(열다섯 번째 작품 「戰友에게–庫底에서」)를 점령한다. 따라서 이 작품은 38선을 돌파한 뒤의 작품이다. 달리 말하면 북한 땅을 점령하고 난 뒤의 작품으로 (가) 「旗의 意味」와는 공간적 배경이 차이가 있다. 즉, (가)는 남한이 배경인 작품이고 (나)는 북한이 배경인 작품이다.

(나)에서 찾을 수 있는 시인의 시적 태도는 우선 북한군에 대한 적개심이 없다는 점이다. 그가 첫째 연에서 발견한 것은 밤새 국군을 향해 총을 겨누다가 전사한 북한군 젊은 병사의 시체이다. 달리 말하면 시인 자신을 향해 총을 겨눈 적군의 시체인 것이다. 그러나 그는 이 시체에

서 적개심을 느끼기보다 '한 떨기 들꽃'으로 비유하여 연민과 애도의 감정을 나타내고 있다. 전쟁을 일으킨 책임자는 큰 죄를 지었지만 그것을 수행하다가 전사하여 시체로 누워 있는 젊은 병사는 증오의 대상이 될 수 없다고 시인은 인식한다. 둘째 연에서는 전쟁의 잔학함으로 희생된 젊은 병사의 안식을 기원하고 있다. 그리고 마지막 셋째 연에서는 병사의 죽음에다 인격을 부여하여 귀, 그것도 영혼의 귀까지 열려 '동해의 푸를 구빗물 소리'를 듣는다고 표현하고 있다. 말하자면 병사의 명복을 빌어주고 있다. (가) 작품보다 한 걸음 더 나아가 남북의 대결이나 상대방에 대한 적개심보다 이름도 없는 젊은 적군 병사의 시신을 통하여 한 생명의 허망하고 억울하게 죽은 모습에서 이념대결의 부당성을 비판한다. 그리고 죽은 병사의 명복까지 빌어주는 것으로 인하여 인류애 또는 인류의 보편적인 휴머니즘도 보여주고 있다.

6·25전쟁 발발 72년이 지난 이 시점에 분단 극복이나 통일 지향성은 지나친 민족주의나 이념 지향성보다 전쟁을 반대하는 평화주의 그리고 인류 보편적 휴머니즘에 기반을 두어야 한다는 점을 시사한 시가 바로 유치환의 종군시 (가) 「旗의 意味」와 (나) 「풀꽃과 같이」이다.

조지훈(1920~1968) 시인은 1948년부터 고려대학교 문과대 국어국문학과 교수를 하다가 6·25전쟁이 발발하자 곧 발족한 문총구국대의 기획위원장을 맡았으며, 대구에 머물 때에는 공군종군문인단의 부단장을 맡았다. 그리고 앞에 언급한 것처럼 대구에서 부산으로 내려와 유치환 시인의 부산 집을 방문하기도 했으며 그 때의 소회를 「靑馬寓居有感」(1950. 9. 5. 부산)이라는 시로 남겨놓고 있다. 조지훈 시인은 1950년 9월 최태응, 오영진, 박화목 등과 평양방면으로 종군(최태응, 「평양인상기」, 『전시문학독본』, 서울 계몽사, 1951. 참조)하였다고 회고하고 있으나 국군과 유엔군이 38선을 돌파한 것이 1950년 10월 1일이었고, 유엔군 3개 사단이 대동강을 도하한 날이 10월 20일이며 미 제1군단이 평양에 군정을 실시한 날이 10월

21일인 점을 감안하면 9월이 아니라 10월이라고 보는 것이 타당하다. 그는 대구에 머물며 9월에는 대구 근교와 경북의 격전지도 종군하였다. 그리고 1951년 4월에는 여의도 공군기지에 최인욱과 함께 7~8일 머물면서 전투상황도 취재하고 조종사들과 좌담회도 하였다.(최인욱, 「싸우는 민족문학」, 《코메트》 4호, 1953. 5, p123. 참조)

그러나 조지훈 시인은 종군시를 유치환 시인처럼 재빠르게 시집에 수록하지는 않았다. 그의 제2시집 『풀잎 斷章』(1952, 창조사. 이 시집은 1946년 에 발간한 박두진, 박목월과 함께 발간한 3인집 『靑鹿集』에 이은 실질적으로는 첫 개인시집임)에는 한 편도 실려 있지 않고, 이어서 발간한 『趙芝薰詩選』(서울, 정음사, 1956.)에도 수록하지 않았다. 그러다가 1959년 발간한 제3시집 『歷史 앞에서』(서울, 신구문화사)에 비로소 수록한다. 이 때문에 그 스스로 종군시를 일종의 경우의 시Occasional Poem 즉, 행사시로 평가절하한 것이 아닌가하는 생각을 할 수도 있다. 그러나 종군시를 결코 과소평가를 할 수 없으며 몇 편은 그의 대표작으로 평가하기에 부족함이 전혀 없다. 종군시는 이 시집의 3부 〈戰塵抄〉에 17편이 수록되어 있다. 그리고 이 작품들로 인하여 그의 종군의 행적을 알 수 있기도 하다. 그 17편 가운데 가장 알려진 작품 한편을 인용해 보기로 한다.

> 한 달 籠城 끝에 나와 보는 多富院은
> 얇은 가을 구름이 산마루에 뿌려져 있다.
>
> 彼我 攻防의 砲火가
> 한 달을 내리 울부짖던 곳
>
> 아아 多富院은 이렇게도
> 大邱에서 가까운 자리에 있었고나,

조그만 마을 하나를
자유의 국토 안에 살리기 위해서는

한해살이 푸나무도 온전히
제 목숨을 다 마치지 못했거니.

사람들아 묻지를 말아라
이 荒廢한 風景이
무엇 때문에 犧牲인가를……

고개 들어 하늘에 외치던 그 姿勢대로
머리만 남아 있는 軍馬의 屍體

스스로의 뉘우침에 흐느껴 우는 듯
길 옆에 쓰러진 傀儡軍 戰士

일찍이 한 하늘 아래 목숨 받아
움직이던 生靈들이 이제

싸늘한 가을 바람에 오히려
간 고등어 냄새로 썩고 있는 多富院

진실로 運命의 말미암음이 없고
그것들 또한 믿을 수가 없다면
이 가련한 주검에 무슨 安息이 있느냐.

살아서 다시 보는 다부원은

죽은 자도 산 者도 다 함께
安住의 집이 없고 바람만 분다.

-1950. 9. 26.

-「多富院에서」 전문

이 작품은 『고등학교 문학교과서』(제7차교육과정 두산〈하〉, p.221) 에 수록된 적도 있다. 그러나 창작된 시기와 내용으로 보아 전투가 끝나고 난 뒤에 방문하였기 때문에 전투 장면을 직접 목격한 점이 없는 것이 종군시로서는 다소 약점이다.

'다부원(다보동) 전투'는 6·25전쟁 가운데 가장 치열한 전투로 대구 북방 22km에 위치한 경상북도 칠곡군 가산면 다부리에서 대구를 침공하는 북한군을 맞아 1950년 8월 3일부터 29일까지 26일 동안 벌어진 전투로 대한민국 국군은 백선엽 장군의 지휘 아래 국군 1사단과 미군 15,000명의 병력으로 북한군 3개 사단 30,000명과 전차 34대와 싸워 승리하였다. 국군은 10,000명의 사상자를 냈으나 북한군은 24,000명 사상자와 전차 13대가 손실되었다. 그러나 9월 5일 북한군 대공세로 인하여 국군 1사단과 임무교대를 한 미 제1기병사단은 한 때 다부동 일대 주저항선 일부 내어주기도 했다. 그러나 9월 12일 미 24보병사단, 국군 1사단 등 연합군을 편성하여 탈환하였으며 곧 낙동강을 건너 반격하였다. 지금 경상북도 칠곡군 가산면 다부리 유학산 기슭에는 이 전투의 전공기념관과 전적비가 있다.

조지훈의 이 시 「多富院에서」는 전투 그것도 미군의 전투까지 끝나 북한군이 완전히 퇴각한 뒤의 현장을 방문한 소회를 형상화한 것이다. 26일 동안의 국군 1사단 공방전, 그리고 7일 간의 미 제1기병 사단의 공방전으로 폐허가 된 그 현장을 북한군 완전 퇴각 10여일 만에 찾아 가서 목격한 현장은 상상 이상의 아수라장이었을 것이다. 다부원이라는 지명은 조선전기에 국가관할의 관원 숙소가 있는 곳이라는 점에서 다부동 혹은 다부리가 아니고 다부원으로 불리워진 곳이다. 그런 유서 깊은 곳이 아수라장이 된 것이다.

이 작품의 의미 단락은 크게 네 단락으로 나눌 수 있다.

우선 첫째 연부터 셋째 연까지는 다부원 전투 현장의 공간적 인식을 술회하고 있다. 22km의 거리는 그 당시의 교통 사정이나 도로 사정으로 보아 시인이 머물고 있던 대구와는 그렇게 가까운 거리는 아니다. 그러나 한 달 여 피아공방의 현장을 바라본 조지훈 시인의 심리적 거리는 가까운 것으로 인식하고 있다. 그렇게 인식하는 것은 상상할 수 없을 정도의 처절한 현장을 바라본 심리적 위기감 때문이라 볼 수 있다. 여기서 양쪽을 피아로 표현하여 적대감을 노골적으로 드러내지 않는 점을 주목해볼 수 있다.

다음으로 넷째 연부터 여섯째 연까지는 다부동을 자유의 국토로 사수하기 위해 풀과 나무들도 목숨을 버렸다는 점에서 자유라는 관념을 드러내다가 끝내 사람들에게 이 황폐한 풍경까지의 희생의 원인에 대한 질문은 유보한다. 다음의 일곱째 연부터 열 째 연까지에서는 모두 한 하늘 아래의 생령들인 군마의 시체와 괴뢰군 전사 사체가 가을바람에 간고등어 냄새를 풍기고 있는 다부원의 처연함을 감각적으로 술회하고 있다. 괴뢰군 전사라는 인식에서는 자유 대한민국의 입장을 다소 옹호하고 있으나 군마도 병사도 모두 한 하늘 아래 영혼을 가진 생명체라는 점에서 휴머니즘적 태도를 보이고 있다.

마지막으로 열 한째 연과 열 둘째 연에서은 가련한 주검들도 안식이 없고 죽은 자와 산자 모두 안주할 집이 없다고 술회하여 아직 끝나지 않은 전쟁에 대한 불안감과 삶 자체에 허무의식을 느끼고 있다.

이러한 처절한 전쟁터 그것도 한 달 넘게 피아가 공방을 벌린 참혹한 현장에도 불구하고 거리를 두고 있는 태도와 어조를 보이는 것은 이 시가 가지고 있는 다소 융통성 있는 4음보격 때문이라는 생각이 든다.

平壤을 찾아와도 平壤城엔 사람이 없다.

大同江 언덕길에는 왕닷새 베치마 적삼에 蘇式長銃을 메고 잡혀오는 女子 발치산이 하나.

스탈린 거리 잎지는 街路樹 밑에 앉아 외로운 나그네처럼 갈 곳이 없다.

十年前 옛날 平元線 鐵路 닦을 무렵 내 元山에서 길떠나 陽德 順川을 거쳐 걸어서 平壤에 왔더니라.

주머니에 남은 돈은 단돈 十二錢, 冷麵 쟁반 한 그릇 못 먹고 쓸쓸히 웃으며 떠났더니라.

돈 없이는 다시 안 오리라던 그 平壤을 오늘에 또 내가 왔다 平壤을 내 왜 왔노.

大同門 다락에 올라 흐르는 물을 본다 〈浿江無情〉 十年 뒤 오늘! 아 가는 자 이 같고나 서울 最後의 날이 이 같았음이여!

– 1950. 10

–「浿江無情」 전문

이 시는 앞에서 언급한 최태응의 회고기처럼 평양행이 제재가 된 작품이다. 작품 말미에 1950. 10이라고 명기되어 9월 행이 아니라 10월 행인 것이 밝혀져 있다. 일행 4명 가운데 오로지 조지훈 만 경북 영양 출신이고 나머지 셋은(박화목; 황해도 황주, 오영진; 평양, 최태응; 황해도 장연) 북한

출신이다. 다만 초대 국회의원이었던 부친 조헌영이 6·25전쟁에 납북되어 그를 찾으며 종군하였을 것으로 예상된다. 그는「奉日川 酒幕에서」(1950. 10.)라는 시에서는 '평양을 찾아간다. 임을 찾아서. 임이사 못 뵈와도 소식이나 들을까 하고……'라고 그 속내를 내비치기도 하였다. 그러나 막상 평양에서는 그러한 감정은 숨기고 텅 빈 평양 풍경을 담담하게 형상화 하고 있다.

그는 첫 행이자 첫째 연 서두에서 모두 다 도시를 버리고 떠난 적막한 평양 풍경을 '사람이 없다'라고 담백하게 표현하고 있다. 둘째 연(행)에서는 숨어 있다가 체포된 북한 여군 병사가 등장한다. 다시 셋째 연(행) 에서는 외로운 나그네로 갈 곳이 없다고 술회한다. 넷째 연(행)부터 여섯째 연(행)까지는 10년 전 그의 나이 20세 때 평양 왔던 추억담이다. 그래서 '왜 내가 다시 돈 없이 왔노'라고 자문하면서 감정을 어느 정도 억제한다. 그리고 마지막 일곱째 연(행)에서 대동문 다락방에서 강물을 바라보면서 세월의 무상함을 느낀 다. 그것도 평양 패전의 모습이 서울 후퇴의 풍경과 유사하다고 본다. 서울과 평양 즉 남과 북 그곳이 어느 쪽이던 패주한 후는 도시는 텅 빔으로 적막감이 든다고 인식했다. 말하자면 전쟁의 패주는 남과 북이 같다는 점에서 동질성 회복이라는 과제가 대두되었다고 볼 수 있다.

이상의 2편에서 조지훈 역시 전쟁의 승리나 전투의 치열함에 흥분하지 않는 점에서 근원적으로는 전쟁을 부조리한 것으로 인식하고 있는 평화주의나 남북의 분단극복 그리고 통일지향성을 찾을 수 있다.

4. 참전시의 특성– 김종문과 문덕수의 경우

지금부터 전쟁에 직접 참전한 시인들의 작품에 대하여 살펴보기로 한다.

김종문(1919~1981) 시인은 평안남도 평양에서 출생하였으며 1942년 일본 동경의 〈아테네 프랑세〉를 졸업하였다. 그리고 해방 후에는 두 차례(1967, 1971)에 걸쳐 파리에 체류하기도 하였다. 해방 직후에 군에 입대하여 국방부 정훈국장, 육군 정훈감 겸 보도실장을 역임하였다. 1957년 육군 소장으로 예편하였으며 한국현대시인협회 부회장을 거쳐 1977년부터 1980년까지 제4대와 5대 회장을 역임하였다. 6·25전쟁기에 발행된 1952년 1월호 《문예》에 시 「두 유령의 대화」를 발표하였다. 그리고 1952년 3월 10일에는 서울 문헌사 부산사무소에서 18.6×19.3(cm) 141쪽의 시집 『壁』(박태일; 「경인전쟁기 간행 시집 문헌지」 〈『경인전쟁과 한국의 지역문학』, 2000, 불휘, p.146. 참조)을 엮어 18편의 작품을 발표하였다. 이어서 1953년 휴전 직후에는 제2시집 『불안한 토요일』(보문각)을 엮는 등 활발한 활동을 하였다. 그는 휴전 직후인 1955년 5월에는 국방부 정훈국장(육군 준장)으로 『전시한국문학선』(국방부정훈국)을 소설(이미 발간)과 시(5월), 수필, 희곡, 평론으로 나누어 편찬하겠다고 詩篇 서문에서 밝히고 있다. 시편에 그는 서문을 쓰기는 하였으나 자기의 작품은 수록하지 않았다. 이 책에는 60명의 현역시인 118편(두 시인이 1편이고 나머지는 각 2편)의 6 · 25전쟁기에 쓴 작품들이 수록되어 있다. 1957년 6월에는 자유문학가협회의 기관지였던 《자유문학》에 「현대시와 매스 커뮤니케이션」, 《문학예술》에 「T S 엘리어트의 전통정신」 등을 동시에 발표하면서 비평활동도 겸하였다. 그리고 1962년에는 《자유문학》 주간도 하였다. 그의 시의 경향은 초기에는 불문학의 조예와 초현실주의 영향으로 극단적 모더니즘의 경향이었다. 그러나 후기로 올수록 균형 잡힌 주지시를 창작하였다고 평가 받고 있다. 1958년 〈자유문협상〉을 비롯하여 〈한국문학상〉(1965), 제1회 〈PEN 문학상〉(1978) 등을 수상하였다. 여기서는 비평적 성과와 작품세계의 전반적 성찰보다 그의 전쟁시 2편을 살펴보기로 한다.

너의 맑은 눈동자 깊이
石榴꽃 피는 고향 트이고

너의 밝은 이맛전 위에
푸르디 푸른 하늘을 얹고
전설의 밤에 심는 꿈 이야기
알려다오, 너의 더듬은 길을
代 이어 전해다오, 겨레여
이름 없는 용사의 遺産을

문창 마다 등불이 꺼지며
목 타오르는 試鍊의 疆土에서
얼 잃은 겨레의 얼 찾아
비틀대는 山河에 피 뿌리며
숨이 채 넘겨지지 않는 숨소리,
들려다오, 너의 마지막 말을
代 이어 전해다오, 겨레여
이름 없는 용사의 遺産을

너의 넋이 銀河에 깃들고
빛과 바람과 흙을 엮으며
너의 핏자국에 들薔薇 움트고
너의 체온이 地熱을 내뿜으며
슬기 찬 미소 짓는 風土,
이뤄다오, 너의 어진 包容을
代 이어 전해다오, 겨레여
이름 없는 용사의 遺産을.

삶과 죽음의 되풀이 틈에서
너의 죽음이 펼쳐놓은 淨土에

畏敬 없는 동아리 도사리거든
이름 없는 이름, 이름이여
너의 숨이 스쳐 간 산봉우리에,
부쳐다오, 너의 세찬 횃불을
代 이어 전해다오, 겨레여
이름 없는 용사의 遺産을.

–「이름 없는 용사의 遺産을」 전문

이 작품은 전쟁터에서 죽어 있는 이름 없는 병사의 주검을 제재로 하여 그의 죽음이 남긴 교훈이나 의미가 대대로 전해지기를 기원하는 일종의 헌시이다. 그러나 그러한 정황이 추상화 되어 있기 때문에 포연 속의 전쟁과 그 격전으로 인한 처절한 현장감에서는 다소 거리를 두고 있다. 이 작품은 김종문 시인의 다른 작품인 「望鄕」과 영역된 「六月의 抗拒」(RESISTANCE IN JUNE)와 함께 『한국전쟁시선』(1973, 상일문화사, 국판 185쪽)에 수록되어 있다. 그리고 이 시집에는 6·25전쟁뿐만 아니라 베트남 전쟁 참전시인들을 포함하여 25명의 68편(그 가운데 4편은 영역시)의 시가 편집되어 있다. 간행위원장은 역시 장군 출신인 장호강(1916~2009) 시인이고, 시집 말미의 작품 해설은 김종문 시인이 「전쟁과 시에 관한 각서」라는 제목으로 하고 있다. 따라서 이 작품은 김종문 시인의 전쟁시 대표작 가운데 한 편이라고 볼 수 있다.

이 작품은 각 연 마지막 두 행 즉, '代 이어 전해다오, 겨레여/이름 없는 용사의 遺産을'을 각 연마다 반복 하는 일종의 후렴구가 있고 한 연이 각각 8행인 규칙성을 가지고 있는 작품이다. 그래서 각 연이 내포하고 있는 무명용사의 죽음의 의미를 파악해 보는 것이 중요한 과제이다. 첫째 연은 무명용사에게도 아름다운 고향이 있었고 장래에 대한 꿈도 있었다는 것을 두고두고 기억해야 된다는 주장을 구체적인 사물과 감각적인 표현을 가져와 하고 있다. 둘째 연에서는 어쩌다 동족끼리 총을 겨눈 기막힌 전쟁터에서 피뿌리며 조국의 얼을 찾기 위해 싸우다가 목숨 거두면서 내뱉은 최후의 말이 무엇이었을가를 생각해 달라는 당부이다. 셋째 연에서는 무명용사의 처참한 죽음과 그 흔적도 세월이 흐르면 오히려 승화되고 새로운 포용의 장소가 된다는 것을 기억해 달라 하고 있다. 특히 포용의 정신을 진작부터 강조하고 있는 김 시인의 선견지명이 돋보이는 부분이다. 마지막 넷째 연에서는 전쟁으로 무명용사가 무수히 숨진 산야도 새로운 활력을 마련할 장소가 될 수 있을 것이라는 점을 잊지 말라는 것을 강조하고 있다. 이 역시 6·25전쟁 발발 72주년이 지난 시점에 만약 남북이 서로 적대적 관계가 해소되어 분단이 극복된다면 비무장지대가 대한민국의 새로운 기회의 땅이 될 수 있다는 점을 미리 예견한 것이라고도 볼 수 있을 것 같다.

이상과 같이 이 작품은 의미구조로 보아 무명용사의 죽음을 슬퍼한 단순한 헌시가 아니며 상상력의 전개도 시간적 질서를 가지고 있다. 따라서 김종문 시인의 전쟁시 나아가서는 작품 전체를 하루 빨리 조명해야 된다는 근거를 마련해 준 작품이다.

北風을 안은 香爐峯에 서서
긴 산맥을 더듬어 가며
계곡을 흘리고 들을 펼친다.

나의 回想의 江 구비치며
나의 꿈 새긴 쪽배는
지금 어디로! 소리쳐도,

나의 꿈 심은 계수나무는
지금 어디에! 소리쳐도
메아리 없는 冷却의 球体이다.

〉

나는 새, 나의 마음 깃치고
안개의 緩衝地帶를 드나들며
묻어오는 어둠의 香부대,

나의 소망이란 차라리
침묵의 緩衝地帶에 스며들며
외로이 變身하는 부엉이氏,

낮엔 먼 눈 뜨고 속 비치고
밤엔 北 바라 밝은 눈 뜨고
밤새 비치며 밤마다 울겠다.

–「望鄕」 전문

이 작품의 첫 행에 등장하는 향로봉(1,296m)은 동부전선 강원도 고성군과 인제군에 걸쳐 있는 현재 민통선 북쪽에 있는 산이다. 지금의 휴전선으로 전선이 고정되어 가던 1951년 8월 18일에서 27일까지 국군 제1군단과 미 제10군단과의 합동작전으로 향로봉과 인근 다른 고지를 점령한 전투를 향로봉전투라 한다. 아마 김 시인이 이 전투 승전 이후 향로봉을 방문한 체험으로 이 시를 쓴 것으로 짐작된다. 사실 김 시인의 고향은 평양이기 때문에 강원도의 향로봉과는 거리가 멀어 이 시의 제목에 등장하는 '망향' 즉 고향 바라보기는 개인적인 체험과는 상관이 없다. 따라서 여기서의 '망향'은 북한 쪽 산야를 바라보며 실향민 청년으로 만감이 교차되는 그리움이다.

앞의 작품도 그러했지만 이 작품은 한 연이 각 3행인 규칙성을 가지고 있다. 그만큼 김 시인은 작품의 형태면에서 신경을 쓰는 시인이다. 그리고 의미구조와 상상력의 전개과정도 질서를 가지고 있다. 물론 이

것은 한 두 편의 시로서는 밝혀질 것은 아니지만 앞의 작품과 이 작품만 보아도 그렇다는 말이다.

첫째 연에서 향로봉 북쪽 산야가 등장하면서 그것을 보고 상상력을 전개한다. 과거의 회상과 어린 시절부터 꿈꾸어 온 소망도 찾을 길 없음이 둘째 연과 셋째 연에 제시되고 있다. 이어서 시적화자는 넷째 연과 다섯째 연에서 안개와 침묵의 완충지대 드나들며 절망과 외로움을 상징하는 부엉이로 치환된다. 그래서 결국 마지막 여섯 째 연에서 밤마다 울겠다고 전쟁으로 인한 절망감과 상실감을 우회적으로 표현한다. 따라서 이 작품에서는 전쟁이라는 벌어져서는 안 될 일이 벌어져 젊은이의 꿈과 희망을 빼앗아 간다는 점을 지적하고 있다.

이상에서 김종문 시인은 비록 참전 군인이었지만 전쟁에서 승전의 기쁨이나 격전의 처철함을 시로 형상화하기보다 전쟁에서 죽은 무명용사들에 대한 의미부여를 하면서 그 뜻을 기리자는 것과 격전지의 미래 모습까지 예견하였다. 한편으로는 전쟁은 젊은이들의 꿈과 희망을 빼앗아 간다는 점을 지적하여 반전사상적 측면을 가지고 있다.

문덕수(1928~2020) 시인은 경남 함안에서 태어나 일본에서 중학을 졸업 후 귀국하여 젊은 나이에 경남교원양성소를 거쳐 중등교원자격을 취득했으나(1950), 6·25전쟁이 발발하자 육군종합학교 27기로 입대하여 육군 소위로 임관하여 일선 소대장으로 참전하였다. 강원도 현리,사창리 전투지역을 거쳐 철의 심각지 전투에서 부상하여 야전병원에서 응급 수술을 받고 서울 수도육군병원, 대구 제일육군병원 등에서 치료를 받고 1953년 6월 육군 중위로 제대하였다. 그 뒤 홍익대학교 법정학부를 졸업하였다. 1955년 6월 마산상업고등학교 교사를 거쳐 1957년 제주대학교 국문과 교수로 부임하였다. 1961년에는 모교인 홍익대학교 국어국문학과 교수로 부임하였다. 국어교육과를 창설하고 사범대학장과 교육대학원원장을 맡아 수고하였으며. 1994년 2월 정년퇴임하였다. 문

시인은 일본 쓰쿠바 대학원에서 한·일 비교문학을 연구하고(1979), 1981년에는 〈한국모더니즘시연구〉로 고려대학교에서 문학박사학위를 받았다. 문단데뷔는 유치환 시인의 추천으로《현대문학》1955년 10월(「침묵」), 56년 3월(「화석」), 56년 6월(「바람 속에서」) 3회 추천완료하여 데뷔하였다. 시집은 1956년 세계문화사에서『황홀』을 낸 이후 영역과 일역들을 포함하여 무수히 발간하였다. 평론집도 1969년 수학사에서『현대문학의 모색』을 발간한 이후 무수히 많다. 그 외 학술활동, 문단활동, 국제회의 등과 수상 실적 등은 무수히 많아 일일이 열거하지 않겠다. 1981년부터 1984년까지 김종문 시인의 뒤를 이어 한국현대시인협회 6~7대 회장을 역임하였다. 1992년에는 국제펜클럽한국본부 회장으로 취임하였다. 1993년에는 대한민국 예술원 회원이 되었으며, 1995년부터 한국문화예술진흥원장 및 한국문화정책개발원 이사장을 역임하기도 하였다. 2020년 3월 13일 오랜 투병 끝에 영면하였지만 최근까지의 다방면의 활동은 시인이나 국문학자로서나 대한민국에서 전무후무할 업적일 것이다. 그러나 참전시인 특히 참전 중 부상을 입어 국가유공자(2001. 2.)가 된 시인이기 때문에 참전시에 대하여 살펴보는 것도 충분히 의미있는 일이다.

그의 참전시는 첫 시집『황홀』2부에 12편이 수록되어 있다. 그리고 그 뒤에도 간간이 발표되어 다른 시집에도 여러 군데서 참전시가 보인다. 그러나 여기서는 첫 시집의 작품 두 편을 살펴보기로 한다.

> 저것은
> 그만 피다 못해
> 코스모스가 타는 것이다.
>
> 잿더미가 된 산골에
> 뉘 떨어뜨린 씨 한 알이

저렇게 멀리 눈부시게 타는 것이다.

확확 숨막히는 초연硝煙을 마시고
눈물에 하소 못할 사연을
울다 못해 스스로를 불태우는 것이다.

허물어져 가는 山野를 안고
저기 피어려 기우는 하늘 속에
마구 쓰러지고 싶어 타는 것이다.

저것은
이제 기다리다 못해
뉘 불살라 올리는 焦燥한 念願이다.

-中部前線을 가는길-

-「코스모스」 전문

중부전선 그것도 격전지로 가는 길에, 길가에 피어 있는 코스모스를 발견하고 그것에다가 전쟁의 치열함이나 비극을 이입시킨 작품이라고 볼 수 있다.

사실 코스모스는 일반적으로 가냘프게 피어 바람에 흔들린다. 그래서 소녀로 비유되기도 하고 전형적인 가을 풍물로 그려지기도 한다. 그러나 전쟁터의 길가에 핀 코스모스는 그렇게 비유될 수만은 없는 것이다. 우선 첫째 연에서 코스모스가 피는 것을 '타는 것'이라고 강렬하게 인식하고 있다. 그러면서 갈수록 그 강렬함이 더하여 진다. 둘째 연에서는 전쟁의 폐허를 셋째 연에서는 초연 즉 화약의 연기를 등장시켜 강렬함을 상승시킨다. 그러다가 넷째 연에서는 허물어져가는 산야와 핏빛의 노을 속에 마구 쓰러지고 싶어 탄다고 더욱 극대화 시킨다. 이렇게 코스모스라는 꽃, 즉 자연으로 전쟁의 비극을 형상화시킨 점에서 이 시는 참전시의 한 경향을 대표할 수 있을 것이다. 결국 시인은 마지막 연에서 코스모스를 기다리다 못해 불살라 올리는 초조한 염원으로 비유하고 있다. 그 염원은 전쟁의 종식과 평화에의 염원이라고 볼 수 있다. 따라서 이 시 역시 궁극적 지향성은 평화주의이다.

M·1 銃부리에 별빛이 떨어진다.
M·1 銃부리에 매차운 바람이 휘감긴다.

어디서 굴러오는
한 앞 쓸쓸한 落葉의 戰慄이
삼엄森嚴히 깊어가는 온 골짝을 울린다.

괴로운 듯 쓰러져 누운 산전山巓을
맥맥脈脈히 감돌아 오는 砲聲이
피어린 메아리 되어 숨는다.

凄切한 砲聲에 시달려
울연鬱然히 굼틀거리는 저 太白의 連峯들……

내 銃부리엔 곤한 숨소리가 들린다.
내 銃부리엔 溪谷의 물소리가 들린다.

– 史倉里에서

–「哨兵」 전문

이 작품「哨兵」은 같은 제목으로『한국전쟁시선』에 수록되어 있다. 그러나, 이 작품을 많이 개작하여 수록하고 있기 때문에 제1시집에 있는 것을 인용하였다. 이 작품은 지금까지 인용한 다른 작품에 비하여 피아彼我의 대결 현장이 바로 시적 공간이 되어 있는 것이 특색이다. 그러나 문 시인은 초급장교였기 때문에 이 시에 등장하는 화자 '나'는 아니다. 다만 일선 소대장으로 초병들과는 생사고락을 같이 했기 때문에 현장감 있게 형상화 하고 있다.

이 작품에서 화자 '나'는 초병이다. 그러나 적을 향해 긴장감 속에서 총부리를 겨누고 있는데도 불구하고 적대감을 표현한 부분은 전혀 없다. 다만 첫째 연에서는 극도의 긴장감을 '별빛'과 '바람'으로 사물화 한다. 둘째 연의 경우는 '낙엽'의 소리를 '전율'로 인식하여 공포감도 형상화 하고 있다. 셋째 연과 넷째 연에서는 끊이지 않고 들려오는 포성을 주위의 산 정상과 이어진 봉우리를 등장시켜 처절하게 형상화 한다. 다시 마지막 연에서 긴장감을 총부리에 숨소리와 계곡 물소리가 들려온다 하여 감각적 이미지로 전환시킨다.

이 작품은 제재를 사람으로 하였으나 역시 앞 작품처럼 자연을 등장시켜 문 시인 자신의 특성을 효과적으로 보여주고 있다. 그리고 전쟁의 대결구조와 승전의식을 드러내지 않음으로써 평화 지향성으로 다가갈 수 있는 기반을 마련하였다.

5. 마무리

지금까지 살핀 유치한 시인과 조지훈 시인의 종군시 4편, 그리고 김종문 시인과 문덕수 시인의 참전시 4편을 살펴본 결과 그들의 작품에는 피아간의 적대의식이나 승전의식은 보이지 않는다. 그리고 지나친 민족주의나 이념대결도 지양하고 있다. 그들의 작품에는 전쟁으로 인한 서민들의 삶의 파괴, 남북의 무명 병사들의 억울한 죽음에 대한 애도 혹은 명복을 빌고 있다. 나아가서는 젊은이들의 꿈을 빼앗아 간 전쟁에 대한 반대, 그리고 인류의 보편적 휴머니즘에 입각한 평화지향성을 보여주고 있다. 특히 분단극복 이후에 전쟁의 유산이나 전적지 등도 포용적 정신으로 보면 대한민국 앞날의 소중한 문화유산이 될 수 있다는 점을 강조한 시에서는 6·25전쟁 72주년이 지난 지금에서 보면 새로운 통일문학의 방향 혹은 새로운 문화유산의 발견을 예견한 것이라고 볼 수 있다.

물론 반공의식이나 승전의식이 등장하는 다른 시인들의 작품도 있다. 그러나 대한민국을 대표하고 한국문학사에 남을 네 시인의 작품에서 이러한 통일지향성을 발견하였다는 점에서 우리 후배들은 보람을 충분히 느껴도 될 것이라는 생각이 든다. 앞으로 기회가 되면 북한 시인들의 작품에도 이러한 점이 있는가를 살펴볼 필요가 있을 것이라는 점을 밝히면서 글을 마치기로 한다.

양채영 시인의 삶과 시 세계

– 꿈나무들 그리고 풀, 꽃, 나무, 숲과 함께

1. 들머리

양채영(1935~2018) 시인은 1935년 11월 22일 경북 문경군 문경면 갈평리 648번지(현재의 문경시 문경읍 관음길 96)에서 양명환, 도계분의 2남 3녀의 맏이이자 장남으로 태어났다. 그의 본명은 재형在瀅으로 채영彩英은 필명이다. 유년기인 1936년부터 1945년까지 부모님을 따라 만주 四平省(만주국 성으로 지금의 요녕성 북부와 길림성 남부)에서 지냈다. 그 동안 그곳에서 초등학교 4학년을 다니다가 1946년 9월 고향으로 돌아와 향리의 용흥초등학교에 편입학하여 1949년 졸업하였다.

1953년에는 문경서중학교를 졸업하고 소백산맥을 넘어 충주사범학교(1946년 개교 1962년 교육대학 설치로 폐교)에 입학하여 1957년 3년의 본과 과정을 졸업한 후 그 해 4월 중원군 엄정면(현재 충주시 엄정면) 엄정초등학교 교사로 부임하면서 충청인이 되었다. 1958년에는 교원단축혜택(교보)을 받으며 1년간 육군에 복무하였다. 1961년에는 채홍자 여사와 결혼하여 슬하에 인석(1964), 근석(1968), 혜령(1973) 삼남매의 자녀를 두었다. 1999년 2월 충주시 교현초등학교에서 총 42년간의 교직생황에서 정년퇴임할 때까지 중간에 괴산군 관내 초등학교에서 몇 년간 근무한 것과 육군에 1년 근무한 것을 제외하고는 충주시 관내에서 직접 초등학생들에게 꿈을 키워주는 교사로 지냈다.

2. 문학적 생애

양채영 시인은 1963년 《충청일보》 신춘문예에 「미사에 가는 소녀」로 당선되었다. 1965년에는 전봉건 시인이 주재한 월간지 《문학춘추》에 김춘수 시인 추천으로 「안테나 풍경」이 초회 추천되었으나 잡지 발간이 중단되었다. 1966년 1월 문덕수 시인이 주재한 월간 《시문학》에 역시 김춘수 시인이 「가구점」, 「내실의 식탁」 2편을 추천하면서 시단에 데뷔하였다. 김춘수 시인이 한국 시단에 직접 자기 이름으로 데뷔시킨 첫 번째 시인이 1966년 1월의 양채영 시인이었다.

여기서 양채영 시인과 필자의 첫 만남을 소개하여야겠다. 경북대학교 사범대학 국어교육과 3학년 시절인 1965년 12월 25일 크리스마스 무렵 지금은 필자의 아내가 된 최숙희 양(충주여고 졸업, 당시 경북대학교 사범대학 수학교육과 1학년)과 함께 수안보초등학교에 근무 중이던 양채영 시인을 만나기 위하여 수안보로 갔다. 왜냐하면 그때 이미 1966년 1월호 《시문학》에 양채영 시인이 천료된다는 소식을 김춘수 은사님으로부터 대구에서 듣고 마침 서울로 문덕수 시인을 만나러 가는 길에 먼저 양 시인을 만나봐야겠다는 결심을 하고 충주로 왔던 것이다. 필자는 1965년 7월호 초회 추천에 이어 1966년 1월호에 2회 추천이 예정되어 있었다. 말하자면 양채영 시인과 필자는 모두 김춘수 시인으로부터 시단 추천 과정을 밟고 있었던 것이다. 만나고 보니 그의 본명 재형의 在자는 필자의 숙항이고 남원 양씨 가운데도 같은 용성부원군 파로 먼 친척 아저씨였다. 이런 인연으로 결혼 후에도 충주를 거쳐 처가인 제천시 백운면으로 갈 때에는 우리 온 가족이 양채영 시인의 댁을 종종 방문하였다. 1969년에는 잠시 〈한국시〉 동인(박경석, 박제천, 송유하, 오규원, 유윤식, 정의홍, 홍신선 등)을 함께 했다. 그리고 1970년대 초반 어느 해 여름에는 양채영 시인과 같이 대구로 가 경북대학교로 김춘수 시인을 방문하기도 하고 달성공원 이상화 시비를 찾아가기도 하였다. 그리고 양 시인이 부산의 우리집을 방문하기도 하였다. 이러한 인연으로 비록 부산과 충주는 먼 거리였지만 심리적 거리는 정말 가까웠다.

양채영 시인의 충주문단 나아가서는 충북시단 중흥시키기 위한 노력을 살펴보지 않을 수 없다. 1971년 원로 시인 박재륜(1910~2001)을 지부장으로 모시고 한국문인협회 충주지부 창립을 주도하였고 1980년부터 1988년까지 제2대 지부장을 역임하였다. 지부장 재임 중인 1983년에는 《충주문학》을 창간(2021년까지 39집 간행)하였다. 한편 같은 해 〈내륙문학동인회〉를 손수 이름까지 지어서 발족시켜고, 1979년에는 〈중원문학동인회〉를 발족시켰으며 1990년부터 2000년까지는 회장으로 수고하였다. 그리고 1998년에는 푸른시낭송회 창립회장으로 시낭송 운동도 전개하였다. 뿐만 아니라, 한국현대시인협회 하계세미나(1996. 9. 수안보파크호텔), 충주숲속시인학교(1999. 8./2004. 8. 문학아카데미 주관), 한국문인협회 세미나(2006. 수안보 파크호텔) 등 전국적인 행사가 충주에서 개최되어 문화도시 충주의 역량과 아름다운 풍광을 전국의 문인들에게 알리는 계기를 마련함에는 양채영 시인이 충주에 있었기 때문에 가능하였다.

양채영 시인은 문단 데뷔 후 꾸준히 시작 활동을 하여 평생 10권의 개인 시집을 엮었다. 그것을 열거하면 다음과 같다. 제1시집 『노새야』(서울, 한림출판사, 1974, 김춘수 서문 문덕수 해설), 제2시집 『善 · 그는』(서울, 시문학사, 1977, 한국문예진흥원-우수작품조판비 지원, 신경림 발문), 제3시집 『은사시나무잎 흔들리는』(서울, 문학예술사, 1984, 박제천 해설), 제4시집 『지상의 풀꽃』(서울, 문학아카데미, 1994, 홍신선 해설), 제5시집 『한림으로 가는 길』(서울, 동학사, 1996, 장석주 해설), 제6시집 『그리운 섬아!』(서울, 문학아카대미, 1999, 이건청 해설), 제7시집 『그 푸르른 댓잎』(서울, 문학아카데미, 2000, 강우식 해설), 제8시집 『지상은 숲이 있어 깊고 푸르다』(서울, 조선문학사, 2006, 박진환 해설), 제9시집 『개화』(서울, 연인M&B, 2009, 홍신선 해설), 제10시집 『눈이 오네 봄이오네』(서울, 문학아카데미, 2014, 박제천 해설) 등 이상과 같다. 이러한 성과를 바탕으로 그는 제3회 도천문학상(1985, 경북 문경), 제1회 충주시문화상(1992), 제33회 한국문학상(1996, 한국문인협회),

제2회 충북문학상(1997, 충북문인협회), 제6회 충북도민대상〈문학〉(2004, 충청북도), 제3회 시인들이 뽑는 시인상(2004, 문학아카데미), 펜문학특별상(국제펜클럽한국본부, 2009) 등 경향각지의 문학상을 수상하였다.

양채영 시인은 시 창작에 매진하면서도 배움의 끈을 놓지 않아 한국방송통신대학교 학사과정(1985), 국민대학교 교육대학원 국어교육과 석사과정(1990)을 졸업하였다. 그리고 1998년부터 2000년까지는 건국대학교 충주캠퍼스 사회교육원 문예창작 강사로 문인 지망생을 가르치기도 했다. 그의 성실성과 시창작에 대한 열정은 2004년 뇌경색으로 쓰러졌지만 부인 채홍자 여사의 지극정성의 간호와 자녀들과 가족들의 도움으로 회복하여 10년 동안 시창작에 열중하였다는 점이다. 이렇게 평생을 시창작과 충주문단 중흥 그리고 후진 양성에 열과 성을 다한 양채영 시인은 2018년 9월 15일 오랜 투병 생활 끝에 부인과 3남매와 며느리와 사위 그리고 손자, 손녀들을 이 세상에 남겨두고 향년 83세로 하늘나라로 갔다. 그의 고향 문경시 〈문경문학관〉에는 문경 출신 다른 몇몇 문인과 함께 〈꽃과 풀과 교감한 시인〉으로 그의 약력과 사진, 저서 등이 전시되어 있다.

3. 모더니티 지향성과 사물의 존재 탐구

양채영 시인의 1965년부터 2014년까지의 50년 시작 전 과정 가운데, 우선 데뷔 시절과 60년대와 70년대의 작품의 특성을 살펴보기로 한다.

(가) 고디크의
　　담벽을 기어오르면
　　창문에
　　꽃병 하나, 엿듣고 있다.

휘휘한 領地에

호밀대 한 폭

–「안테나 風景」(《문학춘추》, 1965) 1, 2연

(나) 숲속은

유리빛 바람

풍선을 사는 애기는

小兒痲痺

女人은 졸고

—사슴이 뛰는

二等邊三角의 허릴

네모진

氷山이 나란히

떠간다.

–「家具店」(《시문학》, 1966. 1.) 1연

(다)뉴우톤이 따먹었던

國光인지 인도인지

별난 사과맛의

까아만 씨앗들이

흩어져 있다.

노오랗게 타고 있는 戰爭

담배꽁초의

재(灰)로 떨어진 유서

떨리고 있는

하얀 손가락들이

가지런히 꽂혀 있다.

–「古書店」(동인지 《한국시》 1호, 1969) 앞 부분

(가) (나)는 추천작이고 (다)는 동인지에 발표된 1960년대 작품으로 제1시집 『노새야』(1974)에 수습되어 있다. 이 작품들은 한결같이 초현실주의적 발상을 하고 있다. 김춘수(1922~2004) 시인도 〈추천기〉에서 '초현실주의적 경향이라 독자들이 이미지와 이미지 연결을 따라가기 힘들 것'이라 지적하고 있을 정도다. 그러나 '작품으로서의 균형을 유지하고 있다.'는 점도 아울러 지적한다. 이러한 경향은 1960년대 한국시에서 막 등장하기 시작한 시인들의 내면 의식을 형상화하면서도 사물성을 가지고 있는 개성적인 작품들이다. 이 작품들은 그 당시 갓 등장한 '텔레비전 안테나', 그리고 '가구점'과 '고서점'이라는 구체적 사물과 공간을 시적 제재로 하고 있다. 그러나 이러한 사물들을 즉물적으로 보여주기보다 고도의 상상력을 발동하여 시적 공간과 연결시켜 의미를 유추하여 보도록 한다. 안테나 걸린 건물 풍경과 가구점에서 손님을 기다리는 여인과 고서점에 꽂힌 각 분야의 책들을 머릿속에 떠 올리며 이 시들을 읽으면 독자들은 자기 자신들의 상상력의 확장 능력에 놀라게 될 것이다. 특히 양 시인의 절제된 시어와 정서는 그 당시의 시단에 잔잔한 반향을 불러 일으켰다. 이상으로 볼 때 양 시인은 참신한 모더니티지향성의 시인으로 시단에 등장하였다고 볼 수 있다.

60년대의 이러한 경향은 1970년대 초반의 작품으로 1975년 現代文學社가 기획하고 語文閣이 간행한 『新韓國文學全集』(전 50권) 38 시선집 〈4〉에 수록된 양 시인의 작품 「수유須臾」(1973), 「외곽外廓」(1971), 「피부병」(1970)에도 다소 변모는 있으나 전체적 경향은 그대로 지속된다. 이 작품들 역시 제1시집에 수습되어 있다.

하늘에는

늘

세발자전거를

타고 가는

어린애가 놀고 있다.

세발자전거의
바퀴살에
한 마리의 금빛 새가
날아가고 있다.

언듯 지나는
검은 그림자
날개깃에서 떨어진
금가루가
내 뼈와
흩어진 왕모래 사이에
金鑛脈을 뻗고 있다.

―「수유須臾」 1~3연

이 시의 제목인 '수유'는 잠시 즉 짧은 시간이라는 개념이다. 고등학교 국정 『국어』 교과서에 오래 수록된 정비석(1911~1991)의 금강산 기행기 「山情無限」에 등장하여 우리에게 보편적으로 인식된 어휘이지만 그렇게 평범한 개념은 아니다. 이 시의 내용과는 다소거리가 있는 제목이나 데뷔작에 비하여 시적문맥의 비약이 심하지는 않다. 문덕수(1928~2020) 시인도 양 시인의 첫 시집에서 김춘수 시인의 〈서문〉. 다음에 〈무거운 짐을 부리며〉라는 제목의 해설에서 이 작품의 전문을 인용한 후에 '순수한 팬터지 같이 보이나 그렇지가 않다. 존재의 순간적 변화의 아름답고 선명한 부각이라고 할 수 있다.'고 평가하고 있다. 필자 역시 이에 공감하는 바이다. 즉, 시간적 개념을 시의 제목으로 삼았으나 그가 추구하는 것은 순간적으로 포착되는 사물의 존재 탐구이며 그 사물은 즉물적이 아닌 환상과 비약적 상상 속에 존재한다고 볼 수 있다. 그러나 데뷔작이 다소 단절된 이미지를 가지고 있는데 비하여 이 작품은 자유연상 기법으로 단절을 극복하고 있다. 다른 두 작품 「외곽」과 「피부병」도 같이 설명될 수 있을 것이다.

양 시인이 70년대 이후에 시도하고 있는 이러한 경향을 제대로 반영한 작품은 제2시집 『善 · 그 눈』(1977)에 수록된 「善 · 그 눈」 연작시이다. 이 연작시는 70년대 전반부터 20년 동안 양 시인이 심혈을 기울여 쓴 작품들이다. (1)~(22)는 제2시집에, (22)~(33)은 제3시집 『은사시나무 잎 흔들리는』(1984)에, (33)~(43)은 제6시집 『그리운 섬아!』(1999)에 수록되어 있다. 제2시집에 수록된 작품은 따로 제목이 없는데 비하여 제3시집에는 제재를 부제로 붙이고 있다. 그리고 이 연작시들은 제2시집에는 15행 내외, 제3시집에는 10행 내외로 제6시집에는 10행 이내로 짧아지고 있다. 제1시집에 유일하게 수록되었다가 제2시집에 다시 수록한 「善 · 그 눈 5」를 인용해 본다.

> 정초 아침
> 내 이마에
> 하얗게 내린 눈
> 선 듯
> 추운 故鄕
> 참싸리비를 들고.
> 길을 쓸면
> 客裡 걱정에
> 눈처럼
> 펄펄 오시는
> 아버님의
> 허연 기침소리가……
>
> –「善 · 그 눈 5」 전문

연작시 「善 · 그 눈」에 대하여 양 시인은 제2시집 서문에서 '연작이지만 독립된 것으로 선에 대하여 생각해 보았다'고 간단히 언급하고 있다. 그리고 이 작품에 대하여 '돌아가신 아버님 생각이 그 내용이어서 첫 시집에 수록했던 것인데 연작 순서를 맞추기 위하여 재수록한다.'고 밝히고 있다. 제1시집 『노새야』는 양 시인의 시집 가운데 유일하게 세로로 편집되어 있으며 속포지 다음에 '삼가/아버님 영전에 /이 작은 책을/드리옵니다'라는 헌사가 있다. 이로 미루어 연작시는 1970년대 초반부터 지속적으로 창작해온 작품들이라는 것을 알 수 있다. 양 시인이 '善'에 대하여 생각하는 시라고 해서 윤리적이거나 도덕적인 관념이 들어 있는 작품들은 아니다. 단지 때 묻지 않은 순수한 사물들이나 기억들이 등장하고 있다. 인용한 이 작품은 정초에 내린 눈을 참싸리비로 쓸면서 문득 돌아가신 아버지를 생각하는 것이 모티브가 된 작품이다. 달리 말하면 돌아가신 아버지에 대한 그리움을 정초에 내린 눈으로 사물화한 것이다.

이상과 같이 1970년대 후반부터 1990년대 초반까지 앞에서 언급한 대로 점점 짧아지면서 창작된 43편의 연작시 「善 · 그 눈」을 통하여 사물에 대한 존재의 탐구, 그것도 순간적으로 다가오는 사물을 통한 상상력의 발동이라는 시작 방법론으로 양 시인은 60년대 데뷔 초기의 모더니티 지향성에서 찾아볼 수 있는 이미지의 비약에서 오는 난해성을 극복한다. 뿐만 아니라 작고 소박한 사물을 제재로 하는 시 창작 방법론도 터득한다.

4. 꽃을 바라보는 태도의 다양성

결국 양채영 시인은 대표적으로 작고 소박한 사물인 꽃과 나무를 시적 제재로 하게 된다. 양채영 시인의 시에 '꽃'이 본격적으로 등장하는 것은 제3시집 『은 사시나무잎 흔들리는』(1984, 문학세계사)부터이다. 이 시집 1부 〈풀꽃〉 부분에 「벼 꽃」 외 21편이 수습되어 있다. 이 시집은 그가 데뷔한지 20년이 지난 시점에 출판된 시집이다. 이 시집을 발간한 이후 제4시집 『지상의 풀꽃』(1994)은 시집 제목도 그렇고 작품의 대부분이 꽃과 풀을 제재로 하고 있다. 그리고 제5시집 『한림으로 가는 길』(1996)과 제7시집 『그 푸르른 댓잎』(2000), 제9시집 『개화』(2009) 등에 간간이 등장하다가 그의 마지막 시집인 제10시집 『눈이 오네 봄이 오네』(2014)에 다수 등장하고 있다. 그리고 그 '꽃'들이 대부분 나무에 달린 화려한 것이 아니고 풀이나 먹는 식물에 달린 것들이다. 그 가운데 가장 빈번하게 등장하는 것이 '벼꽃'이다. 제3시집(1984) 1부의 첫 작품으로 등장한 이후 연작시 형태로 (2)와 (3)이 제4시집(1994)에 (4)와 (5)가 제5시집(1996)에 (6)이 제7시집(2000)에 수록되어 있다.

(가) 다시 생각해도
玉洋木빛이었다.
눈으로 듣는
우리나라 山川의 和答,
숭늉에도 한 덩이 구름의 향기,
애무당들 고운 남치마 속이
太白이나 智異山에 걸쳐
징징 南道징소리를 낸다.
이제사 열리는 한 世上,
속눈썹이 길어서
칭칭 괴는 못물이 질펀하고,
扶餘나 三韓 때의
뻐근한 팔뚝바람이 뻗쳐
저렇게 향기롭고 貴하구나
貴하구나

– 「벼꽃」 전문(제3시집 『은사시나무 흔들리는』 〈1984〉)

(나) 문경 새재를 넘어간다
하늘의 구름이 가깝다
상주 구미 왜관으로
몇 시간을 내달려도
조금도 틈을 주지 않는
누우런 벼꽃 향기
저들의 완강한 주제와
절절한 세목들을
누가 거역할까
그들의 줄기찬 힘에 얹혀가는
이 향기로운 南行길.

–「벼꽃 · 6」 전문(제7시집 『그 푸르른 댓잎』, 2000)

이 작품들의 창작 연도는 시집을 기준으로 하면 (가)가 1984년이고 (나)가 2000년으로 16년이라는 차이가 있다. 그러나 '벼꽃'에 대한 양 시인의 인식의 태도는 근본적으로는 차이가 없다. 양 시인은 제3시집 서문에서 '나무나 꽃에서 그 나라의 오랜 문화에서 빚어지는 빛깔과 분위기 그리고 민족이 지닌 애환과 역사성'을 발견할 수 있다고 보고 있다.

(가)의 경우는 이러한 양 시인의 의도가 잘 드러나 있다. 이 작품에서 양 시인이 벼꽃 만발한 들판을 바라보며 펼치는 상상력은 식물적 상상력이라기보다 역사적 상상력에 가깝다. 그렇다고 해서 생경한 관념이나 격앙된 어조가 드러나지 않는다. 벼꽃이 만발한 들판을 옥양목에 비유한 것이나 태백이나 지리산에 걸쳐 들리는 징 소리에서 시각적이고 청각적인 이미지가 등장한다. 그리고 부여와 삼한이라는 고대국가를 등장 시켜 우리 민족의 벼를 경작하고 살아온 역사를 깨닫게 한다. 이 작품의 끝 부분 2행에 등장하는 감정이 드러난 어조로 인하여 이 시는 힘

찬 역동적 이미지까지 가지고 있다. 뿐만 아니라 벼농사에 대한 긍정적인 세계관도 보여주고 있다.

(나)의 경우는 (가)에 비하여 화자의 움직이는 공간이 훨씬 구체적이다. 양 시인의 고향이기도 한 문경 새재나 상주, 왜관, 구미를 등장시켜 시 속의 남행길을 현실감 있게 형상화 한다. 그러나 (가)에 비하여 벼꽃을 바라보는 시적 태도는 다소 절제되면서 관념화 되어 있다. '저들의 완강한 주제'와 '절절한 세목' 부분이 그러하다. 그러나 이 작품 역시 긍정적이고 역동적인 이미지와 어조를 가지고 있다. 이러한 점에서 두 작품은 충분히 동질성을 가지고 있다.

> 개천가 돌자갈밭에
> 발가벗은 맨발의 뜨거운 햇볕
> 패랭이꽃들은 해죽해죽
> 우리들을 따라 다녔다.
> 맑고 또렷한 눈, 코, 잎
> 가늘고 단단한 몸매……
> 전쟁은 또 한 고비
> 뜨거운 이름들을
> 이 돌자갈밭에 흩뿌리고……
> 저 오똑한 코 밑으로
> 바르르 떨고 있는 패랭이꽃.

— 「패랭이꽃」 전문(제4시집 『지상의 풀꽃』, 1994)

이 시 「패랭이꽃」 역시 꽃 자체에 대한 묘사를 통하여 시적 의미를 전개하기보다 패랭이꽃을 통하여 유년기의 추억을 되살리는 것이 주된 형상화 과정이다. 물론 부분적으로 패랭이꽃의 모습을 가냘프지만 다부진 소녀의 모습으로 묘사하고 있지만 이어 제시되는 '전쟁은 한 고비'라는 행으로 인하여 전쟁의 상처나 참화들이 연상된다. 그리고 이러한 유년기의 추억이나 상처가 등장하는 시편들을 열거하면 제3시집의 「달맞이 꽃」, 「쑥부쟁이」, 「민들레꽃」 그리고 제4시집의 「여뀌풀꽃」, 「아카시아잎」, 「밤꽃」 등이 있다. 이렇게 볼 때 양 시인은 유년기의 추억이나 전쟁의 상처를 풀꽃과 연계함으로써 제4시집의 서문에서 토로한 대로 '그 속에서 관념이나 욕망의 실체를 만나기에 애쓰고 있는 것'이 아닌가 생각하여 본다.

(가) 햇볕이 든다
어두움은 사라진다
어디선가 숨어봤던 알몸
너는 나보다 더워
바다는 절벽난간에
몸을 부순다
막무가내 바람불고
너의 숨겨 두었던
어두움과 빛의 갈망을
나는 모른다
저 절절히 푸른 소금기와
저 더운 빛깔로나 가늠할까
추락하지도 승천하지도 못하는
한 점 피멍울
깊고 깊은
바다의 바다.

– 「동백꽃」 전문(제7시집 『그 푸르른 댓잎』, 2000)

(나) 뜨락에 철쭉꽃이 환하게 피었다
환해서 모든 것이 다 보인다

환해서 모든 걸 갖고 말한다
조심스레 철쭉꽃 옆에 선다
사진사가 없어도 단정히
옷매무새를 고친다
너의 눈 너의 가슴
너의 웃음이 모두
꽃 가운데 환하게 찍힌다.

–「환한 철쭉꽃」 전문(제9시집 『개화』, 2009)

1990년대 후반부터 10년 동안 쓴 꽃을 제재로 한 시 2편을 골랐다. 양 시인은 비로소 꽃에다가 '관념'이나 '자신의 추억'을 이입시키는 것을 버리게 된다. 말하자면 이순(60세)을 넘어 모든 것으로부터 자유로워 진 것이다. 물론 인용한 두 작품의 꽃들은 그의 유년기의 추억과 연관된 꽃이라기보다 여행체험(동백꽃)과 일상 속(철쭉꽃)에서 발견한 탓도 있겠으나 다른 작품들에서도 관념과 유년기의 체험을 발견하기 힘들다. 대신 꽃 자체에 대한 시인의 관찰이 더욱 세미해지고 그 모양에서 풍기는 이미지와 분위기에 대하여 엄정하고 치밀하게 인식한다. 달리 말하면 자신을 비워내고 사물을 관조하는 태도를 가지게 된다.

(가) 「동백꽃」의 경우 살고있는 곳이 부산 해운대라 일상적으로 자주 볼 수 있는 필자와는 다르게 남도 여행길에 모처럼 발견한 '동백꽃'이라 그 발견의 감흥이 대단했을 것이다. 그러나 그러한 감흥을 철저히 숨기면서 늘 푸른 잎 속에 숨어서 봄과 여름 가을을 지내다가 비로소 차가운 겨울 날씨에 피어나는 동백꽃의 인고의 세월을 긴장된 어조로 표현하고 있다. 바다 근처와 섬들에서 군락하는 동백나무의 특성에다 '바다의 바다'라고 한마디로 압축하는데서 독자들은 전율까지 느낄 것이라는 생각도 해본다. 특히 동백꽃과 직접 대화하는 시적화자를 설정하였으면서도 정서를 직접 노출하지 않는데서 양 시인의 시적 역량을 충분히

알 수 있다.

(나)「환한 철쭉꽃」은 양 시인의 꽃을 제재로 한 작품 가운데 제목 속에서 시인의 가치판단을 드러낸 유일한 작품이다. 그리고 '환하다'는 가치판단이 이 시 전체를 지배하고 있다. 이 작품 역시 꽃과 대화하는 어조를 가지고 있다. 그러나 감정을 절제한 (가)에 비하여 다소 감정을 드러내고 있다. 그러나 직접 표현하기보다 사진 찍을 때처럼 옷매무새를 고친다는 표현에서 '철쭉꽃'을 사랑스럽게 바라보는 자세의 복합적인 감정을 짐작하게 한다. 그리고 철쭉꽃의 전부를 사랑하는 시인의 태도도 충분히 느낄 수 있다.

양채영 시인의 30년의 꽃 또는 풀꽃 사랑은 결국 다음과 같은 시로 그 전모를 알 수 있다.

꽃 한 송이가 피었다
번쩍
천리만리 먼 사람들이 함성을 지르며
빛을 따라
바람따라 몰려온다
눈 깜짝할 사이
눈부신 이름 하나씩 달고
모두모두 꽃으로 피어난다.

–「꽃 필 무렵」 전문(제10시집 『눈이 오네 봄이 오네』, 2014)

5. 마무리

양채영 시인의 시집 10권에 수습된 시는 총 722편이다. 그러나 여기서 인용한 시는 11편에 지나지 않는다. 주로 '꽃' 시편에 집중하다보니 제6시집 『그리운 섬아!』(1999)에 수습된 지금은 양 시인의 생가 근처에

'황정쉼터'라는 지명으로만 남아 있는 〈황정리 추억들〉에 엮어진 유년 시편들을 살펴보지 못하여 아쉽다. 특히 제8시집 『지상은 숲이 있어 깊고 푸르다』(2006)의 「숲」 연작 61편을 비롯한 '나무'와 '숲' 시편에 나타난 양 시인 자신의 생태주의도 언젠가는 살펴야 할 것들이다. 양 시인이 20대 접어들면서 평생을 살았던 충주시에서 양 시인이 주도하여 유치했던 '충북숲속시인학교' 같은 행사가 상설되고 그 자리에서 양채영 시인의 작품 세계를 집중적으로 조명할 날이 빨리 오기를 기대하는 바이다. 정지용(1902~1950)과 오장환(1918~1948) 같은 시인의 고장 충북에 박재륜(1910~2001), 신동문(1927~1993)과 더불어 양채영(1935~2018) 시인이 60여년 동안 뿌리를 내리고 700편이 넘는 시를 창작하였다는 것을 충북도민 특히 충주시민들은 자랑스럽게 생각해야 할 것이다. 평생 풀, 꽃. 나무, 숲을 사랑한 양채영 시인의 명복을 다시 한 번 기원하는 바이다.

한국 현대시와 2018 평창 동계 올림픽

– 이효석의 시와 평창 연고 시인들을 중심으로

1. 들어가며

겨울의 꽃은 눈이다. 차가운 날씨 속에 눈이 있어 사람들의 마음을 따뜻하게 한다. 그리고 동계 올림픽의 여러 종목 중 눈에서 하는 것들이 가장 아름답다. 우리 국민들에게 아름답게 각인된 동계 올림픽의 스타는 피겨 선수 김연아 일지 모른다. 그러나 2009년 7월 29일 개봉된 스키점프 국가대표팀을 제재로 한 김용화 감독의 영화 《국가대표》를 기억하는 사람들은 그 영화에서 열연하는 배우 하정우와 성동일의 연기와 스키점프를 펼치는 설원의 아름다움을 기억하고 있을 것이다. 2018년 동계 올림픽의 고장 이곳 평창은 겨울만 되면 우리나라 어느 곳보다 눈이 많이 오며 우리에게 익숙한 스키장들이 있는 곳이다. 동계 올림픽 시설인 알판시아 스키장 이전에도 용평스키장이 있는 곳이고 대관령, 진부령이 있어 이곳 출신 스키 선수들이 전국 동계체육대회를 휩쓸었다. 그리고 최근에는 스키 부문에서 이곳 출신 박재혁, 윤화자, 김금옥 선수들이 국가대표로 활약하여 대한민국과 평창의 이름을 떨쳤다. 평창의 경우 어렵게 동계 올림픽을 유치하여 평창군민 뿐만 아니라 강원도민 나아가서는 대한민국 국민들이 힘을 모아 성공적으로 개최하기에 여러 모양으로 애쓰고 있다.

필자의 개인적 체험을 간단히 이야기하면 1993년 1월부터 8월까지 미국 유타주 북부 로간이라는 대학도시에 있는 유타주립대 방문교수로 갔을 때의 일이다. 1월 1일 그곳에 도착하기 위하여 아내와 대학생이던 두 아들과 함께 김포공항을 출발하여 우선 LA 공항으로 출발했다. 그러나 그곳에 도착하여 유타주 주도 솔트레이크 시티 공항으로 갈려고 하니 몇 십년만의 폭설로 그 쪽 공항이 폐쇄됐다는 것이었다. 할 수 없이 LA에서 하루 머물고 뒷날 눈 덮인 솔트레이크 공항에 겨우 도착했다. 그러고 보니 유타주의 자동차 번호판에 〈지상에서 눈이 많은 곳〉(Great snow on the earth) 혹은 〈Ski Utah〉라고 적혀 있었다. 동네마다 스키장이 있고, 파크 시티는 세계적인 스키 도시였다. 그곳에서 대학 1,2 학년이었던 두 아들은 겨울방학을 지내면서 스키를 배웠고 큰 아들은 서울로 돌아와 스노우 보드 매니아가 되었다. 모두 알다시피 솔트레이크 시티는 2002년 동계 올림픽 개최 도시였다. 파크 시티에서 스키 종목이 개최 되었다. 2011년 12월 그곳에 다시 가 보았다. 미국의 도시들은 잘 변하지 않는데 솔트레이크 시티와 파크 시티는 상전벽해가 되어 있었는데 그 까닭은 2002년 동계 올림픽 탓이라 했다. 솔트레이크 시티와 파크 시티에서 3일을 머물었는데 두 도시 다 겨울 관광객들이 예전보다 많이 몰려와 문전성시였다. 말하자면 동계 올림픽 이후에 그 시설과 명성을 발전시켰다고 볼 수 있었다.

평창은 올림픽 이후를 많이 염려하여 시설활용 등 많은 후유증을 어떻게 극복할 것인가를 놓고 위원회까지 구성했다고 한다. 우리 한국문협이 2017년도 주제를 〈한국 현대문학과 2018 평창 동계 올림픽〉이라 하여 강원도와 문화도민운동본부 그리고 평창군의 후원으로 평창에서 개최한 것도 어떻게 하면 평창을 올림픽 이후에도 지구촌 각 국가의 국민들에게 각인시켜 지속적인 방문객을 늘려 세계 속의 평창이 되게 하는 행사의 하나이다.

필자는 한국의 현대문학 가운데 시 부문에서 이효석의 시와 이효석 문학의 세계화 방안, 그리고 평창을 연고로 한 몇몇 시인들의 시를 개괄적으로 살펴보겠다.

2. 이효석의 시 세계와 시 정신의 확산

사실 평창은 봉평의 이효석문학제 혹은 메밀꽃 축제와 대관령 국제음악제와 눈꽃축제 등으로 많은 관광객 특히 문학과 음악을 사랑하는 관광객들을 유치하고 있다. 뿐만아니라 봉평은 이효석 유적과 메밀꽃 등으로 전국의 면단위로는 제일 많은 관광객들이 찾고 있다. 필자 역시 멀리 부산에서 두 번이나 찾은 적이 있다. 말하자면 소설가 이효석(1907~1942) 그것도 그의 30세 때의 작품인 「메밀꽃 필 무렵」(1936. 10. 《조광》 발표, 발표 당시의 제목은 '모밀꽃 필 무렵'임) 때문에 전 국민의 사랑을 받고 있다. 이 소설에 대한 이효석의 애착은 이효석이 직접 일본으로 번역하여 재수록한 것에서 알 수 있다. 이 작품에 대하여서는 시적이고 서정적인 문체와 봉평과 대화 등 평창군을 배경으로 했으며 실존 인물을 바탕으로 한 작품이기 때문에 독자들을 감동시키고 있다고 많은 평론가와 연구자들이 언급하고 있다. 혹자는 지나치게 시적인 묘사가 서사를 해친다고 비판적으로 보고 있으나 오래 전부터 전국 대학의 『교양국어』 그리고 이어서 고등학교 『문학』 교과서에 수록되어 전 국민들에게 각인시켰다. 그런데 이효석이 시적인 문체로 소설을 쓸 수 있었던 것은 그가 시인으로 문단에 데뷔하였기 때문이라고 볼 수 있다.

이효석은 경성제일고보(현 경기고등학교) 5학년 졸업 직전인 1925년(18세) 1월 18일 《매일신보》 신춘문예에 시 「봄」이 당선되어 시단에 데뷔하였다. 그러나 이효석 자신은 이 작품을 데뷔작으로 보지는 않았다. 《백악》 1932년 5월호의 설문 「문답」에서 처녀작에 대한 답변으로 '습작으로는 더 일찍 발표한 것이 있으나 문단적으로 보아 「도시와 유령」(《조선지광》 1928. 7에 발표된 소설)이 처녀작이겠지요.'(『이효석전집』 6권 〈2012. 12. 서울대학교출판문화원〉, p.446, 이하 전집이라 표기)라고 밝히고 있다. 이로 미루어 시는 습작기의 작품인 셈이다. 그런데 그가 시를 쓴 것에 대해서 주목하지 않을 수 없는 까닭은 우선 그의 전집 4권(pp.438~469)에 21편이나 수습되어 있기 때문이다. 그리고 그 자신 '시에서 산문으로 옮겼다'고 다음과 같이 밝히고 있기 때문에 그냥 지나칠 수 없다.

> 처음 습작은 시여서 기숙사에서 지낸 몇 해 동안 조그만 노트에 습작시가 가득 찼었다. 사舍의 앞과 옆에는 수풀과 클로버의 풀밭이 있어서 늦봄부터 첫여름까지에는 거기에 나가 시집을 들고 눕기도 하고 새까만 버찌를 따서 입술을 물들이고 하였다. — 중략 — 예과의 수험을 준비하던 마지막 학년 십팔세 때 준비 관계를 겸하여 영문으로 셀리의 시를 탐독하게 된 것이 다시 시에 미치게 된 시절이었다. 글자대로 미쳤던 것이다. — 중략 — 이렇게 시에서 산문으로, 다시 시에서 산문으로 옮기는 동안에 문학이 자랐으며 꿈과 리얼리티가 혼합된 곳에 예술이 서게 된 듯하다. (「나의 수업 시대—작가의 '올챙이 때' 이야기」, 《조선일보》, 1937. 7. 25~29. 〈전집 5〉, pp.194~197)

이 글은 그의 경성제일고보 시절의 문학수업에 대한 회고기이다. 이효석은 1920년 평창공립보통학교를 졸업하고 홀로 상경하여 한동안 기숙사 생활을 하다가 수송동 89번지에서 하숙을 했다.

이상과 같이 시 습작에 열중한 관계로 그의 소설에는 서정적 문체가 많으며 그의 고향을 배경으로 한 「메밀꽃 필 무렵」에서는 그 극치를 이루고 있다고 볼 수 있다.

이효석은 《매일신문》에 투고하기 전부터 시작에 열중하였으며 경성제일고보 3학년 때인 1923년 조선기독교청년연합회의 기관지 《청년》(1923. 2.)에 「흰 눈」을 발표한다. 그의 첫 번째로 활자화한 작품이 '눈'을 제재로 하였다는 점에서 시사하는 바가 매우 크다.

> 흰 눈은
> 푸실푸실 나리노라

정한 눈은 고요히 나리노라
깨끗하고 아름다운 꿈나라로부터
이런 추오醜汚한 세상으로 나리노라

아, 흰 눈이여! 정한 눈이여!
아름다운 나라를 버리고
어찌하야 이런 불서러운(咀呪) 세상으로
이렇게 정하게 푸실푸실 나리느냐?
"나는 이 추오한 세상을
정화시키기 위하야 나리노라"
고 눈은 대답하고
변치 아니하고 고요히 나리노라

–「흰 눈」 전문 (《청년》, 1923. 3.)

이 시에 등장하는 눈 체험은 그가 보통학교 시절 평창에 내린 눈일 수도 있고 식민지 조선의 경성일 수도 있다. 그가 인식하는 눈은 아름다운 꿈나라에서 내리는 淨한 존재이다. 그리고 이 세상은 추하고 더러운 곳이다. 이러한 인식은 그가 비록 10대이지만 세상과 천상의 이원적 인식을 하고 있다고 볼 수 있다. 이효석은 이 작품 외에 「인생의 행로」(1923. 8.), 「파波와 암岩」(1923. 9.) 등을 《청년》에 발표하고 있다.

《메일신보》의 신춘문예 당선작 「봄」을 인용하여 보겠다.

가혹苛酷에 울고 있던 천지는
압박의 손에서 벗어 났어라
땅속 깊이 은인隱忍하고 있던 풀싹은
지각을 뚫고 쑥쑥 피어 오른다
– 아름답고 위대한 힘으로

겨울 폭왕暴王 매질 느끼던 나무는
희망에 빛나는 녹색 옷을 입고
노래를 부흥시킨 종달새는
온 천지에 넘치는 신명神明을 노래한다
모든 것은 재생하였어라
죽음과 침묵 가운데서
미운 폭왕은 장사지내 버리고
사랑과 광명의 분위기로
온 세상은 화化하였다.
그러나 그러나
우리의 -인류의 봄은 안 왔어라
오- 슬프다
인류의 영원한 봄이여!

– 「봄」 전문 (《매일신보》, 1925. 1. 18.)

이 작품은 눈의 계절인 겨울 다음 계절인 봄이 시적 제재가 되어 있다. 그리고 '봄'을 '모든 것을 재생'시키는 계절로 인식한 것은 원형상징의 질서에 따르고 있다. 이에 비하여 '겨울'을 '폭왕'으로 상징한 것 역시 그렇다. 폭왕 겨울의 압박에서 천지를 벗어나게 하고 나무에게 희망의 녹색 옷을 입히는 것 역시 봄이다. 이 시의 1행부터 14행까지는 봄이 가져다주는 희망을 노래하고 있다. 만약 이 시가 이렇게 끝났다면 시로서는 크게 성공 못했을 것이다. 15행에서 앞의 의미를 뒤집는 조사 '그러나'가 두 번 등장하면서 인류에게 오지 않은 봄에 대하여 슬퍼하고 있다. 자연 즉 계절로서의 봄은 왔지만 인류에게 따뜻함을 가져다주는 희망의 봄은 오지 않고 있다는 현실을 천명함으로써 시적전환에 어느 정도 성공하고 있다. 그리고 앞의 시 「첫눈」에서의 '추오한' 세상이라는 인식의 연장선상에 '오지 않은 봄'이 있다. 어쩌면 이 시에서 이효석의 상

황의식이 더욱 구체화 됐다고 볼 수 있다. 《매일신보》에 이효석은 경성 제대 예과에 입학한 직후에도 「만월」(1925. 7. 26.), 「아침 뜰 앞」(1925. 9. 13.)을 발표하였다. 2학년 시절에는 예과생들의 일본어 학생지 《청량清凉》에 일본어 시 「겨울 시장冬の市場」 외 3편(1926. 3. 16. 3호)과 「6월의 아침六月の朝」 외 5편(1927.1. 31. 4호)을 발표했다. 《청량》에 발표된 10편의 시는 1950년대 최초로 이효석 문학에 집중적으로 연구하여 그 성과를 1959년에 간행한 『현대작가연구』(1959, 범조사)에 반영한 정한모(1923~1991) 시인에 의하여 한국어로 번역되었으며 그것이 전집 4에 수습되어 있다. 그런데 10편 가운데 「겨울 시장」을 비롯하여 「겨울 식탁」과 「겨울 숲」 등 3편이 겨울을 제재로 했으며 1926년 3월 16일에 발행한 3호에 함께 수록되어 있다. 말하자면 최초의 작품 「흰 눈」과 함께 4편의 작품이 동계 올림픽의 계절인 '겨울'을 제재로 한 것이다.

나머지 한글 시는 재일본동경유학생학우회지 《學之光》 27호(1926. 5. 1.) 춘계특대호에 강릉 출신 시인 김동명(1900~1968), 소설가 이태준(1904~?), 천도교 사회 운동가 김광엽(1902~?)의 시와 함께 「야시夜市」, 「오후」, 「저녁 때」 등을 발표하고 있다. 이 잡지는 1914년 4월에 창간되어 1930년 4월에 29호로 종간되었다. 당초 격월간지를 표방했으나 16년 동안 29호 발간으로 1년에 2~4권씩 발행했으며 경우에 따라서는 중단된 해도 있었다. 그러나 16년간 일본 유학생의 지도급 대부분이 투고 하였고 시, 소설, 시조, 가사, 수필 한시 등과 문학 이론의 소개되었으며 정치 경제 사회문제에 대한 논설도 게재되는 일종의 종합지였다. 문인으로는 이광수, 주요한, 김억, 전영택, 변영로 등 일본 유학 문인들이 총망라되어 있다. 이효석의 경우 동경 유학생이 아닌 사람으로는 거의 유일하게 경성제대 예과 1학년 때에 시 3편을 발표하였다. 따라서 《학지광》의 막바지에 예외적으로 발표하였다고 볼 수 있다. 그런데 이효석 자신의 회고기에서 이 시들 가운데 「야시」에 대하여 다음과 같이 언급하고 있다.

그 뒤 어느 때였던지는 모르겠으나 《학지광》에 「야시」라는 미래파다운 역학적인 시를 발표 하였더니 주요한 씨로부터든가 독창적인 수법이라고 과찬을 받은 일이 있었습니다.

(「출세작의 로맨스」 《풍림》, 1936. 12, 전집 5, p.142에 수록)

이상의 인용으로 볼 때 경성제대 예과 시절에 발표한 것이라고 확실하게 기억은 못하고 있으나 주요한 시인으로부터 칭찬받은 것은 기억하고 있다.

—싸구려 싸구려
—골라 잡아요 자
熱狂的 음향 사람의 파도

亂舞하는 猩族에
地盤은 흔들린다

彈力 流動
소리와 일루미네이션의 錯雜
熱情과 血潮의 羅列
生活 生活!

횃불은 새롭게 타오르고
太陽은 再生한 듯

—싸구려 싸구려
—에, 막 파는 구려
—에, 굉장한 엉덩이 바람 괜찮구나. 추격이다 추격

—음악회 가나?
—아씨 돈 한 푼만

오! 타올라라 끓어 올라라!
偉大한 鎔鑛爐!
地盤이 깨트려질 때까지
地軸이 부서질 때까지
오! 타올라라 끌어 올라라!

—「夜市」 전문 (《학지광》, 27호, 1926. 5. 1.)

이 시는 앞의 두 작품에 비하여 역동적 이미지가 등장하는 것이 특색이다. 제목 속에서 시간을 가리키고 있다는 점이 세 작품의 공통점이다. 그 자신이 '미래파다운 역학적'인 시라 규정하고 주요한이 독창적 수법이라고 인식한 것은 야시장 풍경을 단순히 묘사한 것이 아니라 —를 넣어 상인들의 호객행위를 직접화법으로 등장시킨 데서 왔다고 볼 수 있다. 뿐만 아니라 손님들과 상인들 사이의 대화가 등장하고 있는 점에서 더욱 역동적이며 현장 감각이 두드러진다. 특히 걸인의 '—아씨 돈 한 푼만'하는 담화는 지금까지의 이효석의 작품에서는 찾아볼 수 없는 현실인식이라고 볼 수 있다.

한글 시의 마지막 작품은 그가 경성제대 예과를 수료하고 법문학부 영어영문학과에 진급한 1927년 11월에 예과 조선인학생회 기관지《文友》5호에 발표한「님이여 들로!」와「살인殺人」이다. 이 작품 역시 지금까지의 시에서 한 걸음 나아간 현실인식의 양상을 다음과 같이 보여주고 있다.

흰 달 아래에서
미미한 환상만을 먹고 살 수 없나니

님이여!

건강한 태양 아래에서 끓어오르는

8월의 원야原野로 갑세다

―「님이여 들로!」 앞 부분

미미한 환상에서 건강한 8월의 들판으로 나아가는 사람은 님이라기보다 이효석 자신이고 그의 문학세계라고 볼 수 있을 것이다.

지금까지 이효석의 시 21편에 대하여 개괄적으로 살펴보았다. 비록 10대 후반에서 20대로 넘어갈 무렵의 시편들이었지만 이효석은 시의 습작을 통하여 눈이나 봄날의 깨끗하고 아름다운 자연 속에서 세상의 아름답지 못한 점을 발견하고 현실의 모순을 발견하고 있다. 이효석은 이 시편들을 끝으로 그가 예과 시절부터 시 창작과 병행하여 주로 《매일신보》에 투고한 꽁트 즉 掌篇小說(1925. 1.～1926. 4. 사이에 11편을 발표함)에서 한 걸음 나아간 短篇小說을 발표한다. 그가 실질적인 문단 데뷔작이라는 「都市와 幽靈」(《조선지광》, 1928. 7. 통권 79호 발표)은 그의 회고(「실없는 출 발」, 〈출세작의 로맨스〉, 《風林》, 1936. 12. 『전집』 5. p.143)에 의하면 예과 시절에 창작되어 선배를 통하여 《現代評論》(1927. 1～1928. 1. 통권 11호로 종간)에 발표되기로 했으나 우여곡절 끝에 해를 넘겨 《조선지광》에 발표되었다고 한다. 이 작품은 도시의 노숙자와 유령 이야기로 발표지 《조선지광》의 사회주의 지향성에 부합한 작품이며 이효석을 비록 KAPE에 가담하지는 않았으나 유진오(1906～1987)와 함께 동반자 작가의 반열에 오르게 한다. 말하자면 시 세계의 연장선상에 소설이 있는 셈이다.

물론 이효석의 시에는 이러한 현실인식의 세계만 있는 것은 아니다. 앞에서 인용한 시에서도 보이는 '눈'과 '봄날' 그리고 '겨울' 그리고 '저녁'의 아름다움이 있다. 이러한 시정신은 그의 소설이나 수필을 서정적이게 하면서 동시에 떠돌이의 뿌리 뽑힌 삶을 형상화하는 원동력이 된다. 이러한 점에서 시 21편을 단순한 습작이라고 무시할 수 없다.

3. 이효석 문학의 국제화 방안과 평창 올림픽

이효석은 시 습작을 바탕으로 꽁트, 단편소설 그리고 장편소설로 나아갔으며 주옥같은 수필도 많이 남겼다. 그리고 그의 작품세계는 서구 지향성(정한모 교수는 이를 Exoticism이라 하고 있고 서준섭 교수와 김재용 교수 등은 구라파주의라 하고 있음)과 전통 지향성 즉 토속주의와 원시성이 공존하고 있다. 만년의 작품에는 비록 짧은 만주체험이지만 그것이 반영되어 있다. 그리고 그는 커피를 좋아했고 고전음악 듣기도 좋아했다. 뿐만 아니라 연극보다는 영화를 좋아 했고 〈조선 시나리오 라이터 협회〉를 결성하여 영화계에 활력을 불어 넣었다. 그의 전집에는 시나리오 5편과 성경의 나사로 소생을 원 텍스트로 한 희곡「역사」가 수습되어 있다.(『전집』 4, pp.472~624). 이러한 그의 문학적 특색은 그의 작품들이 어느 한 경향으로만 되어 있지 않고 다국적 적으로 수용될 수 있는 가능성을 충분히 가지고 있다. 말하자면 평창 동계 올림픽에 참가하는 모든 나라에 수용될 수 있다. 그리고 영화라는 장르로도 충분히 수용될 수 있다. 이러한 관점에서 이효석 문학의 국제화 방안을 몇 가지 제시하여 볼까 합니다.

우선 이미 외국어로 번역된 이효석의 작품집들을 동계 올림픽 지원예산으로 대량 제작하여 참가국 선수단 관계자들에게 보급할 필요가 있다. 만약 제작되지 못한 주요 외국어가 있다면 앞날을 위하여 이효석문학재단에 예산을 파격적으로 지원하여 제작에 착수할 필요가 있다.

이효석문학상을 국제적 문학상으로 격상시켜 수상할 때마다 국제적 문학행사를 가질 필요가 있다. 그것을 동계 행사로 가져 눈축제와 병행하는 것도 평창을 세계에 알리는 방법의 하나가 될 것아다.

다음으로는 이효석 소설이나 시나리오를 영화화 할 필요가 있다. 특히 이미 영화화된 작품들을 보다 더 현대적으로 해석하여 리메이크 하면 충분히 흥행성과 세계성을 획득할 수 있을 것이다. 그리고 희곡「역사」는 크리스마스 전후하여 유명 기독교 극단이나 지역연극인들에 의하여 정기적으로 공연할 수도 있을 것이다.

이효석 문학의 연구를 보다 학제적, 즉 영화와 이효석 소설에서의 성의식 문제 등을 대중문화와 연계시켜 연구할 수 있을 것이다. 그리고 지금부터라도 그 동안 연구된 이효석 문학연구 성과를 집대성하는 것도 중요한 일이라고 생각한다.

왜 이효석이냐고 반문하는 분들도 있을 것이다. 동계 올림픽이 개최되는 도시마다 이효석 같은 시, 소설, 수필, 시나리오 등을 모두 창작하였고 특히 소설에서 세계성을 획득할 수 있는 작가를 가지고 있지는 않기 때문이다. 따라서 동계 스포츠에다 이효석 문학 나아가서는 문학 전반을 접목시켜 평창을 세계에서 가장 품격 있는 동계 올림픽 도시로 만들 수 있을 것이다.

이러한 일연의 작업들을 이효석문학재단에만 맡기는 것은 도저히 감당할 수 없는 무거운 짐이다. 평창군, 강원도 나아서는 문화체육부가 나서야 할 일들이다.

4. 평창을 연고로 한 시인들

평창을 연고로 한 시인들을 들라면 우선 이영춘(1941~) 시인을 들지 않을 수 없다. 이영춘 시인은 이효석 작가와 가까운 친척으로 이효석 문학재단에도 이사로 참여하고 있다. 이영춘 시인은 봉평에서 출생하였으며, 경희대학교 국문과와 같은 대학의 교육대학원을 졸업하였다. 대학 졸업 후 고향 강원도로 돌아와 강원도의 중등교육계 국어교육에 종사하다가 원주여자고등학교 교장으로 정년퇴임한 강원도의 대표적인 여성교육자이기도 하다.

이 시인은 1976년《월간문학》신인상으로 시단에 데뷔한 이후, 1978년 월간문학 출판부에서 제1시집『종점終點에서』를 출간 이후 2014년 열 세 번째 시집『신들의 발자국을 따라』(시와 표현)를 내었으며 2016년에는 두 번째 시선집 『오줌발, 별꽃무늬』(시와 소금)를 편찬하였다. 그는 그동안 윤동주문학상, 강원도문화상, 한국여성문학상, 유삼작품상 특별상 등 많은 문학상을 받았다. 그의 작품세계는 한마디로 '부조리한 자아의 서정적 변모'라고 시선집 해설을 한 서범석 교수는 말하고 있다. 필자는 이영춘 시인만큼 가족을 사랑하고 고향 봉평을 사랑한 시인은 없다고 보고 싶다. 그의 작품에는 고향과 가족을 시적제재로 한 많은 작품들이 있다. '눈'을 제재로 한 것들도 물론 많다. 2011년 서정시학에서 출간한 그의 제11시집은 제목마저 『봉평장날』이다.

다음으로는 평창이 고향은 아니지만 오래전에 용평에 정착한 대한민국을 대표하는 원로 시인의 한 사람인 김시철(1930~) 시인을 들지 않을 수 없다. 함경북도 성진군 농성 출신으로 1.4 후퇴 때 월남하여 1956년에 김광섭 시인의 추천으로 시단에 나왔다. 그 동안 1950년대 김광섭이 주재한 《자유문학》 편집장을 거쳐 1960년 대한출판문화협회 홍보부장으로 《출판문화》를 창간하기도 했다. 김 시인은 그 동안 문단활동도 열심히 하여 한국문인협회 부이사장 2회와, 국제펜클럽 한국본부 부회장 2회를 역임하고 마지막에는 국제펜클럽 한국본부 회장 역시 연임하였다. 그 동안 한국문학상, 한국문화예술대상, 서울시 문화상 〈문학부문〉, 청마문학상 등 많은 문학상을 수상했다. 이렇게 왕성하게 문단활동을 하던 그가 1996년 부인을 하늘나라로 보낸 후 헌시를 여러 편 창작하여 그것들을 제7시집 『그대 빈 자리』(1997, 글나무)로 내고는 2001년 7월 돌연 강원도 용평에다 땅을 구입했다. 구입 후 곧장 대지 450평을 조성하여 건평 45평의 목조가옥을 짓고 〈공심산방空心山房〉이라는 당호로 그 해 11월에 입주했다. 그런데 그의 강원도 입주 후의 시 창작 활동은 예전보다 훨씬 활발히 전개된다. 김 시인은 최근에 발간한 제17시집 『나는 누구인가』(글나무, 2015)의 머리말에 다음과 같은 소회를 밝히고 있다.

> 강원도 평창에다 둥지 튼 지도 어느덧 13년, 그간에 엮은 책만도 열네 권에 이른다. 1년에 한 권 꼴, 노익장을 과시한 만용이랄까, 아무튼 허술하지 않게 살으려한 흔적임에 틀림없다.

김 시인은 '강원도' 연작시를 30여 편 창작하였으며『김시철이 만난 그때 그 사람들』이라는 문단 인물기를 월간《시문학》에 10년간 연재하였으며 그것을 5권의 책으로 엮기도 했다. 그의 시는 어렵지 않다. 그의 취미인 낚시나 삶에서의 느낌을 담백하게 형상화 한다. 최근에는 현실을 풍자한 시도 자주 쓴다. 특히 강원도 정착한 초기 시집인『공심산방空心山房』(2003, 글나무)과『금당계곡錦塘溪谷』(2004, 글나무)에서는 모든 세속의 욕심을 버린 원로시인의 무욕의 철학을 보여주고 있다. 그는 그 자신의 시나 산문 저술활동도 왕성하지만 그의 호를 딴 '하서문학회'와 '평창문예대학'을 운영하며 후진 그것도 평창문인 양성에 힘 쏟고 있다.

다음으로는 한국문인협회 평창지부(지부장;조용원 시인) 시인들의 활동도 기억해야 할 것이다. 그 동안《평창문학平昌文學》28집 발간과 시화전, 각종 백일장 개최 등도 소중한 문학유산이다. 이 지역의 정태모(1923~2010) 시조시인을 비롯한 작고 문인들의 업적도 소중하게 보존돼야 할 것이다. 그리고 한국문인협회 강원도지회(지회장;김양수 시인)에서 모은 평창올림픽 시편들도 올림픽 축하에서 한 걸음 나아가 강원도의 동계 스포츠와 눈 속의 겨울 풍속 등을 제재로 하여 공모하고, 전국 문인들의 겨울 강원도 체험 시편들을 모아 작품집으로 출간하는 것도 기획해 볼 수 있을 것이다.

이상의 모든 문학유산을 어떻게 형상화하고 뜻 있는 기념물들로 만들어 평창 나아가서는 강원도를 세계에 알리는 것이 평창 올림픽에 이어서 할 일이다.

팬데믹 시대에서 한국 현대시의 나아갈 방향

1.

2019년 12월 중국 우한에서 발생한 급성폐렴을 유발하는 〈코로나 19〉는 2021년 10월 4일 현재에도 전 세계를 뒤덮고 있다. 우리나라의 경우에도 2020년 1월 20일 우한에서 입국한 중국인에게서 〈코로나 19〉가 발견된 이후 2021년 10월 8일 현재까지 확진환자 327,976명 사망자 2,554명으로 여전히 대단한 기세이다. 지난 해 10월말 만 해도 발생자 26,511명에 사망자 464명이었는데 1년 만에 이렇게 늘어난 것으로 볼 때 폭발적 증가이다. 우리나라도 그 동안 부진하였던 〈코로나 19〉 종식의 지름길인 백신 접종율도 속도를 내어 1차 접종율이 77.6%이고 2차까지 완료율은 56.9%라고 합니다. 그러나 미국의 경우 2차 접종으로도 진정되지 않아 대통령이 직접 나서서 3차접종을 독려하고 있다. 우리나라도 많지는 않지만 돌파감염자들도 늘어나고 있다. 그래서 〈코로나19〉는 종식되지 않고 독감처럼 함께 하는 위드코로나 시대가 오는 것이 아닌가 하는 전망도 하고 있다. 실제로 우리 정부는 그 동안 실시하던 거리두기 4 혹은 3단계 때문에 타격을 입은 경제활동 특히 자영업자들의 고통을 해결하기 위하여 〈코로나 19〉가 치명율이 낮은 점을 감안하여 새로운 방역체계를 도입하여 11월 9일 쯤 일상을 회복할 계획을 수립하고 있다고 한다.

발표자는 지난해 11월1일 〈시의 날〉행사에서 〈포스트 코로나와 우리 시〉의 제목으로 강연을 한 바 있다. 그곳에서 미국 감염병 학자 마이클 옷터홈 박사와 과학 다큐멘터리 작가 마크 올세이커와의 공저 『살인미

생물과의 전쟁』(김정아 역, 글항아리, 2020. 10.)을 소개한 바 있다. 그 책의 마지막 부분에 있는 〈팬데믹에 대응하는 9가지 위기대응 행동강령〉에 대하여 살펴보았다. 그것을 다시 한번 열거하면 다음과 같다.

(1) 맨허턴 프로젝트(원폭 개발암호명) 규모의 대응으로 백신을 확보하라.
(2) 기후변화협의체 등 지구적 컨터롤 타워를 구축하라.
(3) 전염병대비혁신연합의 권한을 전면 확대하라.
(4) 숲모기 매개 감염억제를 위한 국제연합을 설립하라.
(5) 생물무기 방어 특별 위원회의 권고를 전면 시행하라.
(6) 국가 생물 보안 과학자문위원회를 통해 기술 악용을 막아라.
(7) 모든 전염병이 공중보건의 주요문제라는 사실을 인정하라.
(8) 기후변화의 영향에 대비하라.
(9) 사람 · 동물 감염병에 '원 헬스 접근법'을 적용하라.

이 행동강령의 대부분은 국제공조를 통한 전염병 퇴치를 강조하고 있다. 그래서 그 당시 미국 대통령 선거 결과에 주목하였는데 다행스럽게 국제공조 찬성자인 바이든 대통령이 당선되고 최근 중국의 시진핑과의 정면충돌도 어느 정도 피할 수 있어서 지난해 같은 위기에서는 다소 벗어났다고 볼 수 있다. 우리나라의 경우에도 여러 문제점이 노출되고 있으나, 질병관리본부가 질병관리청으로 승격되어 〈코로나 19〉의 통합관리에 힘을 쏟고 있다. 그러나 〈코로나 19〉와 같은 전염병 발생의 근원적인 원인인 인간의 과도한 환경파괴로 인한 기후변화의 조짐은 더욱 피부로 느껴지고 있다. 그 대표적 사례가 지난 3월 19일 그린랜드 정상 3,200m에 눈 대신 비가 내려 빙하가 급속하게 녹았다는 사실이다.

2.

2020년부터 각종 문예지와 문인단체에서는 펜데믹 시대 혹은 그 이후의 사회변화에 대하여 의학적, 사회학적 성찰과 문학적 대응에 대하여 집중적으로 살펴보고 있다. 그 논의들을 요약하면, 공동체는 분열되고 연대 의식이 파괴되면서 경제적 교육적 불평등은 심화될 것이라 보고 있다. 그리고 백신이라는 과학에 의존할 수밖에 없다는 것이 증명되었다고도 본다. 한편으로는 공공의 안전에 국가가 개입하기 때문에 개인의 자유는 구속될 수밖에 없는데 국가나 권력이 그것을 불순하게 정치적 목적으로 사용하면 개인의 자유가 비정상적으로 구속되기 때문에 어느 때보다 도덕적인 정치 지도자와 정치집단이 필요하다고 보고 있다. 그러나 이러한 부정적인 측면도 있지만 삶의 방식이 접촉보다 접속, 대면보다 비대면으로 이루어지는 것이 많아지기 때문에 오히려 비대면으로 독자와 소통할 수 있는 예술인 문학으로서는 새로운 기회가 올 수도 있는 낙관적 주장도 있다.

이상과 같은 여러 성찰을 바탕으로 지난해와 올해의 작품들 속에서 자연환경파괴로 인한 기후변화 혹은 동물 바이러스의 부실한 관리에서 도래한 〈코로나 19〉로 인한 펜데믹 사태를 어떻게 인식하며 어떻게 대응하고 있는가 하는 점을 몇몇 시인의 작품을 통하여 살펴보기로 한다.

꽃을 보면 눈물 난다
격리병실 창 너머로 찍었다고
대구에서 그대가 손전화로 보내준 꽃

언제였던가
그대와 나란히 저 활짝 핀 벚나무 아래 걷던 날이
그저 웃고 얘기하며 우리들

함께 모여 마주 앉아 밥 먹던 꽃피는 시간 아래

함께 피어서 더 아름다운 수만 송이 수선화
소복소복 모여 피어나는 제비꽃동무들
너희들은 코로나를 모르니 마스크가 필요 없구나
죄 없이 웃고 있구나

신종 코로나바이러스를 불러들인 인간들의 죄와 탐욕
마스크 하나로 가려지지 않는 이기심
용서해다오
수선화야 개나리야

박쥐야 낙타야 인수공통감염병*을 모르는
너희들아, 죄 없는 이 땅에 오는 새봄아
나의 죄를 용서해다오
목숨을 돌려다오, 나날의 작은 기쁨들을
돌려다오

* 인수공통감염병: 동물이 가지고 있는 바이러스가 돌영변이를 일으키면서 사람에게 전파하는 질병

– 이혜선 「2020년 천지에 봄은 오는데」 전문
(공동 시집 『코로나? 코리아!』, 2020. 7. pp.20~21)

인용한 이혜선 시인의 「2020년 천지에 봄은 오는데」는 2020년 3월 집단발병으로 온 국민적 관심을 불러일으킨 대구의 사태가 시적제재가 되고 있다. 이 시에서 시적 화자는 첫째 연에서 지금은 거의 일상이 되어 있는 격리와 사회적 거리두기가 처음 등장하여 우리를 당황스럽게 할 그때 대구에 있는〈코로나 19〉가 발병하여 격리병실에 입원해 있는 친구로부터 창 밖에 피어 있는 꽃을 손 전화(핸드 폰)로 찍어 보낸 사진 한

장을 받게 된다. 그러면서 둘째 연에서는 친구와의 추억의 순간을 회상하고 있다.

그러나 그다음부터 끝까지 수선화, 제비꽃, 개나리 등을 부러워하면서 〈코로나 19〉를 가져온 인간들의 죄와 탐욕 이기심에 대하여 꽃들에게 말 건넴의 어조로 회개하고 있다. 이번 〈코로나 19〉를 불러온 박쥐와 2012년 〈메르스 사태〉를 불러온 낙타에게까지 회개의 말을 건넴으로써 인수공통감염병의 위험을 경고하고 있다. 시적 화자 '나'의 지극히 일상적인 사실에서 시작한 이 시는 비록 화자는 끝까지 '나'이지만 인간들이 지구환경에 지는 죄인 산업화로 인한 난개발이 불러온 환경파괴까지 경고를 하고 있다. 그러면서 어김없이 다가온 희망의 계절 '새봄'에게 죄의 용서와 목숨과 일상의 작은 기쁨을 돌려달라고 기원하고 있는 것으로 시를 마친다.

큰 목소리로 팬데믹 사태를 질타하지 않으면서 우리 모두를 부끄럽게 하고 산업화로 인한 난개발에서 오는 기후 변화 같은 인류의 재앙을 경고하고 있다.

다음의 시는 대구에서 온 도시가 격리되다시피 한 현장에서 쓰여진 작품이다.

> 오는 봄을 잘 전해 받았습니다
> 사진으로 맞이할 게 아니라
> 달려가 맞이하고 싶은 마음 굴뚝같지만
> 질 나쁜 바이러스 때문에 그럴 수가 없군요
> 사진 속의 눈새기꽃에 가슴 비비고
> 너도바람꽃에 마음을 끼얹고 있습니다
> 이곳은 지금 창살 없는 감옥,
> 육지에 떠 있는 섬 같습니다
> 노루귀꽃 현호색 꿩의바람꽃

데리고 오시겠다는 마음만 받겠습니다
안 보아도 벌써 느껴지고 보입니다
소백산 자락에 봄이 오고 있듯이 멀지 않아
이곳에도 봄이 오리라고 믿고 있습니다
너도바람꽃이 전하는 말과
눈새기꽃 말에 귀 기울입니다

당신은 괜찮으냐고, 몸조심 하라고
안부전화가 걸려올 때마다,
그런 문자메시지가 줄을 잇고 있어서
고맙기는 해도 되레 기분이 야릇해집니다
이곳이 왜 이 지경까지 되어버렸는지
생각조차 하기 싫어집니다
마스크 쓰고 먼 하늘을 쳐다봅니다
오늘도 몇 사람이 세상을 떠났습니다
코로나바이러스에 감염된 사람들이
날마다 눈덩이처럼 불어나 억장이 무너집니다
하지만 그 끝이 보일 때가 오겠지요
더디게라도 새봄이 오기는 올 테지요

– 이태수 「봄 전갈–2020 대구 통신」 전문
(공동 시집 『코로나? 코리아!』, 2020. 7, pp.48~49)

앞의 인용한 시 「봄 전갈–2020 대구 통신」은 오랫동안 대구를 지키고 있는 이태수 시인의 작품이다. 먼저 인용한 이혜선 시인의 시가 대구 코로나 19 체험을 간접적인 방법으로 시적 형상화를 시도하고 있는데 비하여 이태수 시인의 이 시는 직접 그 사태를 체험하고 쓴 시이다. 이 시인의 말대로 '창살없는 감옥'이요, '육지에 떠 있는 섬' 같은 대구에도 2020년의 봄은 왔지만 시인은 몸으로 느끼지 못하고 사진으로만 느끼는데 그 느낌은 꽃 가운데 야생화들 즉, 이른 봄에 꽃을 피우는 눈새기꽃(일명 복수초)과 너도바람꽃에 마음이 간다고 표현하고 있다. 이 두 꽃은 모두 미나리아재비과의 여러해살이 풀에서 피는 야생화로 눈새기꽃은 복수초라는 이름처럼 복과 장수를 상징하고 있으며 부유와 행복을 상징하는 대표적인 야생화이다. 이로 볼 때 이 시인은 극한 상황의 도시 대구에서 희망과 행복을 소망하고 있다.

다른 야생화 노루귀꽃 역시 앞의 두 야생화와 같은 과의 꽃인데 꽃말은 인내, 신뢰, 믿음 등이며 꿩의바람꽃은 속칭 아네모네로 알려진 꽃이다. 이렇게 모두 다년생 식물로 봄에 피는 야생화의 끈질김으로 〈코로나 19〉를 이기자는 의도가 다분히 담겨 있다. 그러나 둘째 연에서는 이런 시적 장치도 없이 위로의 전화나 문자메시지가 오히려 심리적 압박을 가져 온다고 밝히고 있다. 그러나 끝 부분에서는 더디게 올지라도 '새봄'이 오기를 소망하고 있다.

이 두 시에서 〈코로나 19〉에 대한 긍정적 소망을 모두 꽃으로 상징하고 있는 것이 공통점이다. 그리고 다가올 '새봄'에다 희망을 걸고 있다. 다만 한 시인은 벗꽃(꽃말:정신적 사랑, 청렴), 수선화(자기애, 고결, 신비) 제비꽃(사랑), 개나리(희망) 등 대표적인 봄꽃들이고 다른 한 시인은 끈질긴 생명력을 간직한 야생화를 택하였다는 점이 다르다. 그리고 한 사람은 인수공통감염병의 심각성과 그것을 초래한 인간의 잘못에 경고를 날리고 있는데 비하여 직접 대구에서 고통을 당한 시인은 고통의 해방만을 염원하고 있다. 아마 직접 당한 사람들의 절박감에서 미쳐 고통 그 자체를 거시적 담론으로 치환할 수 없었을 것이라고 생각해 본다

다음으로 해외 거주 한국 시인들의 최근의 작품에 대하여 살펴보겠다. 해외교민들 문단 가운데 미주지역이 가장 활발하다는 것은 잘 알려진 사실이다. 발표자가 2009년부터 2016년 사이 미주지역 여러 도시들을 방문하여 확인 하였고 2016년에는 수도 워싱턴에서 한국문협 심

포지엄을 가진 바 있다. 미국의 경우 동부와 서부로 나누어 볼 때 동부의 경우 수도 워싱턴 중심과 뉴욕 중심 그리고 동남부로 내려가면 애틀랜타, 텍사스의 달라스 등에 문인단체가 조직되어 있다. 서부의 경우 LA에는 여러 단체가 공존하고 샌프란시스코, 시애틀 등에 문인단체가 조직되어 있으며 각 지역마다 연간지를 내고 있다. 뿐만 아니라 《미주문학》이라는 계간지도 나오고 있는 것으로 알고 있다. 캐나다도 동부와 서부로 나뉘어져 각각 토론토와 밴쿠버에 문인 단체들이 조직되어 있다. 물론 유럽과 일본 그리고 남미와 오세아니아 등지에도 단체가 있기에 그 동안 경주에서 개최된 한글작가 대회에 세계 곳곳에 있는 시인과 수필가들이 참여하였다. 지금 같은 팬대믹 상태에서는 이렇게 비대면으로 한글 작가대회를 개최할 수밖에 없다. 그러나 앞으로 팬대믹 사태가 해소되면 미주 지역이나 유럽 지역으로 우리 작가들이 나가서 보다 많은 해외 한글작가들을 만나는 것도 좋은 일이라고 생각하면서 최근 팬대믹에 대응한 해외 교민 시인들의 작품 두 편을 살펴보겠다.

자연과는
얼마만큼 거리를 두며 살아야 할까

코로나19 바이러스가
창궐하는 2020년

보이지도 않는 바이러스의 무게로
사람들이 쓰러진다

지구의 주인이 인간인 줄로 알았다
일용할 양식으로 죽어간
낙타 박쥐 천산갑

〉
더불어 살기 위한
자연적 거리두기가 필요한 시간

창궐하는 바이러스
언제나 그랬듯
인간은 도전에 응전해서 살아남을 것이다.

– 문창국 「자연과 거리 두기」 전문 (공동 시집 『코로나? 코리아!』, p.116)

이 작품 「자연과 거리 두기」는 미국 서부 워싱턴 주에 거주하는 문창국 시인의 작품이다. 우선 이 작품은 제목부터 국내 시인들과는 다르다. 한국의 경우 거리두기는 주로 사람과 사람 사이의 거리두기를 말하는 것인데 문 시인은 자연과 인간과의 거리두기를 시적 제재로 하고 있다. 〈코로나 19〉를 비롯한 악성 전염병이 주로 인·수공통감염병인 점에 착안하여 동물들과 거리두기를 하여야 한다고 보고 있다. 그리고 그 동물들을 인간들은 '일용할 양식'으로 먹었다는 점을 반성하고 있다. 물론 낙타와 박쥐와 천성갑을 많은 사람들이 먹지는 않는다. 다만 일부 사람들이 먹거나 접촉하거나 하여 2012년에 〈메르스〉, 2019년에 〈코로나 19〉 사태가 벌어진 것이다. 그러나 문 시인은 이러한 동물들과 공생해야 한다는 점에서 서로 거리두기를 해야 된다고 인식하고 있다. 말하자면 생태학적인 문제를 제기하고 있다. 팬데믹 이후에 동물과 인간은 공존해야 할 것이며 그 경우 거리가 문제인 점은 최근 문예지 《문학사상》 2021년 9월호에서 제기된 바 있다. 사실 우리나라에도 인간에 의하여 과도하게 파괴된 생태계에서 빚어지는 자연 현상의 대표적인 사례가 도심 가운데 멧돼지가 출몰하는 사태라고 볼 수 있다. 그리고 유기견, 유기묘의 문제 등도 눈에 보이는 문제이다. 이러한 점을 미리 착안한 까닭은 문 시인의 경우 국내 시인들과는 다른 환경에서 살아온 탓이라 생각된다.

마지막 연에서는 창궐하는 바이러스의 도전을 극복할 것이라고 인식하고 있다. 이 점 역시 과학 즉, 백신으로 전염병은 퇴치될 것이라는 사고가 작용한 것이다.

기가 막히고 얄궂다 세상이 참

한갓 작은 바이러스 한 종種에
서로가 두려움이 되어버린 사람들이
일상의 그 작은 것들을 그리워하면서도
온통 경계의 눈빛으로 선을 그어야 한다

오리알 같은 내 새끼들 안아본 지도 오랜
카톡 하나만이 세상의 연결 고리다
어디에서 본 안타깝던 영화의 한 장면 같다 꼭

하늘에 닿을 듯 올라가던 경제산업은 이미 무너져 가고
인간의 한계를 넘은 바벨의 성이 된 것인가

정말 때가 된 것일까
세상의 종말은 이렇게 오는 것인가
처처에 기근과 온욕과 지진과 핏빛 달이 뜬다는…

소리 없는 흑과 백은 시작되었고
자연을 거슬리던 인간의 이 허둥지둥
검은 그림자가 스물스물 들이미는
창을 꼭 닫고 앉은 이 무능 앞에

행여
먼 날 우리는 이기며 살았노라 말할 것인가
두려움에 떨다 이슬처럼 갔다 적힐 것인지

저만치 오다 만 삼월이
봄비에 젖어 화달작 피어나길
간절히 두 손을 모을 뿐이다

– 강숙려 「2020 삼월 COVID 19 PANDEMIC」 전문
(공동시집 『코로나? 코리아!』, pp.182~183)

이 작품 「2020 삼월 COVID19 PANDEMIC」은 캐나다 동부 벤쿠버에 거주하는 강숙려 시인의 작품이다. 강 시인의 〈코로나 19〉에 대한 인식은 국내 시인과 대동소이하다. 무너진 일상에 대한 아쉬움과 혈육을 대면하지 못하는 안타까움도 간절하다. 그리고 종말론적 세계관도 보여주고 있다. 뿐만 아니라 이러한 자연 재앙에 대한 두려움도 가지고 있다. 그러나 이러한 비극에 대한 판단은 유보하고 있다. 무엇보다 강 시인이 무겁게 인식하는 것은 인간의 한계 즉, 자연 재앙에 속수무책인 무능함을 깨달은 것이다. 강 시인 역시 마지막 연에서는 '오다 만 삼월'이라는 봄에 대하여 기대하고 있다.

지금까지 살핀 국내외 네 시인의 〈코로나19〉에 대한 대응들은 한결같이 '새봄' 혹은 '삼월'이라는 시간의 흐름에 기대를 걸고 있다. 그것들은 동서고금의 여러 문학작품에서 희망을 상징하는 시간 즉 봄이다. 그리고 백신이라는 과학의 산물에도 기대를 걸고 있다.

3.

팬데믹 사태가 어떠한 형태로든지 극복되기를 소망하고 있는 앞의 네

시인의 기대처럼 그 기대가 이루어지고 난 뒤인 포스트코로나 혹은 위드코로나 시대에 우리 시인들은 어떠한 작품을 창작해야 할 것인가 하는 점에 대하여 세 시인들의 작품을 통하여 살펴보기로 한다.

그가 한 번 휩쓸고 지나간 뒤에 봉놋방에 앉았던 우리들의 자리가 아무도 모르는 새 바뀌어 버렸다 하늘이 분배한 녹을 지키듯, 우리는 아무런 불평도 없이 바뀐 자리에 복종하였다
징기즈칸이 말을 몰아 들을 달릴 때, 회오리 내지르던 말 울음소리, 바람은 제 몸을 베어내어 비명을 지른다
그가 한 번 지나가면 언덕 하나 생기고 다시 언덕 하나 없어지는 사막 나뭇잎이 떨어질 때, 빨랫줄이 뒤집히고, 표류하는 어선의 찢어진 돛폭에 바람은 참았던 고백, 짓누른 통곡, 귀먹은 절규를 토해낸다
그럴 거야, 그렇겠지, 예삿일은 아니야, 아무도 아니라고 하지 못했다
바람은 지나가고 우리들만 남았다

– 이향아 「바람이 지나간 뒤」 전문
(《한국현대시》, 2020, 하반기호, p.140)

앞에 인용한 이향아 시인의 시 「바람이 지나간 뒤」는 산문시 형태이다. 산문시가 분석적이고 토의적으로 읽힌다는 것은 알려진 사실이다. 그래서 감성적이기보다 이성적으로 읽히는 작품들이 많다. 그러나 이 시는 그렇다기보다 독자들에게 격정적인 감정을 일으키는데서 산문시의 상식을 반한다. 그것이 이 시가 가지고 있는 특징이고 장점이다.

여기에 등장하는 바람은 예사롭지가 않다. 사막에서 한 번 지나가면 모래 언덕 하나가 생기는 강한 바람이다. 말하자면 기후변화로 빈번해지는 태풍이라고 볼 수 있다. 그런데 이러한 태풍을 제재로 하여 전개되는 상상력은 의고擬古적으로 시작된다. 우선 첫 단락에 등장하는 시적 공간 '봉놋방'이라는 시어가 그렇다. 봉놋방은 '조선 후기 주막집에서 나

그네들이 모여 자도록 하는 큰 방'이다. 이곳에서는 체면이나 격식이 없이 그냥 눈을 잠시 부치면서 밤을 지낸다. 바닷길에서 태풍이 한번 지나가면 객실의 손님들이 몸을 가누지 못하면서 이리 저리 옮겨 다니는 것을 연상할 수 있는 방이기도 하다. 이러한 대자연의 장애 앞에 인간은 그냥 순응할 수밖에 없다고 시인은 인식하고 있다. 의고적 상상력은 바람소리를 징기즈칸이 말을 몰아 달릴 때의 말 울음소리로 비유한다. 그러다가 사막에 산이 생겼다가 없어지고, 빨랫줄과 어선의 돛폭은 소리내며 절규한다. 마지막 단락에서 태풍은 지나가고 온갖 상처를 받은 산야에 우리들 즉 인간만 남는다.

이 시에 등장하는 현상은 분명히 기후변화에 대한 위기의식을 느끼고 있으나 그러한 위기의식이 의고적 상상력으로 표출된 것이 특색이다. 그리고 아무리 태풍이 인간을 핍박해도 인간은 살아남는다는 확신도 보인다.

내가 땅에 떨어진다는 것은
책임을 진다는 것이다
햇빛에 대하여
바람에 대하여
또는 그 인간의 눈빛에 대하여

내가 지상에 떨어진다는 것은
사랑한다는 것이다
내가 떨어지기를 기다리는
그동안의 모든 기다림에 대하여
견딜 수 없었던
폭풍우의 폭력에 대하여

내가 책임을 다한다는 것이다
사랑한다는 것은
책임을 지는 것이므로
내가 하늘에서 땅으로 툭 떨어짐으로써
당신을 사랑한다는 것이다

– 정호승 「낙과落果」(《문학사상》, 2021. 7, p.74)

정호승 시인의 시는 시적 기법을 통하여 독자들을 감동시키기보다 사물이나 현상에 대한 독특한 시적 명상을 통하여 그것들에 대한 새로운 인식을 하게 하여 감동 시킨다. 그는 이러한 시작태도를 '평균적 가치관에 저항하는 다소 고독한 가치관'이라고 이 시를 발표한 지면에서 밝히고 있다. 앞에서 인용한 시 「낙과落果」 역시 그러하다. 이 시의 제재는 폭풍우에 떨어진 낙과이면서 동시에 '낙과'는 이 시의 화자이기도 하다.

낙과는 원래 좋은 상품이 되어 과수원 주인에게 경제적 소득과 보람을 느끼게 해야 하는데 갑자기 닥친 폭풍우로 떨어지면서 절망을 가져다준 사물이다. 그러나 이 시에서는 그러한 인식을 뒤집고 있다. '낙과'의 말을 통하여 낙과가 땅에 떨어지는 것은 절망이나 낭패에 대하여 책임을 진다고 하고 있다. 그가 책임을 지는 대상은 그를 자라게 한 햇빛과 바람 그리고 인간 즉 과수원 주인까지 포함한 전체이다.

낙과가 어떠한 형태로 책임을 진다는 것은 둘째 연에 나와 있다. 즉 '사랑한다는 것이다'가 바로 그 부분이다. '낙과'는 '사랑'으로 그를 있게 한 모두, 심지어 떨어지기를 기다린 기다림 그를 고통으로 내몬 폭풍우의 폭력까지 사랑 하는 것으로 책임을 진다고 한다. 땅에 떨어짐 자체도 자기희생으로 땅을 사랑한 것이라 결말을 맺고 있다. 낙과들이 땅에 떨어져 썩어짐으로 땅을 부요하게 하고 과목을 더욱 튼튼하게 하여 장래에는 더욱 좋은 과일을 탄생시킨다는 자연의 순환법칙을 생각해 볼 수 있겠다.

인간의 난개발로 인한 기상이변의 한 양상인 폭풍우까지 사랑한다는 것은 원수까지 사랑하고 인간의 모든 죄를 혼자 짊어지고 십자가에 매달린 예수 그리스도의 절대적 사랑을 연상시킨다. 팬데믹 시대에 이러한 위기상황을 극복할 수 있는 원동력을 사랑, 그것도 무조건적 사랑이라는 화두를 던져준 시라는 생각이 든다.

이번에는 시적 장치 가운데 비유를 사용하여 독자들에게 아름다운 감동을 주는 시 한 편을 인용해보기로 한다.

왕관처럼 둘러쓰고 있었다
콩밭도 바랭이도 감나무 잎새도
바알간 발가락의 새들도

새벽 밭길 가다 보면
내 무릎에서 깨지는 투명한 심장들이
안쓰러웠다

대기가 추위와 붙어 낳은 그들
하늘 품에 안겨 있다가
벌레 소릴 배음으로
서운거리며 장가드는 왕자들을

손 내밀며 반기는 대지의 신부들
몰래 솟구치는 꽃망울들

소나기 말고
장맛비는 더더욱 말고
매일 밤 자는 머리맡에

몰래 타는 목 적셔 주는
또록또록 뜬 눈동자 같은 것 있었으면 싶었다

가끔 부릴 죽지에 묻고 있다가
해가 보금자리 걷어내면
날개 파닥이며 하늘로 돌아가기도 하는
작은 새 같은 그들

– 손진은 「이슬」 전문
(시집 『그 눈들을 밤의 창이라 부른다』, 2021, pp.77~78)

앞에서 인용한 손진은의 시 「이슬」의 화자는 새벽에 밭일을 나갔던 농부로 설정되어 있다. 그리고 지금은 농사 일을 하는지 안 하는지는 알 수 없으나 농사짓던 시절을 회상하는 과거시제로 되어 있다. 이 시의 제재인 '이슬'은 아침 해가 솟으면 덧없이 사라지는 존재이다. 그래서 시인들은 종종 '이슬'의 소멸 즉 존재의 덧없음에 대하여 노래하고 있다. 그러나 이 작품에서 소멸에 대한 안타까움은 둘째 연 마지막 행인 '안쓰러웠다'를 제외하고는 거의 배제되어 있다. 따라서 이 작품의 이슬은 이른 새벽에 나뭇잎이나 풀잎에서 발견되는 투명한 이슬들이며 해가 솟으면 아름답게 반짝이는 순간의 이슬들이다.

이 시를 지배하고 있는 시적 장치는 직유, 은유, 활유, 의인법과 상징을 포괄하는 개념인 비유이다. 등장하는 사물들은 모두 이슬의 보조관념이다. 그것들을 순서대로열거하면 첫 시어 '왕관'은 이슬의 모양을 지칭하는 보조관념으로 이 시 전체를 지배하고 있다. '투명한 심장', '장가드는 왕자', '대지의 신부', '솟구치는 꽃망울', '또록또록 뜬눈동자', '하늘로 돌아가는 작은 새' 등 한결같이 환상적인 상상력을 유발하는 것들이다. 이러한 비유들로 인하여 이 시는 마치 동화 속의 어린이가 풀잎에 매달린 이슬을 바라보는 것처럼 아름다운 한 폭의 그림이 된다. 어쩌면 이 시는 손 시인의 유년 시절 새벽에 농사짓는 아버지를 따라 나선 기억의 편린일 수도 있겠다. 우리는 유년 시절의 기억 속에서 아름다움을 반추하는 경우가 많다.

마지막 연에서 '이슬'의 사라짐을 '날개 파닥아며 하늘로 돌아가기도 하는 작은 새'라고 비유한 것은 기독교적 상상력으로 설명할 수 있을 것이다. '이슬'은 아침 햇살이라는 강력한 힘 앞에 부질없이 소멸되는 것이 아니라 본래의 자리인 맑은 영혼들이 모여 산다는 하늘로 승천한 것이다.

보잘 것없는 존재로 표상될 수 있는 사물 '이슬'에다 이러한 아름다움과 의미를 부여하는 것 역시 팬데믹 사태에서 인간의 무력함을 극복할 수 있는 하나의 시적 대응이라고 볼 수 있다.

4.

중세 이탈리아에서는 페스트로 인한 팬데믹에서 보카치오의 「데카멜론」(1391)이 창작되었고 르네상스가 시작되었다.

팬데믹 사태가 사라지지 않는 지금이라도 우리 시인들은 인간은 결코 사리지지 않는다는 신념을 가지고, 사물이나 현실의 기막힌 상황에서도 증오보다는 절대적 사랑으로 환상을 노래할 수 있을 것이다. 그것들은 유년기의 추억 속에서 존재하기도 한다. 이러한 확신을 가지고 국내외의 많은 한글로 시를 쓰는 시인들의 분발을 기대하는 바이다.

양왕용 평론집
한국 현대문학과 지역문학

제2부

한국 지역문학과 남강문화권 문학의 특성

한국 지역문학의 뿌리와 전개과정

– 경남과 부산을 중심으로

1. 들어가며

해방 직후 한국의 중앙문단은 좌우 이념 지향성을 각각 가져 서로 문학단체를 조직하면서 갈등과 대립 속에서 출발하였다. 그러나 지방의 경우 대립보다는 역량 있는 문인들이 중심이 되어 이념적 대결보다 힘을 합쳐 활동하였다. 전국적인 지역문학의 전개 과정을 파악하기보다 필자의 연고 지역인 경남과 부산 지역을 중심으로 해방 이후 지역문단이 어떻게 형성되었으며 그 전개과정과 앞으로의 전망에 대하여 살펴보기로 한다.

2. 경남지역의 경우

경남지방 가운데 우선 해방 전부터 독특하고 독자적인 문단을 형성한 진주 지역에 대하여 살펴보겠다. 경남문단과 진주문단에 대해서는 경상대학교 명예교수인 강희근 시인에 의하여 여러 곳에서 언급되었다. 경남문학관에서 발간된 《경남문학연구》와 경남대 박태일 교수가 주도하고 있는 경남·부산지역문학회의 《지역문학연구》에서도 집중적으로 살펴본 바 있다. 지역문학회의 성과물을 『파성 설창수 문학의 이해』(도서출판 경진, 2011)로 엮기도 했다. 그곳에 수록된 부산대 사범대 국어교육과 이순욱 교수의 논문 「근대 진주 지역문학의 전통과 '삼인집'」은 2004년 《지역문학연구》 제10호에 발표된 논문으로 필자가 여러 곳에서 인용하기도 했다. 필자 역시 여러 곳에서 설창수(1916~1998) 시인과 이경순(1905~1985) 두 시인을 중심으로 살펴본 바 있다. 이러한 연구 성과들을 바탕으로 진주 지역 지역문단에 대하여 간단히 살펴보겠다.

설창수 시인은 해방되기 5년 전인 1940년 일본대학 예술학원(전문부) 창작과에 입학하여 재학하다가 독립운동에 연루되어 1942년 2년 형을 선고받고 부산형무소에서 복역한다. 1944년 만기 출소한 그는 진주로 돌아와 청년활동과 계몽적 연극공연에 힘쓰다가 1946년에 창간한《경남일보》기자로 입사하여 초대 주필로 취임한다. 1947년 2월 진주시인협회를 창설하여 회장이 되어 회지《등불》을 1948년 1월까지 4집을 발간한다. 1948년에는 진주시인협회를 영남문학회로 확대 개편하고 회지를《영남문학》으로 개제하여 5집과 6집을 낸다. 1949년 4월에는《영남문학》을《영문》으로 개제하여 7집을 내고 1949년 11월에는 8집을 내면서 이경순 시인을 비롯한 진주의 예술인과 함께 제1회 영남예술제를 창시하고 대회장을 맡는다. 영남예술제는 전국 최초의 지역 예술제이며 동시에 종합 예술제이다. 그리고 그는 6·25전쟁 직전 서정주 시인의 후임으로 문교부 예술과장에 취임하여 전쟁기인 51년 사임할 때까지 진주를 떠나 있었으나 진주로 돌아와 1950년에는 전쟁으로 중단된 영남예술제를 1951년 2회로 부활시키면서 다시 대회장을 맡아 1961년 5·16 사태로 제2공화국에서 당선된 참의원을 비롯한 모든 공직을 그만둘 때까지 계속 대회장을 맡아 영남예술제를 영남뿐만 아니라 전국의 대표적인 예술제로 도약시킨다. 영남예술제는 그 후 개천예술제로 개명되어 11월 개최에서 10월 개최로 변경되어 오늘날까지 지속되고 있다. 1964년부터 1968년까지 대통령이 직접 참석하였으며 오늘날의 진주의 대표적인 축제인 유등축제도 이 축제의 행사 가운데 하나로 개최되다가 2000년에 독립되어 오늘날에는 개천예술제보다 더 많은 관광객을 유치하고 있다.

이렇게 영남예술제는 설창수 시인을 비롯한 진주 문인들과 예술인이 중심이 되어 자생적으로 개최되고 발전한 예술제이다. 그리고 그 주도권은 문인들이 장악하고 있었다. 문학 행사인 한글시백일장은 한국의 대표적인 시인들이 심사위원으로 수고하였으며 전국의 문학도들이 참가하여 성황을 이루었다. 제1회에서 장원으로 입상한 이형기(1933~2005) 시인, 차상인 박재삼(1933~1997) 시인 그리고 2회에 장원한 송영택(1933~) 시인을 비롯한 많은 문인들이 거쳐 갔다. 그리고 수상작을 발표하는 형식인 개천문학의 밤도 매우 뜻깊은 행사였다. 《영문》의 경우 1949년에는 7집(송춘호), 8집(가을맞이호)을 발간하였고, 1950년에는 중단되었다가 1951년 9집부터는 연간호로 11월 영남예술제 기간과 맞추어 1960년까지 18집을 발간하였다. 발표 작품으로는 진주와 영남지방 문인들이 많았지만 서울을 비롯한 경향각지의 문인들이 발표하였다. 특히 발표매체가 많지 않았던 당시로서는 지역에서 발간되는 유일한 문예지로 신인 추천제도도 두었다. 시가 주로 발표되었으나 시조, 번역시, 수필 · 비평 · 산문, 단편, 희곡 등 종합문예지로서의 면모를 충분히 갖추고 있었다.

그리고 이 《영문》이 발간되던 시기에 신인으로 활동한 문인들과 진주를 학연으로 한 100명에 가까운 경향각지의 문인들이 〈남강문학회〉라는 문학단체를 2008년 조직하였다. 2009년부터 회지 《남강문학》 창간호를 낸 이후 2022년까지 14호를 내고 있으며 개천예술제가 열리는 10월 초에는 진주에 모여 출판기념 〈문학의 밤〉을 진주 문인들과 하께 하고 있다. 또한 이 회지는 한국문인협회 진주지부에서 발간하는 《진주문단》(2017년 현재 34호 발간)과 더불어 발표지면을 확대하면서 진주의 문학적 분위기를 고양시키고 있다.

개천예술제의 경우 개천예술재단이 주최하고 한국예총진주지부가 주관하다가 개천예술재단이 진주문화예술재단으로 확대 개편되면서 유등축제를 주관하면서 다시 예총지부가 주최하고 각 산하단체가 행사 별로 주관하고 있다. 그리고 한글시백일장도 옛날과 같은 전국적 행사라기보다 그 참가범위가 줄었다. 말하자면 문학행사는 주변으로 밀려나고 그 자리에 유등축제가 자리 잡았다고 볼 수 있다. 이러한 현상은 어쩔 수 없는 현실이기는 하나 문학 자체가 다른 예술 장르나 축제의 다른 아이템에 밀려났다고 볼 수 있다. 그리고 진주에는 경남문화예술회관은 있지만 경남문학관의 경우 진해(지금은 창원시에 편입되었음)에 세워졌다. 따라서 진주에는 설창수, 이경순, 이형기(1933~2005) 시인, 김보성(1919~2011) 소설가, 최재호(1917~1988), 이명길(1928~1994) 시조시인, 최계락(1930~1970) 아동문학가 등을 비롯한 진주 출신 작고 문인 중심의 진주문학관이 진작 건립되어야 함에도 불구하고 아직까지 건립되어 있지 않은 점은 아쉬운 일이다.

유명 문인을 많이 배출한 고장으로는 통영시를 들지 않을 수 없다. 시인으로는 유치환(1908~1967), 김춘수(1922~2004), 시조시인 김상옥(1920~2004), 소설가 김용익(1920~1995), 박경리(1926~2008), 극작가 유치진(1905~1974) 등이 통영 출신이다. 이들 가운데 유치환, 김춘수 등은 해방 직후인 1945년 9월 작곡가 윤이상, 정윤주, 화가 전혁림 등과 함께 통영문화협회를 조직하여 여러 가지 계몽활동을 하였다. 그리고 통영의 경우 그 동안 문인 출신 시장들이 작고 문인들의 행적을 잘 정리하여 각종 기념관과 기념물을 마련하여 그것으로 관광객을 유치하는 성공적인 지자체로 알려져 있다. 박경리의 경우 그 당시의 시장이 살아생전 삼고초려의 공을 들여 유택을 유치했다. 그들을 기념하는 문학상도 오래 전에 제정하여 시상하고 있다. 이러함에도 불구하고 작곡가 윤이상의 국제적 명성을 기반으로 한 국제 음악제에 비하면 대한만국 국민들에게 훨씬 널리 알려져 있는 문인들을 테마로 한 행사는 그렇게 규모가 크지 않다. 더구나 통영은 2015년 유네스코 음악 창의 도시로 선정되어 문학은 밀려나고 말았다.

지금의 경남문단의 중심은 도청소재지 창원이다. 특히 마산과 창원 그리고 진해가 창원으로 통합된 이후에는 그 쏠림 현상이 뚜렷하다. 경남문학관이 그곳에 있고 마산문학관이 별도로 건립되어 지역문학의 구심점이 되고 있다. 그리고 한국문인협회 경남지회가 경남문인협회라는 이름으로 계간지 《경남문학》을 2022년 여름 현재 139호를 내고 있다. 《경남문학》은 1969년 연간지로 창간되었다. 1988년과 1989년에는 반연간지로 발간되다가 1990년 통권 12호를 계간지로 발간하면서 현재까지 계간으로 발간되고 있다.

경남의 다른 기초 자치단체들도 1995년 기초 · 광역자치단체장과 의원선거가 실시 되어 본격적인 자치단체시대가 된 이래 각 지역 특성에 맞는 행사와 그에 따른 행사가 지방자치단체와 한국문인협회 시군지부 중심으로 문예지 발간 학생 백일장 등 외형적으로는 활발하게 진행되고 있다. 그러나 자치단체장의 의지와 문학에 대한 인식도의 차이에서 오는 일관성의 부족, 전국 단위의 문학상 공모에 많은 예산을 투입한 결과 지역문인들의 활동에는 예산이 매우 부족한 것이 현실이다. 대부분의 기초자치단체의 경우 연간지의 발간비 정도만 지원하고 다른 행사는 회원들이 재정을 갹출하여 마련하고 있는 실정이다. 따라서 작품을 발표하면서 고료를 받는다는 것은 생각할 수도 없다. 이러한 현상은 동인활동이나 아마추어들의 취미활동과 다를 바가 없게 되어 결과적으로 지역문학의 질적 저하를 초래하게 된다.

한편 경남도의 출연기관인 경남문화예술진흥원에서 기금을 모아 도내 지역문인들과 단체를 지원하고 있다. 그러나 최근에 경남문예진흥원은 합천군의 한 초등학교 폐교 부지에 신청사를 마련하여 이전하였다. 지역균형발전이라는 긍정적 측면보다 타지역에서 접근하기 어려운 불편이 예상되어 도청 소재지인 창원에다 별도의 경남예술인통합지원센터를 마련하였다.

3. 부산 지역의 경우

부산의 경우 일제강점기 중반인 1925년 4월 17일 진주에 있던 경남도청이 부산으로 이전되면서 1963년 1월 부산직할시로 승격되기까지 경상남도의 중심도시이자 한국 최대의 해양도시로서의 역할을 수행 하여 왔다. 그리고 경남도가 분리된 뒤에도 도청과 산하 기관은 1983년 7월 8일 창원시에 새 청사를 지어 이전할 때까지 부산에 있었기 때문에 경남도청의 부산시대는 1925년부터 1983년까지 58년의 세월이었다.

또한 부산은 6·25전쟁기는 1,023일 동안 임시수도로 대한민국의 중심도시로 역할을 수행 했으며 100만이 넘는 피난민을 포용한 도시이다. 그 당시에는 전국의 문인들이 피난와서 '문총구국대'를 조직하여 전선에 종군하고 후방의 안정에 기여하였다. 광복동 '밀다원'이라는 다방을 중심으로 많은 문인들이 모여 환담도 나누고 원고도 쓰고 간혹 시화전도 열었다. 이 시기의 불안하고 암담한 현실을 제재로 한 소설로는 김동리의 「밀다원 시대」가 대표적인 작품이다. 최근에는 한국소설가협회와 부산소설가협회에서 부산 중구청의 후원으로 〈밀다원 문학제〉를 해마다 열고 있다.

해방공간의 문학발표 매체는 중요일간지 즉 《민주신보》(1945 창간~1962 폐간), 《자유민보》(1946~1956), 《부산일보》(1946 창간~현재까지 발간되고 있음), 《국제신문》(1947년 창간,1980년 신군부에 의해 강제 폐간,1989년 복간하여 현재까지 발간되고 있음) 등과 1950년대의 경남도정 홍보지 《경남공론》 등이었다.

이 시기의 발표 매체로 기억해야 할 것은 시인 염주용(1911~1953)의 주도로 1946년부터 1950년까지 주간지 《문예신문》이 타블로이드판 2면으로 매주 월요일에 발간되었다는 사실이다. 집필진으로는 유치환, 오영수, 김수돈, 김상훈, 이병철, 김원룡 등이었다. 신춘문예 제도를 두었으며 아동문학상과 학생문학상을 제정하여 초, 중고등학생들에게도 지면을 제공하였다. 경영난과 염주용의 지병으로 오래 지속되지는 못했다. 그리고 현재 보관본이 존재하지 않은 점은 아쉬운 일이나 해방기의 개인시집을 여러 권 발간해 준 것은 남아 있다.

부산의 문학단체는 전국단체의 경남지부로 여러 형태가 존재하여왔으나 독자적인 모습으로 등장한 것은 직할시 승격 직전이다.

1961년 6월 17일 군사혁명정부의 포고령 제6호로 기존의 모든 사회단체를 해산하고 신규등록을 하도록 하였다. 그리고 별도로 정부 당국은 문화단체의 통합을 종용하였다. 문학단체의 경우 기존에 있었던 한국문학가협회, 자유문학자협회, 시인협회, 소설가협회, 전후문학가협회 등의 회원들이 서울의 충무로 수도여자사범대학 강당에 모여 한국문인협회로 통합대회를 열어 통합했다. 그 결과 1961년 12월 31일 한국문인협회가 정식으로 발족하였다. 초대 이사장으로 전영택(1894–1968) 소설가를, 부이사장으로 김광섭(1905~1977), 이희승(1896~1989), 김동리(1913~1995) 등으로 이사장단을 구성하였다.

부산에서도 한국문인협회 발족과 때를 맞추어 1962년 4월 20일 한국문인협회 부산지부로 발족하여 초대 지부장으로 이주홍(1906~1987) 소설가를 추대하였다. 부산이 직할시로 승격되기 전이라 경남지부로 바꾸었다가 1963년 1일 1일 부산지부로 다시 바꾸는 우여곡절을 겪기도 했다. 그러나 이주홍 체제는 그의 사양으로 제대로 가동되지 않고 있다가 1963년 7월 유치환(1908~1967) 시인이 경남여고 교장으로 부임하자 임시총회에서 추대되었다. 그 뒤 유치환의 2대 회장 시대가 1964년 1월부터 가동되었다. 유치환은 1967년 2월 13일 교통사고로 작고할 때까지 문협회장과 예총회장을 겸임하고 문협의 첫 연간 문예지《부산문예》를 창간하고 한글날 기념 학생백일장, 문학의 밤 등을 개최하여 초창기 부산문단의 초석을 놓았다. 이때의 회원은 37명에 불과했다.

부산지부는 한국문인협회가 광역시와 도 단위 문협을 지회로 칭하자 자연스럽게 한국문인협회 부산지회가 되고 별칭으로 부산문인협회라는 이름을 사용하고 있다. 지금까지 언급한 이주홍과 유치환에 이어 그 동안 회장을 지낸 문인들을 열거하면 다음과 같다. 김정한(1967~72), 박문하(1972~74), 이형기(1974~1981), 허만하(1982~84), 구연식(1985~88), 이석(1989~91), 김용태(1992~94), 김상훈(1995~1997), 최상윤(1998~1999), 최상윤 예총회장으로 당선되어 사퇴한 잔여임기로 이문걸 대행(2000), 정진채(2001~2003), 강인수(2004~2006), 정인조(2007~2009), 정영자(2010~2012), 변종환(2013~2015), 김검수(2016~2018), 최영구(2019~2021) 등이며, 현재 이석래 시인이 2022년부터 회장을 맡아 1,400명의 회원들과 함께 부산지역 문학의 중흥을 위하여 애쓰고 있다.

부산광역시 단위의 문학 활동은 그 우수성을 인정받아 2016년 11월 23일 전라북도 정읍에서 개최된 한국문인협회 지회 지부장 대회에서 우수지회상을 수상했다. 그 중요 사업을 열거하면 계간지 《문학도시》 그것이 격월간지를 거쳐 지금은 월간지로 발간비와 원고료를 부산시 경상예산에서 전적으로 지원받아 발간하고 있다. 그리고 국제문학제, 한국해양문학제와 전국 단위의 해양문학상작품 모집, 부산문학상 수상 등을 부산시 예산에서 직접 지원받는다. 이렇게 되기까지 역대 회장단의 많은 노력으로 이제는 시청 당국과 시의회의 공감대가 형성되어 있다. 그리고 부산문화재단의 지원을 받은 몇몇의 사업도 하고 있다. 이러한 지원은 타지역에 비해서는 선도적이다. 그러나 부산시의 다른 예술 장르 지원에 비하면 열악한 편이다. 특히 부산시가 역점 사업으로 하고 있는 국제영화제와는 비교할 수 없을 정동의 적은 예산으로 국제문학제를 하고 있다. 부산시의 경우 2014는 유네스코 영화 창의 도시로 지정받은 바 있다. 그래서 2018부터 문학도 위상에 합당하고 부산 지역의 특수성을 살린 국제행사를 치르기 위해 부산문협을 중심으로 다각적으로 노력하기로 다짐도 했다. 한편 2006년부터 부산문학관 건립을 위한 기금을 모으면서 부산시 당국과 접촉하는 등 다각적 노력을 하고 있으나 아직까지 가시적 성과가 나타나지 않고 있다.

장르별 활동으로 1974년 발족하여 최근에는 사단법인으로 전환한 부산시인협회 활동이 두드러 지고, 시조시인협회, 소설가협회, 아동문학가협회, 수필가협회 등의 활동 활발하다. 종교별 활동도 부산크리스천문협, 불교문협, 가톨릭문협 등이 문예지 발간과 시화전 등 다른 활동도 하고 있다. 이런 각종 단위별 활동에는 부산문화재단의 지원에 힘입은 바가 크다. 그리고 개별 문인들의 창작집 발간 지원비도 문화재단에서 지원하고 있으나, 대체로 소액으로 많은 문인들에게 혜택이 돌아가야 한다는 정책 때문에 문인들의 작품집 발간과 창작지원금 지원이라는 면에서는 실질적인 도움이 되지 못하고 있다

그 밖에 개인과 단체에서 발간하는 문예지도 다수 있다. 전국적으로 필진을 확대하고 있는《시와 사상》,《신생》,《사이펀》을 비롯하여 단위단체 기관지인《부산시인》,《작가와 사회》,《부산영호남문학》그리고 개인이 주도하고 있는《문예시대》,《시와 수필》,《뉴 에이지》등이 나오고 있다. 이들의 경우 몇몇 문예지만 원고료를 지급하고 그렇지 않은 것들이 많다.

1995년 지자체 시대 이후로 기초자치단체 단위의 문인협회가 각 구별로 조직되어 문예지도 내고 시화전 등도 하고 있다. 그러나 광역시 단위의 활발한 활동에 밀려 위축된 점도 있고, 기초자치단체장과 의원들의 인식부족과 일관성 결여로 경남 지역처럼 충분한 예산지원이 되지 않아 활발하지 못하고 합당한 대우도 받지 못하고 있다. 지역에 따라 거주문인들의 수의 차이가 심한 것도 부진의 원인이 된다. 그리고 한국문인협회지회로 등록된 곳도 극히 드물다. 말하자면 아직 기초 자치단체 단위의 활동이 정착되지 않았다고 볼 수 있다.

4. 지역문학 활성화 방향

그동안 어느 지역 없이 문인들의 숫자는 많이 늘어났다. 이렇게 된 까닭은 중앙정부에서 발간을 허가하던 문예지가 광역자치단체를 거쳐

기초자치단체의 등록제로 전환된 탓에 폭발적으로 증가하여 발표 매체가 증가한 것과 각종 문화센터에서 문학창작 교실을 운영하여 문학창작 지망생들을 지도하고 있는 것이 원인 되었다고 볼 수 있다. 이러한 점은 아직도 우리나라의 경우 문학이 국민들에게 외면당하고 있지 않다는 점과 문인들이 많아진다는 점은 고무할만한 일이다. 그러나 한편으로는 등단 문인들의 자질과 수준면에서 문제점이 생기는 것 역시 엄연한 현실이다.

무엇보다 문학작품에 대한 가치 즉 고료를 지급하지 않고 책으로 대신하는 잡지들이 많다는 점과 지급하는 고료도 몇 십 년 전의 수준을 그대로 유지하여 타 장르의 예술가들에 비하여 터무니없는 대우를 받고 있는 점 역시 큰 문제점이다. 이러한 현상의 타개는 지방화 시대를 맞아 각 자치단체가 앞장서야 할 것이다. 기초 자치단체에서 전국적으로 공모하고 있는 문학상의 경우 그 상금은 많은 편이다. 그래서 그 상금을 목표로 기획 창작까지 하는 문인들이 등장하고 있다. 그러나 정작 그 지역의 문인들에 대한 대우는 소홀히 하는 경우가 많다.

경남지역의 경우 앞에 열거한 경남문학관과 마산문학관 외에도 유명 문인 즉 유치환, 김춘수, 김용익, 박경리, 이병주, 박재삼, 정공채 그리고 유배문학, 시조문학 등 다양한 문학관들이 세워져 있다. 부산의 경우도 김정한, 이주홍 그리고 추리문학관 등이 있다. 그리고 그곳을 중심을 다양한 행사를 하고 있다. 그런데 막상 그 행사에서 지역 문인들이 소외되어 부작용을 빚기도 한다. 이러한 점은 반드시 개선되어야 할 것이다.

이상과 같은 부당한 대우를 타개하기 위한 통로로 지난 2016년 8월 4일부터 시행되고 있는 문학진흥법에 거는 기대 또한 대단하다. 이 법안 발의의 가장 중요한 정책은 국립문학관 건립이었다. 그러나 지난 정부 시절 국립문학관을 각 자치단체별로 공모하자 그 경쟁이 과열되어 보류되다가 2018년 11월 8일 서울의 은평구 옛 기자촌 터로 확정되고 2022

년 하반기 완공을 목표로 공사를 진행하고 있다. 그리고 국립문학관 관장과 주요 스탭들이 임명되어 개관을 준비하고 있다. 잘 알다시피 이 법안은 시인 출신 도종환 국회의원이 야당 시절인 2015년 3월 발의한 법안이다. 뿐만아니라 도종환 시인은 문재인 정부의 문화체육관광부 장관으로 일하기도 하였다.

문학진흥법에 의하면 자치단체나 중앙정부는 문학의 진흥에 예산을 지원하게 되어 있다. 문학진흥을 위한 5개년 계획도 마련되고 있다. 국립문학관 건립도 물론 중요하다. 그러나 문학진흥법을 통하여 다른 예술장르에 비하여 문학 자체와 문인들이 부당한 대우를 받고, 국민들로부터 관심이 멀어지면서 기업들로부터도 외면당하고 있는 현실을 타개하기 위한 작업 또한 중요하다. 문학진흥법에 명시된 대로 각 기초자치단체와 광역자치단체가 문학에 예산을 배정하라고 해도 이미 각 자치단체에서 시행하고 있는 문학상이나 문학관 운영 그리고 문학제 등과 문화재단에서 시행하고 있는 사업 등으로 상당한 예산이 투입되고 있기 때문에 신규 사업의 편성이 어려울 수도 있다. 그리고 정부의 예산을 지원하는 것도 한계가 있다. 그래서 문학지원을 위한 기금 마련과 기업들의 메세나 사업으로 문학활동을 지원하도록 유도하는 제도가 마련되어야 할 것이다. 사실 공연예술이나 영화에 비하여 문학 자체의 위상이 예전과 같지 않기 때문에 기업들은 광고 효과나 기업 이미지 상승효과 측면에서 문학을 선호하지 않는 실정이다. 그러나 모든 공연예술과 영화나 드라마의 창작의 원동력과 기반을 제공하는 예술이 문학임은 부인할 수 없는 진리이다. 이러한 점을 감안하여 문학진흥의 열기가 더하여지고 지역마다 활동하는 문인들에게 실질적인 혜택이 갈 수 있도록 정책이 수립되어야 할 것이다.

경남문학의 미래를 위하여
– 경남 지역을 넘어 한국과 세계로

1. 들머리

필자는 지난 2012년 4월 7일 경남문학관에서 주최한 제5회 경남문학제의 한 프로그램으로 개최된 경남문학의 발전 방향에 대한 세미나에서 주제발표를 한 바 있다. 필자가 경남문학관에서 주제발표를 하기는 두 번째이다. 2005년 10월 22일 제3회 작고 문인의 문학세계 심포지움에서 필자와 개인적으로 인연이 깊은 진주시인 동기 이경순(1905~1985) 시인의 삶과 작품세계를 필자의 고향 남해군 창선면 〈창선중고교 교장〉 시절(1955~58)의 개인적 인연과 그 시절에 발표한 작품을 중심으로 살펴보았다. 그때의 그 발표를 하는데 도움을 받은 자료는 박노정 시인이 《진주신문》에 근무할 때에 편찬한 『동기 이경순 전집(시)』(서울, 자유사상사, 1992)이었다. 그 발표를 바탕으로 2006년 2월 한국문학비평가협회 기관지 〈문학비평〉 제11집에 탄생 100주년 작고 문인 특집 논문으로 「동기 이경순 시인의 삶과 시 세계」를 발표하기도 하였다.

주제발표 서두에서 동기 이경순 시인의 이야기를 끄집어낸 까닭은 동기 선생의 산문은 시 전집이 발간된 지 30년이 지나도록 전집으로 수습되지 않고 있는 안타까운 현실이기 때문이었다. 하루빨리 완벽한 동기 선생의 전집이 발간되기를 기대하는 바이다.

주제발표를 준비하면서 경남문학관 홈페이지를 방문하여 경남문학제 주제 발표자와 주제를 살펴보니 2008년 제1회 때부터 매년 유사한 주제로 열 분의 발표자가 발표하고 있었다. 그 가운데 몇 사람의 글은 경남문학관에서 해마다 발간하는 《경남문학연구》지에 수록된 글로 읽은 적도 있다. 주제발표를 준비하면서 다시 읽어보니 필자가 하고 싶은 이야기들은 이미 다른 분들이 많이 언급하고 있었다. 이들과 어떻게 차별화된 발표를 해야 하는지 난감하기까지 하였다. 그래서 다른 사람들이 해놓은 제안들에서 한걸음 더 나아가 구체적인 제안을 하기로 하였다. 따라서 필자의 그동안의 문단 활동과 창작 활동의 체험, 그리고 그에 따른 아쉬움에 대한 소망을 피력하는 결과가 될 수도 있다는 것을 미리 밝혀두는 바이다.

2. 몇 가지 구체적 제안

경남문학제가 해마다 경남문학상 시상식과 더불어 행하여지고 있다. 그 자리에서 경남문학의 발전 방향을 논의한 결과 그동안 경상남도의 문학 활동은 타 시도에 비하여 여러 면에서 활발하게 전개되었다고 생각하는 바이다. 특히 전국 최초이자 다른 시도에서는 찾기 힘든 광역 시도 단위 문학관인 경남문학관과 경남문인협회의 유기적 협력 관계는 타 지역 문인들의 부러움을 사고 있는 실정이다. 기초자치단체에도 각종 문학관이 어느 지역보다 많이 건립되어 있고, 문학 관련 축제도 활발하게 진행되고 있는 곳이 경상남도이다. 뿐만아니라 기초자치단체마다 빠짐없이 각 지역 문인협회가 조직되어 있고 이것들은 1만 3천 명이 넘는 회원을 가진 한국문인협회의 지부를 겸하고 있다. 잘 알다시피 경남문인협회는 한국문인협회의 지회로 지회 밑에 지부가 있지만 각 지회나 지부는 독자적인 활동을 하고 있고 한국문인협회로부터의 도움은 미미하다고 볼 수 있다. 한국작가회의의 산하로 경남작가회의의 활동도 활발하다고 볼 수 있다. 이 단체 역시 본부와 느슨한 관계이고 독립성이 강하다.

현재의 경남문인협회 회장은 이달균 시인으로 2020년에 19대 회장으로 취임하여 2022년 20대를 연임하고 있다. 이 회장 취임과 동시 경남문예진흥원 등의 지원을 받아 다양한 행사를 하고 있다. 특히 합천군과 거제시에 이어 2022년 7월에는 남해군에서 찾아가는 경남문협 세미나를 개최하여 지역 문학계에 자극을 주고 있다.

(1) 작고 문인들의 유적지 홍보

오래전부터 호남지역을 여행해 보면 작고한 문학가들을 비롯한 예술가의 생가나 성장지의 표석을 세워놓고 그것을 기념하는 경우가 많았다. 그리고 그 사실을 관광홍보책자에 밝히고 있었다. 경상남도의 경우 예전에 비하여 나아지고 있고 전국적으로 내놓아도 손색이 없는 통영시와 하동군이 있기는 하나, 아직도 그런 곳에까지 관심이 많은 기초자치단체가 많지 못하다. 특히 남해군의 경우 〈남해유배문학관〉이라는 유배문인들의 기념관이 2010년 11월 1일 개관하여 활발히 운영되고 있으나 정작 남해 출신의 문학가나 예술가의 생가의 표지석이나 기념관 내지 전시실을 유배문학관 경내에 마련하라고 여러 경로로 제안해도 전혀 반응이 없다. 솔직히 말해 유배객은 남해나 경상남도 출신이 아니고 문학관이 유배문학에만 집착할 때 그것은 박물관으로 가치만 있기 때문에 상당한 기간이 지나면 일부 관심 있는 집단이나 연구자들만 찾아오는 죽은 기념물이 되고 말 것이다.

즉 고전문학 그것도 유배문학이라는 특정 주제의 작품에 매달리기보다 향토 출신 현대작가나 일제강점기나 광복 이후에 남해에 머물렀던 김정한 소설가나 이경순 시인의 유적이나 기념물은 아직까지 제대로 마련되어 있지 않다. 이러한 현상을 극복하기 위해서는 기초자치단체 문인들의 힘만으로는 불가능하다. 경남문학관과 경남문인협회 그리고 경남작가회의가 힘을 합하여 경상남도 도지사나 도의회를 움직이어야 할 것이다. 아마 남해군 말고도 이런 도움이 필요한 곳이 많으리라 생각된다. 물론 통영이나 거제의 청마문학관이나 기념관 삼천포의 박재삼문학관 하동의 이병주 문학관 등은 잘 운영되고 있으나 아직도 경남의 경우 한국문학사에 남을 시인이나 작가들의 기념관이 없는 곳이 많다. 진주의 경우도 개천예술제의 창시를 주도한 설창수, 이경순 두 시인 박생광과 같은 화가 남해의 정을병, 문신수 소설가, 함안의 조연현, 문덕수, 합천의 최인욱 그 외에도 많은 작고 문인들이 있을 것이다.

물론 경남문학관에서 그동안 여러 작고 문인에 대하여 심포지움 형태로 발표회를 가져 많은 성과를 거두었다. 그러나 그러한 모임에 대한 관심을 가진 경남도민이나 관광객들은 많지 않다. 많은 사람들에게 알리기 위해서는 유적지 표석과 시인들의 시비나 작가들의 문학비 등은 그 효과가 대단할 것이다.

(2) 격조 높은 문학잡지의 발행

경상남도의 경우 경남문협이나 경남작가회의 계간지와 각 장르별 단체 기초자치단체 문협들의 연간지 그리고 동인지 도서출판 경남의《작은 문학》등 회지와 동인지 그리고 계간문예지 등이 농어촌이 공존하는 타 시도보다 많이 나오고 있다. 그러나 이들의 대부분은 회원들의 발표무대의 성격이 강하므로 격조와 품위를 유지하기 힘들다. 왜냐하면 많은 회원들에게 적어도 일 년에 한 번쯤 발표의 기회를 주어야 하기 때문이다. 서울에서 발간하는《월간문학》의 경우도 1만 3천 명이 넘는 회원 때문에 특집이나 기획물을 시도할 수 없는 것을 보아도 회원이 많은 단체가 본격적 문예지를 주도할 수 없다는 것이 증명되고 있다. 솔직히 말해서 문인으로 데뷔하기가 예전에 비해서 손쉬워졌기 때문에 최근에 데뷔한 문인들은 그 출신 잡지에 따라 수준이 고르지 않다. 특히 시인이나 수필가들이 되기 위해서 마음만 먹고 시간과 재정만 투자하면 모조리 된다는 인식으로 아무나 문예창작교실에 몰려가고 이들이 오래 수

강을 할 경우 작품의 수준이 다소 모자라도 운영자들이 문단 데뷔를 알선해 주는 것이 어제 오늘의 일이 아니다. 그리고 문인들 가운데는 그러한 문인들을 데뷔시키는 계간지를 운영하는 사람들도 있는 안타까운 현실이다.

부산의 경우 1990년 임명제 시장으로 부임한 모 시장이 문학과 예술에 대한 대단한 마인드를 가지고 있었다. 그의 문화 마인드에 의하여 그 당시 문협 기간지인 연간지와는 별도로 전국에 내놓아도 손색이 없고 무엇보다 제대로 고료를 지급하는 계간지를 발간하게 되었다. 그 당시 필자는 발간추진위원회에 관여하여 문협과는 별도의 기구를 두어야된다는 취지의 의견을 강력하게 개진하였다. 그러나 필자의 이러한 주장은 관철되지 못하고 문협 산하에 별도의 주간을 두는 선에서 창간호가 나오게 되었다. 필자는 그 뒤에 자의반 타의반으로 그 발간 작업에서 멀어졌다. 초창기에는 집필자들은 부산문협 회원이 주가 되었으나 특집과 기획 원고를 중심으로 전국 문인들의 원고를 받았다. 그러나 점차 문인협회 회원들이 많아지자 본래의 취지가 희석되어 갔다. 필자가 부산문협에 관계한 2006년에는 계간지를 격월간지로 바꾸면서 혁신을 단행했다. 편집을 우리나라의 전통 있는 문예지의 체재와 유사하게 하고 특집도 〈한국 현대문학지리지〉라는 주제 아래 낙동강, 현해탄, 지리산, 자갈치, 경주 등을 다루었고 매호 표지도 부산의 사진작가로 세계에 이름이 꽤 알려진 작가의 주제에 맞는 사진을 골랐다. 그리고 부산과 인연이 있는 미국, 일본, 남미 등지의 작가의 작품과 산문 등을 싣기도 하였다. 그러나 1년 뒤에 필자가 문협과 관계할 수 없게 되자 변질하기 시작하더니 2011년부터 월간지로 전환되면서 완전히 문협 기관지가 되고 말았다 물론 고료와 발간비는 계속 부산시에서 지원하고 있다. 사실 1년 동안 혁신의 기조를 유지하면서 필자는 많은 회원들로부터 알게 모르게 비난을 감수할 수밖에 없었다.

경남이라고 격조 높은 문예지를 만들지 못하란 법이 없다. 《경남문학》

과는 별도의 문예지를 경남문협에서 주관하지 않고 별도의 기구를 두거나 〈경남문학관〉에서 주관하여 발행할 필요가 있다. 물론 고료를 제대로 주는 것이 전제가 되어야 할 것이다. 만약에 이미 발간되고 있는 격조 높은 문예지가 있다면 그 판권을 인수하여 경남의 이름을 걸고 발간하게 되면 경남도의 지원과 도내 유수한 기업뿐만 아니라 출향 향우들과 해외의 교포 기업들도 메세나 회원으로 영입할 수 있을 것이다. 사실 고료를 제대로 주면 좋은 원고는 얼마든지 받을 수 있다. 문예지의 특집과 지향 방향은 경남 혹은 과거의 경남 즉 부산과 울산을 포함한 경남의 지리적 역사적 사실과 이를 바탕으로 한 현대사 혹은 문학사에 그 초점을 맞추면 지역성도 살리고 현대성 혹은 세계성을 획득할 수 있을 것이다.

2011년 11월 초부터 2012년 1월 초까지 2개월 남직 그리고, 2012년 12월 말부터 2013년 1월 말까지 1개월 동안 필자는 미국 LA에 머물면서 미주 문인들과 교류할 기회를 많이 가졌다. 그 가운데 경남 분들이 많았다. 그리고 미주 문인들의 모국어 사랑과 글로벌화 된 생활 태도와 가치 그리고 그것과 충돌하는 전통의식 등 그것 자체가 소중한 한국문학 또는 한민족문학의 자양분이 될 것 같았다. 그곳에서 경상남도 통상관을 만나기도 했다. 경상남도 문화대사는 파견될 수는 없을까? 하는 생각을 해보았다. 교포 문인들과의 교류를 가장 활발히 하는 경남문인은 최근에 한국수필가문학협회 이사장에 연임되었던 정목일 수필가이다. 그 외에도 많은 사람들이 미주 문단과 교류해 본 바 있다. 말하자면 경남을 넘어 한국으로 나아가서는 세계 각국에 흩어져 있는 경남 교민들 가운데 문인으로 활동하고 있는 사람들과 연대하여 경남문학의 세계화를 하자는 것이다.

(3) 지역문학 연구와 다양한 문학 활동의 지원

그동안 경남문학관은 각종 주제발표의 논문과 작고문인 탐구뿐만 아니라 현역 원로 중진 문인에 대한 작품론 등을 수록하여 책으로 엮은 《경남문학연구》를 필자에게 보내주고 있다. 사실 《경남문학연구》는 크게 아카데믹하지는 않다. 그리고 현역작가 특집은 오히려 문예지에 발표하는 것이 옳을 것 같다. 《경남문학》에 발표의 여건이 허락하지 않으면 앞에서 필자가 제안한 격조 높은 문예지에 수록하면 될 것이다.

경남과 부산지역의 문학을 연구하는 학술 단체가 있다. 주로 부산대학교와 경남대학교에서 현대문학을 전공한 중견 그리고 소장학자들이 회원이다. 그 동안 열악한 재정 상태에도 불구하고 여러 권의 학회지를 내었고 지역문학총서로 작가들의 전집과 연구서를 내기도 하였다. 최근의 성과로 『파성 설창수 문학의 이해』를 내기도 하였다. 이들의 연구 활동과 저술에 경상남도의 차원에서 경남문화재단 기금으로 지원하여야 할 것이다. 뿐만 아니라 경남문학관의 각종 주제발표자로 이들을 활용하면 행사도 격조가 높아지고 그들에게 격려도 될 것이다. 경남문학관에 상근직 학예사로 비록 소수라도 그들을 채용하면 경남문학관 설립 본래의 취지대로 학술적인 문학관이 될 것이다.

다음으로 출향 한 문인들의 지역성을 살린 문학 활동을 전개하는 경우에 대하여 말하겠다. 부산의 경우 특히 경남 출신들의 문인들이 많이 있어서 기초 자치단체 별로 문학 활동을 많이 하고 있다. 그 가운데 산청군 출신들과 합천군 출신들, 그리고 하동군 출신들이 활발하게 모임도 하고 출향 기업가들과 향우회의 지원으로 연간지도 낸다.

필자의 고향인 남해군 출신도 40명이 넘는 문인들이 있고 몇 년 전에 연간지를 두 번이나 낸 적이 있다. 그동안 활동이 소강상태에 있었는데 그렇게 된 것은 회장을 맡고 있었던 필자의 소극적 태도에서 왔다고 반성하고 있었다. 그러다가 2012년 10월 임원진을 개선하여 회장으로 동화작가이자 수필가인 김상곤 향우를 선임하고, 연말까지 《화전문학》 3호를 속간하였다 2013년에는 회장을 박홍배 문학평론가를 선임하고 《화전문학》 4호를 발간하였다. 그리고 이러한 계기는 재부 남해향우회의 류지선 회장의 적극적인 관심에서 비롯되었다. 남해 출신 재부 문인들은 장르가 다양하다. 타지역의 경우 수필가와 시인이 대부분인데 비하여 중앙문단의 유력지에 데뷔한 소설가들도 있고 평론가, 시조시인, 아동문학가들도 있기 때문에 타지역 출신들이 부러워하고 있다.

마지막으로 필자가 2011년부터 2015년까지 회장을 맡은 바 있는 남강문학협회를 소개하겠다. 진주고, 진주여고, 진주사범과 교육대, 진주농고와 경남과학기술대, 그리고 경상대 등 진주를 학연으로 한 경향각지의 문인들이 남강에 얽힌 젊은 날의 추억들과 친목과 우정을 돈독히 하기 위하여 인터넷 카페의 모임으로 이 모임을 시작한 것이 2008년이었다. 소수가 시작했으나 현재는 회비를 내는 회원이 120명을 넘고 있으며 카페 회원은 300명을 육박하고 있다. 2009년부터는 《남강문학》이라는 연간지를 내고 있다. 시. 시조, 소설, 수필, 평론, 아동문학 등의 회원 작품과 초대 작가의 작품들과 특집을 내용으로 하고 있다. 창간호에는 파성 설창수 시인의 삶과 문학, 2호에는 동기 이경순 시인의 삶과 문학, 그리고 3호에는 최계락 동시인의 삶과 문학에 대하여 조명해 보았다. 회원들이 많아 매호 300페이지가 넘는 분량이며, 3호는 파성 설창수 시인 미망인인 김보성 소설가 추모 특집 때문에 400 페이지가 넘었다. 2012년 가을에 낸 4호에는 남강문학회 회원이자 오랫동안 문화재 관리국장(현 문화재 관리청장)으로 한국문화재 발굴 복원 등 정책을 수립한 진주사범 출신 정재훈 시인의 추모 특집을 마련하기도 했다. 2013년에 낸 제5호에는 진주출신이고 진주정신의 앙양에 힘쓴 리명길 시조시인 특집을 마련하였다. 2013년 진주시로부터 지원을 받은 이래 지금은 진주시로부터 출향문인 문학단체라고 타 단체에 비하여 많은 지원을 받고 있다. 2014년에 낸 제6호에는 이병주 소설가 특집을 마련하였다.

《남강문학》이 출간되는 가을 진주의 개천예술제 기간에는 전 회원들이 진주를 방문하여 출판기념회 겸 문학의 밤을 개최하고 있다. 그 동안 진주여고 음악실, 포시즌 예식장, 진주고 음악실, 진주교대 소강당, 경남과학기술대 100주년 기념관 등에서 진주 문인들과 함께 행사를 하고 진주와 진주 인근 문학기행도 하였다. 회지 발간의 재정은 주로 진주 출신 출향 기업가들이 적극적으로 출연해주고 있기 때문에 큰 어려움은 없다. 2015년부터 2016년까지는 서울의 김한석 수필가가 회장을 맡아 조향 시인 특집(7호)을 하였다. 2017년에는 서울의 박성순 시인이 회장을 맡았으며 2018년부터 진주산업대(현재 경상국립대로 경상대학교와 통합 됨) 명예교수인 김기원 시인이 맡아 수고하고 있다. 그리고 2019년부터는 단체명을 남강문학협회로 변경하여 사회단체 등록도 마치고 2021년부터 《남강문학》을 반년간지로 전환시켰다.

(4) 경남문학축제의 개최

경상남도의 문인들은 지역 문인으로서의 한계를 극복하고 있는 문인들이 많고, 출향문인들 가운데도 작품활동이나 문단활동에서 한국을 대표하는 문인들이 많다. 시, 시조, 수필, 소설, 평론 등 전분야에서 그런 인물들이 많다. 따라서 마지막을 제안하고 싶은 것은 이렇게 활발하게 문학 활동을 하고 있는 경남 지역 문인들과 경향각지 심지어 해외에 있는 전 출향 문인들이 함께 모여 대규모 문학축제를 개최하는 것이다. 그를 기회로 독자들과 대중들에게 경남문학의 위상과 점점 위축 되어 가는 문학의 역할을 제고할 수 있을 것이다. 뿐만 아니라 이러한 축제는 전국 최초의 일로 경상남도의 르네상스 운동의 출발이 될 것이다.

3. 마무리

사실 21세기를 맞아 문학의 위상이 많이 변하고 있다. 특히 인터넷이나 영상 문화 그리고 각종 대중문화의 범람으로 위기를 맞고 있다. 학생들이나 젊은 세대들은 종이나 책 문화를 멀리한지 오래 되었다. 심하게 표현하는 이들은 저들만의 것이라 하고 독자보다 문인이 많다고도 한다. 그러나 우리로서는 이러한 현상을 그냥 앉아서 보고만 있을 수는 없다. 왜냐하면 문학의 위기 나아가서는 죽음은 인간을 물신동물로 만들어 궁극적으로는 인간의 인간됨을 상실시키기 때문이다. 다른 장르의 예술들은 우리 문학보다 먼저 위기가 닥쳐 그들 스스로 몸부림쳐 위기를 극복한 사례도 있다. 우리 문학도 이제 문학관과 책 속에만 있을 것이 아니라 책을 들고 낭독회로, 혹은 다양한 공연으로 혹은 각종 영상매체로 혹은 조형물로 독자들을 직접 찾아가야 할 것이다.

최근에는 토요일마다 각급 학교 학생들이 놀고 있다. 그들에게 다양한 프로그램을 제공하여 문학이 각종 시험 속에만 존재하는 것이 아니고 재미가 있고 즐길만하고 삶에서 가장 필요한 상상력을 기르는 좋은 것이라는 인식을 가지도록 할 필요가 있을 것이다.

남해 지역문학의 현재와 미래

1. 들머리

남해군은 2010년 11월 1일 남해유배문학관 개관과 거불어 〈김만중문학상〉을 제정하여 총상금 1억이라는 많은 예산을 투입하여 2012년까지 3회에 걸쳐 공모제에 의하여 모집된 작품을 대상으로 시상하여 왔다. 그동안 5,000만원이라는 거액의 상금이 주어지는 대상을 신인에게 주는 것에 대하여 논란이 있었기에 김만중문학상 운영위원회에서 대상은 심사제를 도입하기로 보완하여 전국의 문인들과 일간지의 문화부 문학담당 기자들의 추천을 받아 해당 작가들을 심사위원회에서 심사하는 쪽으로 수정 보완하였다. 그 결과 김주영의 장편소설『잘가요 엄마』가 선정되어 2013년 11월 2일 제4회 시상식을 마무리하였다.

사실 1991년 지방자치제도가 부활실시된 이후 전국의 많은 기초자치단체에서 각종 문학상제도를 실시하고 있다. 그러나 남해군 만큼 거액의 상금으로 공모하는 곳은 많지 않다. 이로 인하여 남해군은 문학의 르네상스 시대를 맞이하고 있고, 이에 상응하여 지역에서의 문학 활동도 변혁되어야 하는 시점이기 때문에 글로 남겨야 할 필요가 있다. 그리고 서포 김만중 선생의 유허지인 노도를 한국 최초의 〈문학의 섬〉으로 조성하여 문학 자체를 관광 콘텐츠로 한 남해를 가꾸어야 한다는 점에서 역시 지역 전체의 문학적 분위기에 대하여 구체적 제안도 필요하다. 이에 필자의 평소의 남해 지역문학 전반에 대한 몇 가지 소신을 밝히고자 한다. 그리고 이러한 제안들이 제안만으로 끝나지 않고 남해군 행정 당국과 군의회에서 참고하여 정책으로 수립하게 되기를 소망하는 마음도 간절하다.

2. 몇 가지 제안

* 남해문학회와 한국문협 남해지부의 통합

경남 지역의 기초자치단체들은 남해군과 밀양시를 제외하고는 그 지역에 거주하는 문인들의 단체는 지역 명칭의 문인협회로 단일화되어 있으면서 동시에 사단법인 한국문인협회의 지역 지부로 일원화 되어 있다. 그러나 남해는 그렇지 않은 점이 특색이다. 즉 남해문학회와 남해문인협회로 양분되어 있다. 이렇게 분열되어 있게 된 원인은 남해문인협회가 1998년 조직되어 한국문인협회의 인준을 받는 과정에서 빚어진 잘못에서 찾을 수 있다. 지부 인준을 지역문인들이 주도한 것이 아니라 남해출신으로 서울에서 문단정치에 깊이 관여하고 있는 모 문인이 자신의 입지 확보를 위하여 졸속으로 조직한 것이 남해 지역문단의 분열을 초래하게 된 것이다.

남해에는 잘 알려져 있는 것처럼 지역의 정신적 지주요 1961년「백타원白橢圓」이라는 소설로 그 당시 지금도 발행되고 있는《現代文學》과 더불어 쌍벽을 이루었던《自由文學》에 데뷔한 문신수(1929~2002) 소설가의 주도로 1983년 남해문학회가 조직되어 문협 지부가 결성되는 1998년까지 군에서 주관하는 군민의 날에 화전문학제라는 명칭으로 참여하면서 거리시화전, 문학의 밤, 백일장 등을 개최하여 왔다. 문신수 소설가가 1대부터 6대까지 회장을 역임하였으며《남해문학》이라는 연간지도 5집이나 발간하였고 1998년에는 이상범 선생이 제7대 회장에 취임하였다. 이러한 남해문학회의 활동과 그 동안의 실적으로 미루어 볼 때 문협 지부를 발족할 계획은 이들에 의하여 주도되어야 함에도 불구하고 다른 인적 구성 그것도 그 당시 지부 구성 요건에 합당할 만한 인적 자원이 없는데도 불구하고 편법적으로 지부가 구성되어 그 이름을 남해문인협회라 부르게 되었던 것이다. 지금의 지부장은 창원에 거주하는 강득송

목사님이 맡고 있으며 남해문인협회도 회지를 내고 있는 실정이다. 그러나 지역에서의 문학 활동은 여전히 남해문학회가 역대회장 이상범, 강철도, 문준홍, 김현근 등의 주도로 《남해문학》 발간과 학생공모작 시상과 작품집 발간, 화전문학제 개최, 각종 백일장 심사 및 주관 등의 활동을 활발하게 펼쳐 왔다. 지금은 김성철 회장 체제로 활발한 활동을 하고 있다.

필자는 문학의 르네상스가 펼쳐지고 있는 이 시점에 남해문학회와 남해문인협회가 통합하여 한 단체가 되어 남해지역 문인들의 반목과 갈등이 불식되고 화합하여 각종 문학행사를 보다 활발하게 해야 한다고 생각하고 있다. 과거의 잘못된 역사는 반성하고 사과하면서 서로 양보할 것은 양보하면 통합은 결코 불가능한 일은 아닐 것이다. 그래서 그 구체적 통합 방안을 제시하면 다음과 같다.

우선 남해문학회가 남해문인협회를 선배단체의 입장에서 포용하여야 할 것이다. 물론 인적 구성도 부족하고 활약상도 비교가 되지 않지만 남해문인협회는 한국문인협회 남해지부라는 대외적 강점을 가지고 있다. 그래서 대승적 입장에서 남해문학회가 남해문인협회의 실체를 인정하여야 할 것이다.

다음으로는 양쪽 다 지금 사용하고 있는 명칭을 버리고 제3의 명칭을 사용하는 결단이 필요하다. 왜냐하면 지역에서의 명칭이 변경 된다고 지부로 존속하는 데에 결격사유가 전혀 되지 않기 때문에 명칭을 변경하는 것이 양쪽 모두에게 크게 상처를 주지 않고 통합의 명분을 주게 될 것이다. 필자의 생각으로는 남해문학가협회라는 명칭의 사용을 제안하는 바이다. 그렇게 되면 남해문학회와 남해문인협회의 명칭이 결합된 셈이 되기 때문에 양쪽 다 크게 손해보지 않게 된다. 이렇게 합의되면 남해문학가협회가 대외적으로 한국문인협회의 남해지부가 되는 셈이다. 즉 지역에서 통용되는 명칭에 대해서는 본부에서 간섭하지 않기 때문에 걱정할 필요가 전혀 없는 것이다. 그리고 협회의 기관지 명칭은 역사가 오래인 《남해문학》으로 정하는 것이 옳은 일이라 생각된다. 이 점은 현실적으로 남해군청 관계자가 두 군데 다 지원할 수 없다는 입장을 강력하게 피력하면 될 것이다.

이상과 같은 통합은 앞에서 언급한 관계자 즉 문화관광과가 나서서 중재와 화합의 자리만 마련하면 충분히 가능한 일이다. 앞으로 정기총회에서 임원을 개선하기 전에 양측 의견을 조율하여 통합 정기총회를 개최하면서 회칙도 자연스럽게 바꾸고, 그 자리에서 문학인들의 통합과 화합선언문을 채택하면 통합은 마무리 되고, 임원선거 결과는 한국문인협회에 보고하면 될 것이다.

* 지역문학관 건립과 작고 문인 생가 유적지 기념물 조성도

경남 지역을 비롯한 전국 곳곳에 한국현대문학사에 크게 족적을 남긴 문인들의 문학관이 건립된 곳이 많다. 이웃 사천에도 박재삼문학관이 있고, 하동에도 이병주문학관이 있다. 남해에는 이러한 현대문학관이 건립되기 전 남해유배문학관이 건립되어 전국의 어느 문학관보다 주목을 받고 있고, 활발하게 운영되고 있다. 그리고 이 문학관 주관으로 김만중문학상이 해마다 시상되고 있다. 그러나 유배문학관에 전시된 중요 문인들의 족적 가운데는 그 성격상 남해출신 문인들이 전시될 수 없다. 또한 유배문학은 과거의 문학이기 때문에 자칫하면 박물관의 성격으로 고착될 수 있다. 그렇게 되면 살아 있는 현재 내지 미래의 문학관이 될 수 없게 된다. 물론 김만중문학상과 그에 관련된 문학제 등으로 한계를 극복할 수 있겠으나 이러한 문제점을 보완하고 남해에도 많은 문인들이 있다는 점을 알리기 위하여 지역 출신 작고문인들과 조선조 이후에 남해에 오랫동안 머문 유명문인들의 족적을 전시할 현대문학관의 건립이 절실히 필요하다.

필자의 생각으로 개인별 문학관이나 독립된 문학관보다 이미 넓게 터를 잡은 유배문학관 구내에 별도의 전시공간만 마련하면 건립 경비도

절약되고 유배문학관과 연계하여 관람객 유치도 훨씬 효율적일 것이다. 그 속에 전시될 작가로는 우선 문신수 소설가를 꼽을 수 있을 것이다. 그의 족적이나 소장자료 등은 유족과 협조하면 쉽사리 구할 수 있을 것이다. 이동면 출신 소설가 정을병(1934~2009) 역시 그 문학적 성과로 볼 때 충분히 족적이 보존되어야 할 것이다. 그 외에도 시나리오 작가이자 남해지역문화 연구에 관심이 많았던 이청기(1919~1994) 선생, 미국에서 몇해 전에 작고한 《현대문학》 출신인 김선현 시인, 마산에서 활동한 시조시인 박평주 등 남해가 아니면 어디에도 족적을 남길 수 없는 시인들이 많다. 뿐만 아니라 일제 강점기부터 현재까지 남해에 체류한 소설가 김정한. 시인 이경순, 시인 전기수 등의 남해에서의 족적도 전시할 수 있을 것이다.

작고 문인의 생가에 문학관을 세우기는 남해 출신 문인들은 가능한 사람은 없는 것 같다. 그 대신 생가터에 간단한 표지석을 세워 기념물로 남길 필요가 있고, 스포츠파크에 외롭게 서 있는 문신수 소설가의 문학비 옆에다 작고 문인들의 문학비를 세워 공원화하는 것도 좋은 기념물이 될 것이다.

이러한 현대문학관과 표지석 그리고 문학비가 남해의 문학적 분위기를 한층 고조시킬 것이며, 관광객들에게도 새로운 볼거리를 제공할 것이다.

＊노도 문학의섬 프로젝트의 바람직한 방향

2009년부터 타당성 조사에 들어가 2011년부터 사업이 준비되고 있는 〈노도 문학의 섬〉 조성 사업은 150억(국비 75억과 군비 75억)이 투입되어 2014년부터 본격적으로 시행되는 남해군으로서는 규모가 큰 사업이다. 그 동안 운영위원회에서 용역 결과를 놓고 여러 차례 논의하였겠지만 필자가 몇해 전 서포기념사업회 회원들과 탐방할 때의 소회를 밝히면서 문학의 섬의 나아갈 방향을 제시해 보기로 한다.

그때에 있었던 일 가운데 가장 인상적인 사건은 우리 일행에게 다가와 "여러 어르신들 노도에 다리 놓아주시다. 내가 시집온지 60년이 넘었는데 내 살아 생전 다리로 노도를 건너보는 것이 소원이다." 하는 여자 노인네의 절규에 가까운 당부였다. 그렇다고 우리 일행 중에 행정 관청에서 나온 사람이 있지는 않았다. 그러나 그 노인네로서는 부탁할 만한 사람들이라고 인식되었던 모양이다. 이번 〈노도문학의 섬〉 프로젝트에는 다리 놓는 계획은 없는 모양이다. 대신 정기적으로 운행할 수 있는 소규모의 유람선이 건조되어 이미 운행되고 있다. 다리를 건설하는 방안도 제기되었으나 전남의 모 대학 관광 관련 전공 교수가 반대하여 심도 있게 검토하지 않은 모양이다.

조그마한 섬을 테마로 한 관광의 경우 거제도의 외도, 통영군의 장사도 등이 있다. 필자도 오래 전에 외도에 가 보았고, 장사도는 2012년 10월에 가 보았다. 특히 장사도는 옛날에 초등학교 분교도 있었고 교회도 있었는데 주민들은 모두 다른 곳으로 소개되고 분교는 식물원으로 활용되고 있었다. 교회 자리는 장사도 분교에서 헌신적으로 교사 생활을 한 교사의 공적비만 쓸쓸히 서 있었다. 말하자면 사람들은 없고 식물들과 조각들만 섬을 지키고 있었다. 필자는 장사도의 자연에 감탄하였으나 사람이 없다는 것이 아쉬웠다. 그리고 들어가는 유람선의 가격도 만만하지 않았다. 물론 사람이 살면 섬이 오염될 수는 있을 것이다. 그러나 관광객을 유치한다고 섬사람들을 내쫓아서는 안된다는 생각이 들었다. 자연과 사람이 공존하는 섬 관광, 그리고 섬 주민들의 오랜 숙원을 들어주는 관광이 돼야 할 것이라는 생각도 들었다.

〈노도 문학의 섬〉은 주민들을 소개시키지는 않을 모양이다. 민박촌을 구성하여 그것의 운영을 섬주민들에게 맡길 계획이라는 생각도 든다. 그러나 그들의 염원인 다리는 섬을 오염시킨다는 측면에서 놓여지지 않게 되고야 말았다. 아마 지난 번에 만났던 노인네는 절망하고 있을 것이다. 김만중이 유배되었을 때에도 주민들이 있었다. 그리고 노도에도 얼마 전까지 분교장이 있었다. 필자는 노도 주민이 지금과 같은 생업으로 살아가면서 관광객을 맞이하는 것이 오히려 흥미로운 콘텐츠라고 생각한다. 지나치게 삶의 터전을 없애버리기 보다 지금 살고 있는 모습 그대로의 문학의 섬이 보다 문학적일 것이다. 자연생태관광으로서의 문학의 섬이 아니라 김만중과 주민들과 더불어 사는 문학의 섬이 다른 섬 관광과 차별화 되는 것이리라. 물론 이러한 시설들도 마련되기는 하는 모양이다. 그러나 16인승 소형 유람선으로 얼마나 많은 관광객을 실어 나를 수 있을지 의문이다. 그리고 비 오는 날 바람 부는 날에는 사람들이 오지 않을 것이다.

필자는 이번 계획에는 포함되어 있지 않지만 어떤 형태의 다리라도 놓아 져야 하고, 다리 자체가 색다른 관광 콘텐츠가 될 수 있을 것이라고 생각한다. 그리고 환경 오염 문제는 노도로 들어가는 인원수를 제한하면 얼마든지 가능하다는 생각이 든다. 그리고 다리는 놓치만 섬 안으로는 자동차가 들어가지 않는 방법도 마련하면 될 것이다. 문학의 섬이라는 테마 때문에 작가 지망생이나 기성 작가들 그리고 문학을 사랑하는 독자들이 많이 올 것이고 이들이 와서 오래 머물다 가게 만들어야 할 것이다. 예를 들자면 집필실을 제공하고 그들이 남해의 풍광도 즐기고 가게 하는 것이 관광의 중요한 콘텐츠가 되어야 할 것이다. 그러기 위해서는 남해도와의 접근성이 용이해야 한다. 유배체험을 노도에만 한정시키지 않고 금산과 연계시키는 방법도 심도 있게 검토해야 할 것이다.

집필하기 위하여 머무는 작가들과 지역 문인들과의 교류, 독자와의 대화, 그리고 문학작품을 바탕으로 하는 각종 공연과 퍼포먼스가 빈번한 살아 있는 섬이 되어야 그것이 바로 문학의 섬인 것이다. 이러한 각종 아이디어를 개발하기 위해 실력 있는 외부 인재가 노도에 들어와 살겠다고 하면 환영하고 정착의 편의와 그에 알맞는 직책 등을 부여하여 남해유배문학관의 경우처럼 놓쳐서는 안 될 것이다. 신문 지상에 예술인들이 들어와 지역이 재생되는 사례가 많다는 점을 명심해야 할 것이다. 그렇게 되어 노도 주민들이 늘어나고 예전처럼 어린아이들도 많아져 섬 자체가 재생된다면 그러한 방향으로 나아는 것이 〈노도 문학의 섬〉의 타당한 방향이라고 생각한다.

2021년 노도문학의 섬은 노도면적 16%에 해당하는 19,350평의 부지에 김만중문학관, 구운몽원, 사씨남정기원, 민속체험관, 작가 창작실, 서포초옥, 야외전시장 등이 마련되었다. 그리고 주민 16가구 21명은 그대로 거주하고 있다. 여러 시설은 잘 마련 되고 상주작가까지 모집하고 있으나 접근성은 2시간마다 운행되는 도선으로 밖에 되지않아 불편하다. 어떠한 형태든지 다리를 놓는 것이 앞으로의 과제다.

* 김만중 문학제의 미래지향성

필자는 김만중문학제가 유배문학이라는 과거에 머물기보다 현재 나아가서는 미래지향적이 되어야 할 것이라는 소신을 여러 차례 밝힌 바 있다. 그러기 위해서는 그동안 산발적으로 여러 단체에서 주최하던 문학의 밤이나 전시회 학생 백일장 등을 11월 1일 유배문학관 개관일에 집중 시킬 필요가 있다. 다른 문화 행사가 10월 하순에 있는데 문학의 경우 10월 31일 전야제, 11월 1일 시상식, 11월 2일 백일장 등과 같이 배치하고 전시회의 경우 10월 하순에서 축제 기간까지 연장하면 될 것이다. 전야제의 경우 김만중문학상 심사위원과 운영위원,지역문인 그리고 출향문인들이 함께 모여 문학작품을 테마로 한 각종 공연과 낭송 등으로 구성된 예술제를 하면 될 것이다. 그리고 대상 수상작가에 대한 심도 있는 학술 세미나와 대대적인 독자와의 만남 행사와 사인회 등의 개최도 충분히 검토될 수 있을 것이다.

기존에 있던 행사들의 주최는 종래대로 하고 주관만 김만중문학제 집행위원회에서 조율하여 개최하면 될 것이다. 이러한 문학행사와 별도로 서포기념사업회에서는 김만중과 김구, 남구만 등 주요 남해에 유배된 문인들을 대상으로 한 학술대회를 매년 개최할 수도 있을 것이다. 이렇게 되어 매년 문학제를 가져야 이것 역시 하나의 관광 콘텐츠가 되지 격년제로 개최하는 축제는 관광효과를 거둘 수 없을 것이다. 〈노도 문학의 섬〉의 조성이 완성된 현재에는 장소를 남해유배문학관과 그곳으로 이원화하여 개최하는 것도 검토될 수 있을 것이다. 말하자면 김만중 문학제를 충청북도 옥천군의 지용제처럼 남해군의 대표적이고 격조 높은 예술제로 격상시키자는 것이다. 이렇게 되면 남해군은 대한민국의 농촌 지역 가운데 가장 문학을 사랑하는 지역이 될 것이다.

3. 마무리

남해는 자암 김구 선생의 경기체가 〈화전별곡〉의 무대이요 일점선도라고 칭송을 받은 곳이기도 하다. 그러나 최근들어 남해사람들이 생활력이 강하기는 하나 지나치게 권력지향적이고 물질지향적이라고 다른 지역 사람들의 비판을 받기도 한다. 우리 선조들은 척박한 섬의 환경에도 불구하고 자녀를 교육시켜 사회적으로 성공하기를 기대하는 바가 컸다. 그러다가 보니 타지역보다 경찰간부, 법조인, 실업인들이 많기도 하고 국정에 공헌한 정치가를 많이 배출했다. 그러나 이에 못지 않게 문학인을 포함한 예술가들도 많다. 필자가 거주하고 있는 부산에도 남해 출신 문인들이 다양한 장르에 걸쳐 40명이 넘는다. 아마 아름다운 남해를 고향으로 하여 태어났기 때문이라는 생각이 든다. 앞으로 우리 후배들에게서도 문인을 비롯한 예술가들이 많이 배출되기 위해서는 문학을 단순히 관광 콘텐츠라는 차원에서 다룰 것이 아니라, 학교 교육의 현장에서 다른지역보다 중요하게 다루어야 할 것이다. 이러한 기반이 조성되기 위해서 필자가 앞에서 제시한 몇가지 제안들이 남해군정에 적극적으로 반영되어 노도 뿐만 아니라 남해군 전체가 문학의 섬이 되어야 할 것이다.

진주대첩의 두 목사 김시민과 서예원, 그 소설적 수용

1. 들머리

임진왜란은 1592년(선조 25년, 임진년)부터 1598년(선조 31년, 무술년)까지 우리나라를 침입한 일본과의 7년 전쟁을 말한다. 1차 침입이 임진년에 일어났으므로 임진왜란이라 하고 명나라 심유경의 중재로 시작된 화의교섭 기간에는 소강상태에 빠져 있던 전쟁이 교섭의 실패로 1597년(정유년)에 다시 대량의 왜군들이 투입된 것을 정유재란이라 한다. 그러나 7년 전쟁 전체를 임진왜란이라 부르기도 한다. 진주는 그 당시 경상우도를 관할하는 큰 고을이었으며 진주성은 당시 조선군과 왜군 사이에 치열한 공방전이 벌어진 곳이기도 하다. 임진왜란 7년 전쟁에서 벌어진 진주성 싸움은 1차에는 승전하였으나 2차에는 패전한 아픔을 간직하고 있다. 여기서는1차 전투의 주역인 김시민 목사와 1차 전투에서 세운 공으로 갑작스럽게 죽은 김시민 목사의 뒤를 이어 목사가 된 서예원 목사를 주인공으로 한 소설에 대하여 살펴보기로 한다. 언급할 순서는 진주성 1차 2차 싸움의 개요와 김시민 장군과 김시민 장군의 뒤를 이어 진주목사가 되어 2차 진주성 싸움에서 성 안의 백성들과 함께 죽은 서예원 목사의 생애에 대하여 간략하게 살펴보기로 한다. 다음에는 이들 두 사람이 소설 속에 어떻게 나타나 있는가에 대하여 살펴보기로 한다. 그런 후에 이 두 소설을 바탕으로 앞으로 더 문학적 성과와 대중적 관심이 농후한 소설의 탄생에 대한 소망과 〈진주대첩제〉에서의 그 활용방안을 마무리에서 전망해 보기로 한다.

2. 임진왜란과 진주성 싸움

1592년(임진년) 4월 14일 고니시 유키나와의 제1번대 1만 8,700명이 병선 700여 척을 타고 오전 8시 오우라大浦 항을 출발하여 오후 5시에 부산포에 도착하면서 전쟁은 시작되었다. 제9번대로 나눈 육군 정규군이 15만 8,700명, 수군 9,000명 후방 경비병 1만 2,000명 등 총 20여 만명이 침략하였다. 9번으로 나눈 것은 조선 8도를 각 번이 담당하고 나머지는 한 개의 번은 총지휘부였다고 전해진다.

1592년 9월 24일 하세가와 히데카즈, 나가오카 다다오키, 기무라 시게코레 등이 이끄는 3만 왜군은 김해를 출발하여 창원을 거쳐 10월 5일 진주성 외곽에 도착하였다. 그리고 10월 6일 진주성을 포위하였다. 그러나 진주목사 김시민 장군의 성 안에서의 뛰어난 용병술과 3800명의 관군과 성 밖의 의병들 그리고 2만여의 주민들의 도움으로 10월 7일의 토루 격파, 10월 8~9일의 산대 격파, 10월 10일의 대규모 사다리 공격 등을 이겨내고 10배에 가까운 왜군을 물리쳤다. 이 전투는 임진왜란이 발발한 이후 육지에서 거둔 최대의 승전이었다. 특히 4,000명이 넘는 조총수의 사거리를 피하면서 각종 대포로 대응하였다. 그러나 김시민 장군은 시체 속에 숨어 있던 패잔병의 조총에 맞아 10월 18일 별세하였다. 왜군은 이 패전으로 호남지방 진출을 포기하였다. 그래서 이 진주성 승리를 1592년 7월의 이순신 장군의 한산도 대첩(적선 60척 전멸), 1593년 2월 권율 장군의 행주산성 대첩과 더불어 3대 대첩이라 하고 있다.

그러나 진주성의 싸움은 이것으로 끝나지 않았다. 1차 진주성 싸움의 패전 소식은 도요도미 히데요시에게 전달되어 김시민 목사에 대한 증오는 하늘을 찔렀다. 그리고 김시민 목사의 이름은 몰라도 일본 병사들의 입으로 전해진 목사의 일본식 발음인 모쿠소(일본식 표기는 木曾)는 기억하고 있었다고 한다. 이러한 도오토미 히데요시의 명으로 1593년 6월 15일부터 그동안 평양성 패전과 명나라와 일본의 화의 등으로 후퇴하여 부산을 중심으로 몰려 있던 일본군의 전 병력 93,000여 명을 가토 기요마사와 고니시 유키나와 그리고 우카타 히데이에 등 사실상 일본의 주장들이 이끌고 진주를 향하여 출병한 것이다. 출병의 의도는 호남으로 진출하기 위한 것이라고도 볼 수 있으나, 명나라 심유경과 휴전회담에서 유리한 고지를 점령하고 제1차 진주성 싸움에서 패전한 것을 복수하기 위한 것이라 보는 것이 더 타당할 것 같다. 18일까지 함안, 의령, 반성 등을 점령하고 6월 20일 진주성을 공격하기 시작한 것이다. 그 당시 진주목사 서예원은 판관 성수경과 함께 명나라 장수를 지원하는 임무를 띠고 오랫동안 상주에 있었는데 적이 진주를 공격한다는 말을 듣고 부랴부랴 돌아왔다. 그들이 돌아온 이틀 만에 왜군들이 들어 닥친 것이다. 경상우도 순찰사 김성일과 의병대장 김면은 이미 병으로 죽고, 결국 의병 대장격인 창의사 김천일이 지휘를 담당하니 그 지휘체계가 1차 때와는 비교가 되지 않았다. 그 당시 진주성에는 서예원의 관군 2,400명과 김천일, 경상우도 병마절도사 최경회, 충청병사 황진, 사천현감 장윤, 거제현령 김준만, 의병장 고종후, 이계련, 태인 의병장 민여운, 순천 의병장 강희열, 김해부사 이종인 등이 이끄는 의병들이 있었다. 병사 총수는 6,000~7,000명으로 1차 진주전투보다는 많았고 6만 명의 주민들이 있었다. 6월 21일 진주성을 포위하고 22일부터 본격적인 전투가 전개되었다. 전력적으로 열세임에도 불구하고 장수별로 부대를 편성하여 지역을 분담하여 방어하였다. 초반에는 왜군을 물리치기도 했고 적의 성문 밖 토산도 대처를 했고 성의 밑뿌리를 파 무너뜨리는 작전을 감행하면서 왜군도 무수히 희생되었다. 28일에는 큰 비마저 내려 성이 허물어지기 시작하고 동문을 지키던 황진이 총에 맞아 전사하였다. 29일 결국 적은 소가죽을 덮은 구갑차를 앞세워 동문 성벽 밑에 접근하여 무너진 성벽으로 난입하였다. 성안의 장수와 군인들은 백병전과 시가전을 벌였으니 결국 전사하고 김천일, 고종후, 최경회 등은 촉석루에서 북향재배한 후에 남강에 몸을 던졌다. 진주목사 서예원은 백병전을 벌이다가 붙잡혀 목베임을 당하였다. 성이 함락되자 왜군들은 남은 군관민 6만명을 사창의 창고에 몰아넣고 불태워 학살했고 가축도 도살했다. 비록 성은 함락됐으나 왜군도 많은 손상을 입어 더 이상 호남으로 진격하지 않고 부산 쪽으로 돌아갔다.

3. 김시민과 서예원의 생애

김시민의 본관은 안동으로 천안 출신(당시는 목천현 백전동, 현재 천안시 병천면 가전리)이다. 그는 25세 되던 1578년(선조11년) 무과에 급제하여 훈련원 주부에 임명되었다. 훈련원에 부임한 후 무기기 녹슬고 군인들의 기강이 해이하여 유사시에 제대로 쓸 만한 병기와 군인이 없음을 알게 되어 개탄하였다. 그래서 훈련원의 행정실무를 지위하는 판관이 되었을 때 병조판서에게 두 번이나 이에 대해 건의하였으나 받아들여지지 않자 과감하게 벼슬을 버리고 낙향하였다. 그가 다시 무관으로 복귀한 것은 1583년(선조 16년) 귀화한 여진인 니탕개尼蕩介가 6진을 드나들다가 난을 일으킨 때이다. 이 난을 진압하기 위해 조정에서는 우참찬 겸 황해도 순찰사였던 정언신을 진압 책임자로 임명하였다. 정언신은 당대의 쟁쟁한 무관 이순신, 신립, 이억기, 김시민, 원균 등을 막하 장수로 거느리고 출정하여 적군을 두만강 너머까지 추격하여 소탕하였다. 이 공으로 김시민은 다시 벼슬길에 나갈 수 있게 되었다. 그는 임진왜란 발발 전 해인 1591년 진주판관에 부임하여 임진왜란 초기에 병으로 지리산에 피신하여 있던 목사 이경을 보좌하고 있다가 초유사 김성일의 부름을 받아 진주로 돌아왔으며, 이경이 죽자 김성일의 명으로 진주목사 대행을 하다가 임란 중에 경상우도의 사천, 창원, 진해 왜군들과 승전한 공로로 목사가 되어 제1차 진주성 싸움을 승리로 이끌었다. 그는 전사하기 전 경상우도 병마절도사로 제수되었으며, 1709년(숙종 35년)에는 상락부원군에 추봉되고 영의정에 추증되는 한편, 1711년(숙종 37년)에는 충무라는 시호가 하사됐다. 그의 묘소는 충북 괴산군 괴산읍 능촌리 충민사에 있으며 진주의 창렬사에는 정사에 1위로 신위가 봉안되어 있다. 진주 성내(본성동)에는 김시민 장군전성비(경상남도 유형문화재 1호)가 비각과 함께 보존되어 있다. 그리고 진주성 광장에는 2000년 1월 1일 동상이 제막되었다.

김시민 장군의 뒤를 이은 진주 목사 서예원은 한성 출신으로 1573년 무과에 급제하여 선전관, 1577년 나주 판관, 1579년 도총부도사 겸비변랑, 1583년(선조16년) 회령도호부 보을하진첨절제사 등을 역임했다. 이때에 적정을 살피려 강을 건너 여진 땅에 들어갔다가 발각되어 군사를 잃고 돌아왔다. 이 일로 함경도 종성에 유배되었으나 김시민 장군도 참전한 니탕개의 난 때 백의종군하여 공을 세움으로써 1586년 곽산군수가 되었다. 1591년(선조 24년) 김해부사로 부임하여 이듬해 임진왜란이 일어나자 왜군과 공방전을 벌이다가 패주하였다. 이 일로 삭탈관직 당했으나 의병장 김면과 협력하여 왜적과 싸웠으며 제1차 진주성 싸움에서 목사 김시민 장군을 도왔다. 이 공로로 경상우도병마절도사 겸 순찰사 김성일에 발탁되어 진주목사가 되었으나 이듬해 제2차 진주성 싸움에서 백병전을 벌리다 적군에 살해되었다. 일가족 6명 중 일찍 형 서인원에게 양자로 간 막내와 둘째 아들을 제외하고 모든 가족이 제2차 진주성 싸움에서 죽었다. 같은 김성일에게 발탁되었으나 김시민 장군에 비하여 크게 부각될 수 없는 무신이라 볼 수 있다. 그는 힘은 세웠으나 겁이 많았고 그의 형 서인원이 그 당시 존경받던 명사이기 때문에 무신으로 출사하였다고도 전해진다. 그러나 결코 과소평가할 인물은 아니라는 생각이 든다. 그는 어린 시절 한성에서 이순신 류성룡 등과 어울렸다고 한다. 그리고 그의 선조는 고려 시대의 명장 서희이다.

4. 김시민과 서예원을 주인공으로 한 소설

필자는 박희봉 교수가 쓴 소설『김시민의 전투일지로 임진왜란을 다시 쓰다』(2016, 논형, 신국판 p.256)를 흥미롭게 읽었다. 박 교수는 1960년 생으로 중앙대학교 공공인재학부 교수로 행정학 전공자이면서 조직론과 리더십론을 강의하고 있다. 그는 한양대학교를 졸업하고 미국 동부 필라델피아에 있는 Temple Unlversity 정치학과에서 행정학 전공으로 박사학위를 받았다. 그는 임진왜란에 대하여 관심이 많아 『교과서가 말하지 않은 임진왜란 이야기』(2014, 논형), 『호남 관군과 의병은 왜 진주성에서 목숨을 바쳤을까?』(2016, 논형) 등을 발간하였다. 박 교수의 임진왜란에 대한 인식은 기존의 역사연구가 일제가 일제 강점기에 왜곡시킨 임진왜란의 잘못된 인식과 주입시킨 식민사관에 매몰되어 임진왜란을 패배의 역사로 기술하였고 그에 바탕한 문학작품들도 패전만 부각시켰다는 점에 정면으로 반기를 들고 있다. 그는 사회과학 전공자의 장점을 살려 임진왜란에 대한 일본측 자료도 살피면서 패배주의를 극복하고 있다. 이러한 입장에서 진주판관으로 임진왜란 초기부터 진주성에 머물다가 목사로 승진한 김시민 장군이 주도한 제1차 진주성 싸움의 승전이 하루아침에 이루어진 것이 아니라 김시민의 경상좌우도의 임진왜란 소규모 전투에서의 승리를 바탕으로 진주관군을 강한 군대로 육성하여 승리한 것이라 보고 있다.

이 소설은 일종의 팩션으로 박희봉 교수라 짐작되는 박 교수와 그의 제자 장 박사가 협력하여 임진왜란 특히 진주성 싸움의 왜곡된 역사적 사실을 찾아가는 현재와 김시민 장군의 활약상이 교차적으로 등장하는 이중구조의 액자소설 형식을 띄고 있다. 총 50장으로 된 이 작품의 서두 제1장은 〈8:1 전설적 승리〉라는 제목으로 제1차 진주 싸움과 2차 싸움을 여섯 장면의 파노라마 기법으로 간략하게 형상화 하고 있다.

2장은 〈내 신원을 밝혀라〉로 박 교수가 진주에서 특강을 하고 진주성 광장에서 김시민 장군의 동상을 바라본 순간 어떤 영감이 왔다는 것으로 시작된다. 그래서 김시민 장군과 서예원 목사의 자료를 찾기 시작한다. 그리고 국회에서 제자 장 박사를 만나 앞으로의 계획을 나누는 것으로 액자 소설의 액자 부분이 시작된다. 이 자료들은 국내의 것뿐만 아니라 일본의 것까지 등장하여 임진왜란이 얼마나 왜곡되어 있는 것을 밝히면서 동시에 김시민 장군의 진주성 싸움은 김 장군의 계획에 의하여 유도되었고 그에 대비한 관군 조련의 수단으로 경상좌우도의 소규모 전투에 기병을 끌고 지원병으로 참전하는 모습이 오버랩 된다. 진주목사 장례를 치룬 후에 참전한 사천 전투(15장 〈가자, 왜적을 물리치러〉), 진해성 전투(28장 〈진해성을 수복하라〉), 함안 전투(31장 〈왜장의 목을 처라〉), 창원 전투(33장 〈창원성을 넘어라〉), 김면 의병장의 보병과 연합작전을 벌린 지례전투(36장 〈기병과 보병의 연합작전을 펼치다〉), 황강 전투(38장 〈황강 나루를 공격하다〉) 등에서 진주 병사들은 이기는 맛을 알게 된다. 그래서 제1차 진주성 싸움에서 의병이나 다른 병력들은 진주성 외각에서 교란 작전을 하고 관군만으로 일사불란하게 승리를 한다.(41장 〈전투는 우리가 맡는다〉, 42장 〈꼭 승리하십시오〉, 43장 〈우리가 이긴다〉, 46장 〈어서 오라 적들이여〉, 46장 〈한 놈도 남기지 마라〉, 47장 〈170문의 대포가 발사됐다〉, 48장 〈곧 저들이 물러갈 것이다〉) 그리고 50장에는 김시민 장군이 기병을 데리고 성 밖을 나와 적의 잔당을 쫓다가 조총에 맞아 운명하는 것으로 역사적 사실과는 많이 다르게 김시민 장군의 최후를 그리고 있다.

그리고 하나 흥미로운 에피소드는 다소 알려진 바이지만 49장 〈일본 가부기에서 조선의 목 없는 귀신이 김시민 목사?〉에서 일본의 가부끼 가운데 도요도미 희데요시의 입신출세를 다룬 〈다이코키太閤記〉에 등장하는 모쿠소라는 목없는 귀신이 김시민 장군이라 하면서 많이 공연되고 있다는 사실을 밝히고 있는 점이다. 이 부분은 제1장의 마지막 6장면에 제2차 전투에서 수급해 간 서예원 진주목사의 목을 놓고 김시민 목사의 것이냐고 묻는 도요도미 히데요시와 그렇다고 답하는 부하의 모습에서 밝힌 것처럼 왜군들은 제2차 때에도 김시민 장군이 살아 있어 전쟁을 지휘했고 그 복수를 했다는 오해에서 비롯된 것이다. 역사에 대한 재해석은 다소 무리가 있을 수 있으나 박 교수의 주장은 설득력이 있다. 특히 일본 측 자료까지 포함하여 한 해석이기에 더욱 그렇다.

서예원 목사를 주인공으로 한 소설 조열태 작가의 『진주성 비가』(상, 하)(2012, 이북이십사, ebook24) 역시 흥미로운 책이다. 조 작가는 1961년 밀양 태생으로 중등학교 영어 교사인 것만 알려져 있으며, 이 소설을 쓴 후 역사소설 『노량에 지다』(2015, 퍼스트북)와 『조선 건국과 정도전』(2018, 이북24)을 발간한 바 있다. 최근에는 치매에 관련된 소설 『피안의 어머니』(2019, 브레이와이즈)를 발간하여 주목을 받고 있다.

서예원 목사는 김해 전투에나 진주 전투에서 비급한 장수로 알려져 있는데 밀양시 수산읍에 서예원 목사의 육각정려가 세워져 있고 그 공적을 기리는 후손이 있다는 점을 착안하여 결코 서예원 목사가 비급하기만 한 장수는 아닐 것이라 생각되어 역사적 사실을 조사하여 소설로 형상화한 작품이다. 조사 결과 진주성에서 왜군이 쳐들어 오기 전 둘째 아들 서계철이 함양으로 장가를 갔는데 진주 싸움 소식을 듣고 진주로 왔다가 왜군에게 포로로 잡혀 13년만에 돌아왔으며, 서계철의 맏아들이 밀양 수산으로 장가를 가 그 후손들이 수산에다 정려를 세웠다는 사실이 밝혀지고 후손들에 의하여 조정에 탄원한 결과 그 공적이 인정되어 숙종 때에 서예원 목사의 공이 인증되고 태의명족여판서로 추증되었다고 한다. 현재 함양에도 서예원 목사의 후손들이 많이 살고 있다고 한다. 그리고 서예원 목사의 막내 아들이 어릴 적 서 목사의 형 서인원의 양자로 가서 그 후손들이 있는 강원도 횡성에도 서 목사 일가의 육각정려가 세워져 있는 사실도 조사하여 소설에 반영하고 있다. 이러한 여러 사실을 참작하여 서예원의 김해부사 때의 임진왜란 패전 후의 행적과 의병장 김면을 만나 승전한 전투들을 소설 속에서 리얼하게 그리고 있다. 특히 김해 전투의 경우에도 비록 같이 싸우던 초계군수 이유검이 도주하자 그를 잡는다는 명분으로 성을 먼저 빠져나왔으나 김해성 전투는 순식간에 떨어진 부산진성이나 동래성보다는 오래 버티었다고 긍정적으로 파악하고 있다. 그리고 그의 김해성 패주는 평생 그 자신을 따라다닌 죄책감이 되었다고 보고 있다.

서예원의 행적 중 진주목사로 있으면서 상주에 있는 명나라 장수에게 판관까지 대동하고 간 사실이 가장 의아한 부분인데, 비록 조정의 명으로 갔으나 서 목사는 간 김에 중국 장수에 간청하여 진주성 싸움에 명군의 참전을 유도하기에 노력하였다는 에피소드를 삽입한 것이 이채롭다. 제 2차 진주전투의 주역이 무관인 서예원 목사가 돼야 함에도 불구하고 서예원의 치적이 폄하된 것은 서예원은 동인이고『조선왕조실록』기록이 반대파 서인들에 의해서 기록되어 왜곡된 것이 아닌가 보고 있다. 그래서 조 작가는 진주성 싸움에서 철저하게 배제된 서예원의 비가는 아직도 현재진행형이라 본다. 뿐만 아니라 서예원 목사가 창렬사에 배향되어야 한다는 주장도 하고 있다.

5. 마무리

이상의 두 소설은 본격적인 작가가 아니거나 신진 작가이기 때문에 소설미학에서 볼 때 다소 허점이 있을 수 있다. 그러나 그 관점만은 참신하다고 보아야 할 것이다. 그리고 많은 진주시민들이 읽어보아야 될 책이라는 생각이 든다. 이러한 소설을 바탕으로 더욱 더 새로운 관점의 1차 진주 대첩과 2차 진주성 혈전이 소설화 되어야 할 것이다. 뿐만 아니라 역사학자들의 새로운 접근을 위한 사료 발굴이 필요하다는 생각도 든다. 그리고 지금 조성 중인 진주대첩 광장도 조속히 마무리되어 진주대첩 자체를 전국의 뜻 있는 사람들이 재인식하게 만들고, 그 광장에 마련될 많은 기념물들이 진주시의 새로운 관광, 그것도 역사의식이 바탕이 된 관광의 명소가 되도록 하여야 할 것이다. 기존의 〈논개제〉와 연계되어 본격적인 〈진주대첩제〉도 정기적으로 개최되어야 할 것이다.

사실 김시민 장군도 이순신에 못지않은 장군이며 그의 시호도 충무공이다. 그런데 임진왜란을 배경으로 한 영화나 드라마에는 이순신 장군에 비하여 아주 부분적으로 다루어진다. 이러한 불균형의 극복을 위하여 우선 〈진주대첩〉도 〈명량해전〉이나 〈노량해전〉 혹은 〈불멸의 이순신〉처럼 영화나 드라마로 만들어져야 할 것이다. 뿐만 아니라 김시민 장군의 일대기와 진주판관과 목사로서의 활약상을 집중적으로 다룬 드라마나 영화도 만들어져야 할 것이다. 이상의 구체적 사업을 김시민 장군의 후손들과 진주시 관계자와 진주 시민 그리고 유력한 출향 인사들과 진주를 사랑하는 사람들 전체가 힘을 합하여 체계적으로 진행해야 할 것이다. 2차 진주성 싸움의 치열함도 서예원 목사의 비극적 생애와 의기 논개의 이야기가 결합되어 좀 더 규모 있게 문학적으로 수용될 필요가 있다.

마지막으로 1차 진주성 싸움이 개전되는 1592년(임진년) 음력 9월 24일(왜군이 김해를 출발하는 시점)부터 2차 진주성 혈전이 끝나는 1593년(계사년) 음력 6월 29일까지 9개월여에 걸쳐 진주성을 중심으로 일어난 많은 일들이 〈진주대첩〉 혹은 다른 적절한 제목으로 소설화 되도록 진주시와 시민단체들이 언론기관과 공동으로 많은 상금을 마련하여 공모에 나서 그 결과물이 김훈의 〈칼의 노래〉나 〈남한산성〉처럼 크게 회자될 명작으로 탄생되기를 소망하는 바이다.

東騎동기 李敬純이경순 시인의 생애와 허무의식

1.

동기 이경순(1905~1985) 시인은 1905년 11월 11일 지금은 진주시로 통합된 진양군 명석면 외율리에서 태어났다. 본관은 전주로 조선을 건국한 태조 이성계의 셋째 아들이자 태종 이방원의 바로 윗 형인 방의 즉 益安大君 17대손으로 부 李弘濟씨와 모 白南星씨 사이의 3남 2녀의 장남으로 태어났다. 그의 부친은 구한말 궁내부주사로 전국의 물레방아와 관개사업을 총괄하는 水輪院에 근무하다가 한일합방과 더불어 관직을 버리고 낙향하여 농사를 지었다고 한다. 그의 집은 마을에서 천석꾼 소리를 듣는 부자였다고 한다. 이런 환경에서 자란 그는 13세 때 장가를 갔다. 그러나 결혼 후 유복한 집안인 덕택에 진주 제일보통학교에 입학하여 졸업 한 후 부인을 남겨놓고 일본 유학의 길을 떠났다.[1]

삼일운동 직후인 그때에 상투를 자르고 도일한 그는 1924년 4월 1일 동경의 사립 주계主計상업학교를 졸업하고 일본대학 전문부 경제과에 진학하여 1927년 3월 20일 중퇴한다. 이 시기에 특기할 사항은 1928년 고향 진주에서 치안유지법 위반혐의로 5개월간 미결수로 감옥생활을 한 점이다. 그의 회고기에 의하면 일본 어느 대학 2학년 되는 해에 일본 유인裕人천황 즉위식이 거행되기 한 달 전부터 사상이 과격한 한국 유학생을 예비검속하게 되어 그것을 피하여 친구이자 朴烈 사건과 관련된 鄭泰成과 함께 진주로 돌아왔다. 두 사람은 동경농업대학 재학 중인

1) 이경순: 그때 그 시절(『동기이경순전집 〈시〉』, 1992, 서울, 자유사상사, pp.361~413 참조.)

洪斗杓와 함께 문산면 청곡사에 체류하면서 시를 쓴다는 핑계로 아나키즘을 연구하다가 진주경찰서에 검거되었다.[2] 홍두표는 곧 면소되고 동기 시인과 정태성은 진주교도소를 거쳐 대구 복심법원까지 가서 풀려났다. 시인에게는 진주에서 검사가 징역 1년을 구형하였다. 그러나 판사는 증거 불충분으로 무죄 판결을 하였으나, 검사의 항고로 대구까지 간 것이다. 대구에서도 역시 무혐의로 무죄 판결을 받아 석방된 그는 다시 일본으로 건너가 대학에는 적을 두지 않고 일본인 친구들과 한국 유학생 연합체인 〈흑색청년연맹〉, 〈자유연합〉 등과 교류하면서 아나키즘 운동에 열정을 쏟았다. 그리고 일본 문필가들과 교류하면서 아나키즘 문예평론지 《흑색전선》, 《니힐》 등에 글을 쓰기도 하였다 .이러한 과정을 통하여 니힐리즘과 아나키즘의 방법론인 다다이즘을 체득하였으며, 시인 北原白秋를 찾아가 만나기도 하였다.

이러기를 여러 해 지난 1940년 시인 자신은 징용을 피하기 위해서라고 회고하고 있으나 그 당시 35세나 되는 나이로 미루어 볼 때 다른 복합적인 이유로 浦和市 東北 치과의전에 입학하여 1942년 9월 22일 졸업한다. 그러나 이 치과의전 졸업장은 그를 해방 직후 진주농림학교 축산과 위생교사의 길을 걷게 하였으며, 교직은 해방공간에서의 살아가는 경제적 방편이 되었다.

그는 어린 시절부터 시적 감수성이 있어서 한문 서당에서 다음과 같은 한시를 창작한 기억이 난다고 회고하고 있다.

> 觀水逝無息 汪汪千萬聲 새겨보자면 흐르는 물을 보매 가고 다함이 없으니, 왕왕하며 우는 천만소리로다. '그러한 한문시 절구를 쓴 기억이 난다. 이제 보는 바와 같이 詩와 文도 되지 않는 것이지만 그 어린 의식, 감정에도 막연한 無常感이 잠재해 있었던 것이 아닌가 생각한다.[3]

---

2) 동아일보, 1928. 12. 24. 〈무정부주의 3 피고 공판, 18일 진주지청에서〉라는 표제의 기사 참조.
3) 이경순, 앞의 책 p.364

이상과 같은 감수성은 일제강점기에도 시를 발표하게 만든다. 일반적으로 동기 시인은 해방 직후부터 시를 발표한 시인으로 알려져 있다. 그러나 그의 다음과 같은 회고기가 그렇지 않다는 점을 시사하고 있다.

> 나는 하기 방학에 귀향해서 진주에 있던 金炳昊 씨(병호는 당시 東京서 발행하는 문예사상지 《문예전선》에 시를 기고하기도 했다.) 소개로 어느 일간지에 「百合花」란 제목으로 쓴 시편을 발표하고, 다시 東京으로 돌아가서 문학으로 살아가기보다는 문학을 할 수 있는 자유스러운 정신상황을 이루어야 하겠다고 생각해서 그해 東京 戸塚町 源兵街에 있는 사상단체 〈黑友會〉 등지에서 활동했다. 그래서 조국의 독립과 민족의 자유를 먼저 찾는 것이 이 나라에서 생을 추구하는 사람으로서 떳떳한 것이 아닐까라고 생각되어서 20년을 동경에서 지냈었다.[4]

그의 실질적인 처녀작인 「百合花」는 다만 그의 회고기에서 언급되었을 뿐이지 그동안 연구되거나 발굴되지 않고 있었다. 그러다가 오래 전 경남과 부산의 지역문학을 주로 연구하는 학술지 《지역문학》 10집(2004)에 부산대학교 사범대 국어과 이순욱 교수가 발굴하여, 동기 시인, 파성 설창수 시인, 조진대 소설가의 공동 작품집 『三人集』(1952. 8. 영남문학회)에 대하여 「근대 진주 지역문학과 〈三人集〉」이라는 논문을 쓰면서 소개한 바 있다.[5] 그 전문을 인용하면 다음과 같다.

> 나는 꽃이라오
> 조고마한산골에 남몰으게핀
> 한송이꽃치라오

---

4) 이경순, 위의 책 pp.365-366

5) 이순욱, 근대 진주지역문학과 〈三人集〉 (《지역문학연구》 제10집, 경남 · 부산지역문학연구회, 2004, pp.303~323)

남이야알건말건 나만피어잇는꼿이라오

조흔세상을 바라고혼자피고

잇는꼿치라오

나는只今 시들어진꼿치라오

춤추는나비도안이오고

노래하는벌도안이와요

그러나 언제나다시 필날이잇는百合꼿이라오

— 〈하얀 百合花〉 (《조선일보》, 1928. 10. 26, 4면) 전문

지금까지 〈百合花〉로 알려진 실제 작품의 제목은 〈하얀 百合花〉이며 발표 지면도 조선일보로 1928년 10월 26일 자 4면에 게재되어 있다. 이 작품은 우선 표기법상으로 한글맞춤법통일안이 제정되기 이전[6]에 발표된 것이기에 오늘날과는 상당한 거리가 있고 띄어쓰기도 제대로 되어 있지 않다. 그리고 전집에도 수습되어 있지 않다.

이 작품은 시적 화자 '나'를 꽃으로 단순이 비유하고 있는 점에서 그의 광복 이후의 작품보다 훨씬 난해하지 않다. 특히 주목할 만한 시적 세계관은 그의 무정부적 허무주의 사상이 전혀 보이지 않고 민족주의가 암시되어 있다는 점이다. '시들어진 꽃', 그것도 춤추는 나비와 노래하는 벌도 오지 않는 꽃은 1928년 그 당시의 식민지적 상황을 상징한 것이라고 볼 수 있다. 그런데, 마지막 행에서 '다시 필 날이 있는 백합 꽃'이라는 비유는 동기 시인보다 훨씬 뒤에 창작된 이육사의 〈꽃〉을 연상시키는 상황의식을 형상화한 것이라고 보아도 큰 무리는 아닐 것이다. 또한 1928년 그 당시의 다른 작품들과 비교해 보아도 크게 손색이 없는 작품이라고 평가를 내릴 수 있을 것이다. 만약에 이 작품 발표를 계기로 시단 활동을 계속하였다면 그는 1930년대의 시인으로 시문학사에서

6) 1933년 10월 29일(그 당시의 한글날) 조선어학회가 국어정서법을 제정공포한 것이 맞춤법 통안의 출발임.

의 위상이 달라졌을 것이다. 유감스럽게도 그는 해방이 될 때까지 작품 활동을 중단한다. 그렇게 된 경위는 앞에서 인용한 동기 시인의 회고기에서 그 단서를 찾을 수 있다. 민족어로 자유스러운 정신상황에서 창작활동을 하기 위해서는 민족의 자유 즉, 국권의 회복이 우선이라고 본 것이다. 말하자면 독립운동의 한 방법으로 근 20년 동안 東京에서 아나키스트 운동 단체인 〈黑友會〉, 〈自由聯合〉 등지에서의 활동에서 무정부주의 이론을 배우고 동지들과의 공동생활을 통하여 실천한 것이다. 이때의 동기 시인의 아나키즘에로 경도된 모습은 그의 회고기 「그때 그 시절」 가운데 많은 부분(전집 pp.365~387)으로 언급되어 있다.

2.

해방이 되자 동기 시인은 진주로 돌아와 1946년 8월 31일 진주농림고등학교 급2급봉 교사로 부임한다. 48년 10월 1일에는 교사 7의4급봉으로 승급하고, 50년 8월 31일에는 8호봉으로 승급하며 봉급은 33,200원圓임이 발령원부에 기록되어 있다. 1951년 8월 31일자로 개편된 학제에 따라 오늘날 진주남중학교로 개칭되어 있는 진주농림 하급학년인 진주농림중학교로 전근된다. 그러다가 1952년 4월 30일에는 마산동중학교 교사로 전근되어 진주를 떠나게 된다. 이상이 진주농림고등학교(현재의 경남과학기술대학교)에 남아 있는 발령원부의 기록이다.[7] 지금까지 마산동중학교로 전근한 것은 잘 알려진 사실이 아니다. 그러나 마산동중학교 교사 발령원부에 의하면 1952년 4월 30일에 부임한 그는 그해 5월 24일 의원면직으로 교사직을 스스로 버린다. 이 시기는 1950년 6월 25일에 시작되어 53년 7월 28일 휴전협정이 조인된 6.25 전쟁기이기도 하여 그의 고향 진주는 유엔군의 폭격으로 폐허가 되고

7) 필자의 요청에 의하여 경남과학기술대학교 명예교수 김기원 시인이 경남과학기술대학교에 보관되어 있는 인사 발령원부에서 직접 확인한 바임.

정부는 임시수도 부산으로 피난 와 있던 혼란기였다. 이 와중에 그는 마산으로 전근하게 되는데 앞으로 충실하게 교사직을 수행한다면 공립학교 교육 종사자로 큰 인물이 될 기회를 스스로 버린다.

진주농림고등학교 시절 진주를 떠나지 않으려는 과정의 그의 기행에 가까운 헤프닝과 축산과 위생교사 시절 수업시간과 직원조례와 종례시간의 그의 파격적인 행보는 해방공간의 진주 교육계와 문단의 신화적 일화로 여러 사람들에 회자되고 있다.[8] 어쩌면 그는 처음부터 교육자로서는 부적격자였는지도 모른다. 그러나 그는 해방공간의 진주문단 나아가서는 예술계의 중심인물로 부상된다. 물론 그와는 대조적인 성격과 인격을 만년까지 지속한 파성 설창수(1916~1998) 시인과 항상 함께 하는 길이었지만, 1946년 그는 파성, 청마 유치환, 백상현 등과 함께 〈진주시인협회〉를 발족시켜 회지 《등불》을 47년 2월 창간하여 4집까지 내고 48년 4월 5집부터는 《嶺南文學》으로 확대 개칭되면서 〈진주시인협회〉는 〈영남문학회〉로 확대되고 6집까지 낸다. 다시, 《嶺南文學》은 《嶺文》으로 개칭되고 6·25 전쟁이 나던 1950년을 제외하고는 한 해도 결간되지 않고 1960년까지 모두 18집을 내었다. 요즈음이야 전국 방방곡곡에서 많은 문예지가 쏟아지고 있지만 50년대 그것도 6·25 전쟁기를 전후하여 지방에서 문예지를 비록 연간지이지만 발간한다는 것은 동기 시인과 파성 시인이 진주에 있었기에 가능한 일이었다. 이 《嶺文》의 대표가 파성이고 주간이 동기 시인이었다. 1948년 7월에는 전국문화단체총연합회 진주지부 부위원장을 맡고 49년 4월에는 부산에서 창간한 《자유민보》 논설위원이 되기도 하였다.

동기 시인의 문단 데뷔 과정은 다음과 같다. 1947년 진주시협 기관지 《등불》에 「여인에게」를 발표하여 진주지역 시단에 데뷔하였고, 1948년 《京鄕新聞》에 「盞」을, 1949년 1월에 문예지 《白民》에 「流星」을 발표하

8) 이명길, 東騎 李敬純 선생에 대한 추억 〈진주문단〉, 제7집, 1989(동기 이경순전집(시), p.473~482, 재수록.

여 서울 시단에도 데뷔하였다. 이렇게 본격적인 활동을 해방 이후에 하였음에도 불구하고 그는 40대 장년이었기에 경향각지의 문단에서 항상 형님으로 대접을 받았다. 이 작품들 가운데, 「盞」은 비록 불발에 그쳤으나 《嶺文》 10호(1952. 11.) p.135에 시집 『盞』이 발간된다는 광고를 게재할 정도로 아끼던 작품이다.

전국문화단체총연합회 진주지부는 1949년 전국 최초의 종합예술제인 嶺南藝術祭를 개최하게 되는데 잘 아려져 있는 바와 같이 대회장은 파성 시인이었으나, 문학부는 동기 시인이 책임자가 되어 이끌어 갔다. 1952년에는 파성 시인과 소설가 조진대와 함께 『三人集』을 내는 데 그에 대해서는 앞에서 언급한 것처럼 이순욱 교수에 의하여 자세히 연구된 바 있으며 필자 역시 《南江文學》(2009) 창간호에서 자세히 언급한 바 있다. 그 안에서 동기 시인은 〈生命賦〉라는 제목으로 시 15편을 수록하고 있다. 그리고 해방공간에서 한참 지난 시기이기는 하나 파성 시인이 5·16 군사정권 시절 활동이 제약을 받자 1962년에는 한국문협 진주지부장을 1963년에는 한국예총 지부장을 잠시 맡기도 했다. 그러나 이러한 책임자는 그에게 전혀 어울리지 않았다. 해방기부터 그는 세르반데스의 소설 『돈키호테』의 주인공처럼 자유분방했으며 저돌적인 기질도 있었다. 그래서 그의 호가 東騎가 되었으며 이러한 기질은 아나키즘적 세계관에서 온 것이었으며 물론 그 기질은 일제강점기 말기에 근 20년 동안 동경에 머물면서 체득한 부분도 있었다고 볼 수 있으나 거의 생득적인 허무주의로 보아야 할 것이다.

3.

1952년 5월 24일 마산동중학교 교사직을 그만둔 이후의 동기 시인의 행적은 그의 회고기나 다른 글들에서도 분명하게 확인할 길이 없다. 다만 그 동안 시를 발표한 매체들이 부산 지역에 집중되어 있는 점에서 서울에서 피난 온 문인들과 어울려 임시수도 부산에 머물고 있었다고 추측해 볼 수 있을 것 같다. 휴전협정이 조인된 지 3개월 남직 지났고, 마산동중을 사임한 지 1년 6개월 지난 1954년 11월 5일 그는 부산의 경남상업고등학교(현재의 부경고등학교) 전임강사 그것도 담당과목은 국어, 문예반 지도교사로 취직을 한다. 말하자면 정식 교사직을 떠난 그가 시인인 탓으로 문예담당 교사로 부임하여 그 해의 경남상고 교지 《九德》 3호 발간을 지도하며 그 곳에 시 「春心」도 발표한다. 그의 부산 생활은 6.25전쟁 직후의 어려운 시기였기 때문에 단칸방에 부인 전길순 여사와 가난하게 살았다고 부산의 원로시인 박철석은 기억하고 있다. 그러나 부산생활도 곧 끝나고 1955년 8월 1일 필자와 운명적으로 만나게 되는 필자의 고향인 남해군 창선면 창선중학교 교장으로 초빙된다.

필자는 동기 시인의 생애 가운데 경제적으로 안정적이고 정신적으로 여유를 가진 시절이 창선중학교 교장 시절이라고 생각한다. 그는 창선중고등학교 인사기록 원부에 정확하게 기록되어 있듯이 1955년 8월 1일 재단 측에 의하여 초빙되어 왔다. 경남상고 인사발령부에는 1955년 10월 13일 의원면직으로 퇴직하였다고 기록되어 있다. 그 당시 교사가 아닌 전임강사는 어떠한 신분인지는 확실히 알 수 없으나 필자가 부산의 중등교원으로 있던 70년대 중반까지 학교장 발령으로 존재하였던 제도였다. 아마 창선중고교 부임 날짜보다 뒤에 의원면직으로 처리된 까닭은 공립에서 사립으로 옮겼기 때문에 부임 후 사직서를 보내어 처리된 것이라 볼 수 있을 것이다. 그는 1956년 3월 개교한 창선고등학교 초대 교장까지 겸임하면서 창선중고교 발전에 기여한 바가 많았다. 그는 창선중고교의 재단 분규와 시인으로서의 파격적인 행보로 일부 학부형이 문제 삼는 등 학교 사정이 복잡해지자 필자가 중학교 3학년 때인 1958년 9월 30일 사임한 후 고향 진주로 가시게 되는데 그동안 창선중학교와 개교 초기의 창선고등학교에는 진주에서 많은 교사들이 부임하였다.

1956년 필자는 창선중학교에 입학하여 드디어 시인의 제자가 된다. 이 때부터 필자는 근 3년 동안 교장선생님이신 시인의 훈화를 들었는데, 그의 훈화는 유창한 편은 아니었으나 의례적인 훈화와는 다른 시적 분위기를 가지고 있었다. 시인은 교장직을 수행하면서도 한문 과목을 직접 가르쳤고 치과의전을 졸업하신 탓으로 생물 시간에는 간혹 보강을 하였다. 특히 수업 중에 인상이 남는 것은 낭랑한 목소리로 한문을 먼저 읽고 우리를 따라 읽도록 지도하시던 것과 생물 시간에 관절에 대하여 가르치면서 그림을 그려가면서 열정적으로 설명하던 모습이다. 뿐만 아니라 서점과 신문사 지국을 경영하던 필자의 선친과 동기 시인은 의기투합하여 함께 술자리를 자주 하셨으며, 우리 집에 종종 초대되곤 하셨다. 어느 해 겨울에는 중고교 교사 몇 분과 함께 밤늦게까지 계시다가 귀가를 할려고 하니 손님들의 신발이 모두 없어져 신발가게에 가서 고무신을 사다드린 적도 있었다. 또 진주에서 창선중학교로 잠시 전학 온 시인의 생질 남학생이 필자의 바로 한 학년 아래 있었는데 서로 친하게 되어 필자는 사택에도 자주 놀러가 사모님으로부터 사랑도 많이 받았다.

어느 해 개교기념 행사 때에는 교직원 팀 대표로 시인께서 출전하셨는데, 바지 끝을 양말 속에 넣고 실수를 하실 때마다 온 운동장이 폭소의 도가니가 되었다. 소풍 때에는 사회자의 권유로 그 독특한 목소리로 노래 대신 임진왜란 때의 三將士의 시를 낭송하시고 해석까지 해주셨다. 필자가 중학교 1학년 2학기 어느 시점인가 확실한 기억은 없으나 동기 시인께서 교장인 인연으로 파성 설창수 시인을 초청하여 중고교생 전체를 교실 몇 개를 틔운 강당에 앉히고 문학 강연회를 가졌다. 파성의 열정적이고 해박한 강연에 전교생이 매료되었던 것으로 기억된다. 파성 시인의 소개는 그 당시 고등학교 교무주임이던 서병일 선생께서 하였다. 필자는 맨 앞자리에 앉아 메모를 해가며 열심히 강연을 듣고 막연하나마 시인의 꿈을 키웠다. 그로부터 2년여 뒤에 동기 시인께서 창선을 떠나게 되자 필자의 선친을 비롯한 비교적 문화의식이 있던 면내

유지들은 계속 교장 직을 수행하게 만류하기도 하였다.

동기 시인과 필자의 인연은 여기서 끝나지 않는다. 동기 시인께서 창선을 떠난 지 몇 개월 후 필자는 진주고등학교 입학시험을 치게 된다. 그 때에 입학시험을 치기 위하여 머문 곳이 동기 선생의 댁인 진주시 상봉서동 1005번지의 3호 길가 방이었다. 이 때의 에피소드는 오래전 진주의 문예지에 청탁을 받고 회고한 바 있었지만 아래 채 길가 방에 자게 되었는데 길 쪽으로 난 창호지 문에다 모처럼 입학시험을 치기 위하여 사 입었던 교복 바지저고리를 걸어두고 잠이 들었던 것이다. 뒷날이 합격자 발표 날이라 설레는 마음으로 잠이 들었다. 뒷날 이른 아침에 일어나 보니 도둑이 창호지 문을 칼로 오려내고 교복을 몽땅 가져간 사실을 알 수 있었다. 시골에서 모처럼 진주라는 도시에 간 나로서는 당황하지 않을 수 없었다. 그러자 나중에 한방에서 2년 넘게 하숙하게 되는 진주중학교 3학년이고 진주농림고등학교에 시험을 쳐 합격한 동기 시인의 7촌 조카 이명래 군이 나와 한 방에서 잤는데 잠옷 바람이지만 우선 합격자 발표를 보러 가자는 것이었다. 그래서 용기를 내어 합격자 발표장에 가서 합격의 기쁨을 누렸다. 그리고는 앞에서 잠시 언급한 진주중학 2학년생인 동기 시인의 생질 옷을 작았지만 빌려 입고 시외버스 차부로 가서 고향에서 올라오신 아버님을 만나 중앙시장으로 가서 부랴부랴 교복을 사 입었던 기억이 새롭다. 진주고등학교 입학한 후 필자의 아버님은 필자를 다른 곳에 하숙시키는 것은 생각하지도 않고 당연히 동기 시인 댁에 부탁하는 것이었다. 필자 역시 당연히 그래야 된다고 생각하였다. 사랑채 길가 쪽이 아닌 안쪽 방에서 1959년 3월부터 3학년 초인 1961년 4월 말까지 이명래 군과 하숙을 하였다. 그 당시 동기 시인은 경남일보 논설위원으로 집필하고 계셨지만 그것이 생활에 큰 보탬이 되는 것 같지는 않았다. 고정수입이라고는 필자와 이명래 군의 하숙비와 길가 쪽의 사랑채에 함석 가공하는 점포와 그에 딸린 셋방의 수입과 전길순 사모님의 노력 등으로 살림을 꾸려간 것으로 기억된다. 필자는 동기 시인의 신문 논설이나 기타 산문 그리고 문예지의 시 원고의 최종 교정에 자주 불려가서 도와 드리기도 하였다. 그 당시 동기 시인 댁에는 진주의 문인들과 예술인 그리고 문인지망생들의 출입이 빈번하였다. 영남예술제(그 당시는 개천예술제로 개칭되기 전임) 기간에는 동기 시인으로부터 종합 프로그램을 얻어 예술제의 분위기를 만끽할 수 있었다. 그러다가 3학년 때에는 다른 집으로 하숙을 옮겼으며, 5.16쿠테타 직 후 몸이 아파 1년간 휴학한다.

4.

진주 문인들의 회고에 의하면 동기 시인은 1962년 1월부터 6개월간 그 당시로서는 열악하기 짝이 없는 진주상업고등학교 교장을 잠시 맡았다고 한다. 그러나 깨알 같은 신원진술서 쓰기가 번거롭다고 그만 둔 뒤로는 작고하실 때까지 생계를 책임질 수 있는 직장에는 전혀 나가지 않았다고 한다.[9] 필자는 1962년 3월 복학 이후에는 하숙집을 몇 군데 옮겼으나 상봉서동을 떠나지 않았기 때문에 간간이 동기 시인 댁을 방문하였다. 특히 62년 가을 진주고 교내 백일장에 입상하여 개천예술제 백일장에도 참여하게 되면서 교내 백일장 입상 작품을 손질하여 경남일보에 발표하여 주신 분도 동기 시인이셨다. 1963년 봄 진주고를 졸업하고 대구의 경북대학교 사범대학 국어교육과에 진학하면서 방학 때 고향으로 가는 도중에 들리기도 하였다. 이 무렵 동기시인은 상봉서동 집을 처분하고 봉곡동 374 번지로 이사를 하셔서 그곳으로도 몇 번 방문하였다. 그 때마다 습작시편을 보여드리면 경남일보에 경북사대생이라 소개하면서 《慶南日報》에 발표를 주선하신 이도 동기 시인이었다. 1966년 7월 필자는 대학 은사이신 김춘수 시인에 의하여 서울에서 문덕수

9) 〈ㄱ〉최용호, '空'으로 자리하신 東騎선생님(동기 이경순전집 〈시〉, pp.491~494
〈ㄴ〉이월수, 향토문단에 바친 고고한 시심(위의 책, pp.483~484)

시인이 주도한 《詩文學》지에 3회 추천완료하여 기성시인이 되었다. 여름방학이 시작되어 귀향 길에 봉곡동 동기 시인 댁을 방문하였을 때에는 정말 크게 기뻐하셨다.

창선중고교 교장을 그만두고 귀향한 1958년부터 작고하신 1985년 5월까지의 동기 시인의 삶은 청빈을 넘어 적빈의 삶이라고 볼 수 있다. 그러나 이 시기에 그는 후배 문인들과 예술인들에 의하여 거의 강요되다시피 잠시지만 진주문인협회 회장과 한국예총진주지부자을 맡기도 하였다. 이 시절 동기 시인에게는 시가 삶의 전부요 그의 세계관 표출의 유일한 통로라고 볼 수 있다.

이 시기에 그는 그의 전집(시)에 수습된 작품 모두를 살펴보면 140편의 시를 발표하였다.

그 가운데 124편이 《現代文學》, 《自由文學》, 《月刊文學》, 《新東亞》, 《京鄉新聞》 등 서울의 중요 문예지와 일간 신문에 발표되었다. 이로 볼 때 어찌 그를 향토시인으로만 한정지울 수 있겠는가? 그는 1968년 평론가 조연현의 서문으로 제1시집 『太陽이 미끄러진 氷板』(서울 문화당)을 발간하였다. 조연현은 서문에서 그 당시로는 드문 60대 현역시인으로, 마치 20대처럼 왕성하게 시작활동을 하고 있다고 격려한다. 그러나 서문 말미에 처녀시집이 마지막 시집이 될지 모른다고 염려한다.[10] 이러한 염려는 결국 기우가 된다. 동기 시인은 이 시집을 내고도 70대 80대 현역 시인으로 왕성한 시작활동을 하였고 1976년에는 후배 시인들의 주선으로 진주지역 최초의 문예진흥기금 수예자가 되어 제2시집 『歷史』(서울, 학예사)를 발간한다.

그는 이러한 성과의 결과로 1964년 경남문화상을 받았으며, 1977년에는 부산의 눌원문화상, 1978년에는 제10회 대한민국 문화예술상(문학부문) 등을 수상하였다. 그리고 1982년에는 진주시 문화상을 수상하였

10) 조연현, 서문 『제1시집, 태양이 미끄러진 빙판』(『동기 이경순전집〈시〉』, 서울, 자유사상사, 1992, p.51)

다. 그런데 이러한 수상 가운데 어느 하나 동기 시인이 먼저 뜻을 낸 것은 없다. 진주의 후배문인들이 나선 결과이며 경향 각지의 심사위원들은 그 갸륵한 뜻과 동기 시인의 왕성한 활동에 경의를 표하며 수상자로 결정할 수밖에 다른 선택이 없었던 것이다. 그리고 이러한 수상에서 받은 상금은 적빈한 시인의 가계에 큰 보탬이 되었다. 동기 시인의 태도나 후배문인들의 인정미 넘치는 주선은 오늘날의 문단 풍토에 경종을 던져주는 사건으로 길이 기억되어야 할 것이다.

진주의 개천예술제 기간만 되면 경향 각지에서 몰려드는 문인들을 진주를 대표해서 맞아드리는 그에게 뜻하지 않는 사고가 났다. 1983년 그의 오랜 친구인 서예가 정명수 옹이 기거하는 비봉루를 오르다가 낙상하여 팔순 노구는 이 길로 투병생활을 하기 시작한 것이 바로 그것이다 적빈의 표상이었던 동기 시인은 1985년 5월 4일 향년 80세로 이 세상을 하직한다. 그러나 그는 1980년대 전반에도 작품 활동을 활발히 하는 현역 시인으로 건재하였다.

그 당시 진주예총회장이며 진주남강유등축제 제전위원장을 맡은바 있는 최용호 시인과 1994년 8월에 작고하신 이명길 시조시인 등 많은 문인들이 솔선수범한 장례식 또한 두고두고 아름다운 미담으로 남아 있다. 동기 시인은 이명길 시인의 주선으로 그의 고향인 명석면 외율리 산기슭에서 영면하고 계신다.

5.

지금까지 잘 알려져 있지않은 동기 시인의 가족과 후손에 대하여 언급하여 보기로 한다. 이 자료와 후손들의 근황은 앞에서 잠시 필자가 언급한 상봉서동 1005번지 동기 시인 댁에서 2년 여 동안 한 방에서 하숙한 이명래 군의 도움으로 알게 된 사실이다. 이 군은 경찰공무원으로 정년한 후 현재는 진주의 전주이씨 종친회 일을 보고 있다. 이 군은 2005

년 동기 시인의 탄생 100주년을 맞아 필자가 한국문학비평가협회에서 발간한 《문학비평》 제11집에 「동기 이경순 시인의 삶과 시 세계」[11]를 발표할 때에 동기 선생 집안의 제적부와 비록 좌절되었지만 필자가 앞에서 언급한 동기 시인의 아나키스트 활동으로 인한 진주지검 구금 5개월과 대구복심법원 재판 등과 해방 이후의 문화 교육활동 등을 근거로 한국가보훈처에 제출한 국가 유공자 청원 서류 등을 보내 왔다. 이를 바탕으로 필자는 보다 근거 있는 논문을 쓰게 되었던 것이다. 벌써 그로부터 17년의 세월이 흘렀고 이제는 가족관계를 보다 자세히 밝혀도 살아 있는 후손들에게 누가 되지 않을 것 같아서 이 군과 연락하여 좀더 자세히 밝히기로 한다.

제적부에 의하면 동기 시인의 선친인 이홍제 옹은 일제강점기이자 동기 시인이 본부인과 결혼한 이듬해인 1918년 10월 13일 사망하였다. 말하자면 동기 시인 14세 때에 돌아가셔서 동기 시인은 편모슬하에서 성장하게 된다. 한편 모친 백남성(1883~1959)은 76세인 1959년 1월 11일 상봉서동 동기 시인 댁에서 별세한다. 말하자면 필자가 동기 시인 댁에서 하숙을 하기 시작한 1959년 3월 직전에 돌아가신 셈이다. 필자의 기억으로도 중간 채 높다란 방에 상청이 마련되어 있고 아침저녁으로 동기 시인이 예를 드렸던 것으로 기억된다.

일제강점기의 대부분의 지식인이 그러했듯이 13세에 부모의 뜻에 따라 조혼한 동기 시인은 세 살 연상의 본부인 趙順振(1902~1962) 여사와는 가치관이 달라 아들 한 사람만 낳고 일본 동경에서 돌아와 시인이 작고할 때까지 보살핀 부인 全吉順(1921~2003) 여사와 삶을 꾸려가게 된다. 말하자면 필자가 중학시절이나 하숙생 시절의 사모님은 전길순 여사였다. 조순진 여사는 그의 아들과 함께 부산시 사상에 있다가 1962년 3월 8일 61세로 사망하게 되고, 전길순 여사는 그 직후인 1962년 6월 7일

11) 양왕용, 〈동기 이경순 시인의 삶과 시 세계〉, 《문학비평》 제11집, 서울, 도서출판 다운샘, 2006, pp.89~130

동기 시인과 혼인하는 형식으로 동기 시인의 호적에 입적하게 된다. 전길순 여사는 동기 시인이 돌아간 뒤에도 동기 시인의 시비 제막, 전집 발간 등을 지켜보았고 동기 시인을 국가유공자로 인정받고자 노력하기도 하다가 2003년에 작고하신다. 그러나 애석하게도 동기 시인과의 사이에 혈육은 없었다.

시인의 외아들인 李向來(1928~1990)씨는 진주농림고등학교와 서울대학교 상과대학을 졸업한 후 공군경리장교로 임관하여 주로 김해 공군기지에 근무하였으며 소령으로 제대하였다. 아버지인 동기 시인과의 관계는 어머니 때문에 원만하지는 못했던 것 같다. 필자의 기억으로 할머니의 소상 때와 그 외 몇 번 공군장교 차림으로 동기 시인 댁을 방문했던 것 같다. 그의 삶도 순탄하였다고 볼 수는 없다. 제적 등본에 의하면 첫 번째 부인 사이에 딸 셋과 아들 둘을 두었다. 그 가운데 둘째 아들이 부모와 미국 양부의 승낙으로 14세 때에 입양 형태의 이민을 가게 된다. 이 아들로 인하여 향래 씨는 부인과 함께 미국에 다녀오기도 하였다고 한다. 그런 후 부인과 네 자녀 모두 미국으로 이민을 가게 된다. 향래 씨만 한국에 남게 되자 1968년 4월 22일 첫 번째 부인과 협의 이혼을 하고 그해 9월 5일 두 번째 부인과 결혼하여 그 사이에 딸 하나를 둔다. 그는 1970년대 초반에는 진주성 복원사업에 참여한 건설회사 현장사무소장으로 근무한 바 있다. 그는 1990년 63세의 나이로 부산에서 암으로 사망하였다. 동기 시인이 80까지 사셨는데 비하여 단명하였다.

나머지 가족들 가운데 동기 시인의 첫 번째 며느리는 그가 낳은 자녀 즉 동기의 손자, 손녀들과 함께 2010년 현재 미국에서 79세의 나이인데도 건강하게 살고 있다고 한다. 두 손자는 미연방 경찰공무원과 자영업자로 남부럽지 않게 살고 있다. 그리고 큰 손자 사위는 미국에서 오래전에 귀국하여 부산에서 정당인으로 활동하고 있다. 두 번째 며느리는 현재 69세로 부산 사하구에 딸과 함께 살고 있는데 그의 사위는 부산대 치과대학을 나와 사하구 장림동에서 치과병원을 개업하고 있다.

동기 시인이 치과전문을 나와 가지 않은 치과의사의 길을 생전에는 전혀 만나지 않은 막내 손자 사위가 걷고 있으니 정말 인연의 끈질김을 느끼지 않을 수 없다. 남은 가족들에게 동기 시인은 시아버지로 혹은 할아버지로의 역할은 전혀 하지 않은 무책임한 분이라고 볼 수 있다. 그러나 그들이 시아버지와 할아버지는 훌륭한 시인이라는 사실을 알게 되기를 기대해 본다. 제적부에 의하면 손자 손녀들 가운데 몇 사람은 동기 시인이 몸소 출생신고를 하여 호적에 입적시키고 있다. 혹시 그들에게 할아버지의 기억은 없을까 하는 생각도 가져본다.

6.

인정미 넘치는 진주문단에 동기 시인의 작고 후일담 역시 아름답다. 동기 시인이 서거 하시고 4년이 지난 1989년 4월 9일 이덕 시인의 발의로 전개된 동기 시비 건립운동이 결실을 보아 동기 시인이 거닐던 남강 가에 세워졌다. 자연석에 그의 시「저 언덕」이 새겨져 있다. 그리고 그 아래 별도의 돌에 비문이 새겨져 있다. 필자는 모금운동에는 참여했으나 제막식에는 피할 수 없는 다른 일로 가지 못했다. 참석한 사람들의 회고담에 의하면 미망인 전길순 여사와 며느님의 상봉과 화해도 이루어진 아름다운 모임이었다고 한다.

다음으로 두 번째 미담은 1992년 10월 30일 〈진주신문〉 창간 3주년 기념사업으로 박노정 시인의 눈물어린 노력으로『동기 이경순 전집(시)』이 간행된 일이다. 이 사업은 제목이 암시하고 있듯이 미완성 사업이다. 시만 수습되었지 慶南日報와 다른 지면에 발표된 산문들과 동기 시인 연구물들이 별도로 수습되어야 완성되는 것이다.

마지막으로 2005년 11월 1일 '시의 날'에 진주문인협회 주관으로 동기 시인 탄생 100주년 행사를 한 것이다. 행사의 주요 내용은 탄생 100주년 기념문집『끝없는 광야, 깃발이 날린다』를 간행한 것과 학술 세미나, 전시행사 등이었다. 이렇게 진주문인들은 동기 시인을 기억하고 존경하고 있다. 앞으로 전집도 완성되고 해마다 동기 시인을 기리는 행사가 개최되기를 기대해 본다. 그리고 1928년부터 1929년까지의 세칭 〈진주 아나사건〉으로 연루된 5개월의 옥고 사실과 일본에서의 아나키즘 활동 등이 재평가되어 애국지사의 반열에도 오르기도 기대하는 바이다. 필자는 앞에서 언급한 인연으로 그 동안 두 번의 글과 한 번의 심포지엄에 주제 발표를 하였다. 그리고 여기서 전부 새로운 사실과 글들은 아니지만 잘 알려지지 않은 몇 가지 사실과 더불어 네 번째 글을 마무리한다.

설창수 시인과 진주, 그리고 개천예술제

1.

1950년대와 60년대 초반 진주에서 고교 시절을 보낸 사람들에게는 1959년 제10회부터 개천예술제라고 이름이 바뀌었지만, 그 당시에도 영남예술제라 불리우던 예술제에 얽힌 추억과 그 행사를 흰 한복을 입고 주도하던 파성 설창수(1916~1998) 시인을 기억하고 있을 것이다. 지금은 비록 개천예술제의 번외 행사였던 유등축제에 밀려 서부경남 전 주민들의 관심 밖이 되었지만, 당시에는 서부경남 전 주민들의 잔치였고, 영남예술제 하면 으레 설창수 시인을 떠올렸다. 이러한 유명세 탓으로 파성 설창수 시인은 제2공화국 시절에 1960년 4·19 혁명의 산물인 7.29 총선에서 잠시 꽃 피었다가 사라진 국회 양원제의 상원격인 참의원 그것도 임기가 장기인 6년제 의원으로 당선되었다. 필자의 기억으로 지금의 부산광역시와 울산이 포함된 경남 전체를 한데 묶은 광역 선거구에 24명이 입후보하였는데 파성 시인은 기호가 맨 마지막이었다.

장발의 풍모로 소개된 선거 벽보에서 여자 같다는 촌로들의 반응도 있었지만 영남예술제 창시자라는 유명세에 서부경남주민들의 압도적인 지지를 받아 상위권에 당선되었다. 말하자면, 비록 5.16 군사 쿠데타로 10개월 만에 해산된 참의원 제도였지만 설창수 시인은 지방의 문인이자 문화예술운동가에서 중앙무대의 정치인이 되었으며, 1961년에는 현재의 예총회장격인 전국 문화 단체 총연합회 대표의장으로 취임하게 되는데 그 발판은 개천예술제가 마련한 것이라고 보아도 틀린 말은 아니다.

2.

설창수 시인은 원래 진주 사람이 아니었다. 그는 1916년 1월 16일 경남 창원에서 아버지 설근헌 옹과 어머니 황호 여사 사이에 장남으로 태어났다. 창원공립보통학교 6년 과정을 졸업하고 그가 16세 되던 1932년 진주농업학교(당시는 5년제)에 입학하게 되자 온 가족이 진주로 이사하게 되어 진주 시민이 된 것이다. 그가 정착한 진주는 조선조부터 경상우도 중심지역으로 고종 33년(1896)에 전국을 13도로 개편함에 따라 경상남도의 도청소재지가 되어 명실상부의 행정중심도시가 되었다. 그러나 파성이 정착한 1930년대는 그 영광이 일제에 의하여 상실된 시기였다. 1924년 2월 초 조선총독부가 진주에 있던 경상남도 도청을 부산으로 옮긴다고 발표한 이래 진주를 비롯한 서부경남지역 주민들의 강력한 반대에도 불구하고 거의 야반도주를 감행하여 1925년 4월 17일 지금은 동아대학교 부민 캠퍼스가 되어있는 부산시 부민동의 도청 신청사 앞에서 이전식이 거행된 것이다.

따라서 진주는 일제에 대한 적개심과 민족의식이 충만한 도시였다. 그리고, 1910년 개교한 진주농업학교(진주농림고등학교 전신)가 유일한 중등교육기관이었는데 1923년에 경남공립사범학교(진주사범학교 전신) 1925년에 일신여자고등학교(진주여자고등학교 전신)와 진주고등학교가 개교되어 4개의 근대적인 중등교육기관이 설립되어 있었다. 다행이 경남공립사범학교는 부산으로 이전하지 않아 초등교사 양성기관으로 지역 인재를 흡수하였으며, 진주농고, 진주고, 진주여고 등도 서부경남 주민들의 교육열에 부응하였다. 뿐만아니라, 뜻있는 지역인사들에 의하여 언론, 사회 문화 활동이 일제 강점기의 다른 지역 거점도시에 비교하여 손색없이 펼쳐졌다.

1909년 10월 최초의 지역신문인 《경남일보》 창간, 기타 월간 지역지들의 발간으로 설창수 시인이 진주농업학교에 입학한 1930년대는 진주는 비록 도청은 부산으로 이전하였지만 교육적, 문화 예술적, 사회적으로 서부경남을 비롯한 경남 나아가서는 영남을 선도하는 대표적인 도시였다.

설창수 시인은 진주농고를 다닐 때부터 학생운동에 관여하였다고 한다. 그러나 1937년 5년 과정을 졸업하고 창녕군 대지공립보통학교 촉탁교원(6개월) 부산무진 진주지점 서기(1개월) 등의 짧은 직장생활을 마치고 1939년 일본의 교토에 있는 입명관立命館대학 예과 야간부에 입학했다. 1년 후인 1940년에는 동경으로 옮겨 일본대학 예술학원 전문부에 입학하였다. 이 대학은 김기림이 1926년~29년에 재학하였고, 설창수 시인과 같은 시기에는 김춘수 시인과 조향 시인이 다녔던 대학이다.

그는 입학초에 한국 유학생과 문학동호회를 만들었으나 아마추어 수준이라 그만 두고 2학기에 이석영, 김보성, 박현수 등과 일인 학생 4명과 더불어 '화요그룹'을 만들어 창작에 몰두하였다. 동인 가운데 김보성은 우리 모두 아는 바와 같이 1944년 4월 그의 평생의 반려자가 되었다. 졸업을 앞둔 겨울방학 때 그는 북구주의 저수지 공사장에 징발되어 노역을 하던 중 1941년 12월 31일 일인 형사대에 연행되어 부산에 있는 경남 경찰부 유치장 1호 감방에 수감되었다. 2년형의 언도를 받아 1944년 만기 출옥되었다. 이러한 행적에 근거하여 그는 건국훈장 애족장을 받았다.

3.

1944년 감옥에서 출옥한 설창수 시인은 30대로 갓 진입하던 1945년 8월 15일 조국의 광복을 진주에서 맞았다. 그는 건국의 소용돌이 속에서 1946년 진주시인협회 설립을 주도하여 기관지 〈등불〉을 4호까지 발간하게 된다. 설창수 시인과 함께 40대 장년으로 해방공간의 진주문단을 이끌었던 동기 이경순(1905~1985) 시인의 회고에 의하면 1945년 광복과 더불어 나중에 한국예총의 전신이 되는 문화건설대 진주지부가 조직되고 문학, 연극 음악, 무용, 국악 부문 등으로 나누어 활동하였으며 회지 《낙동문화》를 발간하였다고 한다.[1]

그러다가 앞에서 언급한 진주시인협회가 창립되고 동인지 《등불》을 간행하게 되는데, 그곳에 참여한 중심 동인은 백상현, 설창수, 이경순, 김보성, 최계락, 노영란 등이 있었다고 한다. 그리고 이 《등불》은 진주시인들만 작품을 발표한 것이 아니고 유치환, 김달진, 김수돈, 조향, 김춘수, 박목월, 조지훈, 이숭자, 이윤수, 손동인 등 주로 영남 출신의 쟁쟁한 시인들이 동인으로 집필하였다.

그리고 1948년 1월 15일까지 제4집을 발간한 후 제5집(1948. 6. 15.)부터는 진주시인협회가 발전적으로 해체하고 영남문학회로 확대 개편됨에 따라 《嶺南文學》이라 제호를 바꾸고 1948년 10월 10일에는 제6집이 발간된다. 그러다가 1949년 4월 5일 제7집부터는 《嶺文》으로 다시 바꾼다. 1949년 11월 1일 처음으로 개최된 영남예술제에 맞추어 제7집을 발간한다. 이 이후로는 매년 영남예술제 기념호로 일종의 영남예술제지 성격이 된다. 1960년 11월 20일 제11회 개천예술제(영남예술제가 1959년부터 개칭됨) 특집호로 18집을 내고 종간된다. 이에 대한 자세한 연구도 이미 오래전에 경남대학교의 석사학위 논문으로 나온 바 있다.[2]

그 당시의 출판 사정과 독자층을 감안할 때 진주에서 이러한 정기적인 종합문예지가 비록 연간이지만 나왔다는 것은 처음부터 종간될 때까지 영남문학회 대표로 발간을 주도한 설창수 시인의 역량에 힘입은 바가 크다고 볼 수 있다.

동기 이경순시인이 17집(1959. 11. 3.), 18집(1960. 11. 20.)에 주간으로 참여하고 있을 뿐 설창수시인은 영남문학회 대표로 1949년부터 시작되는 영남예술제 대회장이면서 예술제 문학부문에 참여하는 경향 각지의 문

---

1) 이경순, 해방후 진주문단의 20년—嶺文을 중심으로(《진주예총》21, 예총진주지부, 1965. 11, pp.24~25)

2) 송창우, 경남지역 문예지 연구(1995.12, 경남대학교 대학원 국어국문학과 석사 학위 논문, pp.25~32)

인들의 작품을 수록하여 《嶺文》 발간을 주도하였다.

《嶺文》은 추천제라는 신인 등용문도 가져, 지금은 나이가 80세가 넘는 나이가 된 문인들 가운데 《嶺文》 출신들이 많이 있다. 그리고 초창기의 발간의 실무는 1947년 진주고등학교 재학생으로 경남일보 신춘문예 공모에 산문이 입선하여, 문단의 화제가 된 인물인 최계락(1930~1970)이 맡았다. 최계락은 1952년 해방 이후 재발간된 《文章》지에 「哀歌」라는 시가 추천되어 시인이 되었으며 주옥같은 동시를 많이 창작하였다. 대표작 「꽃씨」는 60~70년대 중학교 교과서에 인용되어 인구에 회자되었다. 경남일보, 소년세계 그리고 국제신보 문화부에 근무하였으며 40대 초반이라는 젊은 나이에 별세하였으며, 유족과 친지가 뜻을 모아 부산 동래 금강공원에 시비를 건립하였고 최계락문학상이 제정되어 있다.

영남문학회는 해방공간에 좌우 이념대립 속에 한국문화단체총연합회, 청년문학가협회 등과 연대함으로써, 우파 지향성을 분명히 가졌다. 이 점 역시 설창수 시인의 민족주의 세계관에 입각한 창작 활동과 영남 예술제 주도와 밀접한 관계가 있었다. 영남문학회는 서울, 대구, 경북, 경남, 제주 지역 일대에 지부를 둘만큼 한국문학계의 비중 있는 문학단체로 성장하였으며 , 이로 인하여 경남 문단의 위상도 한층 격상되었다. 지금의 경남문단은 도청소재지가 있는 창원이 주도하고 마산, 진주, 통영, 사천, 김해 등으로 나누어져 있으나, 그 당시에는 경남도청 소재지 부산과는 떨어져 있는 진주가 서부경남뿐만 아니라, 영남예술제를 기반으로 하여 경남문단 나아가서는 전국 문단에 상당한 영향력을 행사하였다.

개천예술제는 앞에서도 잠시 언급하였지만, 설창수 시인의 제안과 주도로 1949년 11월 영남예술제로 창시되었다. 문학, 음악, 미술, 연극, 무용, 변론(웅변) 등 주로 순수예술분야에서 백일장, 실기대회, 경영대회, 초대전, 공모전, 강연회 등의 형식으로 처음에는 음력 10월 3일부터 일주일간 개최되었다. 1959년 제10회 때에는 애초의 창제정신인 개천개국사상을 부각시킨 개천예술제로 개칭하여 영남이라는 지역성을 뛰어

넘는다.

지금은 유사한 축제가 많으나 대한민국 최초로 창시된 종합예술제였다. 그동안 6.25 전쟁이 났던 1950년과 박정희 대통령이 서거한 1979년을 제외하고는 매번 개최되었다.

1962년부터 1968년까지는 국가원수가 개제식에 참석하는 최초의 예술제였다. 최근에는 양력 10월 3일부터 일주일 동안 개최되고 있으며, 문화재단이 발족 되어 재단 주도로 전환되었다가, 2008년부터는 다시 진주예총이 주관하고 있다.

제6회 영남예술제(1955) 외곽행사로 출발한 유등축제가 그 테마의 참신성과 규모의 방대함으로 대한민국 대표축제로 특화되는 바람에 지금은 오히려 유등축제에 파묻히는 위상이 되었지만, 이것은 비단 개천예술제에만 찾아온 현실이 아니고, 대중들의 순수예술에 대한 관심도가 예전만 못함에 그 원인이 있을 것이다. 그러나, 개천예술제는 1983년에는 경상남도 종합예술제로 지정받았고 1999년부터는 세계적인 문화상품으로 만들기 위한 기획실을 상설 운영하여 변화를 모색하고 있다.

설창수 시인은 1949년 제1회 때부터 대회장을 맡아 1961년 제11회까지 주도하였다. 특히, 개천예술제는 다른 문화예술제와 달리 임란진주대첩의 주인공인 삼장사와 논개의 애국 충절 추모와 개천개국사상을 선양하고 있다. 이 역시 설창수시인의 초기 작품에 나타난 문학정신을 기반으로 한 것이라고 볼 수도 있을 만큼 그의 영향력은 대단했다.

설창수 시인이 주도하여 작성한 1949년(단기 4282년) 제1회 창제 취지문 일부를 소개하면 다음과 같다.

> 하늘과 땅이 있는 곳에 꽃이 피는 것과 같이 인류의 역사가 있는 곳에 문화의 꽃이 되는 것은 아름다운 우주의 섭리가 아닐 수 없다. 예술은 문화의 또 한겹 그윽한 꽃이요, 예술이 없는 세기에는 향기와 참다운 인간 정신의 결실이 없는 것이다.

– 중략–

여기 독립된 1주년을 길이 아로 새기고 엄연하게 되살아난 겨레의 아우성과 마음의 노래와 그 꽃의 일대 성전을 사도 진주에 이룩하여 전 영남의 정신으로 개천의 제단 앞에 삼가히 받들어 이를 뜻하는 바이다.

제1회 영남예술제의 대회장은 설창수가 이경순, 박영환(박노석), 조진대는 문학부를, 미술부는 박생광이 마산시인 김수돈과 설창수가 연극부를 맡았다. 그런데, 1961년 5.16군사쿠테타로 인하여 예술제는 많은 변화가 오게 된다. 무엇보다 설창수 시인에게 큰 시련이 오게 된 것이다.[3]

앞에서도 잠시 언급했지만 4.19혁명 이후의 참의원선거에서 그는 참의원에 당선되고, 이를 발판으로 지역 문인으로는 진무후무한 전국문화단체 총연합회 대표까지 되었다. 그는 그 이전 해방 이후 창간된 경남일보에 입사하여 주필, 사장이 되었으며 문교부 예술과장을 역임하기도 하였다. 그러나 1961년의 5.16쿠테타는 그를 참의원의원, 문총대표의장, 경남일보 회장, 개천예술제 준비위원장 영남문학회 회장 등 5개 직책에서 물러나게 만들었다. 물론 이러한 까닭은 그의 5.16쿠테타에 대한 비판의식 내지 4.19정신 구현의 좌절이라는 그의 저항에 따른 당시 권력층의 의지에서 비롯된 것이라고 볼 수 있다. 필자 개인적인 체험은 그 당시 진주고등학교 3학년 학생으로 동기 이경순 시인 댁에서 하숙을 하고 있었는데, 동기 선생으로부터 설창수 시인의 5.16 쿠테타로 인한 군사정권에 비판하는 경남일보 논조를 직접 들었으며 동기선생은 이로 인한 설창수 시인의 불이익을 예감하고 있었다.

이러한 군사정권으로 인한 참담한 그의 입지는 평생 군사정권에 대한

3) 강희근, 개천예술제 40년, (개천예술제 40년사, 1991, 재단법인 개천예술재단, pp.21~40에서 1949~1960년을 초창기로 1961~1969년을 시련기로 1970~1980년을 격동기, 1981~1990년을 중흥기로 구분하고 있다.) 따라서 설창수 시인은 시련기부터 물러나게 되는데, 이것은 그의 군사혁명 정권비판과 연계되었다고 볼 수 있다.

복수심으로 들끌을 수밖에 없었다고 한다. 뿐만 아니라 그는 1963년 제4회 개인 시화전(8월 부산)을 시작으로 전국으로 순회 내지 방랑하는 한국 문단 전무후무한 시화전 나들이를 하기 시작하였다. 이 시화전은 서울, 광주, 대구 등 대도시뿐만 아니라 시. 군소재지를 거쳐 면 단위 마을까지 돌아 국내 221회 일본 2회의 대기록을 세웠으며 85년 7월 고성군 하이면에서 마감되었다. 이것은 시인의 생활의 강을 건너는 방편이 되었으며, 이러한 떠돌이 삶은 5.16쿠테타로 인한 현실적인 박탈에 기인하여 그의 작품세계에까지 영향을 미쳤다.[4]

4.

설창수 시인은 예술제를 주도하는 문화활동 못지않게 창작활동도 활발하게 전개하였다. 《등불》(1949) 창간호 「창명滄溟」 외 3편을 발표하였으며 이어서 《嶺南文學》, 《嶺文》뿐만 아니라 대구에서 발간한 《죽순》 서울의 《白民》, 《文藝》, 《詩와 詩論》 등 잡지 매체와 산문매체에서 왕성한 작품활동을 하였다. 이러한 작품활동의 성과는 1952년 8월 30일 영남문학회에서 발행한 『三人集』에 수록되어 있다. 이 『三人集』에 대하여 자세히 살펴본 연구도 있다.[5]

『三人集』은 설창수 시인, 이경순 시인 그리고 조진대(1920~1960) 소설가 등 3인의 공동작품집으로 발행인은 설창수, 발행처는 영남문학회(진주시 본성동 184) 인쇄처는 진양당인쇄소로 되어 있다. 1952년은 아직 6.25 전쟁이 끝나지 않은 전쟁기였으며 전쟁기에 북한인민군의 남부군사령부가 있었던 진주는 유엔군의 폭격으로 폐허가 되다시피 하였는데 이런 와중에 『三人集』이 발행되었다는 것은 그들의 문학적 열정이 얼마나 대

---

4) 강희근, 설창수 시 연구, 경남문학연구 제4호, 2000년, 〈경남문학관〉, pp.50~51

5) 이순욱, 근대 진주 지역 문학과 삼인집(지역문학연구 제10호〈2004, 가을〉, 경남 · 부산지역 문학회, pp.303~325)에 자세히 연구되어 있다.

단하였는가를 증명하고도 남을 일이다.

『三人集』은 제자는 진주 서예가 정명수(1909~2001)가 썼으며, 표지는 그 당시 진주에 있던 동양화가 박생광(1904~1995)이 그렸다. 표지는 4도의 칼러로 네 사람의 악공이 가야금과 피리 등을 연주하는 雅樂圖를 그렸다. 그 당시의 작품집 수준으로 보아 전국 어디에 내어 놓아도 손색이 없는 장정이었다.

三人集이라는 가로로 쓰여진 제자 밑에 詩, 創作이라는 장르 명칭이 있고 아악도가 가로로 그려져 있으며 그 밑으로 세로로 薛昌洙, 李敬純, 趙眞大라는 저자들의 이름이 쓰여져 있다. 속표지 또한 초록색으로 三人集이라는 책 이름이 세로로 쓰여져 있고, 그림이 그려져 있다.

다음으로 총 목차가 이경순의 시집 〈生命賦〉 설창수의 시집 〈開閉橋〉 희곡 〈魂魄〉 조진대의 창작집 〈별빛과 더부러〉, 장정, 겉;朴生光 제자: 鄭命壽, 서: 유치환 순서로 되어 있다. 서문을 쓴 청마 유치환은 그 당시 한국문총의 산하단체인 한국문학가협회 시분과 위원장이면서 통영지부장을 맡고 있었다. 설창수시인의 시는 중간 표지 다음에 「題表」라는 이름으로 「旅程」부터 「開閉橋」까지 15편이 수록되어 있다. 희곡은 속표지 다음에 희곡, 「魂魄」 1막 2장(금 무단상연) 등장인물, 시대, 장소 등이 소개되어 있다. 그리고 그 다음에 〈自跋〉이라는 일종의 후기가 수록되어 있다.

설창수 시인의 초기의 작품세계를 『三人集』을 중심으로 살펴보고자 한다. 사실, 그의 문화운동적 업적과 문학적 업적에 비하여 작품세계를 살펴본 글은 많지 않다.[6]

그의 『三人集』 수록 작품 가운데 파성시집의 제목이기도 한 「開閉橋」

---

6) 김춘수, 소외자의 영탄과 의지의 알레고리 – 동기와 파성의 시세계 〈현대문학〉, 1977. 4. 발표, 김춘수 시론전집Ⅱ, 서울, 현대문학사, 2004, pp.79~95
최광렬, 설창수 문학과 그 세계-인간의 의지가 관념의 형이상학(시문학, 1986. 5), pp.96~105
강희근, 설창수시연구, 경남문학의 흐름 〈보고사;2001〉, pp.299~316, 2006년, 〈경남문학연구〉 제4호, pp.40~55에 재수록
박노정, 설창수의 문학세계(경남문학연구 제2호, 〈경남문학관〉, 2004)

에 대하여 살펴보기로 한다.

짓밟음, 바람비, 수레바퀴, 침뱉음을
오랜 동안 말 없이 참아 온 내다.
내 등덜미의 살결은 메마르고
뼈, 힘줄, 주름살, 흉터만이 남아 있다.
디디어 보라, 내 껍질은 따글거린다.

외론 어머니의 服藥時間을,
첫 靑春의 密會時間을 막으려곤 않는다.
난 規律과 攝理 앞에 順從한다 이제 난 일어선다.
성낸 쟈이안트처럼 敢然히 일어선다.
銳角化된 내 등덜미 위에
아무도 기어오르지 못한다.
내 두 줄기 動靜脈은 불꾼 번쩍이고,
내 머리카락은 끊어진 양 곧게 뻗어
나는 이 때 발목으로 自由를 保障한다.
나는 푸른 港灣의 숨통을 解放한다.
나는 兩洋의 憧憬을 連結한다.

내 성낸 蹶起는 모든 世俗的 妥協을 모른다.
내 아슬아슬히 목 없는 肩平線—
接續鐵板의 冷嚴한 感覺 위에
한 마리의 비둘기도 날아 앉지 못한다
美貌도 恐喝도 特權도 阿諛도…

난 無慈悲한 怪漢이 아니다.

난 背信을 모른다.

난 偉大한 原始人이다.
난 偉大한 文明人이다.
서건 눕건
난 偉大한 奴隷다.

-「開閉橋」 전문

이 작품의 제재는 최근에 다시 개폐교로 복원되어 12시를 즈음하여 15분간 들어올려지는 부산의 영도다리이다. 영도다리는 1950년대 당시는 비록 일제에 의하여 건립(1932. 4. 착공 ~ 1934. 11. 준공)되었지만 부산뿐만 아니라 영남 나아가서는 전국의 구경꺼리였다. 뿐만 아니라, 6.25사변으로 인한 피난 가족 혹은 이산가족의 만남을 위한 약속장소로서 대중가요에도 자주 등장하는 민족의 애환을 간직한 상징적 공간이었다. 이러한 영도다리를 제재로 하여, 관념 혹은 의지를 형상화하고 있다. 그러나 그의 관념은 분단의 비극이나 이산가족의 아픔이 아니다. 어쩌면 이 작품은 6.25사변 이전에 쓰여졌을 수도 있다. 아마 6.25사변 이후에 창작되었다면 그의 기질상 동족상잔이나 이산의 아픔에 대한 형상화를 놓치지 않았을 것이다. 이 작품에 대한 언급은 두 곳에서 찾을 수 있다.[7] 두 사람 모두 민중 지향성이라고 밝히고 있는데, 필자 역시 동감이다. 뿐만 아니라, 서사성 혹은 서술성과 우의성(알레고리)이 공존하는 작품이다.

이 작품의 첫 부분인 1~3연은 영도다리가 닫혀 있다가 일어서는 상태를 서사성 짙게 형상화한다. 그러나 4연부터 마지막 연까지는 다리에다 관념을 부여하고 있다. 이렇게 사물에다 관념을 부여하는 것을 아이

7) 앞에서 인용한, 강희근(pp.43-44)과 이순욱(pp.315-317)의 논문에 비교적 자세히 언급되고 있다.

러니라 보는 이도 있고 알레고리로 보는 이도 있다. 필자의 생각으로는 아이러니의 경지에 도달하지는 못하고 알레고리에 머물고 있다고 보는 바이다. 이것은 시인의 기질 못지않게 애국지사, 문학운동가, 정치가적 기질을 가진 설창수시인의 성격하고도 관계가 있을 것이다. 후반부의 경우 4연은 세속적 타협을 거부하는 지사적 기질을 형상화하고 있다. 이러한 기질은 끝내 5.16 군사정권과 타협하지 않는 뒷날의 그의 행적을 미리 암시하고 있다고 볼 수 있다. 5, 6연에서는 결코 의인화한 개폐교를 시적 화자가 비정하고 몰염치한 것이 아님을 강조하고 있다. 어머니에 대한 효도, 청춘의 사랑과 같은 규율과 섭리에 순종하는 인간미를 강조하고 있다. 마지막 6연에서의 위대한 원시인 위대한 문명인, 위대한 노예 등은 결코 편협된 가치관으로 살지 않겠다는 점을 강조한 것이다. 이러한 이원적 세계관은 그를 문교부 예술과장으로, 참의원으로 그리고 미국여행에서의 느낌을『성좌 있는 대륙』(1960, 수도문화사)으로 출판하게 만든다. 이 작품에 대한 그 자신의 애착은 그의 회갑기념 시선집(1976, 현대문학사)에서도 시집 제목으로 사용하고 있는 점에서 짐작할 수 있다.

이러한 관념적 경향을 ①주관적 자아 확립과 대상의 관조 ②역사조명과 시사반영이라고 규정하고 다음에 인용되는 순수 서정적 경향을 ③서정시가의 격조와 자연 수용이라고 보는 견해도 있다.[8]

모란은
몰래 벌린다.

어둠을 먹어
한결 붉었다.

---

8) 최광렬, 앞의 글(월간, 시문학, 1986. 5)에서 설창수 고희기념 전집 6권(시, 수필, 희곡, 1986, 시문학사)의 세계를 간략하게 살피고 있다.

〉
모란 입술에
이슬 고인다.

밤 모란 너로 하여
잠 못 이룬다.

-〈牧丹〉 전문

그가 아무리 의지의 시인 혹은 관념의 시인이라고 해도 모란꽃에서는 아름다움과 설레임을 발견하고 있다. 강희근 역시 파성의 시에도 아름답고 숨가쁜 서정시가 있다고 지적하면서 이 작품은 열거하고 있지 않지만 〈석란〉, 〈무지개〉, 〈모란 움 하나〉, 〈치자꽃 핀다〉 등을 열거하고 있다. 그리고 〈모란 움 하나〉, 〈치자꽃 핀다〉는 그의 대표시라 할 만큼 아름답다고 보고 있다.[9]

5.

설창수 시인은 《三人集》에 수록된 「魂魄」을 시작으로 100편이 넘는 희곡을 창작하였다. 그리고, 초창기 개천예술제의 연극부도 맡았다. 희곡작품 110편은 그의 전집(1986, 시문학사) 마지막 권인 제6권에 수습되어 있다. 따라서 앞으로 다른 이들이 그의 희곡에 대하여 자세히 살펴볼 필요가 있을 것이다. 희곡의 경향을 앞에서 살핀 최광렬은 '항일과 분단문학의 결집' 이라 지적하고 있다.

설창수 시인과 그의 작품세계에 대한 전반적인 연구와 평가는 아직 여러 면에서 부족하다. 그리고 그의 전집 역시 완벽하지 못하다. 그가 작

9) 강희근, 앞의 논문, p.55

고한 지도 20년이 훨씬 넘었다. 그가 주도하여 창설한 개천예술제는 누가 무어라고 해도 진주의 상징이자 브랜드 관광상품이다. 이 세상에 남은 후배 우리들이 설창수 시인의 세계관과 작품세계를 편견 없이 연구하여 그의 평전이나 전집 간행 운동의 초석이 될 필요가 있다. 그가 동분서주하여 만든《嶺文》역시 어떠한 형태든지 복간 내지 계승하는 것 또한 신중하게 검토할 문제이다. 특히 이러한 설창수 시인에 대한 평가와 그를 기리는 문학관의 건립을 가장 소망한 사람은 미망인 김보성 소설가였다. 2009년 필자가《남강문학》창간호에서 파성을 회고하는 이 글을 처음으로 쓸 무렵에는 그녀는 생존해 있었다. 그러나 그는 2011년 3월 19일 향년 93세로 그의 소망을 이루지 못한 채 영면하고 말았다. 비록 미망인은 별세하였지만 언젠가는 진주 남강권 문화예술가 전체가 힘을 모아 파성 설창수 시인을 기리는 여러 가지 사업은 이루어야 할 것이다.

정재훈 시와 역사적 상상력

1.

정재훈(1938~2011) 시인은 시인이라기보다 문화재 전문가이며 전통조경 학자이다. 그는 지금은 문화관광부의 외청인 문화재 관리청의 전신인 문화재관리국의 제2대 국장을 1986년부터 1993년까지 최장수로 역임하였다. 군 제대 후인 1963년 1월 25일 그 당시 문교부의 외국이던 문화재관리국의 공무원을 시작한 이래 박정희, 전두환, 노태우, 김영삼 대통령 등 네 대통령 시절 동안 하급 관리로 혹은 중간 관리 나아가서는 문화재관리국 수장으로 대통령들과 독대하여 문화재 정책을 보고하는 핵심 인물이었다. 아산 현충사, 도산서원, 오죽헌, 팔만대장경 등의 보존과 복원 사업, 특히 1973년 4월 초대 경주사적관리사무소장으로 발령을 받아 경주 문화재의 발굴, 보존, 복원 사업의 책임자로 오늘날 경주를 국제적인 관광도시를 만드는 초석을 놓기도 하였다. 경주 안압지 복원, 고분 발굴과 신라문화의 재발견, 국립중앙박물관 건립 등 우리나라의 문화재 관련 대형 사업 가운데 그의 손을 거치지 않은 것이 없다.

그는 이러한 사업에 주도적으로 참여하면서 많은 문화재가 일제 강점기 동안 일본풍으로 훼손된 것을 발견하였으며, 그 가운데 조선조 궁궐의 정원과 전국의 각종 전통 정원들의 훼손은 너무나 심각하다는 것을 실감하여 그 스스로 고문헌을 섭렵하여 전통정원 전문가가 되었으며 한국전통문화학교의 개교도 주도하여 전통조경과의 석좌교수가 되었다. 그의 신념은 일제 잔재의 청산과 전통문화의 회복이었다. 그러한 신념이 조선총독부였던 중앙청을 해체하고 경복궁을 오늘날의 모습으로 복원하였던 것이다. 그의 이러한 문화재 전문가와 전통조경학자로서의 삶의 궤적은 2000년에 발간된 월간 『환경과 조경』 144~146호에 3회에 걸쳐 「나의 길 나의 인생」이라는 제목으로 연재되었다. 각각 '일제 잔재 청산과 문화재 조경 바로 세우기', '경주관광종합개발사업과 한국 전통조경의 복원', '문화재관리국 시절, 잊을 수 없는 아홉 개의 프로젝트'라는 소제목으로 소개되었다.

그는 앞의 회고기 서두에 '새끼 시인에서 문화재관리국 직원으로'라는 소제목으로 자칭 시인이라고 밝히고 있다. 그는 많은 시를 창작하지는 않았다. 따라서 필자가 수습한 시도 13편뿐이다. 그러나 그는 만년에 암 투병 중임에도 불구하고 시작을 계속하여 주로 《남강문학》에 발표하였다. 미발표작이자 그의 최후의 작품인 「신묘는 아침에」에서는 죽음을 담담하게 받아들이는 대가의 풍모까지 보여주고 있다.

2.

그의 첫 발표작은 1956년 진주사범 교지 《두류봉》에 발표한 「위치」이다. 《嶺文》 16집(1956. 11.)에 1회 추천작으로 발표한 「綿布」, 그리고 2회 추천작인 「地圖」(《嶺文》 17집, 1957. 11.) 《시부락》 동인지 창간호(1957)에 발표한 「자화상」 등 네 작품을 그의 초기작이라 볼 수 있다.

「위치」는 그의 18세 때의 작품임에도 불구하고 단순한 서정시가 아닌 특색을 가지고 있다.

> 오늘도 낡은 것으로만 썩어가는
> 파리 떼와 악취
> 코가 문드러질 것만 같다

- 중간 2연 생략-

교양과 양심과 신의는 배반의 도가니 속에
썩어간 지 오래고
빛이 곧을 수 없어
눈이 무서웠다

- 중간 3연 생략 -

정녕 벙어리가 되어야 한다

이런 위치 위에
내가 엄연히 무릎을 꿇고 있었다

그래도 하나 남은
피맺힌 염원을 외우면서………

-「위치」 부분

이 작품에서 주목할 것은 시적 화자 즉 시인의 현실 인식이다. 18세 소년으로 그 당시에는 선망의 대상인 사범학교 학생으로 졸업 후에는 초등교사가 보장되는 형편임에도 불구하고 그가 바라보는 현실은 '파리떼와 악취' 때문에 '코가 문드러질 것만 같'은 부패한 곳이다. 이러한 까닭은 6·25전쟁 이후의 시대 상황과 그의 집안의 넉넉하지 못한 사정 때문이라고 볼 수 있으나 그러한 피해의식에만 기인한 것은 아니다. 왜냐면 그가 생각하는 부패는 보다 근원적이고 심각한 것으로 '교양과 양심과 신의는 배반의 도가니 속에'서 실종된 지 오래로 도저히 눈을 뜨고 볼 수 없을 지경인 것이다. 이러한 현실에 대하여 일단은 그 자신으로서는 백치에 가까운 벙어리가 될 수밖에 없다고 보고 있다. 말하자면 현실은 절망 자체인 것이다. 그러나 이러한 절망이 절망으로만 끝나지는 않는다. '이러한 위치'에도 불구하고 '하나 남은 피맺힌 염원'을 위하여 기도한다. 물론 그 염원의 정체는 알 수 없으나 그는 상식의 수준에서는 가장 안정적인 직업인 초등학교 교사로만 일생을 만족하지 않겠다는 각오를 하고 있다고 볼 수 있다.

한편 시인의 길을 걷기로 하고 《오누이》 동인과 《시부락》 동인으로 활동하면서 설창수 시인과 이경순 시인의 주도로 영남예술제 기간에 발행되는 《嶺文》지 16호에 시를 투고하여 1956년 11월 사범학교 3학년 생신분으로 「면포綿布」라는 작품으로 제1회 추천을 받고, 1957년에는 초등학교 교사 초년병으로 《嶺文》 17호에 「地圖」로 2회 추천을 받는다.

어메 마음과도 같은
포근한 믿음 속에
가난한 정서가 쌓여서
한자락 무명으로 짜이다

– 중략

머언 우리네의 평화한 얼굴들이
흘러온 자국
우리 모두 어메 포근한 가슴팍에
얼굴을 파묻자

–「면포」 1 연과 4연

이 작품은 그의 처녀작에 비하여 현실 인식의 자세가 훨씬 긍적적이다. 비록 첫째 연에서 인식한 것처럼 '가난한 정서가 쌓여서' 짜여진 면포이지만 그것은 어머니의 마음과 같은 포근함이 것이다. 그런데 그 어머니의 포근한 마음이 개인적인 모성애가 아니라 넷째 연에서는 우리 민족의 평화로운 얼굴로 인식이 확대되어 면포에다 전통의식을 부여하고 있다. 뿐만아니라 우리 민족 모두에게 그러한 인식을 가지자고 권유하는 어조까지 등장한다. 어쩌면 이 작품은 그의 미래의 삶 즉, 문화재 발굴과 보존 그리고 전통정원의 복원이라는 그의 필생의 길을 예견한 것이라고 보아진다. 이러한 예견은 군에 입대하기 전 일 년이라는 짧은 교사 시절 바다가 보이는 통영 광도초등학교 시절에 창작한 그의 2회 추천작「地圖」에도 다음과 같이 나타나고 있다.

> 담담히 거슬러 오르면 高句麗의 벌판에 猛虎처럼, 날아가던 靑馬의 발자국 소리 들리고, 百勝의 歡呼 속에 후비치던 깃발이여, 수다한 神話가 아니라 王子와 公主는 아깃한 傳說을 낳고, 神이 없어도 오곡이 익어가는 들녘에 서서 어진 백성은 하늘을 섬겼거니,
> 무명 자락으로 몸을 여미고
> 윤나는 머리카락 금빛 햇살에 나부껴 애기(처녀)는 맑은 꿈을 산과 들에 빌어, 괭이와 낫을 잡은 지애비의 이마 위에 송송 솟은 땀이사, 구슬처럼 고운 人情을 담아
> 꽃바람 흐르는 곁에
> 숨을 몰아쉬고, 아들 딸 오붓이 길러
> 골골이 평화平和로웠거니……
>
> –「지도」부분

이 작품은《嶺文》17호에 장장 5쪽(p.146~149)에 걸쳐 발표된 장시이다. 산문시라고 보기는 어려운데 그의 앞의 작품에 비하여 행 구분에 신경을 쓰지 않고 있다. 각 부분마다 1부터 5까지의 번호가 매겨 져 있는데 앞에서 인용한 것은 3부분으로 가장 행 구분을 적게 하고 있다. 이 작품의 화자는 지도를 보면서 상상력을 펼치는데 1과 2부분에서는 바다 그것도 동남아세아의 바다와 섬에 대한 관심이 많다. 2부분에서는

눈 속에서도 핀 동백도 나온다. 아마 시인이 통영 광도초등학교에서 신임 교사 생활을 하고 있었다는 시작의 공간적 배경을 반영한 것이라 볼 수 있다. 그러나 인용한 3부분에서는 한반도를 지나 고구려의 영토였던 만주까지 관심의 범위가 확장된다. 그러면서 역사적 상상력으로 고구려의 기상을 형상화 한다. 선조들의 삶의 모습을 왕자와 공주뿐만 아니라 서민 부부와 그들의 아들딸까지 등장시킨다. 이렇게 그의 역사적 상상력은 다양한 사람들이 등장하고 있다. 이어서 4, 5, 6부분에서 백두산과 하늘 그리고 그 하늘은 시공을 초월하는 태고의 하늘이 된다. 이렇게 그는 지도를 통하여 평등 지향적이고 시간과 공간의식의 확대를 지향한다.

3.

그는 1년의 교사 생활을 청산하고 대구의 대구대학(영남대학교 전신)을 거쳐 공군에 입대하면서 단국대학 야간을 졸업한다. 1963년 제대하면서 교단으로 돌아가지 않고 공무원이 되어 우여곡절을 거쳐 1964년 문화재관리국의 주사로 하급 관리가 된다. 결국 그는 필생의 과업인 문화재 전문가가 되어 아산 현충사 정화사업에 이어 1973년 경주사적관리사무소장이 되면서 신라와 만나게 된다. 이 시절에 간간이 쓰여진 시들은 그 자신이 1973년 8월 23일 경주 고분 발굴현장에서 라고 제작시기를 밝힌 「비천 백마도」(《남강문학》 3호 발표), 제7회 환경조경문예작품공모전 대상을 받은 「선덕여왕」(1998)이 있다. 그리고 백제 문화에도 관심이 많아 「백제석탑(2000, 「환경과 조경」 146호) 숭례문 화재 사건이 시적 배경이 된 「숭례문」(2009, 미발표 유고) 등에서 문화재를 제재로 한 상상력을 전개하고 있다.

뼈와 쇠도 녹아버린

숙연한 영역에

찬란한 순금의 관도 잠들었는데

오직 백마는 살아 고요한 자색紫色
동방의 하늘을 날으고 있다.

시베리아의 푸른 초원에서
북만北滿의 광활한 벌판을 치달려온
어기찬 발굽은 지칠 줄을 모르고

이제 막 끝난 결전의 광야에서
승전의 위용으로 산야를 뒤엎고
토하는 화염火焰의 우렁찬 울음소리

－「비천 백마도」 4연~7연

요즈음 신라 대릉원에 가서 전시된 '비천 백마도'를 보는 사람들도 신비롭고 감동적인데 하물며 발굴의 현장에서 드러나는 순간을 체험한 시인으로서는 그 감격이 대단하였을 것이다. 그런데 이 작품에서는 오히려 절제된 감정으로 오로지 백마에 초점을 맞추어 상상력을 전개한다. 상상력의 전개 방식은 앞에서 언급한 「地圖」에서와 같이 공간적으로 한반도를 벗어나고 있으나 그 동안 16년의 세월이 흘러 30대 중반이 된 나이와 많은 문화재 발굴 현장에서의 체험이 시인에게 감격이나 감동을 절제할 수 있게 만들었다. 그러나 역사적 상상력의 치열함은 오히려 분명한 시적 제재 탓으로 증가하고 있다. 백마의 시간의 초월성을 쇠, 금관 등과 대비한 점이나 백마의 웅비의 공간을 동방 즉, 시베리아와 북만으로 확대하여 신라인들의 좁은 공간을 넘어서고 있는 점은 미래지향적인 시간의식 내지 공간의식이라 볼 수 있다. 이러한 시간의식과 공간의식은 앞에 열거한 다른 작품에서도 일관되게 흐른다.

4.

그는 문화재 전문가에서 전통 정원 혹은 전통 조경 전문가로 영역을 확대하여 공직에서 정년 후 한국전통문화학교에서 강의를 계속했고 암투병중에도 방송매체에의 출연, 왕궁 정원에서 길 위의 인문학 강의 등을 계속하였다. 이러한 열정을 반영한 작품들이 정원을 시적 제재로 한 것이었다. 「내원內苑」(2009, 창작시기 미상, 《남강문학》 창간호 발표), 「광한루원에서」(미발표 유작), 「뜰」(2009. 5, 미발표 유작) 등이 그것이다.

그대 품속은 깊고 은밀하다
풍화한 역사가 심산의 숲길에서 술렁이고 있다

아득한 구곡九曲에서 흘러오는 물줄기와
태청太淸의 하늘이 열리어 온다.

숭산崇山은 신령스럽다
옹달샘은 솟아 오르고
시대의 갈증을 해갈하는 즐거움

옥류동玉流洞 산꽃피는 계곡에
폭포는 흩날리는데
흰구름이 바위에 잠겨 쉬었다 간다

– 「내원內苑」 1연~4연

여기서 내원은 창덕궁 후원인 비원秘苑을 가리킨다. 비원은 우리나라 최대의 궁중 정원이다. 정 시인은 1975년 경주를 떠나 문화재1과장을 역임하다가 1979년 국립중앙박물관 보급과장이 되면서 다소 시간의 여유를 찾게 되어 전통조경에 대한 학술적 연구를 하게 된다. 그 첫 번째 성과로「창덕궁 후원에 대하여」(《고고미술》 137호)를 발표하게 된다. 그는 비원을 첫 출발로 안압지, 경복궁, 창경궁 등의 정원과 한국의 전통정원에 대하여 깊은 연구를 한다. 이러한 연구의 결과를 바탕으로 역사적 상상력을 전개한 작품이 바로 이 작품이다. 비원도 일제에 의하여 훼손된 부분이 다소 있었으나 창경궁 등에 비하여 비교적 비경을 간직하고 있다고 한다. 정 시인은 비원의 계곡에서 숭산, 옥류동을 연상하며, 역사가 살아 숨쉬고 있는 것을 느끼고 있다. 이 작품의 어조는 앞의 작품보다 더욱 감정이 절제되고 있다. 그리고 시 속의 역사는 물과 하늘 구름 등과 함께 존재하고 있다. 말하자면 그의 전통조경에 대한 관심은 역사를 사람과 사람 사이의 갈등과 투쟁으로 볼 것이 아니라 자연과 더불어 그것을 거슬리지 않는 것이 우리 민족의 전통이요, 그러한 우리 민족의 전통을 구현한 것이 바로 우리만 가지고 있는 고유한 조경의식 즉, 전통조경이라는 결론에 다다르게 된다. 이러한 그의 문화재와 전통조경에의 관심을 가장 응축적으로 보여 주고 있는 것이 바로 그의 정원을 제재로 한 시편들이다.

특히 유작으로《남강문학》4호에 소개된「뜰」에서는 보다 원숙한 시인의 풍모를 느낄 수 있다. 그가 요즈음의 사망 연령으로는 짧은 70대 전반이 아니라 보다 더 살았다면 그는 우리 시단에서는 보기 드문 체험에 바탕을 둔 역사적 상상력으로서의 시를 많이 창작하였을 것으로 생각된다. 따라서 우리는 친구로 혹은 문화재 전문가로 그리고 전통조경학자로서의 그를 너무 일찍 저 세상으로 보내었지만 무엇보다 역사적 상상력으로 전통의식을 시로 형상화 할 소중한 시인을 잃었다는 점에서 애석함을 금할 수 없다. 그리고 그의 역사적 상상력은 그의 초기작부터 면면히 흐르는 시작의 원동력이며 그는 그러한 원동력으로 인하여 문화재 전문가와 전통조경학자가 되었다고 볼 수도 있다는 점을 마지막으로 지적하는 바이다.

김보성의 소설과 여성주의

1.

소설가 김보성(1919~2011)은 작가로보다 파성 설창수(1916~1998) 시인의 부인으로 더 잘 알려져 있다. 그러나 그는 해방 직후 진주 문단의 귀한 소설가였다.

김보성은 원래 진주 사람은 아니었다. 1919년 10월 17일 평안북도 영변군 고성면 상초동에서 부 김선홍과 모 표영란의 1남 1녀 중 장녀로 태어났다. 일제 강점기 그의 아버님의 직장을 따라 초등학교는 충남 공주군 신상면 유구보통학교를 졸업하였다. 그러나 부모님의 교육열에 따라 서울 동덕여자고등학교를 졸업한 후 일본 유학의 길에 올랐다. 일본대학 예술학원 문예창작과 재학 중인 1940년대 초에 파성 시인을 만났다. 파성의 회고에 의하면, 1940년 2학기 이석영, 김보성, 박현수 등과 일인 학생 4명과 〈화요그룹〉이라는 문학동인회를 만들어 창작에 몰두하였다고 한다. 그러나 유감스럽게도 파성은 북구주 저수지 공사장에 동원되어 일하던 1941년 12월 31일 일인 형사에 연행된 후 부산으로 압송되어 경남 경찰부 유치장 1호에 불충사상 죄목으로 수감되어 징역 2년의 언도를 받아 1944년 만기 출옥을 한다. 그 동안 김보성은 일본대학 예술과를 졸업하고 만기 출옥한 파성 시인과 1944년 4월 2일 결혼한다. 《남강문학 3호》(2011)에 소개된 시가댁에서의 가족 사진을 보면 1944년 4월 2일 진주 칠암동 집을 배경으로 머리를 깍고 검은 외투를 걸친 눈이 부리부리한 청년 파성 선생과 아래 위 흰 한복을 입은 20대 초반의 앳된 김보성 작가의 모습을 볼 수 있다.

두 사람은 요즈음 식으로 표현하면 캠퍼스 커플인 셈이다. 1학년 때의 같은 동인활동과 독립운동에 의기투합한 인연과 파성의 옥중 청혼을 거절할 수 없어 결혼하게 되었다고 한다. 그의 결혼은 고향 평안북도 영변을 떠나 경상남도 진주로 시집오는 머나먼 길이었으며, 일가 친척으로부터 헤어지는 고독한 여정이 되었다. 결혼 후 그는 파성 사이에 3남 1녀의 자녀를 두었고, 1948년부터 1961년까지 진주사범병설중학교와 진주여자중학교 교사로 건국초기의 문교부 예술과장과 제2공화국 시절의 참의원 활동을 제외하고는 안정적인 직장을 가지지 않은 파성을 내조하여 가계를 꾸리기도 하였다.

차남 맹규(1948~1967)가 지리산 등산 도중 독초를 약초로 알고 잘 못 먹어 19세의 나이로 죽자 그 충격으로 실어증에 시달리기도 하였다. 1967년부터는 원불교에 입교하여 그 방면으로 깊은 정진을 하였다. 1998년 6월 26일 파성이 타계하자 남강 촉석루 근처에서 집 이름 그대로 칠암동으로 옮긴 청수헌의 큰 어른으로 자녀들과 손자, 손녀들을 돌보면서 조용히 지내다가 2011년 3월 9일 향년 93세로 별세하였다.

2.

김보성은 해방 직후 결성된 진주시인협회 멤버가 되어 기관지 《등불》 3집(1947. 9. 20.)에 시 「光明 도라오다」를 발표하고, 이어서 4집(1948. 1. 15.)에 「企望」이라는 시를 발표한다. 진주시인협회는 1948년 6월 5일 발전적으로 해체되면서 시인과 소설가, 극작가, 비평가 등을 망라한 영남문학회로 전환된다. 《등불》 4집에 이어 《영남문학》이라고 개칭된 5집(1948. 6. 5.)에 김보성은 「시와 생활」이라는 산문을 발표하면서, 시작에서 멀어진다. 이어서 발간된 《영남문학》 6집(1948. 10. 10.)에 「석류꽃 피는 밤」이라는 단편을 발표하면서 소설가로 데뷔한다. 《嶺文》으로 개칭된 7집(1949. 4. 5.)에 「엄마」, 8집(1949. 11. 1.)에 「명암」, 9집(1951. 11. 1.)에 「덕심이」,

10집(1952. 11. 9.)에 「달밤」, 11집(1953. 11. 5.)에 「어떤 부부」, 12집(1954. 11. 5.)에 콩뜨 「전설」, 13집(1955. 11. 5.)에 「별」, 14집(1956. 11. 1)에 「안개」, 15집(1957. 11. 5.)에 「전야前夜」, 16집(1958. 11. 10.)에 「도표 있는 풍경」, 17집(1959. 11. 3.)에 「어떤 여인상」, 그리고 종간호가 된 18집(1960. 11. 20.)에 「파편기」 등 12편을 발표하여, 총 13편의 소설을 《영남문학》과 《영문》에 발표한다.

1954년 예술원 회원 선출 과정에서 문학 분과 예술원 회원의 선출권을 행사한 한국문학가협회가 친일행위를 한 많은 문인들을 회원으로 선출하자 한국문화단체총연합회에서 한국문학가협회의 산하 단체 자격을 박탈하고 제명하는 사태가 벌어진다. 이러한 일련의 과정을 문제 삼은 250여 명의 문학가협회 회원들이 이탈하여 1955년 6월 1일 자유문학가협회를 결성한다. 첫 임원으로 위원장은 김광섭 시인, 부위원장은 이무영 소설가와 백철 비평가였다. 이 단체는 공산주의로부터 국가를 구한다는 민족주의 지향성을 가지고 있었다. 진작부터 민족주의 지향성이 농후한 설창수 시인과 김보성 작가는 자유문학가협회 쪽이었다. 1956년 6월 1일에는 자유문학가협회의 기관지인 《자유문학》이 창간된다. 이 잡지는 1960년 6월 통권 39호를 발간한 후 기관지 성격을 벗어나 범문단지가 되어 계속 발간되다가 1963년 4월 통권 71호로 종간된다. 자유문학가협회는 1961년 5월 21일 5.16 군사정권의 각종 사회단체 통합정책에 따라 한국문학가협회가 한국문인협회로 이름을 바꾸자 복귀한다.

《자유문학》 40호부터는 〈자유문학사〉를 설립하여 대표를 김광섭이 맡았고 편집위원 제도를 두었으며 주로 자유문학가협회 회원이 집필진으로 참여하였으며 80여 명 신인작가를 추천제와 당선제를 통하여 데뷔시켰다. 중요 신인으로는 소설가 최인훈, 남정현, 오인문, 오찬식, 유현종, 문신수, 유승규 등이 있고, 시인으로는 권용태, 권기호, 최원규, 김해성, 평론가로 김용직, 김현 등이 있다. 50년대 후반과 60년대 초반 7년 동안 지금도 나오고 있는 《현대문학》과 더불어 양대 종합문예 월간지로 한국문학 발전에 이바지하였다. 《자유문학》의 기획물 중에는 「지방문단 풍토기」를 싣고 있는데, 그 첫번째가 통권 3호(1956. 12.)에 설창수 시인이 집필한 〈진주 · 마산 편〉이다. 이어서, 인천 편, 광주 편, 부산 편이 게재된다. 따라서, 50년대 후반 진주문단의 위상을 이 글을 통하여 짐작해 볼 수 있다.

김보성은 《자유문학》 통권24호(1959. 3월호)에 「出産前後」를 발표한다. 그 호의 소설은 이무영의 「죄와 벌」, 김이식의 「적중」과 S · 모음의 「진주 목걸이」가 양원달 번역으로 실려 있고, 주요섭의 연재소설 「망국노 군상」(10회)이 실려있다. 그리고, 30호(1959. 9.)에는 역시 단편 「빼꾸기」를 발표한다. 여기에 수록된 소설가들은 염상섭, 김동인, 이무영, 곽하신, 이봉구, 그 다음에 김보성 작가의 「빼꾸기」가 발표되고 이어서 성학원, 최정순, 김포천, 이창열, 이흥우, 추천작가로 이석배, 그리고, 주요섭과 안수길의 연재소설이 수록되어 있다. 이러한 위상으로 보아 김보성은 50년대 후반부터 당당히 중앙문단에서 활동한 소설가였다.

3.

김보성 소설가의 유일한 작품집인 장편소설 『윈다희자전』(1979. 12. 현대문학사)의 서문을 쓴 박연희(1918~1990)에 의하면 1950년대 초 《자유문학》에 단편 「발아기」를 발표한 이래 1960년대 후반에 걸쳐 주옥 같은 작품을 보여 준 바 있다고 하고 있으나, 이러한 그의 회고는 정확하지 않다. 《자유문학》이 창간된 것이 1956년이고 「발아기」라는 작품은 존재하지 않는다. 앞에서 언급한 대로 1959년 3월초에 「출산전후」를 발표하였다. 다만 필자가 확보한 《자유문학》 목차는 통권 33호(1959. 12. 1.)까지이다. 통권 34호(1960. 1.)부터 1963년 4월 71호까지 얼마나 많은 작품을 발표하였는가는 추후 확인할 수밖에 없다. 자유문협 기관지가 39호(1960. 6.)까지이므로, 그 때까지는 몇 편 발표할 수 있었을 것이다. 그러나, 필자의 추측으로는 그렇게 많지 않을 것으로 생각된다. 왜냐하면, 「원다희자전」에 김보성 소설가가 쓴 후기에 의하면 '정 부끄러운 몇 편을 빼고 나니 책 한권이 되기에는 모자랐다'라고 한 점을 보아 《영남문학》과 《영문》의 13편과 『자유문학』의 2편을 포함한 몇 편이 더 있을 것으로 생각된다.

김보성의 작품의 주인공은 대부분 여성이다. 《남강문학》 3호에 재수록한 「별」(《영문》 13집, 1955. 11. 5. 영남문학회 발행)의 주인공 '윤씨'는 이조판서를 5대조로 둔 양반가 며느리로 첫 딸을 낳은 후 아들을 낳지 못해 자기 스스로 후실을 두게 한 후로는 남편을 후실에게 맡기고 자기 방에는 오지도 못하게 한 전형적인 남아선호 사상에 순종하는 여인상이다. 소설은 남편의 졸곡제가 끝난날 밤 백평이나 되는 후원을 거닐며 회상에 잠기는 것으로 시작된다. 소설의 서술 방법은 작가 전지적 시점을 가지고 주인공 윤씨의 심리 상태와 후원의 밤 풍경을 설명하고 있다. 회상 속의 5대 조상은 넓은 후원에도 불구하고 본채를 초라하리만치 아담한 별장풍으로 지어 지극히 선량하고 남을 배려하는 가문으로 설명되고 있다. 시모님 역시 윤씨가 스물 셋에 돌아 갔는데 아들의 후실 데려오는 것을 강요하지 않았으며, 그로부터 10년 뒤인 서른 셋에 시아버지 역시 남손자를 보지못하고 돌아갔다. 시아버지가 돌아간지 4년 뒤 윤씨 스스로 후실 데려오는 계획을 남편에게 털어놓았다. 화전민의 딸로 중인 계층의 처녀를 데려오는 것을 적극적으로 반대하지도 않고 그렇다고 표나게 반기지도 않는 남편이었지만, 화전댁이라는 택호의 후실에게 남편을 완전히 주리라는 결심을 하고 간혹 내당을 들리는 남편을 윤씨는 매몰차게 별당으로 내쫓다시피 보냈다. 남편의 제사가 끝난 뒤 결국 화전댁은 남편이 자기 자신에게는 아들 딸을 낳게 했지만, 정도 주지않았다고 윤씨에게 고백하는 부분에서 약간의 반전은 있으나, 소설 전체는 감정의 기복을 삼키는 윤씨의 성격처럼 잔잔히 전개된다.

끝부분에서 후원 남쪽 전나무 위에서 반짝이는 별이 남편인 것 같이 느끼면서 이미 딴 세상 사람이 된 남편을 육십 고개의 여인이 열여섯 새색시처럼 설레는 마음으로 그리워한다. 소설의 마지막 문장 '이 울안 어느 나무 위에서는 이름모를 밤새가 울고 밤은 깊어만 간다'는 윤씨가 서 있는 후원의 분위기를 서술하는 동시에 윤씨의 심리 상태를 암시하고 있다. 비록 전지적 작가 시점으로 소설을 전개했으나, 윤씨의 심리 상태를 적절한 배경 설정을 통하여 독자의 정서와 감각에 호소하여 짐작하게 하는 점은 50년대 당대와 60년이 지난 지금의 기준에서도 손색이 없는 여성주의 소설이라고 볼 수 있다. 특히 윤씨라는 인물을 통해 혈연을 이어가기 위하여 희생하는 한국의 전통적인 여인상이 형상화되고 있는 점은 김보성의 인물 형상화 능력을 충분히 보여준다.

다음으로 언급하고 싶은 작품은 「별」보다 정확하게 4년 뒤에 발표된 「어떤 女人象」(1959. 11. 3, 《영문》 17집) 이다. 이 작품은 「별」보다는 다소 길다. 「별」이 국판 세로 편집 4쪽 반밖에 되지않는 짧은 분량의 소설임에 비하여 「어떤 여인상」은 6쪽 분량의 작품이다. 이 작품의 주인공 명혜는 「별」의 윤씨에 비하여 위기와 갈등이 고조된 상황에서 방황하는 인물로 설정되어있다. 한달 전까지 남편이라 부르던 사나이에 여자 문제로 갈라설 뿐 아니라, 두 사람 사이의 어린 아들도 시가집에 맡기고 말겠다는 단호하기까지한 성격의 여성이 바로 명혜인 것이다. 이 작품 역시 소설 첫부분은 명혜가 집으로 돌아가는 질척거리는 골목길과 고개마루의 언덕바지 벼랑위에 올라서서 강건너 안개속의 시루봉을 바라보는 배경 설정과 분노로 가득찬 주인공의 심리적 갈등과 어울어져 있다. 이 서술 방식은 역시 작가전지적 시점이다.

명혜와 남편 주호의 결혼은 정상적인 결혼이 아니었다. 주호의 본처는 그의 지나친 방종에 지쳐 스스로 이혼을 선언하고 집을 나가버렸다. 말하자면, 비록 이혼은 선언하고 나갔지만 본처와 그 소생 삼 남매가 있는 주호에게 죽은 오빠 친구 사이로 우연히 만나 친정에 얹혀 사는 명혜와 사랑이라기 보다 정염의 역사가 몇 차례 있어서 결국 살림을 차리고, 경진이라는 사내아이를 낳게 된 것이다. 그런데 남편 주호의 바람기는 끝나지 않고 새로운 애인이 생긴 것이다. '풋내기 맘보 춤을 잘 춘다'는 죽은깨 투성이의 계집아이와 새로 셋방을 얻어 남편이 그곳으로 옮아간 것이다. 명혜는 차라리 삼남매나 되는 자녀가 있는 본처에게로 돌아가는 것은 어쩔 수 없으나, 다른 여자에게로 간 사실을 도저히 용납할 수 없는 것이다. 그래서 난지 다섯 달이 겨우 지난 경진을 시어머니에게 맡기고 매몰차게 나와 사흘 동안 아무렇지도 않은 것처럼 참으며 지낸다. 그러나, 명혜는 결국 모성애 때문에 참지 못하고 울면서 경진에게 먹이지 못한 젖이 아려오면서 고통에 잠기게 되는 것이다. 그러면서, 이러한 고통을 하소연할 요량으로 친구인 스물 셋에 전쟁미망인이 되어 유복녀 일지를 기르고 있는 소학교 여교사 정이집을 찾아간다. 일지가 먼저 알아보고 나와 반갑게 맞이하면서 정이에게 진아네 아줌마가 왔다고 말한다. 그러면서 남편에 대한 증오심으로 독기가 묻은 자기 눈과는 대조적인 정이의 아름다운 눈을 보면서 십 육칠년 전 일제 말기 여학교 이학년시절 용산에 있는 공병대 근로 봉사에 갔다가 떨어진 군복을 깁고 돌아오는 전차간에서 창 밖에서 두서너살 되는 어린이를 안고 지나가는 전차를 손가락질 하던 일본 여인의 고운 눈길을 떠 올리게 된다. 정이 모녀의 수척한 명혜를 염려하면서 자리까지 깔아주는 따뜻한 모녀의 사랑으로 인하여 명혜는 더욱 갈등한다. 방안의 전쟁 때에 돌아간 일지 아버지의 사진과 밀레의 만종의 그림을 보면서 결국 그는 남편에 대한 증오로 아들 경진까지 희생시킬 수 없다는 결론을 내린다. 그는 '경진인 내 아들이다'라고 절규하면서 가랑비 속을 치달려 아들을 찾으러 가는 것으로 소설은 끝난다. 따라서 「별」에서의 윤씨와는 다른 여인상이다. 남편의 바람기에는 참지 못하여 갈라 설 수 밖에 없지만, 아들은 자기가 키우겠다는 모성애는 가진 신교육을 받은 인테리 여인상을 형상화시킨 작품인 것이다. 모성애라는 전통적이고 원초적인 사랑을 가지고 있으나 바람기 있는 남편은 용서 못하는 여인상은 이 소설이 발표된 59년의 시점에서는 상당히 진취적이로 선구적인 여인상이다. 그리고, 오늘날의 자식을 버리는 비정한 여인들에게 경종을 울릴 수 있는 여인상이기도 하다.

이상과 같이 김보성은 다양한 성격과 가치관의 여성을 주인공으로 한 작품들을 창작한 점에서 한국 여성주의 문학의 1세대로 문학사에 자리매김 할 수 있을 것이다.

4.

다음으로는 김보성의 유일한 작품집인 장편소설 「원다희자전」(1979, 현대문학사)에 대하여 살펴보기로 한다.

이 작품집은 김보성의 회갑을 기념하여 출판한 책이다. 작품집의 후기에 이 책이 나오게 된 경위가 밝혀져 있다. 회갑기념으로 지난날의 발표작을 엮어 보자고 파성이 부인 김보성 여사에게 제안하였다. 가족 사이의 이론을 잠재우고 엮을라고 했으나, 부끄러운 몇 편을 빼고 나니 책 한 권이 되기는 분량이 모자라 신작을 써 보태기도 하고 지리산 대원사에 들어가 삼백여 장의 중편을 쓰기로 작정하였다. 그러나 오래 전부터 소설이 될 수 있는 서너가지 사건을 한데 연결시키다보니 장편이 되어 결국 구작을 엮는 것을 배제하고 한권의 책으로 출판한 것이다.

김보성이 후기에서도 밝히고 있지만, 이 소설을 쓰기 전 그에게는 그녀의 한평생에 가장 충격적인 비극에 휩싸이게 된다. 그의 둘째 아들인 설맹규(1948~1967)가 1967년 지리산 등산길에 급사한 것이다. 파성은 6·8선거에 국회의원으로 입후보하여 한참 선거운동 중이었는데, 그의 그 당시 진주교대에 재학 중이던 둘째 아들 설맹규는 친구들과의 지리산 등산길에 불행한 죽음을 맞은 것이다. 사실 이 둘째 아들이 파성과 김보성의 문재를 닮아 시를 썼으며, 1970년 그의 아버지에 의하여 그가 남긴 작품은 『모독당한 시점에서』라는 유고 시집으로 엮어지기도 하였다. 그런데, 어머니 김보성은 이 충격으로 한 동안 실어증에 걸린 채 고생을 하였다. 그의 소설집 후기에서 밝힌 표현을 빌리면 '사색과 감정이 안개 속에 갇혀 오히려 편했다. 천천히 안개가 걷혀 가기 시작할 때 조금씩 미쳐가는 나를 지켜봐야 했다'라고 회고하고 있다. 이러한 절망 속에 그는 1967년 원불교에 입교하여 깊은 수행의 경지에 이르게 된다. 이러한 일이 있고 난 지 12년이 조금 지난 1979년 그는 회갑을 맞이하게 된 것이다. 앞에서 언급한 대로 파성의 강권으로 그는 지리산 대원사에서 외부와 격리된 채 「원다희자전」을 쓰게 된 것이다. 이 소설의 집필을 십년 훨씬 넘는 절필 기간을 거친 뒤의 작품이자 그가 남긴 유일한 장편이다.

우선 「원다희자전」의 체재를 살펴보기로 한다. 국판으로 반 양장에 비닐 투명카버가 되어 있는 세로쓰기로 인쇄된 서문과 후기를 포함하여 319쪽이나 되는 책이다. 제자는 파성이 직접 그의 독특한 필체와 한자로 「金寶成長篇小說/ 元多喜子傳」 두 줄로 나누어 썼고 표지그림은 당시의 신문소설 삽화가로 이름을 떨친 우경희 화백이 붉은 양장을 한 아름다운 주인공 '원다희자'를 그리고 있다. 장정은 이상철이 하였고 출판사는 현대문학사로 발행일은 1979년 12월 5일이며 정가는 2500원이 매겨져 있다. 뒷표지는 자택 정원에서 뛰노는 손자를 살피는 김보성의 모습이 찍힌 흑백사진 밑에 간단한 약력과 작가 후기를 발췌하여 싣고 있다. 본문의 지질도 미색 모조지로 당시의 출판 수준으로서는 공드린 책이었다.

서문은 소설가 박연희(1918~1990)가 4~6쪽에서 3쪽에 걸쳐 자세히 썼고, 이어서 목차는 Ⅰ, Ⅱ, Ⅲ, 서문, 후기 순서로 되어 있고 목차 뒤에 제자 설창수, 표지화 우경희, 장정 이상철로 밝혀 두고 있다. 소설 본문은 8쪽부터 316쪽까지이고 저자의 후기가 3쪽으로 317~319쪽에 걸쳐 쓰여져 있다.

다음으로는 작품의 내용을 분석해 보기로 한다. 이 작품은 목차에 밝혀져 있듯이 Ⅲ부작이다. 그리고 앞에서 언급한 두 단편처럼 작가 전지적 시점의 서술로 일관하고 있으나 비교적 간결한 문체로 장편소설에서의 지루함을 충분히 극복하는 문체로 쓰여졌다. Ⅲ부작임에도 불구하고 소설 첫머리에는 Ⅰ부가 아닌 일종의 도입액자가 있다. 삼베 고의적삼에 항견을 치고 반가부자로 앉아 눈감고 염주를 돌리는 비구니 요인스님이 젊은 비구니가 치는 범종 소리를 들으며 불경을 암송하고 있는 장면이 전개된다. 스님의 잔주름 곱게 잡힌 눈꼬리에 눈물이 맺힌다. 이 눈물의 의미에 의문을 제기하면서, 그의 세상에서의 첫 이름이자 할아버지가 지어주신 원다희자, 갈기갈기 찢기고 짓밟혀 내던져진 후 기억상실에 시달린 광녀 다희, 그리고 비구니 요인 주지 스님이라는 세 이름이 제시되면서 Ⅰ부로 넘어간다. 이상의 도입액자에서 앞으로 전개될 주인공의 심상치 않은 생애가 암시되고 있다. 소설의 Ⅱ부의 끝부분에서 주인공에게 닥쳐온 가장 큰 불행인 주인공의 가족과 남편과 어린 아들, 가사도우미 금순과 분단된 삼팔선을 넘기 위한 평양에서의 행보에서 남편과 아들이 러시아 군인들에게 살해 당하고 그 자신은 끌려가 성적으로 유린당한 비극을 '갈기갈기 찢기고 짓밟혀 내던져저서 불리운 이름 광녀 다희'라고 상징적이고 암시적으로 표현함으로써 독자의 호기심을 충분히 자극하는 솜씨를 보여주고 있다.

Ⅰ부는 9쪽부터 211쪽까지로 원다희자의 출생기부터 물리적 시간의 순서대로 전개된다. Ⅰ부는 주인공의 출생부터 해방되기 직전 어릴 때 헤어진 아버지와 어머니의 사고 소식을 듣고 그와 그의 남편 송태식과 아들 훈, 그리고 금순과 함께 압록강을 건너는 20년이 넘는 시간 동안의 주인공 다희자에게 벌어진 크고 작은 사건들이 서술되어 있다. 따라서, 이 소설의 도입부부터 전개부까지 긴 줄거리인 셈이다.

Ⅰ부에서 원다희자는 출생부터 보통학교, 여고보, 동경여대 사회학과 유학 그리고 결혼이라는 과정에서 자의식과 민족의식이 강한 여성으로 성격이 부여된다.

주로 원다희자와 당대의 거부이며 조선총독부 중추원 참의로 친일파로 입지를 더욱 굳힐려고 하는 할아버지 원형오와의 갈등이 중심 줄거리이다. 다희자의 부모 원준영과 최명숙은 부모의 반대에도 불구하고 일본 유학시절 만나 결혼하기 전 다희자를 임신하여 어쩔 수 없이 결혼하게 된다. 그러나 다희자를 낳고 5년 동안 아들 즉 손자를 가지지 못하자 이혼과 소실 보라는 부모의 강요와, 세계관 즉 친일의식과 민족의식의 대립으로 원형오가 준 재산을 처분하여 만주로 가 독립군의 자금을 후원할 의도로 장사를 하기 위하여 망명길에 오른다. 원형오는 그러나 의도는 파악 못하였으나 손녀딸을 부모에게 딸려 보내지 않고 친일의식이 투철하게 교육시켜 다희자의 미모와 명석한 두뇌를 내세워 일본 천왕족과 결혼시킬 음모를 꾸민다. 그러나, 다희자는 어린 아이 때부터 자의식이 강하여 일본인이 다니는 심상소학교를 다니다가 보통학교로 전학하고 여학교도 사립 여고보에 진학하며, 대학도 동경여대 사회학과를 택한다. 이러한 자의식 획득에 영향을 끼치는 인물로는 다희자에게 초등학교 5학년까지 어머니 역할을 한 할아버지의 소실 오수연이 있고, 여고보 때의 민족의식이 강한 친구들 특히 영희라는 친구와 그 어머니가 있다. 그리고 대학시적 다희자가 짝사랑한 정경훈과 정경훈의 친구로 남편이 되는 송태식이 있다. 뿐만 아니라 대학교 동창인 대만의 독립운동가 딸인 하란도 중요한 인물이다.

다희자와 원형오의 대립 가운데 가장 극적이고 통쾌한 승리는 일본 유학시절의 해군장성집 하숙으로 통한 일본 천왕족과의 결혼 음모를 그의 할머니의 처음이자 마지막인 할아버지와의 목숨을 건 대결과 친구 영희, 하란, 태식 등의 도움으로 좌절시키는 것이다. 그러는 가운데 원형오는 그의 소원을 이루지 못하며, 결국 손녀 다희자의 뜻대로 대학 졸업 후 사립 중등학교 교원을 하는 송태식과 결혼하여 '훈'이라는 아들을 낳는다.

그러는 동안 원형오는 예전처럼 노골적인 친일행각을 벌이지 못하고,

할머니는 할아버지와의 대결 후유증으로 돌아가고, 할아버지도 다희자의 살 집도 마련하고 유산도 다희자에게 상속한 후 돌아간다. 그러는 가운데 이차대전은 종전으로 치닫는데, 만주 길림성 헌병대에서 다희작의 부모가 화적 떼의 습격을 받아 중태라는 소식을 듣고 어린 시절부터 다희자를 충직하게 보살피는 금순과 그의 남편과 어린 아들 훈이와 함께 압록강을 건넌다. 여기까지의 다희자의 삶은 할아버지와 갈등극복이라는 어려움이 있었으나 그렇게 기막힌 운명은 아니었다.

Ⅱ부에서는 다희자의 삶이 급전직하의 나락으로 떨어진다. Ⅱ부의 시간 전개는 Ⅰ부가 순차적인데 비하여 회상의 기법까지 등장한다. 주로 친구 영희의 입장에서 서술되는 것이 Ⅰ부에 비하여 스토리의 전개가 다양해 진다. 다희자가 길림으로 간 사이 일본은 패망하고 영희는 압록강을 건넌 다희자 일행의 생사를 걱정한다. 그러는 동안 영희에게 나타난 기억상실에 미처버린 다희자를 데리고 금순이 나타난다. 영희는 금순의 회상을 통하여 다희자에게 닥친 엄청난 불행을 알게 된다. 길림성에서의 다희자 부모의 불행은 다희자 부모의 위장 친일에도 불구하고 독립군 자금 지원책이라는 정체를 알게 된 일본 헌병대의 의도된 화적 습격과 간자로 몰린 음모였으며, 그로 인해 다희자 일행이 도착하였을 때에 아버지는 이미 죽었고 어머니도 의식불명의 상태가 되어 있었다. 그런데 더욱 기막힌 것은 병상의 어머니가 자기 어머니가 아닐 수도 있다는 현실이었다. 그런 후 곧 어머니도 죽고 다희자 일행은 서둘러 화장한 유골을 가지고 한반도로 내려왔으나 이미 일본은 패망하고 북쪽은 소련군이 진주해 있는 시점이었다. 천신만고 끝에 평양까지와 삼팔선 부근으로 가는 차편을 마련하려고 노력했으나, 그들 일행이 소련군의 눈에 뜨이게 되고, 그들에게 남편 송태식과 아들 훈은 사살되고, 다희자는 끌려가 소련군에게 집단 성폭행을 당하고 초죽음이 되어 거리로 내던져진다. 불행 중 다행으로 금순이는 무사하여, 겹쳐진 충격으로 기억상실증이 되어 미쳐버린 다희자를 데리고 천신만고 끝에 삼팔선을 넘

어 영희의 고향이자 다희자의 시가 동네인 ㅅ읍으로 온 것이다. Ⅱ부의 전반부는 다희자의 이런 기막힌 운명이 기본 줄거리를 이루고 있다. 후반부는 점순의 다희자에 대한 눈물겨운 헌신과 죽은 아들의 아내이자 며느리를 고치고자 백방으로 노력하는 시아버지의 선량한 모습과 영희 부부의 도움 그리고, 광녀 다희의 일상이 주로 서술되고 있다. 그리고, 다희자를 돌보는 금순이가 사는 송남리를 지나는 6.25전쟁의 모습도 간단히 그려지고 있다. 그러던 어느 날 지나는 미국 짚차에 다희가 부딪치게 된다.

Ⅲ부는 미군의 차에 실려 ㅁ시 큰 병원 응급실로 가면서 시작된다. 어쩌면 이 부분이 이 소설의 절정이라 할 수 있다. 왜냐하면 교통사고의 충격으로 다희자에게 기억 회복이라는 기적이 일어난 것이다. 말하자면 소련군에 의하여 유린되고 기억상실증과 미치게 된 다희가 미군 짚차에 다쳐 기억이 회복된 것이다. 기억을 회복한 다희는 유산을 정리하여 ㅅ읍 송남리에 할아버지의 아호를 이름으로 한 중고등학교를 세우고 장차 농과대학까지 세울 계획도 하며, 자기를 도와준 사람에게 나누어 주기도 한다. 그런 후 큰 스님이 되어 있는 영희의 어머니 원명스님의 안내로 불가에 귀의하여 수행을 닦는다. 수행기간이 어느 정도 경과한 후 다희자는 요인이라는 법명을 얻는다. 그리고 영희와 금순 등 여러 친지 앞에서 원명 스님에게 조부모와 부모 그리고 남편과 아들 훈이를 위한 절 셋을 지어줄 불사를 부탁하는 것으로 삼부는 끝난다. 마지막 결말 액자는 다시 시간구조가 소설의 첫 부분으로 돌아가 절 셋 짓는 불사도 끝난 시점에서 금화산 연화사에서 범종소리를 듣고 희열을 느끼는 요인 스님이 참 나를 찾아 산문을 나서는 것으로 되어 있다.

5.

「원다희자전」은 원다희자라는 일제 강점기부터 남북분단, 6.25라는 격동기에 그 격랑을 몸으로 겪은 인물의 평전 형식의 장편 소설이다. 그리고, 원다희자의 성장과정을 그린 일종의 여성 성장소설이다. 물론 비교적 짧은 시간에 집중적으로 쓰여졌기 때문에 인물들의 성격 부여를 서둘고 있는 단점이 있으나, 주인공 원다희자라는 한국 근현대사의 불행을 헤쳐나간 문제적 인물의 형상화하는 상당한 성공을 거두고 있다.

비록 남자 등장인물은 할아버지 원형오를 제외하고는 성격과 가지고 있는 세계관과 그들 통한 상징성 부여는 크게 성공하지 못하고 있으나, 여성들은 대부분 성공하고 있다. 할머니, 오수연, 금순, 친구 영희, 영희 어머니 등 주요 인물들이 개성적이면서 각각 그 역할을 충분히 하고 있으며 세대와 신분을 대변한 인물들이라고 볼 수 있다.

따라서, 여성주의를 충분히 구현하였다고 볼 수 있다. 이러한 작품이 79년에 쓰였기 때문에 그 당시 문단에 크게 부각되었다면 작가로서의 김보성은 이 한 편의 소설로 문학사에 한국적 페미니즘 작가의 선구자로 그 위상이 마련될 수 있었을 것이다.

친일파의 손녀가 친일의 멍에를 쓰지 않고, 그러면서도 할아버지까지 용서할 수 있으며 남편과 아들은 동시에 잃고 자기의 정절까지 빼앗긴 삼중고를 불가에 입문함으로써 이겨내는 점에서 이 소설은 불교적 세계관을 바탕으로 쓰여진 소설이라고 볼 수도 있다.

소설가 박경리의 시 쓰기와 진주 체험

1.

한국을 대표하는 소설가 가운데 김동리(1913~1995)와 황순원(1915~2000) 그리고 박경리(1926~2008) 세 사람이 시를 썼다. 김동리의 경우 1934년 조선일보 신춘현상 모집에 시 「백로」가 당선되었다. 물론 그전에도 신문과 잡지에 시를 발표한 일이 있었다. 그러나 문단에 데뷔한 것은 「백로」가 처음이다. 이듬해 조선중앙일보 신춘현상모집에 소설 「화랑의 후예」가 당선되어 소설가가 된다. 그런 후에는 소설창작에 주력을 기울인다. 그러나 1973년에는 시집 『바위』, 1983년 시집 『패랭이꽃』을 간행하였고 만년에 쓴 시를 유고로 남기고 있다. 황순원의 경우는 1931년 《동광》에 시 「나의 꿈」을 발표하면서 활발한 시작 활동을 한다. 1934년에는 와세다 제2고등학원 재학 중 도쿄에서 첫 시집 『방가』를 간행하였고, 1936년 와세다대학 문학부 영문과에 입학하면서 제2시집 『골동품』을 간행했다. 소설은 1937년 첫 단편 「거리의 부사」를 발표하고, 해방 이후 본격적인 소설가의 길로 들어선다. 황순원 역시 간간이 시를 썼으며 1970년 이후에는 시를 자주 썼다.

박경리(1926~2008)의 경우 2000년 나남출판사에서 간행된 그의 시집 『우리들의 시간』 서문에 의하면 그는 일제강점기 말인 진주여자고등학교(그 당시 이름은 진주고등여학교 1945년 17회로 졸업) 다니던 시절부터 시를 썼다는 사실을 밝히고 있다. 그리고 1953년 서울에서 신문사와 은행에 다니면서 습작하였고 1955년 김동리 소설가에게 처음으로 가져갔던 작품도 소설이 아니라 시였다고 한다. 그러나 김동리 작가의 추천으로 《현대문학》에 1955~56년 단편 「계산」과 「흑흑백백」이 추천되어 소설가가 되었다. 그러나 문단 데뷔 후에도 소설 특히 장편소설 창작에 주력하면서도 꾸준히 시들을 발표하여 시집 『못 떠나는 배』(1988, 지식산업사), 『도시의 고양이』(1990, 동광), 『자유』(1994, 솔), 『우리들의 시간』(2000, 나남)과 유고시집 『버리고 갈 것만 남아서 참 홀가분하다』(2008, 마로니에북스)를 남기고 있다.

2.

여기서 박경리의 시 쓰기의 특성에 대하여 살펴보기로 한다. 박경리는 일제강점기인 1926년 음력 10월 28일 경남 통영시 명정리에서 태어나 1941년부터 1945년까지 진주여자고등학교의 전신인 진주고등여학교에 다님으로써 진주와 인연을 맺었다. 우선 박경리가 그의 시집 서문에서 밝힌 시작을 하는 까닭에 대하여 인용하여 보기로 한다.

> (가) 견디기 어려울 때 시는 위안이었다. 8·15해방과 6·25동란을 겪으면서 문학에 뜻을 둔 것도 아닌 평범한 여자가 어려운 시기를 통과하여 살아남았고 희망을 잃지 않았던 것은 어쩌면 남몰래 시를 썼기 때문인지 모른다.
>
> (첫 시집 『못떠나는 배』, 1988, 지식산업사 「自序」)

> (나) 시를 쓴다는 것은 큰 위안이었다. 자정적自淨的 과정이기도 했다. 인간으로서의 존엄을 송두리째 빼앗겼던 저 옛날 일제시대 학교라는 조직 속에서 몰래 시를 쓴다는 것이 유일한 내 자유의 공간이었고 6·25 고난의 세월 속에서 나를 지탱하는 버팀목이 되어주기도 했다.
>
> (제4시집 『우리들의 시간』, 2000, 나남, 「自序」

(가)과 (나)은 12년이라는 세월의 차이는 있으나 일관되게 박경리는 시에서 위안을 얻었다고 하고 있다. 즉 위안으로서의 시 쓰기를 지속하고 있다고 볼 수 있다. 다만 (가)는 해방 이후에 초점을 맞추고 있으나 (나)는 일제강점기 학창시절부터의 시 쓰기로 확대하고 있다.

박경리의 삶은 고난의 연속이었다. 불행한 출생과 성장 그리고 결혼 직후 남매를 남기고 6·25전쟁의 와중에 좌익으로 몰려 수감 생활을 하던 남편의 죽음, 어린 아들의 병사, 억울하게 고향 통영 일부 시민들과 시가로부터의 버림받음, 사위 김지하의 수감 등 아마 한국 여성으로서는 둘째가라면 억울할 정도의 시련이었다. 이러한 삶에도 불구하고 그는 문학사에 남을 소설, 특히 장편소설을 많이 남겼다. 특히 1969년 쓰기 시작하여 발표 지면을 여러 곳 옮기면서 1994년 완성한 대하소설 「토지」는 그야말로 불후의 명작이 되었다. 그러나 글쓰기이면서 동시에 경제적 방편이 된 신문 연재소설 쓰기 등 장편소설 쓰기에서는 자신의 삶에 대한 감정적 표출이나 현실과 사물에 대한 느낌이나 견해에 대하여 직접 진술할 수는 없었다. 즉, 오로지 소설 속의 주인공을 비롯한 등장인물들의 삶에 매이게 만들었다. 특히 「토지」 쓰기의 어려움과 완성해야 한다는 사명감으로 인한 중압감이 있었다는 점은 앞에서 인용한 첫 시집 「자서」에서 밝히고 있다. 따라서 박경리가 시를 위안으로서의 글쓰기라고 한 것은 자신의 역경 속의 삶과 소설 쓰기의 중압감에서 벗어나는 위안을 얻을 수 있다는 측면이 강하다고 볼 수 있다.

박경리가 원주라는 공간에 1980년부터 작고하는 2008년까지 머물게 된 것도 이러한 기구한 삶 가운데 하나인 고명딸 김영주(1946~2019)의 남편 김지하(1941~2022)의 수감 생활과 연관이 있다. 김지하는 1964년 대학시절 한일회담반대 투쟁으로 인한 투옥에서 시작된 투옥은 1970년 5월호 《사상계》에 발표한 그 당시의 한국사회의 지도층의 비리를 풍자한 담시譚詩 《오적五賊》 사건으로 다시 투옥된다. 1974년에는 민청학련 사건으로 투옥, 사형선고의 과정을 거쳐 1980년 형집행정지로 석방된다.

이러한 투옥과 석방 그리고 형집행정지 등의 사건에서 김지하를 적극적으로 도우고 보호해준 사람들의 핵심인물이 그 당시 가톨릭 원주 교구장인 지학순(1921~1993) 주교이다. 그래서 김영주와 김지하 부부와 박경리가 정착한 곳이 원주이다. 그곳에서 박경리는 『토지』 집필에 전념하였으며 두 부부는 그 뒷바라지에 열과 성을 다했다. 김영주는 박경리가 작고하자 토지문화재단 이사장을 이어받아 많은 활동을 하다가 2019년 11월 25일 향년 73세로 작고했다.

나는 겁쟁이다
성문을 결코 열지 않는다

나는 소심한 이기주의자다
때린 사람은 발 옹그려 자고
맞은 사람은 발 뻗고 잔다는
속담을 믿어왔다

무기 없는 자 살아남기 작전
무력함의 위안이다
수천 번 수만 번
나를 부셔버리려 했으나
아직 그 짓을 못하고 있다

변명했지
책상과 원고지에
수천 번 수만 번
나를 부셔버리고 있노라

그러나
알고 보면 문학은 삶의 방패
생명의
모조품이라도 만들지 않고서는
숨을 쉴 수 없었다

나는 허무주의자는 아니다
운명론자도 아니다

－「문학」 전문

이 작품은 박경리의 시 가운데 유일하게 〈문학〉이라는 그의 글쓰기가 직접적으로 제목이 된 작품이다. 첫째 연과 둘째 연에서는 그의 소심하고 내성적인 성격에 대하여 진술하고 있다. 그는 소심하기도 하고 피해자라고 인식하고 있다. 그러나 피해의식을 속담을 인용하면서 극복하고 있다. 그러나 셋째 연에서는 자학적인 삶에 대한 자세를 보이고 있다. 아마 앞에서 열거한 불행한 삶에 대응하는 그의 자세이기도 하고 그가 가지고 있는 행복을 추구하고자 하는 욕망이라고도 볼 수 있다. 어떠하든 그 결과는 고통일 것이다. 드디어 넷째, 다섯째 연에서 이러한 절망과 고통을 벗어나기 위하여 '생명의 모조품'인 문학을 한다고 진술하고 있다. 여기서 '문학'을 '생명의 모조품'이라고 인식한 것은 남의 삶을 형상화하는 '소설 쓰기'를 염두에 둔 것이다. 그는 정상적인 사고로서는 숨조차 쉴 수 없는 현실에서의 절망극복의 수단으로 '문학'을 택하였으며 그러한 작품 생산의 보람으로 그는 허무주의자와 운명론자라는 부정적 세계관을 극복하게 되었다고 보고 있다. 그는 결국 '문학'을 통하여 절망도 극복하고 생활의 방편도 된 것이다. 이렇게 그는 문학 자체를 그 자신의 살아온 존재 이유라고 본다. 즉, 소설 쓰기가 때로는 중압감을 주었지만 궁극적으로는 문학적 글쓰기가 절망극복의 원동력이 되고 삶의 가장 큰 위안이 되었다는 것을 시로써 밝히고 있다.

3.

다음으로는 그의 시 속에 나타나 있는 진주라는 공간에 대하여 살펴보기로 한다. 앞에서도 언급했지만 박경리가 경험한 진주는 1941~45년이라는 일제가 마지막 발악을 하던 진주고등여학교 시절의 공간이다. 그의 동기생 박산매 시인의 회고에 의하면 그는 1944년 졸업반 때 기숙사 연극발표회에 참여하였으며 연극 대본도 직접 집필하였다고 한다. 말하자면 그 시절부터 작가로서의 자질을 발휘하고 있다.

박경리의 시 가운데 진주가 배경인 시는 제2시집 『도시의 고양이들』(1990, 동광)에 수록된 시 「미친 사내」가 유일하다. 그리고 진주라는 지명이 나오는 시는 유고시집 『버리고 갈 것만 남아서 참 홀가분하다』(2008, 마로니에북스)에 수록된 「친할머니」가 역시 유일하다.

> 옛날에
> 또개라는 미친 사내가
> 진주에 살았다
>
> 가는 사람 오는 사람
> 길 막고 서서
> 앞, 앞이 말 못한다, 하며
> 가슴치고 울던 사내
>
> 갈래머리 소녀 적에
> 보았던 일
> 비 오는 날

나를 사로 잡는다

그는 새가 되었을까
앵무새가 되었을까
그는 꽃이 되었을까
달맞이꽃이 되었을까

—「미친 사내」 전문

이 시는 경상대학교 명예교수인 강희근 시인에 의하여 2014년 8월 11일 자 《경남일보》의 「경남문단, 그 뒤안길」(308)에 이미 자세히 소개되었다. 박경리가 1940년대 진주에서 본 미친 사람 '또개'는 강희근 시인은 진주중학교 1학년 시절인 1955년 중앙로타리 근처에 있던 시외버스 터미널에서 '함양, 산청, 안의, 거창'을 외쳐대던 그 또개라고 한다. 필자는 그 또개를 1959년 진주고등학교 1학년 때 그 자리에서 보았다. 모습은 기억나지 않지만 어설픈 발음으로 '함양, 산청, 안의, 거창 가요'를 외쳐대던 그 목소리는 아직도 귀에 생생하다. 특히 안의를 그냥 '아니'로 발음하여 '함양과 산청은 아니 가고 거창만 간다'는 것인가 하고 속으로 웃었던 사실까지 기억난다. 진주와 인연이 있는 사람들에게 '또개'는 이렇게 강렬한 기억으로 남아 있다. 박경리 역시 1940년대의 젊은 '또개'를 근 50년이 지난 1990년대까지 기억하고 있다.

박경리의 이 시 속에서 '또개'는 '말 못한다'하며 오가는 사람들의 길을 막고 가슴을 치며 울던 사내로 남아 있다. 그런데 이러한 또개의 행위는 그 당시 즉, 1940년대 전반의 일제강점기 말 상황을 상징적으로 보여주고 있다. 1940년부터 실시한 창씨개명, 조선어 사용금지, 1941년 12월 7일 진주만 일본군 기습으로 시작된 태평양전쟁 등 정말 숨 막히는 현실이었다. 그래서 말 못하며 답답해하는 '또개'가 각인 된 것이라고 생각해 볼 수 있다. 박경리는 이러한 미친 사내 '또개'가 말하는 '앵무새'와 밤에 피기 시작하는 신비로운 '달맞이꽃'이 되기를 소망한다. 말하자면 보잘 것 없는 사람을 사랑하여 신비화하고 있다. 이러한 태도를 통하여 박경리의 휴머니티를 상황의식과 더불어 엿볼 수 있다.

그러니까 그때가……여름이었다
아버지가 운영하는 새터 차부에 갔다
통영서 생선을 싣고 진주에 가면
진주서는 과일 싣고 통영으로 오는 화물자동차의
통영서는 유일한 화물자동차 차부였다
살림집이 딸려 있었다
월사금 낼 돈 없었던 것도 아니었는데
어머닌 월사금 받아 오라고
곧잘 그곳으로 나를 내몰았다
일종의 핑계였던 것이다
아버지는 부재중이었고
아버지와 혼인한 젊은 여자 기봉이네가
아이를 안고 부채질을 하고 있었다
그는 올곧잖은 눈으로 뭣하러 왔느냐고 물었다
당신에게 볼일이 있어 온 게 아니라는 응수에
기봉이네는
동무들과 함께 차부 앞을 지나면서
나를 작은 엄마라 했느냐 하며 따졌고
나는 악다구니를 했다
노발대발한 기봉이네는
내게 부채를 던졌고
그것이 내 얼굴을 치고 땅에 떨어졌다
그길로 나는 소리 내어 울면서

큰 집으로 갔다
그년이 감히 누굴 때려!
할머니 일갈에 집안은 온통 난리가 났다
부산에 출장 갔다 온 아버지는
차부로 달려가서 기봉이네를 매질하고
양복장 서랍을 모조리 끄내어
마당에서 불을 질렀다고 했다
그 후
기봉이네는 깍듯이 내게 예절을 지켰다
할머니가 내 편을 들어준 것도
그때가 처음이자 마지막이었다

–「친할머니」 전 7연 가운데 6연

인용한 부분은 친할머니에 대한 기억 몇 가지를 7연 95행으로 형상화한 긴 시「친할머니」 가운데 가장 중심적인 에피소드 6연이다. 이 시에 진주가 등장하게 되는 까닭은 그의 아버지가 통영 유일의 화물차 차부를 운영했는데 그 화물차들이 진주와 통영을 오가며 해산물과 과일을 유통시키는 곳이었다. 그래서 진주가 등장하는데 이러한 아버지의 사업하는 연고가 진주였기 때문에 박경리는 통영보통학교를 1941년에 졸업하고 진주고등여학교로 진학하게 된다.

이 시 6연의 주된 줄거리는 아버지의 젊은 작은 마누라와 본처의 딸인 박경리의 갈등이다. 오늘날의 입장에서 보면 용납되지 않는 가족관계이지만 작은 어머니라고도 불리지 못하면서 숨죽이고 사는 첩과 본처의 딸을 핍박하였다고 첩을 매질하는 아버지 그리고 첩 앞에 당당하게 나설 계기를 마련해 준 할머니 등에 대한 박경리의 인식의 차이가 다소 드러나고 있다. 이 친할머니는 해방 직후까지 80세를 넘긴 장수를 하였다고 이 시에서 밝히고 있다. 해방 직후 할머니 돌아가시고 난 뒤 갑자기 화재가 발생하여 아버지가 유일하게 건진 나비장석의 농짝을 아버지로부터 물려받아 소중하게 간직하고 있는 박경리의 자세에서 한국 여인들의 고난 속에서도 어엿하게 살아간 모습을 발견하게 된다. 뿐만아니라 자기 자신의 부끄러운 가족사도 담담하게 밝히는 박경리의 만년의 모습도 엿볼 수 있다.

4.

이상으로 박경리의 시를 쓰는 까닭과 진주 체험이 반영된 작품 2편을 간략히 살펴보았다. 이를 계기로 박경리의 시뿐만 아니라 김동리 그리고 황순원의 시에 대한 본격적인 글쓰기를 해볼 수 있는 기회가 오기를 기대하고 지금까지 모아 온 자료에다 더 많은 자료들을 모아보기로 한다.

제3부

한국 각 지역 현역 시인들의 작품세계

홍문표 시인의 신앙시의 특성
-지상의 시학에서 천상의 시학으로

1.

홍문표(1939~) 교수만큼 부지런한 분은 없다. 그의 글에 의하면 그의 30년이 넘는 교수 생활 중에 거의 쉴 사이 없이 크고 작은 보직을 했다. 보통 보직을 하면 학문을 소홀히 하는 경우가 대부분이다. 그러나 홍 교수의 경우 그렇지 않다. 그는 시인과 비평가를 겸하면서 수많은 시학 이론서와 평론집 그리고 시집을 발간하였으며 출판사를 가지고 계간지를 지금까지 발간하고 있다. 그리고 여러 학술단체의 대표와 심지어 한국문인협회 부이사당에 당선되기도 했다. 그리고 정년퇴임 후에는 지역 전문대학교의 총장 공채를 응모하여 여러 해 총장으로 봉사하기도 했다.

그는 강릉의 관동대학 교수 시절인 1974년《시문학》4월호에「간이역 주변」(문덕수 추천)과 1977년 3월호에「囚人과 바다」(김종문 추천)로 추천 완료하면서 30대 후반에 시인으로 데뷔하였다. 그는 1963년부터 중등학교 교사를 하면서 시 쓰기와 동시에 시 이론 공부를 통하여 그 나름의 시학 확립에 힘을 쏟았고, 비평 작업을 겸하는 길을 걸었다. 뿐만아니라, 그는 1회 추천작「간이역 주변」부터 그 만의 독특한 시세계를 확립하기 시작하였다. 더욱 그는 작품 하나하나 오랜 사색의 과정을 거치는 과작의 시인이었다. 그의 추천완료 작품이자 첫 시집의 제목인「囚人과 바다」는 그의 자작의 변에 의하면 강릉 관동대학 교수 시절 3년 동안 경포 바닷가를 거닐면서 바다에 대한 존재론적 사유 과정을 통하여 완성된 작품이다. 그는 1979년에는 1971년부터 시작한 관동대학 교수에서 모교인 명지대학교 국문과 교수로 자리를 옮겨 1981년 교무처장을 맡아 종합대학교 승격의 주역이 되기도 하는 등 많은 보직을 맡아 모교 발전에 기여하였다. 뿐만 아니라 개인적으로는 출판사 양문각를 설립해 그곳에서 그의 첫 시집 『囚人과 바다』를 데뷔한지 12년이 지난 1989년 3월 1일 엮었다. 1990년에는 계간지 《창조문학》을 창간하여 지금까지 발간하고 있다. 그의 첫 시집은 제목에서도 암시되는 바와 같이 갇힌 자 즉 '囚人'이라는 인간의 실존을 깨닫고 갇힘으로부터의 해방을 '바다'라는 열린 공간을 통하여 모색한 작품들로 채워진 시집이다. 이어서 제2시집은 바다에서 강으로 역류하여 연작시이자 강을 연모하는 연가풍의 시집 『지상의 연가-늘 푸른 강물이듯이』를 1992년 2월 10일 엮었다. 제3시집은 시적 제재를 강에서 靑山으로 옮겨 『나비야 청산가자』를 1997년 11월 30일에 엮었다. 이렇게 세 권의 시집을 낸 후 1999년 10월 25일에는 시선집 『당신이 당신일 수 있다면』을 엮기도 했다. 세 권의 시집과 한 권의 시선집을 내면서 바다에서 강 그리고 청산으로 옮겨간 그의 시세계를 '에덴의 시학'으로 규정하고 평론집 『에덴의 시학』(1999) 엮기도 했다. 그의 그 동안의 시 세계는 바다에서 강으로 다시 산으로 옮겨간 지상의 에덴 찾기라고 그 자신은 피력하고 있다. 필자가 보기로는 그의 지상에서 에덴 찾기는 오랜 모색과정을 거쳤지만 결국 인간들이 가지고 있는 원죄 때문에 낙원상실로 끝나게 되었다고 볼 수밖에 없다.

이때에 만난 사람들이 한국크리스천문학회 회원들이 중심이 된 열두시인 동인이다. 그 창간동인을 열거하면 다음과 같다. 김석, 김소엽, 김지원, 김지향, 박이도, 신규호, 양왕용, 엄창섭, 이향아, 정선기, 허소라, 홍문표(가나다 순) 등이었다. 1999년 7월 15일부터 신앙시집을 1년에 한 권씩 내게 된다.

2.

열두 시인의 동인들은 그 창간호를 신구약 66권을 12 시인이 고르게 분배하여 한 권을 한 편의 시로 형상화하여 제목을 『새 예루살렘의 노래』라는 제목으로 역시 홍 교수의 출판사 양문각에서 내게 되었다. 홍 교수는 맨 마지막에 베드로 전, 후서, 요한 일, 이, 삼서, 유다서, 요한 계시록 등 7편을 발표하였다. 그 후 『예수 그리스도』(2000년 12월, 창조문학사)에 6편, 『시와 찬미로 여는 아침의 노래』(절기시집)(2001. 12, 쿰란출판사)에 13편, 『신령한 노래로 화답하라』(행사시)(2002. 12, 도서출판 한글), 에 8편, 『외투 한 벌』(2003. 12, 도서출판 한글)에 6편, 『성경 속의 여인들』(2005. 3, 창조문학사)에 4편, 『그 날의 십자가』(2008. 3,창조문학사)에 12편 『참 아름다워라 주님의 세계는』(2009, 창조문학사)에 5편 등을 발표하였다. 10년 동안 8권의 동인지를 발간했다. 그 가운데 5권을 홍 교수 출판사인 양문각과 창조문학사에서 발간하였으며 홍 교수는 그곳에 총 61편의 시를 발표하였다. 뿐만 아니라 한국기독교문학선교협회를 조직하여 계간지 《말씀과 문학》을 2015년 겨울까지 34권이나 발간하였고 지금은 계간지 《창조문학》과 합병하였다. 이렇게 홍 교수는 기독교 신앙시 창작 운동에도 활발하게 참여하였다. 정년 후에는 서울기독대학원 박사과정을 입학하여 수료하고 신학박사학위를 받았으며 2005년 10월에는 660쪽에 이르는 방대한 『기독교 문학의 이론』과 그의 박사논문을 보완한 『신학적 구원과 시적 구원』을 책으로 내었다. 그리고 한국문인교회를 설립하여 문학설교 분야를 개척하고 있다.

그 동안 발표한 신앙시를 바탕으로 다섯 번째 시집이자 전자시집인 『십자가 십자가』 그리고 두 번째 신앙시집이자 여섯 번째 시집 『시몬아 네가 사랑하느냐』를 전자시집으로 내고 2018년 한국최대 개인 전자문학관인 《홍문포전자문학관》에 탑재를 하였다. 이상의 두 권의 전자 신앙시집을 홍문표문학전집-시집 총서 9 홍문표 신앙시 전집 『옥합을 깨뜨리고 』로 묶어 탑재하였다. 그래서 필자에게 그 해설을 부탁하여 이렇게 글을 쓰게 되었다.

신앙시 전집 『옥합을 깨뜨리고』는 앞서 열거한 열두 시인 동인지뿐만 아니라 문학선교 계간지 《말씀과 문학』에 꾸준히 발표한 작품들과 한국 문인교회 예배나 행사에서 발표한 절기시와 행사시 등 방대한 양이 편집 되어 있으며 열두시인 동인 작품의 경우 거의 전 작품이 새로 개작되어 있다는 사실을 발견하고 새삼 홍 교수의 부지런함과 신앙시에 대한 애착에 존경을 표하지 않을 수 없었다. 그러나 이 방대한 시집을 읽고 나서 필자는 그 작품 전모를 밝힌다는 것은 거의 불가능하다는 사실을 깨달았다.

우선 목차를 일별하면 총 11부로 나누어 140편의 작품이 편집되어 있다. 그 가운데 가장 핵심적인 작품이 어느 부분인가는 홍 교수의 전집에 탑재되는 그의 시론 가운데 신앙시에 대한 언급에서 찾아 볼 수밖에 다른 방법이 없었다.

> 정말 진정한 구원이란 무엇인가? 그것은 유한의 존재가 무한의 존재가 되는 것이다. 불가능한 존재가 가능한 존재가 되는 것이다. 그런데 무한성이나 가능성은 오직 초월자인 신에게만 있는 것이다. 따라서 신의 무한성과 가능성을 믿고 그 능력에 의지하여 인간의 유한성과 불가능성을 벗어나고자 하는 것이 종교의 세계요 그것만이 가장 확실한 구원이 되는 것이다.
>
> 궁극적인 구원이나 영원한 행복은 인간 스스로 해결할 수 있는 영역이 아니기 때문이다. 그것은 인간 밖의 존재, 인간보다는 온전하고 무한한 존재만이 가능한 영역이기 때문이다. 여기서 나의 시학은 영성의 시학, 신적인 구원의 시학으로 비약하게 된다. 포(Poe)는 모든 예술은 음악으로 돌아간다고 했지만 나는 모든 예술은 마침내 감성이나 지성에서 영성인 초월을 토한 구원의 세계로 돌아가는 것이라 생각했다.
>
> 그 첫 번째 신앙시집이 나의 다섯 번째 시집 『십자가 십자가』였다. 따라서 이 시집은 절대자와의 관계를 회복하기 위한 가장 확실한 징표로서 먼저 십자가의 존재 의미를 생각하고 바울의 회심과 사도적 사명감,

> 그동안 한국문인교회에서 설교한 시적 설교의 주제시, 행사시 등을 함께 엮었다.
>
> 두 번째 신앙시집은『시몬아 네가 나를 사랑하느냐』다. 이 시집에서는 그리스도의 십자가를 통한 구원을 고백했음에도 흔들리는 인간 베드로의 신앙과 부활 후 그리스도를 다시 만나 최후의 결단을 하게 되는 사도 베드로를 통하여 신적 구원의 길이 얼마나 지난한 것인지를 확인하고 빚되신 주님의 은혜를 온몸으로 체험하면서 구원을 향해 가는 자의 삶과 믿음에 대한 고백과 다짐을 하고자 한 것이다.

이상의 언급을 바탕으로 우선 필자는 〈제4부 십자가 십자가〉를 주목하기로 하였다. 여기에서 홍 교수는 2008년 열두 시인 동인지『그날의 십자가』에 발표된 작품을 개작하고 몇 작품 첨가하여 수록하고 있다. 모두 16편이 수록되어 있는데 예수님이 제자들과 환호하는 무리들로부터도 버림받아 골고다 언덕에 매달리는 시간에서 못 박히는 과정과 십자가 위에서 말씀하신 일곱 마디 말씀들이 각각 독립된 작품으로 창작되어 있다. 그리고, 〈제5부 사울아 사울아〉 역시 주목하지 않을 수 없었다. 이곳에는 바울의 생애와 신앙이 다마색 도상에서 회심부터 최후까지를 6편의 연작시에 단편적으로 형상화 되어있다. 그리고 마지막으로 두 번째 신앙시집『시몬아 네가 나를 사랑하느냐』의 핵심인 베드로 신앙고백과 갈등 그리고 순교 등을 〈제6부 시몬아 네가 나를 사랑하느냐〉를 통하여 주목하고자 한다. 여기에는 사도 베드로 연작시 6편과 가롯유다 시편 2편 그리고 다른 2편으로 편집되어 있다. 따라서 결과적으로 11부 가운데 4, 5, 6부만 중점적으로 주목하게 되었다.

3.

〈제4부 십자가 십자가〉에 엮어진 십자가 시편에 대하여 살펴보기로 한다.

무지한 흉계는
진실을 가리운
눈먼 자들의 후회가 되고
지상의 허망은 마침내
평화의 등뼈를 후벼대는
창끝이 되는 것

살인범을 놓아 주고
결백을 정죄하는 배반이여
빌라도는 세 번 손을 씻고
무리들은 어린양의 피를 부른다

머리에 가시 면류관
침을 뱉고 조롱하고
살은 찢기고
등에는 천근의 십자가
골고다 언덕
그 아스라한 일천계단

피를 쏟으며
물을 쏟으며
죽을 목숨 등에 지시고
세상의 모든 목숨 등에 지시고
나의 목숨도 당신 등에 지시고

한 계단 오르시고

하늘을 보시고

한 계단 오르시고

땅을 보시고

불쌍한 저들의 배반을 보시고

날마다 배반하는

내 슬픈 영혼을 보시고

―「배반의 십자가」 전문

이 작품은 공간복음서에 모두 기록되어 있는(마태 27장 11~31절, 마가 15장 2~15절, 누가 23장 3~5절과 13~25절, 요한 18장 33절~19장 16절) 빌라도가 예수님을 재판한 후 그의 양심과는 관계없는 판결을 하고 십자가에 못 박히게 넘긴 후, 예수님이 골고다 언덕까지 십자가를 등에 지시고 끌려가는 사건이 배경이 된 작품이다. 빌라도는 심문 후 예수님의 죄 없음을 인지하였으나 민란이 두려워 양심에 반하는 판결을 내린 후 세 번 손을 씻었다고 기록되어 있다. 말하자면 다분히 정치적 판결을 내렸던 것이다. 이러한 상황을 홍 교수는 한 마디로 '배반의 십자가'로 규정하고 있다. 이 배반은 전 날 나귀타고 예루살렘 입성하는 예수님을 환호하다가 표변한 오히려 살인범을 놓아주라고 외치는 군중이나 로마 병정에게 넘긴 유다와 예수님의 제자임을 세 번 부인한 베드로를 비롯한 열 두 제자들 모두에게 해당되는 배반이다. 그런데 성지순례를 가보면 빌라도의 재판정 자리에서 골고다 언덕까지의 800m에 이르는 고갯길 양쪽에 촘촘히 세워져 있는 갖가지 교단의 기념 교회와 성지순례자들에게 물건 팔기 위해 붐비는 상인들로 인하여 또 다른 배반을 느낀다고 한다. 그래서 그 자리에서 오늘날 우리의 죄까지 지고 가신 예수님의 은혜를 느끼기가 어렵다고 한다.

이 작품의 전반부 3연은 예수님 재판의 부당성과 정치성을 비판하는 홍 교수의 세계관이 응축되어 있다. 말하자면 예수님 당대의 시대상이나 현실을 바탕으로한 지상의 시학이다. 만약 여기서 이 시가 끝난다면 이 시는 신앙적이 아닐 수도 있다. 넷째 연에서 예수님이 지신 십자가는 '세상의 모든 목숨'과 '나의 목숨'으로 치환된다. 이렇게 예수님은 인류의 구원과 시적화자 '나' 즉 홍 교수를 구원하기 위해 십자가를 지셨고 십자가 위에서 돌아가신 것이다. 말하자면 이 부분부터 천상의 시학이다. 그리고 다섯째 연에서 예수님의 행보 하나에다 의미를 부여한다. 즉 하늘과 땅까지 살피신다. 말하자면 예수님의 신성과 인성까지 형상화 한다. 뿐만 아니라 그 당대의 배반하는 무리도 보신다. 그러나 이러한 당대에서 현재 지금의 화자 '나' 즉, 날마다 신앙고백 함에도 불구하고 날마다 배반하는 '나' 그것도 '슬픈 영혼'을 등장시켜 나의 불완전성까지 회개한다.

홍 교수의 지상의 시학에서 천상의 시학으로 상승하는 구조는 십자가 시편의 곳곳에서 나타나고 있다. 그 가운데 두드러진 부분을 인용하면 다음과 같다.

> 거짓이 망치질 한다
> 욕망이 망치질 한다
> 율법주의가 망치질 한다
> 온갖 이기주의가 망치질 한다
> 나의 어리석음이 망치질 한다
>
> －「생살에 못을 박는다」 여섯 째 연

> 피를 쏟고
> 물을 쏟고
> 남은 것은 마지막 죽음의 문턱

물 한 모금 축일 수 없는 땡 볕의 허공에서
사막처럼 타고 있는 육신의 외마다

"내가 목마르다'

내장까지 타버린 당신의 목쉰 절규가
지금도 내 골수를 후비고 있습니다

—「내가 목마르다」 끝 부분

이상의 인용 시처럼 십자가에 예수님을 못 박는 것은 그 당대의 사람들만이 아니고「생살에 못을 박는다」에서와 같이 화자 '나'의 어리석음이 지금도 못 박을 수 있다는 현재성을 획득하면서 동시에 홍 교수 자신의 어리석음을 참회한다. 뿐만 아니라「내가 목마르다」의 끝 부분에서 예수님의 절규를 '지금도 내 골수를 후비고 있습니다'라고 자기화 하고 현재화 한다.

다음으로는 홍 교수에게 사도 바울은 어떠한 존재인가에 대하여 〈제5부 사울아 사울화〉에서 살펴보기로 한다. 사도 바울 연작시는 우선 사도 바울의 위대하고 방대한 생애를 6편을 응축했다는 점에서 그 특성이 있다. 다른 한편으로는 홍 교수뿐만 아니라 많은 기독시인들이 두고두고 천착해볼 인물이다.

용광로처럼 뜨거운
당신을 향한 믿음의 열정이여
영원한 생명의 언약은
죽음보다 강한 것

팍스로마의 무서운 권력이
그대 손발을 묶고
마침내 목을 잘라
그 붉은 피를 거리에 뿌렸을지라도
그대 감옥에서 보낸
피로 쓴 복음의 절절한 문자들

로마서 고린도서 갈라디아서 에베소서 빌립보서
골로새서 데살로니가서 디모데서

문자마다 활활 타는 성령의 불길이여
믿음이여 소망이여 사랑이여
그 뜨거운 사랑의 노래는
오히려 로마의 권력을 무너뜨리고
동방과 서방을 일깨우는 하늘 종소리
오늘은 부끄러운 내 영혼의 눈물이 됩니다

"나의 떠날 시각이 가까웠도다
나는 선한 싸움을 싸우고 나의 달려갈 길을 마치고 믿음을 지켰으니 이제 후로는 나의 의의
면류관이 예비 되었음으로 주 곧 의로우신 재판장이 그 날에 내개 주실 것이며 내게만 아니라
주의 나타나심을 사모하는 모든 자에게도니라"

나도 세상 떠나는 날

당신처럼

선한 싸움을 싸우고
달려갈 길을 마치고
믿음을 지켰으니
내 의의 면류관을 기대하겠노라고 고백할 수 있으면 얼마나 좋을까요

사도 바울 지금도 활활 타는 당신의 믿음이여
꺼지지 않는 말씀의 불길이여

–「달려갈 길을 마치고–사도바울 6」 전문

이 작품은 홍 교수의 〈사도 바울〉 연작시 6편 가운데 마지막 작품이다. 다섯째 연으로 인용되어 있는 성경은 디모데후서 4장 6절 후반절부터 8절까지의 말씀이다. 이 부분은 로마 옥중에 갇혀 처형되기 직전에 쓴 사도 바울의 유언과도 같은 것이다. 사도 바울은 잘 알려지다시피 순교하기 직전 로마 감옥에서 많은 서신을 썼다. 그 가운데 믿음의 동역자요 후계자로 알려진 디모데에게 보낸 두 번 째 편지인 〈디모데 후서〉는 그의 마지막 서신으로 알려져 있다. 이 부분은 뒤에 계속되는 9절부터 18절까지의 사사로운 부탁 19절부터 22절까지의 끝 인사 바로 앞에 위치하고 있다. 따라서 다마섹 도상에서 회심하여 3차에 걸친 전도 여행 그리고 그의 전 사역의 마감 즉, 목잘리는 처형을 통한 순교를 앞 둔 그의 마지막 고백인 것이다. 홍 교수는 이 부분을 인용하는 작품으로 사도 바울의 전 생애를 간결하고 강렬하게 시적으로 형상화하고 있다.

이 작품 역시 역사적 사건으로서가 아니라 홍 교수 자신의 개인적 소망과 현재화의 의지가 충분히 담겨 있다. 넷째 연의 마지막 행 '오늘은 부끄러운 내 영혼의 눈물이 됩니다'라는 부분과 '나도 세상 떠나는 날/ 당신처럼'으로 시작되는 여섯째 연 전체에서 사도 바울의 생애 전체가 홍 교수 자신의 롤 모델이 되고 있다. 그러면서 마지막 일곱째 연에서 사도 바울의 믿음과 말씀 즉 각종 서신에 찬사를 보내고 있다. 이상과

같은 각오로 그는 정년 후 신학박사 과정을 이수하여 신학박사 학위를 받았으며 문인교회를 세워 문학설교에 매진하고 있는 것이다.

마지막으로 〈제6부 시몬아 네가 나를 사랑하느냐〉를 살펴보기로 한다. 여기에서는 〈사도 베드로〉 연작시 5편을 살펴보기로 한다.

시몬 배드로는 갈리리 해변의 어부로 그의 동생 안드레와 같이 예수님의 첫 제자가 된 사람이다.(마태복음 4장 18~22절) 그는 '나를 따라오라 내가 너희를 사람을 낚는 어부가 되게 하리라'(마태4장 19절) 하신 예수님의 말씀에 순종하였던 것이다. 그리고 예수님이 제자들에게 자기 자신에 대하여 물었을 때에 다른 제자들과는 비교가 되지 않을 정도로 '주는 그리스도시오 살아계신 하나님의 아들이시니이다.'(마태 16장 16절) 라고 정확하게 자기의 신앙을 고백하기도 한다. 그래서 그 자리에서 예수님으로부터 '바요나 시몬아 복이 있도다 이를 네게 알게 한 이는 혈육이 아니요 하늘에 계신 내 아버지시니라. 또 내가 네게 이르노니 너는 베드로라 내가 이 반석 위에 내 교회를 세우리니 음부의 권세가 이기지 못하리라. 내가 천국 열쇠를 네게 주리니 네가 땅에서 무엇이든지 매면 하늘에서도 매일 것이요 네가 땅에서 무엇이든지 풀면 하늘에서도 풀리리라'(마태16장 17~19절) 라고 반석이라는 뜻의 베드로라는 이름도 부여받고 천국 열쇠도 부여받아 열 두 제자의 대표로 그 권능을 받는다. 이러한 성경을 근거로 로마에 가면 그가 십자가에 거꾸로 매달려 순교했다고 알려진 자리에 베드로 대성당이 세워져 있고 광장에는 천국 열쇠를 가진 베드로의 전신상이 세워져 있다. 그리고 가톨릭교의 제1대 교황으로 추앙 되고 있다.

베드로는 이러한 굳건한 믿음의 소유자였지만 한편으로 그는 예수님이 로마 병정에게 잡히자 제자가 아님을 새벽 닭이 울기 전 세 번이나 부인한 연약한 자였다.(마태 26장 69~72절). 그리고 로마에서 선교하다가 불타는 로마를 두고 탈출하려다가 환상 중에 예수님은 만나 로마로 돌아가 순교하였다고 알려져 있는 인물이다.

이러한 베드로의 생애와 신앙고백과 연약함 그리고 순교 등을「갈릴리 어부 시몬이여 – 사도 베드로 1」,「너희는 나를 누구라 하느냐 – 사도 베드로 2」,「새벽닭이 울 때마다 – 사도 베드로 3」,「목숨이 그렇게 부끄러운 것인 줄을 – 사도 베드로 4」,「시몬아 네가 나를 사랑 – 사도 베드로 5」,「주여 어디로 가시나이까 – 사도 베드로 6」등에서 주로 시적화자를 직접 베드로로 설정하여 회개하고 때로는 홍 교수가 작품 밖의 직접 화자가 되어 곳곳에 감탄형 종결어미를 사용하여 베드로의 일생과 순교를 찬탄하고 있다. 말하자면 이 시편들에서는 화자의 다양성을 주목할 수 있을 것 같다.

> 시몬 베드로여
> 유언처럼 눈물겨운
> 마지막 사랑이여
> 거꾸로 매어 달린 애절한 십자가여
>
> –「주여 어디로 가시 나이까」7연

이 부분은 홍 교수가 작품 밖에서 화자가 되어 베드로의 순교를 찬탄하는 부분이다. 홍 교수의 시 이 부분처럼 필자 역시 오래 전에 로마에 가서 베드로 대성당 앞에 천국의 열쇠를 들고 서 있는 베드로 전신상을 보면서 베드로의 순교의 현장에서 베드로의 생애와 그 믿음을 생각하지 않을 수 없었다. 그리고 그의 순교에 대하여 감동하지 않을 수 없었다.

4.

홍 교수는 신앙시 전집『옥탑을 깨뜨리고』에는 지금까지 살핀 4, 5, 6부에서 십자가를 통하여 선교의 소명을 자기화 하였으며 사도 바울의 생애에서 롤 모델을 찾았다. 그리고 사도 베드로의 순교에서 감동의 극치를 맛보았다. 이렇게 그는 지상의 시학에서 천상의 시학으로 옮겨 왔으며 그의 만년의 시 작업은 신앙시에 매진할 것 같은 예감이 든다. 다른 작품에서 받은 필자의 간단한 소회를 밝히면 〈제10부 성산일지〉에서는 아직 가보지 못한 이스라엘 성지 순례를 불원간 감행해야겠다는 다짐을 하게 하였다. 그리고 〈제11부 새 하늘과 새 땅〉에서 필자는 또 다른 감동과 도전을 받았다.

정성수 시집 『우주새』(2017)와 우주적 상상력

1.

필자가 정성수 시인의 시를 처음 만난 것은 필자의 데뷔지인 월간 《詩文學》(청운출판사) 1965년 6월호에 연구작품으로 당선된 「나의 깃발처럼」이었다. 이 잡지는 지금 나오고 있는 《시문학》과 같이 문덕수 시인이 주재하였으나 청운출판사의 도움으로 1965년 4월호부터 1966년 12월호까지 내고 중단된 잡지이다. 이 잡지에는 3회 추천으로 기성 시인 대우를 해 주는 추천작 제도와 함께 2회 입선을 1회 추천으로 간주하는 연구작품 제도가 있었다. 이 제도는 그 당시의 시인 지망생 특히 대학 재학생들에게 인기가 있어 많은 사람들이 응모하였다. 그리고 이 제도로 실력을 인정받아 연이어 추천작으로 데뷔한 시인들도 몇 되고, 폐간된 다음에는 다른 문예지를 통하여 데뷔한 시인들도 많다. 거기에 정성수 시인이 투고한 것이었다. 필자는 《문학춘추》(1964. 4.~1965. 6.)에 이어 두 번째로 추천위원이 되신 김춘수 은사님의 배려로 1965년 7월호, 1966년 1월호, 그리고 1966년 7월호에 걸쳐 3회 천료하여 데뷔하게 되었다. 그러나 정 시인의 작품은 그 뒤에는 볼 수가 없었다. 이때가 정 시인은 경희대 재학 중이었고 필자는 경북대 재학 중이었다. 정 시인을 직접 대면한 것은 이로부터 근 20년이 지난 1980년대 중반 부산에서 개최된 한국시인협회 세미나 자리에서였다. 그 때에 필자의 첫 데뷔작 「갈라지는 바다」에 대하여 언급하는 정 시인에게 필자는 많은 고마움을 느꼈다.

정 시인은 어떤 사정인지 알 수 없으나 정식 데뷔는 1979년 《월간문학》으로 늦게 하였다. 그러나 그 동안 어느 시인보다 활발한 시작활동을 하여 벌써 10권이 넘는 시집을 발간하였다. 그리고 소설도 쓰고 시 비평도 왕성하게 한다. 몇 해 전에는 시집『세상에서 가장 짧은 시』(2009, 월간문학 출판부)를 내어 시단에 신선한 충격을 주기도 하였다. 그의 짧은 시는 일본의 단시 하이쿠를 능가하는 감동을 준다는 평가를 받았다. 최근에는 국제 펜클럽 한국본부 경기도 지역회 회장으로 다문화가정 문학행사를 규모 있게 가진 바 있다. 그리고 2015년부터 2018년까지는 회원수가 6000명이 넘는 한국문인협회 시분과 회장으로 당선되어 부이사장인 필자와 자주 만나게 되었으며 시분과 회원들의 특색 있는 선집을 두 권이나 내는 등 왕성한 문단활동을 한 바 있다. 지금은 부이사장으로 봉사하고 있다. 필자는 2015년 여름에는 계간《문학의 강》'나의 추천작'으로 정 시인의 작품「열 개의 손가락」(《시문학》, 2015, 6월호)을 소개하기도 하였다. 그 작품에서 필자는 그만의 독특한 우주적 상상력을 발견하였고 약간은 시니컬하면서 웃음을 자아내는 어조 때문에 즐겁게 시를 읽을 수 있었다. 이 정 시인의 시집『우주새』(2017, 시선사)에 수록된 시 72편은 모두 우주적 상상력으로 쓰여 진 것으로 연작시 형태를 가지고 있다.

2.

한국 현대시에 처음으로 우주가 등장한 것은 1920년대 동인지《폐허》동인 황석우(1895~1960) 시인의 유일한 시집『自然頌』(1929)에서부터이다. 이 시집은 일어시를 제외한 143편 가운데 '태양'이 제목에 노출 된 것이 21편, '지구'가 12편, '달'이 9편 등 42편이나 된다. 나머지는 계절과 그에 관련된 동식물과 기상 등이 제재가 되어 있다. 그는 주로 천체를 의인화하기 위하여 사람에 관련 것을 보조관념으로 사용하고 있다. 그리고 시적화자는 작품 밖에 존재하여 대부분 천체에 대한 시인의 시적 진술 그것도 감정이 배제된 진술에 끝나고 있다. 말하자면 시적화자의 주도적 상상력에 이르지 못하고 있는 측면에서 많은 한계를 가지고 있다.

다만 그의 초기작이나 다른 동인들에 비하여 어조 및 태도가 낙천적인 점이 특색이다.

필자가 과문한 탓인지는 모르겠으나 황석우 이래로 한국 시에서는 우주적 상상력을 전개한 시인은 정 시인이 처음이 아닌가 생각된다. 그것도 시집 전체가 우주적 상상력을 펼치고 있다는 점에서 더욱 그렇다. 사실 정 시인의 우주적 상상력은 앞에서 필자가 추천작으로 추천한「열 개의 손가락」과 같은 연작시가 아닌 작품들도 많다. 그러나 그 작품들은 이번의 시집에 수록되지 않고 있다. 그렇다면 정 시인의 우주적 상상력은 어디에서 왔는가 하는 의문을 제기해 볼 수 있다. 이 의문을 풀 수 있는 작품이 연작시 69이자 이 시집의 제목이 되고 있는「우주새」이다.

어렸을 적 내 꿈은
우주새

지구별에서 은하계로
그 너머 또 다른 별들의 마을
우주 저쪽 너머 더욱 큰 우주로
날이면 날마다 자유의 몸짓으로
끝없이 날아다니는 하나의 불사조

나에게 주어진 시간 저 홀로 저물어가고
추억의 창고는 침묵과 함께 터엉 비어있지만

다시 저녁이 오면 지칠 줄 모르지
아직도 시들지 못한
내 영혼의 저 시퍼런 날갯죽지
푸득이는 소리.

－「우주새」 전문

이 작품에 의하면 정 시인은 어린 시절의 꿈은 '우주새'였다. 그리고 그 새는 둘째 연 마지막 행에서도 밝히고 있지만 일종의 '불사조'이다. 그 불사조는 지구뿐만 아니라 은하계 그 너머도 날아다니는 무한한 능력을 가지고 있다. 따라서 '자유'나 '영혼'과 같이 시간과 공간을 초월하는 관념으로 인식되기도 한다. 보통 자연인으로서 어린 시절부터 이러한 꿈을 가진다면 대학에서의 공부를 천체물리학이나 천문기상학을 전공하여 우주의 신비를 탐구하게 된다. 그러나 정 시인은 중학교 3학년 시절 첫 시집 『개척자』를 엮을 정도로 조숙한 시인이 되었으며, 대학에서는 국문학을 공부하게 된다. 이제 육체적으로는 70세를 넘겨 셋째 연처럼 '저물어가는 시간'을 의식하고 추억의 창고도 텅 비었지만 시인 정성수는 넷째 연의 시적화자 '나'처럼 영혼의 날갯죽지를 비상하며 우주적 상상력이라는 새로운 방법론으로 시를 창작한다. 말하자면 육체적 나이와 상관없이 우주를 유영하는 것이다. 그렇다면 그 유영의 중심에는 어떠한 시적 세계가 있는가 하는 점을 살펴볼 필요가 있다.

> 그래
> 오늘 밤엔
> 지상의 것 모두 다 벗어 던지고
> 나 홀로 떠나리 저 우주 속으로
>
> 수많은 붙박이별과 붙박이별 사이
> 떠돌이별과 떠돌이별 사이
> 그 눈부신 광채와 광채 사이
> 위성과 위성 사이
>
> 초록 혹성의 낯선 숲속으로
> 우주 나그네처럼 훌쩍 떠나리

〉

그리하여
나 다시 정처없는 떠돌이가 되리

이 은하계에서 저 은하계로
또 하나의 태양계에서 또 다른 태양계로
다시 하염없이 먼 은하계로

쓸쓸한 우주 변방에서 그 중심으로
이 세상 최초의 우주 속으로
내일에도 사라지지 않는 한 영원한 사나이같이…!

—「나 홀로 저 우주 속으로」 전문

이 작품은 연작시 처음 작품 즉 1번이다. 말하자면 그의 우주적 상상력의 시작이라고 볼 수 있다. 따라서 그의 이 번 시집을 관류하고 있는 상상력의 방법론을 알아볼 수 있는 단초를 제공하고 있다. 이 작품의 시적 화자 '나'는 무엇보다 지상의 일상사를 버리고 떠나 우주 속으로 방랑한다. 즉, 태양계에서 은하계로 광대무변의 우주 공간을 방랑하는 것이다. 그런데 방랑의 경우 누구와 동행하는 것은 진정한 방랑이 아닌 것이다. 다만 홀로 나서야 하는 것이다. 그뿐만 아니라 시간과 공간을 초월하는 떠돌이가 되어야 하는 것이다. 그러기 위해서는 마지막 행처럼 시적화자 나는 '내일에도 사라지지 않는 한 영원한 사나이'가 돼야 하는 것이다. 다분히 기독교식으로 말하면 하나님의 독생자 예수 그리스도의 속성을 가져야 하는 것이다. 결국 떠돌이는 시공을 초월하는 존재가 되고 영적인 존재가 되는 것이다. 정 시인의 이번 시집이 본의이든 아니든 인간 존재의 근본에 이르게 될 것이란 예감을 가지게 한다. 그리고 결국 시적화자 '나'는 정주할 공간을 마련 못하는 비극에 이르게 된다.

내가 돌아가야 할 집이 없습니다
저 푸른 하늘 속에는

보이지 않습니다
나의 육신 스며들 대문 하나

이미 옛집 허물어지고
아무도 다시
새 집을 세우지 않습니다

떠돌이별 위에서 헤매던 영혼
어느 우주로 가서
햇볕 잘 드는 방 한 칸 마련해야 하나요?

어떤 초록 풀이파리 위에 누워
생각에 젖은 이마를 식혀야 할까요?

머무를 수 있는 하늘의 집이 없어
아직도 나의 영혼
지구를 떠돕니다.

–「하늘 속 집 한 채」 전문

이 작품은 연작시의 초반부라 볼 수 있는 11번 시이다. 그리고 어느 작품보다 내포된 의미를 많이 가지고 있으며 그 것이 다른 작품에 비하여 비교적 구체적이다.

홀로 떠난 화자 '나'는 벌써 머물 집을 찾게 된다. 달리 말하면 방랑에 지쳤다고 볼 수 있다. 그래서 '나'는 돌아갈 집을 하늘에서 찾지만 집의 부재만 확인한다. 육신이라도 머물 대문도 찾지만 보이지 않는다. 지구로 돌아와 옛집을 찾았으나 이미 허물어져 보이지 않고 새 집도 지을 수가 없다. 이렇게 절망적인 것이다. 이상이 첫째 연부터 셋째 연까지의 내포를 산문적으로 서술한 것이다. 이 부분에서 시적화자 '나'는 '육신'이 머물 공간의 부재를 말하고 있다. 다음으로 넷째 연부터 여섯째 연까지는 '영혼'이 머물 집의 부재에 대하여 진술하고 있다. 햇볕 잘 드는 방 한 칸도 없으며 마지못해 풀이파리에 육신이 아닌 영혼을 눕힐 생각도 한다. 그러나 결국 영혼마저 머물 집이 없어 지구를 떠돌고 있는 것이다. 말하자면 정 시인의 '우주새'는 정주할 곳이 없어 영원히 방랑하는 것이다. 이렇게 집의 부재로 유영하는 상태는「32. 떠있네 나는」이나「43. 돌아가는 길」에도 지속적으로 나타나고 있다.

3.

앞에서도 잠시 언급하였지만 본의든 아니든 정 시인의 작품에는 하느님의 존재와 능력이 다양하게 나타나 있다. 그러한 까닭은 정 시인 자신이 근본적으로 유신론자인 탓도 있겠으나, 우주적 상상력이라는 공간의식에서 왔다고 볼 수 있다. 사람의 일상이나 자그마한 사물에서 시적 모티브를 발견하기보다 광대무변의 우주가 모두 시적 공간이기 때문에 하느님의 역사하심을 기독교 신자가 아니라도 유신론적 입장에 있으면 수긍할 수 있는 것이다. 그러면 하느님이 등장하는 작품 가운데 연작 번호 3으로 가장 먼저 쓰여진 작품에 대하여 살펴보기로 한다.

> 그렇지, 요즘 하느님은 옛날과 달라
> 쓸쓸하시지
> 시집 장가 다 보내고 혼자 사는 어머니처럼
> 구조 조정으로 쫓겨난 대한민국 가장처럼

〉

이리 저리 터덜터덜 홀로 지평선 쪽 배회하시다가
괜히 사나운 파도와 높은 산봉우리 넘나드시다가
한때는 우리 집 담 너머를 두어 번 기웃거리시기도 하고
내 방으로 슬쩍 들어와
컴퓨터 치는 사나이 어깨를 말없이 두드리신다

초면인 우리는 구면처럼 서로 가볍게 인사를 나누고
하느님이 꺼낸 우주 신상명세서
함께 들여다보기도 하고

방안을 빙빙 돌며 내가 낮은 목소리로 노래 부르면
따라 부르신다, 하느님께서
나와 똑같은 목소리로 조금은 허전하게

그러다가 잠깐 내가 한눈파는 사이
어느 샌가 슬며시 떠나가신다
하얀 손을 흔들며 저렇게 거짓말처럼 깜쪽같이

그래요, 옛날과 달리
요즘 하느님은 아주 쓸쓸해
말하자면 실연당한 처녀마냥 창백하다 이거지

스코틀랜드로 가서 복제 양 잠깐 들여다보시고
지금 막
별 나라 자취방으로 느릿느릿 돌아가는 길이셔

봐, 주름진 머리칼이 전같지 않지?

아주 희끗희끗하시지…?

-「요즘 하느님은 쓸쓸하시지」 전문

이 작품에 등장하는 하느님은 지극히 인간적이다. 우선 제목에서 요즘의 하느님은 쓸쓸하다고 인식한 것에서 고독이나 권태를 느끼는 인간적인 측면을 암시하고 있다. 결국 시적화자 '나'는 하느님이 그렇게 된 까닭은 각박한 현실 탓이라 보고 있다. 달리 말하면 하느님을 가져와 요즈음의 각박한 현실을 풍자하고 있는 시가 바로 이 작품이다.

현실의 각박함은 그의 우주적 상상력으로 인하여 공간적으로 이동이 잦다. 우선 첫째 연에서 하느님의 쓸쓸함을 자녀들을 시집 장가보내고 나면 혼자 살 수밖에 없는 우리나라 어머니의 신세와 구조조정으로 졸지에 실직하는 가장에 비유하고 있다. 이렇게 세태적인 하느님은 둘째 연에서 그 쓸쓸함을 주체 못하고 지평선과 산봉우리를 헤매다가 시적화자 '나'의 방으로 들어온다. 그러나 방안에서는 문명의 이기 컴퓨터 치는 나만 있는 것이다. 그래서 나의 어깨를 두드려 아는 체한다.

셋째 연부터 다섯째 연까지는 주로 시적화자 '나'의 방안에서 벌어지는 일이다. 인사도 나누고 하느님이 꺼낸 우주명세서도 보다가 함께 노래도 부른다. 그러다가 내가 한 눈 파는 사이에 떠난다. 다시 여섯째 연부터 마지막 여덟째 연까지는 쓸쓸함을 지구를 자유자재로 이동하는 하느님의 능력으로 심화시키고 있다. 특히 일곱째 연의 '스코틀랜드로 가서 복제 양을 잠깐 보는 것'은 인간들이 하느님의 영역에 도전하는 것을 풍자한 공간 이동이라고 볼 수 있다. 그리고 마지막 연의 머리칼 희끗희끗한 하느님의 모습은 인간적 비애까지 느낀다.

이상과 같이 정 시인의 하느님은 지극히 인간적이다. 그리고 자상하시다. 즉 경건하거나 엄숙한 하느님이 아니고 슬퍼하시고 고독하다. 이러한 측면은 반영한 단시들은 다음과 같다.

(가) 이 지상엔 아직도 그렇게 슬픈 일이 많은가

노쇠한 하느님이 저렇게 오래 우시다니

–「장마 2013」 전문

(나) 나는 고독하다

–「하느님이 나에게」 전문

위의 두 작품은 각각 연작시 41과 마지막 72이다. (가)「장마 2013」에서는 장마를 하느님이 지속적으로 흘리는 눈물, 그것도 지상의 슬픔 때문에 흘리는 눈물로 비유하고 있다. (나)「하느님이 나에게」 즉 연작시 마지막까지 시적화자 '나'는 하느님은 고독하다고 보고 있다. 이렇게 연작시 처음부터 끝까지 정 시인은 하느님은 슬퍼하고 고독한 존재이며, 그 슬픔과 고독은 인간에게 책임이 있다고 인식하고 있다.

그런데 다음과 같은 시는 이러한 슬픔과 고독과는 또 다른 측면이 있다.

(가) 자네한테만 슬쩍 얘기하는 거지만

하느님은 초록색을 제일 좋아하시지

이 지구 그늘자락 위에서도

저 우주 속 별들의 수많은 안테나 향해

시들지 않는 풀빛 날려 보내는 걸

아주 즐겨하시지

왜냐하면

우리 하느님 영혼 빛이 초록색이거든…!

–「하느님은 초록색을 좋아해」 전문

(나) 저 터엉 빈 우주 속에
하느님의 젖가슴 하나 솟아 있다

눈부신 젖 빨아들이는
지상의 입술들

하염없이 허공 속으로
기어오르며
뛰어오르며
날아오르며

조금씩 반짝인다
죽는 날까지.

-「하느님의 젖가슴」 전문

(가) 「하느님은 초록색을 좋아해」는 연작시 20이고 (나) 「하느님의 젖가슴」은 58이다. 그런데 그 지향하는 바는 모두 하느님의 밝고 긍정적인 면이다. (가)의 경우는 일종의 생태시라고도 할 수 있을 것 같다. 초록색은 지구의 청정성을 상징하는 색깔이다. 즉, 하느님의 영혼이 초록색이라는 것은 지구 온난화나 인간이 만들어낸 온갖 공해로부터 지구를 보호해줄 수 있는 존재는 하느님이라는 것을 비유적으로 보여주고 있는 것이다. 사실 인용하지 않은 작품들 가운데도 지구의 미래를 염려하는 작품들이 많이 있다. (나)의 경우는 지구는 지상의 입술, 즉 인간들을 구원해 주는 존재라는 것을 비유한 시이다. 무수한 인간들은 하느님의 젖을 빨아 먹으며 죽는 날까지 반짝이는 나약한 존재인 것이다. 이렇게 하느님은 인간을 구원하는 존재라는 인식 역시 20부터 58까지 지속되고 있다. 그리고 다음의 단시에도 그러한 점이 드러나 있다.

(가) 어느 날 내가 하느님에게
가장 눈부신 별 하나 보여 달라고 하자
그는 말없이
지구를 가리킨다.

—「가장 눈부신 별」 전문

(나) 하느님은
피아니스트

자주
나의 건반을 두드리신다.

—「피아니스트」 전문

위의 두 작품은 각각 연작시 13, 34, 이다. (가)에서는 하나님은 지구를 사랑하시며 (나)에서는 하느님은 피아니스트에게까지 재능을 주신다고 보고 있다.

창작된 순서대로 하느님의 지구 사랑 혹은 인간 사랑을 언급하면 다음과 같다. 시적화자 '나'에게 우주에서 가장 눈부신 즉 가능성 있는 별은 지구라고 가르쳐 주시면서 그의 영혼의 빛깔인 초록색으로 지구를 치유해 주신다. 그리고 인간들에게 아름다운 선율을 들려주는 피아니스트에게 재능을 주듯이 그의 풍부한 젖으로 모든 인간들을 길러주시는 것이다.

4.

정 시인의 우주적 상상력은 어디로 귀착될 것인가 하는 점이 필자로서는 궁금하다. 그러나 필자의 예상을 뒷받침 할 수 있는 작품이 하나 있다. 비록 연작시 39번 「다시 지구로」가 그것이다.

> 내가 이 순간 달려가는 곳은
> 하나의 은하계 속
> 하나의 태양계
> 하나의 지구
>
> 한때
> 나의 쓸쓸과 사랑과 슬픔이 숨쉬던 곳
>
> 기억 속에서 끝내 지울 수 없는
> 저 작은 떠돌이별을 향하여
> 다시 홀로 돌아갑니다.
>
> —「다시 지구로」 전문

시적 화자 '나' 즉 정성수 시인의 우주적 상상력은 다시 지구로 돌아올 것 같다. 하느님을 슬프게 하고 끝내는 눈물까지 흘리게 하는 인간들이 젖달라고 아우성인 지구이지만 지구는 우주에서 그가 지적하였듯이 '가장 빛나는 별'이다. 그리고 '하느님의 영혼인 푸른색'으로 덮혀 있고, 인간을 감동시키는 '피아니스트'들이 있는 곳이다.

정 시인은 앞에서도 잠시 언급하였지만 어느 시인보다 실험의식이 충만하여 그것을 바탕으로 시집 『세상에서 가장 짧은 시』(2009)와 언어가 배제된 시집 『기호 여러분』(2012)을 낸 바 있다. 그리고 인간의 관능적인 사랑과 아가페적 사랑을 유머러스하게 노래한 시집 『누두 크로키』(2009)를 낸 바 있다. 여기에다 우주적 상상력을 기반으로 한 이 시집 『우주새』까지 더하여 진 다음 작품들의 모습이 크게 기대된다. 그것도 우주여행 이후 지구로 귀환한 다이나믹한 모습을 학수고대하는 바이다.

이희춘 교수의 서사시집 『퇴계』(2012)의 특성

1.

이희춘 교수는 소설론 전공이지만 시조시인으로 데부하여 조금은 의외의 장르에 활동을 하고 있다. 대개 소설론을 전공하는 교수들은 평론을 쓰거나 직접 소설을 창작하는 경우가 많은데 이 교수는 우리 문학사에 유일한 자생 장르로 아직까지 면면을 이어오는 시조를 창작하고 있었기에 필자는 의외의 장르에 활동한다고 생각하였던 것이다. 그러던 그가 2006년 초겨울 서사시집 『퇴계』의 제1권이 나왔다면서 필자에게 한 번 읽어보라고 기증하는 것이었다.

사실 필자는 현대시를 전공하였기 때문에 퇴계 이황 선생보다 그의 후손인 이육사에 관심이 많아 제7차 교육과정에 의한 중학교 3학년 국어 교과서에 「지사의 길, 시인의 길」이라는 이육사 평전을 쓴 적은 있었다. 퇴계 선생의 글은 학부 시절과 대학원 시절 2012년 돌아가신 백강 서수생 선생님으로부터 배우고 들은 것이 전부라 하여도 과언이 아니었다. 그리고 1992년 김석 시인으로부터 기증받은 『퇴계평전』과 이 교수의 시집을 기증 받기 6개월 전에 역시 김석 시인이 보내온 '퇴계로의 명상기행'이라는 부제가 붙은 『도산서원 가는 길』을 잠시 훑터본 것이 전부였다. 그러다가 이 교수의 시집을 받자 읽어 보았다.

이 교수의 시집은 다른 서사시집보다 훨씬 많은 가독성을 가지고 있었다. '서사序詞'로부터 이 작품이 예사로운 작품이 아니라는 점을 느끼면서 읽어 내려 갔다. 그러면서 필자는 「용비어천가」의 구조와 비슷하다는 생각을 하게 되었다.

보통 개인을 주인공으로 한 평전이나 서사시의 경우 주인공의 행적만 언급하는 것이 대부분인데 「퇴계」 제1권 서두는 퇴계의 탄생부터 시작하는 것이 아니라 그의 선조 때부터 시작하여 퇴계 일가가 안동 온유에 정착한 과정을 비교적 소상하게 서사하고 있었기 때문이었다. 한편으로 필자는 이 교수가 소설론 전공을 하지 않은 시조시인이었다면 과연 이런 작품을 쓸 수 있을가 하는 생각도 하게 되었다.

2.

이 교수는 『퇴계』 제1권(2006. 12. 중문출판사)을 낸 이후 2권(2007. 12), 3권(2008. 1) 4권(2008. 10), 5권(2009. 10), 6권(2010. 10), 7권(2011. 10), 8권(2012. 8)을 계속 발간하였다. 권당 260페이지에서 270페이지 안 쪽의 신46판의 시집을 6년 동안 8권이나 낸 것이다. 이제 마지막권인 제9권을 내면서 해설을 필자에게 부탁해 왔다. 필자는 이번 기회에 그 동안 간간이 읽었던 8권까지 전부와 켐푸터에서 출력한 제9권(A4용지로 219장)을 통독하였다. 그러면서 왜 부산대학교 재직 시절 시집을 연구논문으로 대체해주지 않느냐고 학교 당국에 항의하던 이 교수의 의견에 더욱 공감하게 되었다. 이 교수는 그 동안 영감에 의존하는 서정시나 시조, 그리고 비교적 자료가 많지 않은 영웅 서사시와는 다른 노력을 이 시집에 쏟았다는 점을 충분히 짐작할 수 있었다. 우선 1차 자료인 『퇴계전서』를 비롯하여 2차 자료인 퇴계를 연구한 학술저서, 학술논문, 기존의 퇴계평전들 그리고 구전하는 전설까지 완벽하게 소화 하고 난 뒤에 이 교수의 상상력과 소설 전공 학자로서의 구성력까지 더하여진 저작물이라는 것을 필자는 알게 되었다.

우선 이 교수는 지금까지 우리나라에서 창작된 일제 강점기의 이름없는 영웅,그리고 우리나라 역사상 왕조의 건설이나 국란을 극복하는 영웅이나 전쟁 중심의 서사시와는 다른, 학자 그것도 우리나라 역사상 유일하게 국제적인 학자로 추앙 받고 있는 퇴계 이황(1501년 〈연산군 7〉~1570 〈선조 3〉) 즉 학자를 주인공으로 하는 서사시를 창작하였다는 점에서 서사시의 하위 장르를 하나 개척하였다고 볼 수 있다. 사실 학자의 삶은 장군이나 개국 신화의 주인공처럼 극적인 구조를 가지고 있지 않다. 따라서 자칫하면 가독성을 상실하게 될 위험성을 다분히 가지고 있다. 그러나 이 교수의 서사시집 『퇴계』는 그러한 위험성을 극적구조와 시적 상상력으로 극복하고 있다.

필자가 특히 감동을 받은 부분은 퇴계의 외직 즉 단양군수와 풍기군수(1548~1549) 시절 부분이다. 제2부 출사시대(제2권 p.105, 〈제50장 대과에 급제하다〉부터 제5권 p.27, 〈제110장 두 인연「2」〉 끝부분)까지의 마지막 부분에 해당하는 것으로 제95장(제4권 74페이지)부터 제110장(제 27페이지)까지가 단양과 풍기군수 시절을 서사화한 것이다. 사실 군수 시절은 두 군데 합쳐도 2년도 되지 않은 짧은 기간이지만 비교적 길게 110페이지에 걸쳐 서사되고 있다. 잘 알려지다시피 그가 단양군수를 그만 둔 것은 그의 넷째 형 온계가 한성부윤에서 충청관찰사로 전임되는 바람에 스스로 물러나기를 희망하여 10개월 만에 풍기군수로 전직되었기 때문이다. 단양과 풍기군수 시절의 퇴계의 목민관으로서의 자세는 오늘날의 자치단체장도 읽어보고 본받아야 할 정도로 잘 형상화 되어 있다.

단양 군수 시절에 만난 관기 두향과의 사랑을 품격과 절제가 있는 사랑으로 형상화한 것은 단양팔경을 명명하는 과정과 연계하여 이 교수의 상상력이 극대화되었기 때문이라고 볼 수 있다. 단양을 떠날 때 두향이 건너는 매화 화분 하나는 퇴계가 청렴결백하여 심지어 관전에서 수확한 삼도 거절하였는데 괴석과 함께 가지고 떠난 유일한 물건으로 설정되어 있다. 이 매화 화분은 제9권 말미에 퇴계가 운명할 때 평생 심부름하며 따른 소향과의 대화에서 두향을 매화로 상징하면서 중요한 객관적 상관물 즉 두향을 그리워하는 마음으로 상징된다. 그리고 그의 몸종으로 서자까지 낳고 두 번째 부인이 세상을 떠난 후 고향에서 그의 수족이 된

달래에게 매화분재에 물을 주게 하고 문을 열게 하여 바라보며 숨을 거두는 상황을 설정함으로써 두향과의 사랑을 완결하고 있다.

풍기군수 시절에는 소수서원을 사액서원으로 전환시키는 과정이나 소백산맥을 유산하는 과정도 중점적으로 서사되어 있으나 필자에게 감동적인 부분은 스스로 사직서를 쓰고 경상감사가 답이 없자 근무지를 이탈하는 형식으로 풍기군수를 떠나는 마당에 등장하는 대장장이 배순과의 인연을 삽입한 부분인〈제110장 두 인연「2」배순〉이었다. 미천한 대장장이 신분으로 학문에 열성인 배순에게 敬에 힘쓸 것을 당부하는 글씨를 써 주는 것에서 퇴계의 인품을 느끼게 한다. 배순은 이에 감격하여 퇴계가 떠나자 스승 퇴계의 철상을 주조하여 책상머리에 두고 조석으로 사모한다. 이러한 인간적 면모가 이 시집 전체에 배여 있지만 특히 이 부분이 압권이다.

다음으로는 퇴계가 출생한 시대적 배경과 정쟁에 거리를 두고 서사된 것 역시 퇴계의 세계관이 잘 반영된 서사적 태도라고 볼 수 있다. 퇴계가 산 연산군, 중종, 인종, 명종, 선조 초기는 그야말로 사림士林들의 무덤이 즐비한 시기라 볼 수 있다. 그는 4대 사화의 첫 사화인 무오사화(1498)가 일어나고 난 3년 후에 태어 났으며, 4세 때에는 갑자사화(1504)가 일어났다. 19세 때인 중종14년(1519)에는 기묘사화가 일어났다. 말하자면 그의 유소년 시절 한양에서는 사림들의 피비린내 나는 싸움이 있었으나, 그는 안동 땅 온유에서 빗겨 있었다. 퇴계가 1534년 문과에 급제하여 출사 한 후인 명종 원년인 45세에 일어난 을사사화(1545) 때에는 크게 연류되지 않는다. 그러나 그는 이러한 정쟁으로 인하여 중앙정치무대를 떠날 결심을 하게 된다. 퇴계는 출사하는 도중에도 20여 차례의 사직소를 올리기도 하고 병을 빙자하여 직을 사양하기도 한다. 이 교수가 비록 을사사화를 제76장(제3권 p.136~p.148)에서 언급하고 있으나 정치에 대한 거리를 두고자 하는 퇴계의 어조로 서사함으로써 객관성을 유지하고 있다. 물론 이러한 권력에 거리를 두는 퇴계의 태도에 비판적 시각을 가질 수도 있으나 그가 이룩한 학문의 세계는 마치 퇴계가 유언에서 '후세가 나를 알리라'라고 하고 있는 것처럼 한국뿐만 아니라 중국이나 일본에서도 숭앙 받고 있다. 특히 선조 초 그가 예언한 임진왜란(1592, 선조 25년) 때에 퇴계의 문집이 일본으로 반출되어 진작부터 일본 유학에 영향을 끼치게 되어 국제적인 학자가 되는 것은 역사의 아이러니라고 할 수 있다.

이 교수의 시집 곳곳에는 퇴계의 학문세계와 정신세계가 구체적으로 형상화되고 있다. 특히 제자 간의 대화라든지 가르치는 공간에다가 인물을 배치하여 독자의 흥미를 자아낸다. 그 가운데 특히 주목할 부분을 제9권의 전반부에서 서사하고 있는 〈성학십도〉를 제재로 한 부분이다. 잘 알려진 것처럼 〈성학십도〉는 퇴계가 서거하기 1년 전인 1568년 17세의 어린 나이로 왕위에 오른 선조에게 올린 상소문 형식의 글로 그의 유학 사상뿐만 아니라 중국의 유학자와 국내의 몇몇 유학자의 사상을 그림으로 그려 명료하게 한 저작물이다.

〈성학십도〉의 본래의 명칭은 〈진성학도차병도〉로 선조가 성군이 되기를 바라는 뜻에서 군왕의 도에 관한 학문의 요체를 도식으로 설명한 것이다. 이 교수는 제8권 말미의 제178장 〈진성학십도차〉라는 부분에서 대강을 살핀 후 제9권에서 제170장부터 179장까지 태극도, 서명도, 소학도, 대학도, 백록동규도, 심통성정도, 인설도, 심학도, 경재잠도, 숙흥야매잠도 등의 순서로 퇴계가 직접 선조에게 강을 하는 문답식으로 서사하고 있다. 17세의 어린 왕 선조와 70세의 원로 대신과 마주 앉아 주고 받는 가상공간을 설정함으로써 독자들에게 극적 감동까지 준다. 이 교수도 서사하고 있지만 선조는 이 상소를 접하고 두고두고 성군의 길을 걷겠다고 다짐한다. 그러나 그로부터 25년 뒤에 발발한 임진왜란을 제대로 대처하지 못하는 선조를 생각하면 이것 역시 역사의 아이러니라는 생각이 든다.

3.

이 교수의 장편 서사시 「퇴계」는 우선 우리나라 서사시의 한 장르, 즉 학자를 주인공으로 하여 그의 일생과 학문세계와 정신세계를 서사한 점에서 서사시의 하위 장르를 개척하였다는 평가를 받아야 할 것이다.

다음으로는 퇴계가 살아온 사화와 정쟁으로 얼룩진 시대상에서 거리를 둔 서사 방식을 견지하여 퇴계의 출사보다는 학문에 증진한 자세를 잘 부각시키고 있는 특징을 가지고 있다.

마지막으로 서정성과 상상력을 동원하여 퇴계의 인간적인 면을 부각시켜 독자들에게 많은 감동을 주어 가독성을 유발시키는 특징을 가지고 있다.

신길우 교수의 시와 거리두기 시학

– 신길우 제2시집 『산에 가거든』(2020)의 작품세계

1.

수필가로 일가를 이루었고 국어학자이기도 한 신길우(1941~) 교수가 제2시집을 내면서 필자에게 해설을 부탁해 왔다. 그는 환갑을 넘기면서부터 시를 창작하고 발표하기 시작하여 2006년 대학에서 정년을 하면서 제1시집 『남한강 연가』를 발간하였다. 그로부터 13년이 지나 팔순을 기념하여 제2시집 『산에 가거든』(2020, 문장출판사)를 엮게 되었다. 그의 제1시집 서문에 의하면 그는 젊은 시절부터 수필을 창작하였고 한 분야로 알려지기 전까지는 그 동안 다른 장르는 손을 대지 않겠다는 생각을 하여 왔고 그것을 실천하였다고 밝히고 있다. 이는 그의 겸손하고 치밀한 성격이 반영된 글이라고 필자는 보는 바이다.

필자와 신 교수는 지면으로는 오래 전부터 서로 알고 있었으나 지금부터 10여년 전 국제 펜 한국본부 임원선출 과정에 가깝게 되었다. 그러다가 해외 교민들의 한글문학을 국내외에 소개하는 것과 이미 발표된 기성 시인의 우수 작품을 추천인들이 추천작으로 소개하는 것을 특색으로 하는 계간지 《문학의 강》을 신 교수의 주도로 창간하게 되는 2012년 가을, 필자가 공동 편집위원으로 참여하면서 더욱 가깝게 되었다. 신 교수를 가까이서 접한 결과 자기 자신의 주장이나 감정을 강하게 드러내지 않는 겸손의 미덕이 배여 있고 그의 국어학자로서의 용의주도한 면을 쉽사리 발견할 수 있었다. 특히 그의 재정적 출연으로 창간한 《문학의 강》을 바로 계간지로 창간하지 않고 반연간지와 4개월 발간을 거쳐 3개월 단위의 계간지로 발전시키는 점에서 그의 치밀함이 두드러졌다.

어느새 계간지 《문학의 강》은 2019년 봄에 발간할 21호에서는 다양한 변화를 시도하여 2021년 겨울 28호를 발간하고 있다. 이렇게 겸손과 치밀성이 그를 환갑이 넘은 나이에 시를 창작하게 만들었다고 볼 수 있다. 그렇다면 환갑을 넘긴 나이에 시작한 그의 시 창작은 '신길우의 문학가로서의 전 생애에 어떠한 의미일까?' 하는 의문을 가지면서 그의 작품세계에 접근하여 보기로 한다.

2.

환갑은 소위 공자가 만년에 자기의 생애를 회고한 論語 爲政篇에서 六十而耳順이라고 한 것처럼 예순에는 남의 말을 듣기만 하면 곧 그 이치를 깨닫게 되는 耳順을 넘긴 나이이다. 즉 60甲子가 되는 해로 태어난 干支의 해가 돌아온 61세의 생일이다. 이 나이에 신 교수는 시를 쓰기 시작했다. 해방 이후의 한국 소설사에서 양대 산맥인 김동리(1913~1995)와 황순원(1915~2000) 두 소설가는 시인을 데뷔하여 곧 소설가로 전향하여 문학사에 남을 많은 작품을 남겼다. 그러다가 만년에는 다시 시를 창작하여 한 권의 시집은 족히 될 작품들을 남겼다. 그들의 만년의 시 창작 행위는 소설 창작 작업이 한계에 왔을 때 생애의 마지막을 장식한 문학적 글쓰기이다. 그러나 신 교수는 아직도 왕성한 수필 창작과 몸소 컴퓨터 작업까지 하면서 잡지 만들기를 할 정도로 건강함에도 불구하고 환갑을 넘기면서부터 의도적 시 창작 활동을 해왔다고 볼 수 있다.

신 교수는 역시 제1시집 서문에서 "살다보면 시를 쓰고 싶을 때가 있다. 시로 써야 되겠다는 경우도 있다. 시는 수필과는 또 다른 독특한 맛과 감동이 있다. 그래서 쓴 것이다." 라고 소박하고 솔직하게 밝히고 있다. 그리고 '서정시를 좋아 하고 곱씹어볼 만한 의미 있는 내용과 멋진 시적 구절과 표현을 가슴에 새긴다.'고도 밝히고 있다. 따라서 그는 수필로는 표현하기 힘든 문학적 감동의 순간을 시로 표현한 것이다.

(가) 일력을 뜯으니
하루가 가고
달력을 넘기자
한 달이 지난다.

시간을 종이에 꽂고
삶을 모니터에 담아도
세월은 말없이 흐르고
내 삶도 따라 흐른다.

무심코 뜯고 넘긴
종이 한 장
나는 시간을 뜯고
시간은 내 삶을 뗀다.

–「일력 한 장을 떼며」 전문

(나) 오늘은 오늘이라 무심히 살다
내일 또 오리라 여기며 살다
오늘 지나니 어제
내일은 늘 내일.

오늘은 오늘로만 존재하는 것
지나면 다시 오지 않는
마지막 하루인 걸
날마다 오는 매일로 살다
그냥 보낸다.

하루의 끄트머리에 서서
내일은 오늘로 살리라
아름다운 하루를 생각다가
또 오늘을 보낸다.

인생이 길어도
하루하루의 오늘이거늘
오늘을 오늘로 살지 못하다가
하루만 더 간절히 소망하며
그 하루인 오늘
마지막 날을 산다.

–「오늘」 전문

(다) 아득한 철로 가
덜렁 놓인 점

이따금 열차가
바람처럼 스쳐 가면

빈 의자는 휴지를 날리다
그림자놀이를 한다.

나른한 오후
놀이하듯 기다림에
시간도 그냥 머문다.

–「간이역」 전문

앞에 인용한 세 편의 시에서 공통적으로 시적 대상이 되고 있는 것은 '시간'이다. 시간을 평생 연구한 국내 철학자 김규영 교수의 저서 『시간론』(1979, 서강대출판부)에 의하면 '시간이라는 것은 없고 다만 그것을 인식하는 사람들의 시간의식이 있을 뿐'이라고 한다. 달리 말하면 시간은 사물이 아니기 때문에 보이는 존재는 아니다. 그래서 시간을 제재로 한 시 속에는 대부분 사물들이 존재한다. 사물과 시적화자의 관계를 통하여 시간의식이 형상화되는 것이다.

(가) 「일력 한 장을 떼며」에서는 시적화자가 일력을 매일 한 장씩 떼고 한 달이 지나면 달력을 한 장 넘기는 행위로 시간이 형상화 된다. 즉, 화자는 매일 일력 한 장씩을 떼면서 세월의 흘러감을 인식한다. 보통 나이가 들어가면서 시간 즉 시간의식이 빨라진다고 한다. 즉, 일 년 365일은 변함이 없으나 나이가 들수록 심리적으로 일 년이라는 세월이 빨리 가는 것 같다는 생각이 누구에게나 드는 현상임을 두고 하는 말이다. 이렇게 느껴지는 원인은 죽음이라는 이 세상에서의 삶의 마감이 다가온다는 불안 의식 때문이라고 볼 수 있다. 키르케고르 같은 덴마크의 유신론적 실존철학자는 이러한 불안을 '죽음에 이르는 병'이라 하고 있으며 이 병을 치유하는 방법은 신앙이라 보고 있다. 신 교수의 이 작품에서는 그러한 불안 의식이 전혀 보이지 않고 있다. 그냥 담담하게 일력의 종이와 컴퓨터의 모니터 화면과 시적 화자의 삶과 세월을 동일시하여 흘러간다고 본다. 이렇게 그는 시간의 흘러감을 여유롭게 인식하고 있다.

(나) 「오늘」의 경우는 사물은 전혀 등장하지 않는다. 단지 어제, 오늘 그리고 내일이라는 시간의 단위가 등장하고 있을 뿐이다. 이 작품에는 그의 국어학자로서의 자질이 반영되고 있다. 즉, 어제와 오늘 그리고 내일과 같은 과거와 현재 그리고 미래 시제만 등장하면서 이 세 시어를 반복하는 일종의 언어유희fun로 살아가는 하루하루가 가장 중요하다는 시적화자의 의지를 형상화 하고 있다. 시간의 지속성보다 하루하루를 생의

마지막으로 생각하고 살아가는 점에서는 다소 불안의식이 반영되었다고 볼 수 있다. 그러나 오늘 하루를 셋째 연에서처럼 '아름다운 하루'라고 보는 점에서는 그의 낙관적인 세계관이 반영되었다고도 볼 수 있다.

(다) 「간이역」의 경우에는 다시 사물이 등장한다. 그런데 그 사물이 요즈음의 것이 아니고 어쩌면 시적화자의 청소년 시절의 기억 속의 '간이역'이라고 볼 수 있다. 이 작품의 간이역 풍경에는 사람은 전혀 보이지 않는다. 간간이 열차가 서지 않은 채 지나가고 의자에는 사람의 그림자라고는 찾을 수 없고 휴지만 날린다. 이러한 풍경에서는 시간은 흐르지 않고 마지막 연처럼 '나른한 오후/놀이하듯 기다림에/시간도 그냥 머문다.'처럼 정지할 수밖에 없다. 그러나 여기서의 시간의식은 지난날을 회상하는 과거지향성이라는 점에서 한계를 가지고 있다. 말하자면 80을 앞두고 있는 老 교수에게는 앞으로 살아갈 날보다 지나온 세월이 훨씬 긴 것이다.

그렇다고 지나간 세월을 아쉬워하거나 남은 세월이 많지 않다는 불안 의식을 직접적으로 찾아 볼 수는 없다. 따라서 신 교수는 시 창작 과정에서 감정을 적절히 절제하고 있다. 이렇게 시간에 대한 거리두기는 신 교수의 시작 태도와 환갑 이후에 시작한 시 창작 시기에서 왔다고 볼 수 있다. 그가 시에서 받은 감동은 耳順을 넘긴 후에 찾아오는 모든 사물에 대한 관조의 시학이라고 볼 수 있다.

3.

耳順을 넘긴 후에 시작한 신 교수의 시 창작의 태도는 비록 그가 제1시집 서문에서 밝힌 대로 수필보다는 다른 감동적인 순간을 시로 형상화 하고 있지만 감동을 노출하기 보다는 거리 두기, 즉 관조하는 자세를 유지하고 있다. 그러면 시간이라는 추상적인 관념이 아닌 나뭇잎이나 나팔꽃 같은 사물에서는 어떻게 나타나고 있는가를 살펴보기로 한다.

(가) 시골학교 운동장
산그늘이 고적孤寂을 펴는데

교실 창가에 달라붙은
아이들의 재잘거림

들리는 듯 풍금소리
울타리를 넘는다.

한바탕 떠들썩한 하루를
저녁 햇살이 접는데

지팡이를 짚고
허리 굽은 노인이
긴 그림자를 끌고
운동장을 가로지른다.

–「시골학교 운동장」 전문

(나) 파란 하늘에
나뭇잎 하나
바람도 없는데
진다.

순간 적막寂寞

갑자기
하늘이 내려앉고

대지가 무거워진다.

네가 있어 이 세상
네가 가니 저 세상

나뭇잎 하나가
세상을 바꾼다.

—「나뭇잎 하나」 전문

(다) 시골집 문기둥에
매미 한 마리
잠시 살피다가
매암 매암 매앰……

들에 나갔나?
몇 번 소리해도
여전히 조용
매미 날아가자
텅 빈 집
적막이 소리없이 흐른다.

세월은 끊임없이 흐르고
삶은 잠시

매미는 알리려
또 옮아 소리한다.

—「매미」 전문

신 교수는 지금 서울 하고도 강남, 서초구 아파트에 살고 있다. 근처에는 서울교육대학교와 법조 단지가 있다. 말하자면 한국의 수도인 서울의 신흥 도심지에 살고 있다. 그러면서도 시적 제재로 등장하는 것은 대부분 사람들이 많이 살지 않는 시골과 관련된 사물들이다.

(가)「시골학교 운동장」의 경우 산그늘이 내리는 시골 초등학교 운동장이 시적 공간이다. 사실 시골에서는 초등학교가 그래도 소란스럽고 활기가 넘치는 공간이기도 하다. 그러나 이 작품 전체의 분위기는 활기참이나 생동감과는 거리가 먼 적막감이다. 우선 시적 시간이 한낮이나 아침이 아니고 산그늘이 운동장으로 내려오는 오후이다. 그런데 산그늘부터 시적 화자는 고적하다고 인식하여 적막감을 보여주고 있다. 둘째 연과 셋째 연에서 '아이들의 재잘거림'과 '풍금 소리'가 등장하고 있으나 이것들은 곧 과거의 지나간 정경이 된다. 말하자면 전경前景이 아닌 후경後景인 것이다. 이러한 사물들이 지나간 위로 넷째 연과 마지막 다섯째 연에서 저녁 햇살이 하루를 마치기를 재촉하면서 운동장을 가로 질러 노인 그것도 허리 굽은 노인이 긴 그림자를 끌고 지나간다. 어린 아이나 젊은이가 아닌 허리 굽은 노인을 등장시켜 적막감을 극대화 시킨다.

(나)「나뭇잎 하나」의 경우는 굳이 시골에서만 발견할 수 있는 사물은 아니다. 그러나 이 시에 등장하는 유일한 사물인 '나뭇잎' 역시 적막감을 형상화 하는 매개체가 된다.

이 시의 경우 다소 거시적인 관찰자 입장을 견지한 (가)「시골 운동장」에서의 시적화자에 비하여 미시적인 관찰자이다. 첫째 연에서 시적화자가 발견한 것은 바람도 불지 않는데 떨어지는 나뭇잎이다. 그러나 그 다음 둘째 연에서는 단지 '순간 적막'이라는 두 개의 시어로 시 전체의 분위기를 직접 노출시키고 있다. 그 다음부터는 그 나뭇잎의 떨어짐에다 큰 의미를 부여한다. 나뭇잎이 나무에 매달려 있을 때를 이 세상 즉, 살고 있는 현세이고 나뭇잎이 떨어지면 죽은 저승이 된다고 하여 '나뭇잎 하나가/ 세상을 바꾼다'고 인식한다. 물론 이 시는 '적막'이라는 정서를 직접 노출하고 있는 단점을 가지고 있으나 떨어지는 낙엽 하나를 미세하게 관찰하는 신 교수의 시적 사유의 독창성은 충분히 긍정적인 평가를 받아야 할 것이다.

(다)「매미」의 경우는 다시 시적 공간이 구체적인 시골집으로 바뀐다. 그런데 시골의 여름에는 매미가 쉴새없이 운다. 그리고 그것이 시골의 풍물 가운데 도시인 특히 도시 어린이들의 호기심을 자극하는 사물이다. 그런데 신 교수기 주목한 것은 울음소리가 아니라 울다가 매미가 다른 곳으로 옮기고 난 직후의 적막감이다. 이 시 역시 셋째 연에서 '매미 날아가자/텅 빈 집/적막이 소리 없이 흐른다.' 고 직접적으로 진술하고 있다. 그러나 (가)「시골학교 운동장」보다는 다소 구체적이고 감각적이다. 그로 인하여 도시인들에게도 훨씬 감각적으로 공감할 수 있을 정황이 된다.

이상의 시편에서 발견한 신 교수의 사물 인식의 한 축인 '적막감'은 이 시들 말고도 여러 작품들에서 발견된다. 그리고 그 적막감을 단순한 정서로서의 적막감이 아니라 사람들의 삶과 연결시켜 그 속에서 발견할 수 있는 시적 의미를 깊이 있게 한다. 다만 적막감이라는 정서는 역동적인 것이 아니기 때문에 시 창작의 지속성을 유지할 수 없게 만들 수가 있다는 염려를 하게는 만든다.

신 교수의 시에서 사물 인식의 과정에서 나타나는 정서가 모두 적막감이 아니라는 점을 보여주는 작품 몇 편을 골라 보기로 한다.

(가) 황혼이면 가슴이 뛴다.
하늘과 땅 없이
온통 황금빛 세상.

저 빛
저 산 너머는 어떨까?

어려서부터 가진
황혼 속의 호기심

황혼이 물들면
지금도 가슴이 뛰는데
여전히 풀리지 않는
산 너머 세상.

—「서산 너머 세상」 전문

(나) 파란 하늘로
고목 타고 올라
주황색 꽃등을 켠다.

님은 살아 있다
죽은 것이 아니다
외치는 몸짓

평생 품은 사랑
이루지 못한 한
마지막 바치는 열정

죽은 님 껴안고
뜨겁게 사는 모습
염천炎天 하늘 아래

햇살보다 더 눈부시다.

—「능소화」 전문

(다) 울타리 밑 나팔꽃
온 집안 향해
나팔을 분다.

울타리 기어올라
내다보며 소리 지른다.

얼마나 기쁘기에 외치는가.
집 안팎으로 종일토록

산다는 것은 외치는 것
그리움을 토해내는 것.

나팔꽃 한 송이
나팔을 분다.
그리움으로 울부짖는다.

—「나팔꽃」 전문

이 작품들이 가지고 있는 정서는 앞에 인용한 세 편의 시에서 보여주는 적막감과는 사뭇 다른 양상이다. 우선 (가)「서산 너머 세상」은 정지용의 동시「산넘어 저쪽」이나「별똥」이 연상되는 작품이다. 그 가운데「별똥」의 전문은 다음과 같다. '별똥 떠러진 곳,/마음 해 두었다/다음날 가보려,/벼르다 벼르다/인젠 다 자랐오.'(『정지용 시집』, p.112) 이 작품에 등장하는 시작의 중요 모티브는 어린 시절의 호기심이다. 이렇게 어린 시절의 호기심이 모티브가 된 작품은 비단 정지용의 동시에만 있는 것은 아니다.

그러나 (가) 「서산 너머 세상」은 신 교수 나름의 특징을 가지고 있다. 지금까지 인용한 다른 작품에 비하여 직접적인 진술에 의존하는 것이 한계성이라고 볼 수도 있으나 이 시는 신 교수의 수필이나 시를 쓰는 원동력이 무엇인가를 보여준다는 점에서 상당히 중요한 작품이다. 신 교수는 어린 시절부터 해가 넘어가는 황혼 무렵의 '황금빛 세상'에 호기심이 많았다고 말하고 있으며 해가 넘어가는 '서산 넘어 세상'이 궁금하였다고 하고 있다. 그러면서 그 궁금증은 아직도 풀리지 않고 지금도 서산이 황혼으로 물들면 가슴이 뛴다고 진술하고 있다. 사실 황혼의 배후의 관념은 상징적으로 볼 때 그렇게 희망적이라고 볼 수 없다. 사람의 생애로 볼 때 노년기의 정렬, 그것도 마지막 불꽃이라고 상징된다. 그러나 신 교수에게는 어린 시절부터 지금까지 따라다닌 호기심이자 창작의 원동력이다. 즉, 서산으로 넘어 가는 해가 소멸되어가는 사람의 한 평생이 아니라 평생을 따라다닌 정렬이자 풀리지 않는 호기심이었던 것이다.

(나) 「능소화」와 (다) 「나팔꽃」은 그의 작품 속에 빈번하게 등장하는 제재의 하나인 '꽃' 시편들이다. 이 두 꽃은 모두 여름에 피는 꽃이며 덩굴식물이다. 그리고 모양도 비슷하다. 그러나 (나) 「능소화」의 경우는 화려한 주황색 꽃이라는 점과 꽃말이 '그리움'이라는 점에서 착안한 것인지는 알 수 없으나 님에 대한 그리움을 형상화하고 있다, 그리고 그리움은 단순한 그리움이 아니라 능소화 덩굴을 타고 올라가게 하기 위한 고목을 능소화의 죽은 님으로 비유하여 능소화가 덩굴로 죽은 님을 껴안고 아름다운 자태를 님에게 바친다고 보고 있다. 뿐만 아니라 여름에 피는 꽃임에 착안하여 사무치는 그리움을 염천 하늘과 대비하여 더욱 강렬하게 형상화하고 있다. 따라서 신 교수의 시에서 좀처럼 찾아보기 힘든 역동성까지 보여 주고 있다.

(다)「나팔꽃」의 경우는 꽃말 '기쁜 소식'처럼 '울타리 밑의 온 집안'에 기쁨을 종일토록 전한다고 진술하고 있다. 그런데 나팔꽃이 나팔 불 듯이 기쁜 소식을 전하는 원동력은 역시 그리움이라고 보고 있다. 다만 그리움의 대상이 (나)「능소화」에 비하여 분명하지는 않다. 그러나 나팔꽃이 아침마다 싱싱하게 피어나는 모습에서 발견할 수 있는 역동성은 충분히 형상화 되었다. 또한「능소화」에서 찾아볼 수 있는 비극성이 없다는 것도 놓쳐서는 안 될 특징이다.

이상과 같이 인용한 두 꽃말고도 제목으로 등장하는 다른 꽃(「해바라기」, 「산수유」, 「물망초」 등)이나 다른 사물, 예를 들면 '바람'(「바람」)이나 '강물'(「강물에 발을 담그고」) 등에서는 적막감보다는 해당 사물의 특징에서 착안한 긍정적이고 역동적인 정서들이 등장하고 있다. 그러면서도 결코 감정을 직접적으로 표출하거나 진술하지는 않는 것이 신 교수 시 전반의 특징이다.

4.

지금까지 살펴본 신 교수의 제2시집 작품들의 공통적인 특징은 시의 중심 제재로 등장하는 시간과 사물이나 부수적인 제재인 다른 사물들과는 적절한 거리를 두면서 감정을 직접적으로 드러내지 않는다는 점이다. 그가 시는 수필과는 다른 감동적인 순간들을 형상화한 것이라 하고 있으나 耳順의 나이를 넘어 시작한 시 창작 행위는 오랜 수필 쓰기에서 터득한 글쓰기의 방법으로 사물과의 적절한 거리를 유지하고 있다는 점에서 성공적인 글쓰기라고 볼 수 있다.

또한 수필가와 시인을 겸하는 많은 사람들의 시에서 비시적이고 산문적 진술임에도 행만 구분하면 시가 된다는 잘못을 신 교수의 작품에서는 발견할 수 없다는 점에서도 신 교수의 시 쓰기는 성공적인 작업이다.

다음으로 지적하고자 하는 특징 하나는 한국 문단에 만연해 있는 잘못의 하나라고 볼 수 있는 시는 다른 문장처럼 종결어미 문장부호를 찍지 않아도 된다는 잘못을 범하지 않았다는 점이다. 즉 작품 가운데 종결어미가 나올 때마다 마침표를 정확하게 찍고 있다는 점이다. 이러한 문장부호의 정확성은 신 교수가 국어학자이기 때문이라고 보아진다.

박장희 시집 『황금 주전자』(2010)와 윤리적 실존

1.

박장희 시인의 시는 작가의 말 첫머리에 제시된 문장처럼 〈인간의 최대 목표는 행복이다〉라는 명제를 실현시키고 있다. 말하자면 인간이 행복하게 살려면 어떠해야 하는가에 관심이 많다. 따라서 삶에 대한 긍정적 태도로 충만하여 있으며, 모든 사물을 윤리적인 측면에서 바라보는 경우가 많다. 이러한 태도를 키르케고르의 용어로 표현하면 윤리적 실존이라고 볼 수 있다. 키르케고르는 인간의 실존의 삼 단계를 미적 실존, 윤리적 실존, 종교적 실존으로 보았다. 그리고 인간은 누구나 죽음에 이르는 병을 앓고 있으며, 그 병의 치유는 종교적 실존의 단계에서 유신론적 관점으로 신의 존재를 깨닫고 그를 통하여 죽음 이후의 세계를 발견하는 길이라 하고 있다. 따라서 박 시인은 미적 실존의 단계를 넘어서서 윤리적 실존의 단계에 이른 것이라고 볼 수 있다. 그의 이번 시집 『황금 주전자』(2010, 사학) 69편의 시는 윤리적 실존을 드러내는 방법과 경향에 따라 모두 4부로 나누어져 있다. 물론 정치하게 보면 동일한 경향이 서로 섞여 있는 작품들도 있지만 대체적으로 시적 형상화의 방법에 따라 나누어져 있다고 볼 수 있다. 그에 따른 작품들의 특색을 살펴보기로 한다.

2.

제1부 「공치기」의 경우 가장 눈에 띄는 작품들이 윤리적 명제인 '명예'

‘교만’ ‘진실’ ‘허위‘ 등과 같은 관념들이 제목으로 직접 노출되어 있는 것들이다. 그 가운데 두 편을 살펴보기로 한다.

〈가〉명예는 거울이다

말가니 반들반들하여 무엇이든
그 자리에 앉으면 미끄러질 것 같지만
가벼운 먼지가 제일 먼저
소리 소문 없이 뽀얗게 앉는다

호~오
입김만 불어도 흐려지고
손가락 하나만 까딱거려도 얼룩진다.
그 얼룩 자칫 잘못 지우다가는
오히려 자국만 더 번져 갈 수도
조그마한 충격에 상처가 되기도
때론 파삭 부서지기도 하는
언제나 조심조심
부지런히 닦고 간수를 잘해야 한다.

작은 거울은
손바닥으로 가리고
품속에 품기라도 하지만
제 몸보다 큰 거울은
무엇으로 가려야 하나?!

–「명예」 전문

〈나〉 모기 한 마리

몇 날 며칠 사자 콧등을 물고
도망가기를 수차례
화 가 난 사자
모기 잡으려 온 몸을 이리저리 허둥대다가
제풀에 몸이 달아 지쳐 쓰러져 죽었다
모기는
"내가 동물의 왕 사자를 이겼다!"
두 팔을 양껏 벌리고 만세 부르며
하늘 찌를 듯 날아가다가
거미줄에 그만 걸려 숨이 끊겼다

—「교만」 전문

〈가〉「명예」의 경우 '명예'를 거울이라는 사물로 비유하여 그 속성을 형상화하고 있다. 첫째 연에서는 명예는 조그마한 인격적 손상에서도 훼손되기 쉽다는 점을 밝히고 있다. 거울은 표면이 미끄러워 수직으로 세워두면 사물들이 앉기가 쉽지 않지만 반면 가벼운 먼지는 앉기가 쉬워 결국 거울 표면은 뽀얗게 된다. 이러한 속성의 거울처럼 명예도 큰 잘못보다 사소한 실수나 인격적 결함을 이웃 사람들에게 드러내면 손상을 입게 되는 것이다. 둘째 연에서는 거울에 앉은 먼지나 얼룩을 잘못 지우면 그것들은 사라지지 않고 오히려 크게 번져나가는 속성과 깨어지기 쉬운 속성처럼 조그만 잘못은 솔직하게 시인하고 언제나 조심스럽게 품위를 유지해야 한다는 점을 형상화하고 있다. 그리고 마지막 셋째 연에서는 명예의 아이러니칼한 점을 풍자적인 어조로 형상화하고 있다. 작은 거울은 보관하기 쉽지만 큰 거울은 보관하기 어려운 것처럼 큰 명예를 누릴수록 그것을 허물없이 유지하기 어려우니 조심하라는 교훈을 독자들에게 보여주고 있다.

〈나〉「교만」의 경우는 더욱 풍자적이며 시니컬한 어조를 가지고 있다.

모기가 사자의 콧등을 수차례 공격한다고 화가 나 죽을 리 없지만 죽었다는 것 자체는 대단히 우화적이다. 결국 모기 때문에 사자가 죽게 되어 이를 알게 된 모기의 교만은 하늘 찌를 듯 극에 달하게 된다. 그리하여 비상하다가 나약하기 짝이 없는 거미줄에 걸려 죽게 되는 것이다. 이러한 시적 상황은 정말 웃지 않고는 못 배길 한 편의 격조 높은 코메디라고도 볼 수 있다.

그러나 이상의 두 편은 그 관념을 찾아내는 과정이 너무 쉬워 독자들이 자칫하면 서정시의 장점이자 본령인 애매성과 긴장감을 느끼지 않을 수도 있다. 즉, 평면적이 되기 쉬운 약점을 가지고 있다. 반면 다음과 같은 작품은 이러한 단점을 많이 청산되고 있다.

걸레는 걸레이다
걸레는 더러운 것이다
자신이 더러워지면서 그 주위가
깨끗할 수 있게
더러워지기를 기꺼이
주저하지 않아야 한다

자신의 깨끗함과 고고함이
주위를 깨끗하고 고고하게 만들지는 않는다
자신의 깨끗함과 고고함 자체가
주위의 더러움을 포용할 수 있어야 한다

걸레가 되는 것이 쉬운 일 같지만
결코 쉬운 일이 아니다
손아귀에서 크게 논다든가
고개 뻣뻣하게 치켜들고
수그리지 않는 걸레는

그 누구도 거들떠보지 않는다

―「걸레가 되고자」 전문

이 작품의 경우 우선 청렴결백이나 양심이라는 것과는 거리가 먼 더럽고 혐오스러운 '걸레'라는 사물을 시의 제재로 삼아 관념을 내포에 숨기고 있는 점이 예사롭지 않다. 첫째 연에서 형상화시키고 있는 관념은 걸레에서 연상되는 일차적 관념인 부패나 비양심이 아니다. 그렇다고 이것들과 대립되는 청렴결백 혹은 양심도 아니다. 오히려 걸레 자신은 더러워지면서 주위를 깨끗하게 하는 희생정신이다. 이 작품에서 시인이 형상화하고자 하는 것은 헌신이나 봉사의 자세인 것이다. 우리 주위에는 봉사를 빙자하여 자기 자신들의 경제적 이익이나 정치적 목적을 달성하는 무리들이 많이 있다. 이러한 자세들은 박 시인의 표현을 빌리면 '손아귀에서 크게 놀거나 고개를 치켜들고 수그리지 않는 걸레' 인 것이다. 이러한 자세의 무리들은 누구도 거들떠보지 않아야 한다. 그러나 많은 사람들이 그들의 실체를 잘못 파악하고 있다. 특히 현상이나 인물에 대하여 이성적 판단보다 감정에 지우치는 우리나라 사람들일수록 허위의식과 위선의 노예가 되기 쉬운 것이 엄연한 현실이다. 이러한 깊은 뜻을 내포하고 있는 것이 바로 이 작품이다. 뿐만 아니라 이 작품은 관념 자체를 제목으로 삼기보다 그것들을 형상화시킬 수 있는 사물 즉 제재를 제목으로 내세우는 것이 훨씬 성공적이라는 서정시의 본질을 잘 드러내고 있다.

제2부 「차 달이는 마음」에서는 사물 자체가 시의 제목으로 등장하는 경우가 많다. 그리고 유명 화가의 작품을 제재로 삼은 작품도 있다.

〈가〉샹들리에

불빛 아래

모여드는

나비들의

한창

눈부신

속살

—「벚꽃」 전문

〈나〉낱개 하나씩 포장하여
적당한 간격 유지로 상처 하나 없이
백화점에서 배달된 사과 상자
폼 좋고 매끄러운 피부를 가졌지만
실속 없이 몇 개 되지도 않고
이웃끼리 서먹서먹한 사이처럼 속이 희멀거니
입안에 서걱거리는 백화점 사과

서로 몸과 맘을 아끼지 않아 살점이 맞닿아
자신도 모르게 상처를 주고받으며
산지에서 배달된 사과 상자
폼은 그저 그렇고 꺼칠한 피부를 가졌지만
이웃끼리 정이 담뿍한 알찬 사이처럼
속에 꿀이 박혀 입안에 아삭거리는 산지 사과

가까우면 가까울수록 더욱 정다워 지는 줄 알고
내 맘이 내 맘이고 네 맘이 내 맘인 줄 알고
서로 부딪쳐 번지며 깊어가는 상처가 되는 줄 모르고
상대방이 상처를 주는 것이라 투덕거렸다

내게만 상처 나고 아픈 줄 알았지
네게도 상처 난 줄은 꿈에도 모르고
서로의 포장과 간격 유지 없이 이마 맞대고
살 비벼야 더욱 정답고 알찬 삶인 줄 알고

—「사과 상자」 전문

〈가〉「벚꽃」의 경우는 그의 작품 가운데 관념의 노출이 비교적 적은 편에 속하는 작품이다. 벚꽃을 '샹들리에 불빛 아래 모여드는 나비들의 한창 눈부신 속살'이라고 비유한 보조관념으로만 구성된 작품이다. 다만 식물을 곤충으로 비유한 것이 특색이라면 특색이다. 이 작품은 원관념도 사물이라서 작품의 주제가 되는 추상적 의미는 드러나지 않는다. 다만 벚꽃의 순결한 아름다움을 형상화한 것이라고 볼 수 있다.

그러나 〈나〉「사과 상자」의 경우는 〈가〉과는 전혀 다르다. 첫째 연과 둘째 연에서 사과상자 속의 사과를 잘 포장되어 배달된 백화점 사과와 사과끼리 부딪치고 살점이 마주 닿아 상처 난 산지 직송 사과들로 대비하여 인식하고 있다. 모양도 좋고 크기도 큰 백화점 사과는 사람들의 삶의 현장으로 치면 고급 아파트에 사는 상류사회의 서로 인사도 나누지 않는 사람들을 비유한 것이고 모양도 까칠하고 피부도 상처투성이면서 굵지도 않은 산지 직송 사과는 중산층 이하의 사람들이 크지 않고 오래된 아파트에 살면서 간혹 서로 다투기도 하지만 다정하게 인사를 나누면서 인정스럽게 살아가는 모습을 비유한 것이다.

다음의 작품은 박수근 화백의 작품 〈빨래터〉를 시적 제재로 하고 있다.

색깔 있는 무명옷이든 아니든
양말이든 속옷이든 겉옷이든
시부모·시동생·시누이

남편·아들·딸 할 것 없이
빨랫감은 한 통속이다

~로부터의 자유
한 통속의 사랑과 미움 설움
하나씩 꺼내어
빨랫돌에 얹어놓고
두들기는 방망이에
엉켜있던 시집살이 갖은 사연
계층도 무늬도 색깔도 선線도 없이
비누거품처럼 몸을 풀어
냇물 따라 흘러간다

손발 시리고 팔다리 저리며
허리가 아파도
미운 마음 설운 마음
푸는 마음 삭이는 마음
들썩들썩 빨래 따라 엉덩이 따라
왔다리 갔다리
결국은 제자리 다잡은 시집살이

–「빨래하는 여인들」 전문

이 작품은 작품 말미에 각주로 그림의 모습을 대강 설명하고 있지만 유화로 20호(37×72cm) 크기에 가로로 긴 화폭에 흰색, 분홍, 노랑, 민트색 등 다채로운 색상의 저고리를 입은 6명의 여인네들이 냇가에서 빨래하는 모습을 담고 있다. 따라서 작품 속의 여인들이 시집살이나, 가족이나, 가정의 크고 작은 사건들을 화제로 이야기를 나누고 있다는 연상이 가능한 작품이다. 그러나 박 시인은 다양한 이야기보다 시집살이의 어려움에 집중하고 있다. 말하자면 박 화백의 그림을 보고 우리나라 여인네들의 보편적인 시집살이의 사연들을 토로하고 있다. 그런데 그 사연들이 고통과 서러움으로만 인식되는 것이 아니라는 데에서 이 작품의 시적 성과를 찾을 수 있다. 즉 마지막 셋째 연에서 여인들의 빨래하는 동작을 리드미칼하면서 웃음을 자아내게 장면을 제시하고 있는 점으로 인하여 고통과 서러움이 극복되고 있는 것이다.

박 시인의 삶에 대한 건전한 태도는 이상과 같이 제2부에서는 사물을 윤리적 실존으로 인식하는 데서 잘 드러나고 있다.

제3부 〈잠자는 연〉에서는 주로 국내외 여행에서 만난 사물들에 대한 인식의 결과를 형상화한 작품들이 많다. 이 작품들 역시 미적 실존보다 윤리적 실존으로 인식하여 결과적으로 삶에 대한 교훈들이 들어 있다. 이 작품들 중에는 종교적 실존에 가까운 것들이 보이는 것이 앞의 제1, 2부와는 다른 점이다.

〈가〉비오는 날

누웠다 일어났다 누웠다 일어났다를
수없이 반복하다 어떻게 광명의 새 세상 찾을까
고민하는 동해의 수만 마리 물고기
궁리궁리 끝에 비로소
부처님 제자 되고자
절寺로 갔다네
서로 먼저 미륵불 뵈러 진입하고자 몸싸움하는데
어느새 비가 그쳐
산비탈 뱀처럼 이리저리 뒹굴다가
절로 튀어 오르지도

바다로 다시 툼벙 뛰어들지도 못해
그만 그 자리에 멈추어버렸다네

수행에 게으른 물고기
아직도 억겁의 번뇌로
탐진치探瞋癡를 빠져나오지 못해
아무리 돌무덤 여기저기를 두들겨도 둔탁한 소리
두 눈 맑게 내리깔고
오랜 세월 참선한 물고기
당당한 잘못 불현듯 깨달아
누가 어디를 두들겨도
억겁의 무명無明이 삭아진
청아한 맑은 소리

—「만어사 돌너덜」 전문

〈나〉하늘에서 땅으로 끌어내린
소크라데스 철학이
"너 자신을 알라"고
영겁을 넘나들어
지중해를 건너 동방의 나라
나에게로 왔건만
아직도 나 자신을 제대로 몰라

아테네의 수호신에게
신이 내리실 벌이 있으시다면
하루빨리 고통을 주시옵고
그대가 내품는 중정의 균형미로

지혜와 자비로움
내 속에서도 뿜어 나와
올리브 열매처럼
인간에게 유용한 기름이 되게 해달라고

–「파르테논 신전 앞에서」 전문

〈가〉「만어사 돌너들」의 경우 소재 탓이기는 하겠지만, 불교적 상상력에 의하여 시를 형상화하고 있다. 경남 밀양시 삼랑진읍에 있는 만어사 돌너덜은 현장에 가서 본 적이 있는 사람들은 알겠지만 물고기 모양의 크고 작은 돌덩이들이 널려 있다. 이 모양에 따라 산 이름은 만어산이요, 그 산기슭의 절 이름도 만어사이다. 그런데 더욱 신비로운 것은 돌덩이를 두드리면 대부분의 돌에서 은은한 종소리가 난다는 점이다. 이러한 만어사의 돌너덜을 구경한 소감을 시로 형상화한 것이 바로 이 작품이다.

만어사의 연기전설도 이 돌너덜과 관계가 있는데, 돌덩이 가운데는 놓인 위치에 따라 간혹 둔탁한 소리를 내는 경우도 있다. 이 점을 박 시인은 놓치지 않고 있다. 즉 둔탁한 소리의 돌덩이는 수행에 게으른 물고기들로, 은은한 소리를 내는 돌덩이는 오랜 세월 제대로 참선한 물고기들로 비유한 것이 재미있는 발상이다. 따라서 이 작품은 윤리적 실존에 의한 인식의 결과물이라고 보기보다 종교 즉 불교적 실존에 가깝다.

〈나〉「파르테논 신전 앞에서」의 경우는 그리스의 아테네 '파르테논 신전'이 작품의 제재가 되고 있다. 그런데 박 시인의 관심은 신전의 웅장하고 아름다운 모습이 아니라, 그 신전 앞에서 그리스 철학자 소크라테스가 인류에 던진 영원한 명제인 '너 자신을 알라'라는 것에 대하여 사유하면서 자아탐구를 하고 있다. 이어서 둘째 연에서는 파르테논 신전에서 모시던 아테네 여신에게 자기 자신의 인격적 수양을 간구하고 있다. 지혜와 자비로움으로 말미암아 시적화자 즉 박 시인 자신이 올리브 열매의 기름처럼 인간에게 유용한 존재가 되게 해달라고 구체적으로 기원하고 있다. 이렇게 박 시인은 국내외 명승지 여행에서도 그 곳에 얽힌 사연들을 윤리적 실존으로 인식하여 자기 수양을 소망하고 있다.

제3부에는 이 시집의 제목이기도 한 주점에서 사용하는 주전자를 제재로 한 연작시 「황금 주전자」(1), (2)가 있다. 그 가운데 한 편을 살펴보기로 한다.

속 비우고
엎어져
거꾸로 매달리길
잘했다 잘했어

닫혔다 열렸다 할 일 없고
이리저리 돌리고 돌 일 없고
더 이상 쭈그러질 일 없고
출렁출렁 쏟아질 일 없고
이 손 저 손 손때 묻을 일 없고
더 이상 담아 놓고 혼자 속 끓일 일 없고

할 일은 오직
이것저것 모두 다 잊고
어제도 오늘도 내일도
모두모두 쏟아내고
비우고 엎어져
거꾸로 매달리는 것이었다

그때
오늘과 내일이 손잡고
비운 속으로 미래의 충만이
우우 차오르는 것이었다

—「황금 주전자 1」 전문

이 작품에서 주점 그것도 막걸리를 주로 파는 서민들이 애용하는 주점의 주전자를 '황금 주전자'로 명명한 것은 다분히 역설적 표현이다. 주전자도 재질과 용도에 따라 여러 가지 종류가 있을 수 있다. 고급 일식집의 주전자는 주로 정종을 채우는 것으로 스테인레스로 은빛인 경우도 있고 아예 도자기 주전자도 있다. 만약에 일식집에서 황금빛으로 빛나는 주전자일 경우에 대단히 고급스럽게 금도금된 것일 수도 있다. 우선 제목으로 연상되는 것은 고급스럽고 귀족적인 주전자이다. 그러나 둘째 연에서의 문맥적 의미만 파악하여 보면 그 연상이 빗나간 것을 당장 알게 될 것이다. 그 주전자는 앞에서 지적한 대로 주점 그것도 선술집에서 막걸리를 담아 손님들 사이로 오가면서 쭈그러질 수도 있는 얇고 가벼운 재질의 금속에다 금빛 도금을 한 주전자이다. 이런 점에서 일차적으로 역설적 효과를 거두고 있다.

그런데 이 작품에서 전개되는 시적 상황은 이러한 주전자가 아니라 첫째 연에서처럼 사용되다가 속을 비우고 술집 주방이나 가게 천장에 거꾸로 매달려 있는 주전자가 인식의 대상이 되고 있는 것이다. 말하자면 술 주전자로서 가게 주인에게 비록 서민의 호주머니에서 나온 돈들이지만 돈을 벌게 해주는 주전자가 아니라 그러한 삶의 현장에서 빗겨 나 있는 주전자인 것이다. 둘째 연에서는 그 동안 삶의 현장을 열거하면서 그러한 현장에서 빗겨 나 있음을 구체적으로 언급하고 있다. 즉, 여닫거나, 돌려지거나, 더 이상 쭈그러지거나, 술이 쏟아지거나, 손때 묻히거나 할 필요가 전혀 없는 것이다. 그리고 거꾸로 매달려 있다는 것이 단순하게 주전자에게만 미치는 의미영역이 될 수 없다는 징후가 둘째 연의 마지막 행 '더 이상 담아놓고 혼자 속 끓일 일 없고'에서 넌지시 암시되다가, 셋째 연에서 버림의 미학으로 우리의 삶에 비유된다. 시간도 버리고, 세속에서의 성공이나 명예, 물질과 같은 헛된 욕망에서 해방되는 삶이 진정한 삶인 것이다.

비록 삶의 연조나 시단 연조가 짧지마는 박 시인은 이 작품 하나만 보아도 여유롭고 달관적인 태도를 가지고 있는 셈이다. 뿐만 아니라 이 여유로운 태도가 현실도피나 허무의식에서 온 것이 아니라 비움에서 오히려 미래에 대한 낙관적 전망이나 충만함이 온다는 것을 마지막 넷째 연에서 확실히 보여주고 있다. 아마 이러한 여유로움은 그가 가지고 있는 신앙 즉 불교적 태도와 상상력의 소산이라 생각된다.

제4부 〈사랑 그리고 이별〉은 모든 문학 장르의 영원한 주제인 '사랑 시편'들로 구성되어 있다. 그 가운데 비교적 짧으면서도 사랑에 대한 개성 있는 비유들이 보이는 몇 편을 살펴보기로 한다.

〈가〉 가려운 곳 참다참다
참기 어려워
문지르다 문지르다

끝내 손톱으로 빡빡 긁으면
하물하물 송긋송긋한 물집이 터지며
상처나고 피터진다

껍질이 째지는 아픔으로
절정이다

－「사랑 1」 전문

〈나〉 사방 걸어 잠근

문틈 사이로

인연 하나 들어왔다

세상에 딱 한 번 오는 것이라고

가을무같이 디미는 절도

배추밭의 싱싱한 푸르름으로

밤을 덮었다

팽팽하게

겨울마당 빨랫줄처럼

—「사랑 2」 전문

〈다〉 교과서를 빛나게 하는

사전과 참고문헌이라는

기대로 섣불리 다가갔다가

오히려 끙끙거리며

고민해야 하는 고도의

문제풀이 학습서다

—「사랑 3」 전문

〈가〉의 경우 '사랑'을 무좀에 비유하여 사랑의 간절함과 그로 인한 고통을 형상화하고 있으며, 〈나〉의 경우는 인생에 있어서 딱 한번 찾아오는 사랑의 기쁨을 다소 물질적 감각으로 형상화하고 있다. 이 경우 자칫하면 관능적으로 감각될 수 있으나 등장하는 식물 즉 '가을무', '배추밭' 그리고 '겨울마당 빨랫줄'같은 보조관념의 지고지순함과 차가움으로 형이상학적 깊이를 획득하고 있다. 〈다〉의 경우는 사랑의 난해한 측면을 다소 현학적 비유로 형상화하고 있다. 그러나 사랑은 아름답지만은 않은 것이다. 만약에 그 사랑이 이루어지지 않고 깨어질 때에는 커다란 고통이 따르는 것이다. 사랑의 시작은 감격적이지만 이별은 쓸쓸하고 살벌하기까지 한 것이다. 이러한 사랑의 시작과 끝을 노래한 시가 바로 다음 작품이다.

사랑이 내릴 때는
산천을 뒤덮는 눈이요
전신을 포근히 뒤덮는 눈이요
독점개봉 로드쇼road show요
어깨동무의 빙벽
떨어질 수 없는 쌍쌍바요

사랑이 멈출 때는
어느 프로도
다시는 상영하지 않는
폐업한 극장이요
한순간의 빙벽
한 쪽만 남겨놓은 쌍쌍바요

– 「사랑 그리고 이별」 전문

3.

지금까지 살펴본 바와 같이 박 시인은 올바르고 정직한 삶을 주로 노래하고 있다. 따라서 제1, 2, 3부에서는 그의 시적인 기법이나 시어를 선택하는 솜씨나 비유적 기법을 구사하는 능력이 두드러지게 드러나지 않는다. 따라서 그를 기법으로서의 시인이리기보다 윤리적이고 관념적인 의지의 시인이라고 볼 수 있다. 그러나 제4부 '사랑 시편'에서는 그의 비유를 구사하는 능력 또한 예사롭지 않다는 점을 짐작하게 한다. 앞으로 박 시인은 제1, 2, 3부의 윤리적 실존보다 더욱더 심층적이고 복잡다단한 삶의 양상을 제4부에서처럼 비유적 기법을 구사하면서 감정을 직접적으로 노출하기보다 적절히 조절하면 더욱더 훌륭한 작품을 쓸 수 있을 것이다. 그리고 그 작품들에 그가 가지고 있는 신앙인 불교적 상상력이 보다 정치하게 구사된다면 그의 시세계는 윤리적 실존을 넘어 종교적 실존에 이르게 되고 그것이 충분히 형이상학적 가치를 획득하게 될 것이다. 왜냐하면 그는 아직 젊고 살아갈 날 또한 많기 때문에 필자의 이러한 기대를 저버리지 않을 것이다.

최은혜 시집 『우면산 연가』(2016)와 사투리 시학

1.

시인에게 고향은 가장 순수한 시적 체험의 공간이다. 나이가 얼마가 되었거나 상관없이 시인에게 고향은 언제나 문득 문득 생각나는 공간이다. 우리 선배 시인들은 고향을 떠나 타향에 살면서 세파에 시달리거나 어려운 일을 당할 때마다 실제로 고향으로 돌아가 상처를 치유받기도 하였으며 그러할 때의 느낌을 시로 형상화 하였다. 그리고 그 작품들은 문학사에 남을 대표작으로 자리 잡기도 하였다. 물론 시인이 아니라도 고향은 누구에게나 그리움의 대상이며 여러 가지 장애로 쉽사리 돌아가지 못하는 경우에는 그 곳이 간절히 생각나는 것은 인지상정이다. 그러나 시인의 경우는 특히 다른 사람들에 비하여 유년기를 동경하고 그때의 일들을 어제 일처럼 기억하며 사는 사람들이다.

어린 시절의 체험 공간은 고향을 벗어나지 않으며 비교적 체험의 유형들도 단순하다. 말하자면 어른의 입장에서는 단조롭기 짝이 없기도 하다. 이러한 단순성으로 인하여 예사롭지 않은 일이 생기면 오래 오래 기억되며 어른이 되어도 자주 생각난다. 어쩌면 어른들에게는 사소한 일도 어린이 입장에서는 대단한 일로 기억되면서 심리적인 거리가 단축되어 오랜 시간이 지나도 어제 일처럼 생생하게 남아 있다. 뿐만 아니라 시인들의 감수성은 예민하여 어린 시절의 일들을 남달리 자세하게 기억하고 있는 경우가 허다하며 이것들이 시적제재로 자주 등장한다.

최은혜 시인은 필자가 현재 거주하고 있는 부산의 해운대 신도시에서 그렇게 멀지 않은 이제는 부산광역시로 편입되어 있는 기장군이 고향이다. 그리고 초등학교 시절부터 한의사인 아버지 곁에서 한약제조를 도우며 한문도 익혔다. 어쩌면 필자는 지금은 대도시의 근교로 상전벽해처럼 변해버린 최 시인의 고향집 근처를 자주 오가고 있는지도 모른다. 특히 색다른 음식점이 많은 그곳을 자주 들락거리고 있기 때문에 그러한 생각이 난다. 물론 필자에게 기장군은 대도시를 잠시 떠나 복잡해진 머리를 식히며 맛있는 먹거리를 먹는 휴식의 공간이기는 하지만 최 시인처럼 고향으로서의 추억의 공간은 아니다. 그러나 최 시인의 고향 기장군이 낯선 공간은 아니다. 최 시인의 제2시집 『우면산 연가』(2016, 문강출판사)에서 가장 주목할 작품은 고향 기장군에서 겪은 유년기의 체험이 형상화된 것이 많다.

2.

최 시인은 최근까지 서울 서초구 한국의 작은 프랑스라고 하는 우면산 기슭 서래마을에 살다가 강서구 마곡동으로 이사를 했다. 이번의 시집에는 그가 최근까지 산 서래마을이 시적 공간이 된 작품도 다수 있다. 그러나 이러한 작품들보다 훨씬 시적으로 성숙되고 성공적인 작품들이 그의 고향이자 유년기의 체험의 공간인 기장군이 배경이 된 작품들이다. 이상과 같은 입장에서 최 시인의 작품세계를 살펴보기로 한다.

내 고향
幼年의 언덕을 넘어
저만치 울려오는
엿장수 가윗소리

헌 고무신 한 켤레 옆에 끼고
고샅길 내달으면

짱그렁 짱그렁
군침 도는 엿장수 기윗소리

입맛 다시는 아이들 곁에서
오랜 세월
탁한 음성 눅진한 건반은
아직도 그 추억의 노래를 기억하는지

은은히 은은히
진귀한 향토 가락
그 시절 넘나드는 향수

또 다른 꿈을 꾸는
세상은 조각으로 흔들리고
잠 드는 도시의 상처
끊어졌다 이어지는 소리

끝 가는 줄 모르는
우리네 삶의 발자취
한 줌 익살로 젖어들며
상념의 꿈으로 분 바르던 날

정겹고 소박한
우리의 맛 우리의 가락
아슴히 아슴히 부르는 소리

–「엿장수 가윗소리」 전문

이 작품에 등장하는 유년기의 소재는 '엿장수 가윗소리'이다. 최 시인 뿐만 아니라 어린 시절을 농어촌에서 보낸 사람들에게는 간혹 찾아오는 엿장수의 가위소리에 얽힌 추억들이 있을 것이다. 심지어 크게 낡지 않은 고무신을 엿과 바꾸어 먹어 부모님들로부터 혼난 체험을 가진 사람들도 있을 것이다. 말하자면 이 작품에 등장하는 추억은 최 시인만의 개인적 추억이 아니라 보편적인 추억이다. 따라서 그만큼 공감의 폭이 넓을 수 있다. 우선 첫째 연과 둘째 연은 '가윗소리'로 인하여 연상되는 유년의 구체적 공간이다. 시적 화자는 엿장수의 가위소리를 들으며 헌 고무신 가지고 고샅길을 달려 엿장수를 찾아가는 자신의 모습을 떠올린다. 그런데 다음 셋째 연부터는 추억에 대한 감각적인 묘사보다도 어른이 된 현재의 상념이 제시된다.

현재 시적화자가 듣는 가위소리는 도심을 찾아온 삐에로 화장을 한 익살스러운 엿장수가 들여 주는 가위소리라는 짐작을 할 수 있는 시어들이 많이 등장한다. 셋째 연의 '탁한 음성 눅진한 건반'에서는 가위소리에 더하여지는 낡은 아코디언이 연상되고, 여섯째 연의 '한 줌 익살로 젖어들며/상념의 꿈으로 분 바르던 날'에서는 삐에로 분장을 한 붉는 코의 현대판 엿장수가 떠오른다. 따라서 시적 화자의 귀에 들려오는 가위소리는 환상적이라기보다 도심을 지나다 우연히 목격한 삐에로의 가위소리라고 볼 수 있다. 최 시인의 시적 형상화 능력은 이러한 익살스러운 풍경 속에서 어린 시절을 떠올리는 것이다. 그러면서 이러한 어린 시절의 추억은 개인적인 체험이나 서정적 공간이라기보다 넷째 연에서 '진귀한 향토 가락'으로 민족적 공간이 된다. 그러한 가락은 다섯째 연에서 '잠드는 도시의 상처'를 치유하고 끝내는 마지막 연에서 '정겹고 소박한' '우리 맛 우리의 가락'으로 전통적 인식에까지 다다르게 된다.

안방 장롱 서랍에
반듯하게 접어 둔

어머니의 모시 옷

한 벌

첫 장마가 열리는 유월

연연娟娟한 매무새로

남겨두신

당신의 땀 내음.

세월의 아픔을 한 뜸 한 뜸

지어 입으시던 지난 날.

험한 세월 굽이굽이

풍상을 겪으시며

진솔한 삶을 사시다

산자락에 안기어 잠드셨나요?

망월에

서려 도는 환한 그리움……

물레질 할 때 보채던

철부지는

중년을 바라보는

두 아이의 어미랍니다.

나이 들어

겹실을 꿴 긴 바늘이

차츰 낯설어만 지고

당신의 손길 닿던

반짇고리에는

바늘과 골무만 잠재우고

계신가요?

언제나,

고향의 솔밭에 다소곳이

누워계신 당신을
불러 봐도 대답이 없습니다.
내 가슴 메아리로 살아 있는
숯불 다리미 속에
잉걸불만 남고……

－「친정어머니」 전문

이 작품의 시적제재는 지극히 개인적인 최 시인 자신의 '친정어머니'이다. 이 작품은 최 시인의 작품 가운데는 보기 드믄 연 구분이 되지 않은 단연의 작품이다. 대신 군데군데 문장 부호를 사용하여 호흡을 여유롭게 한다. 그리고 행 구분도 빈번하게 한 형태적 특징을 가지고 있다. 이러한 형태적 특징은 최 시인의 친정어머니에 대한 그리움의 정도를 심화시키는 데에 기여하고 있다.

이 시의 발상은 '안방 장롱 서랍에/반듯하게 접어 둔/어머니의 모시옷'에서 출발하고 있다. 말하자면 최 시인과 친정어머니의 사적인 관계에서 출발한다.(1~4행 부분) 다음의 전개과정에서 모시옷의 제작과정처럼 진솔한 삶을 사시다가 산자락에 묻힌 어머니의 생애와 어머니에 대한 그리움을 간략하게 진술하고 있다.(5~16행) 다음 부분에서 철부지가 두 아이의 어미가 된 최 시인 자신의 생애를 제시하고 있다.(17~20행) 그 다음부터는 어머니에 대한 그리움을 어머니가 남겨둔 반짇고리와 골무를 객관적 상관물로 하여 형상화하면서 자기 자신의 간절한 그리움 역시 '숯불 다리미의 잉걸불'로 사물화하고 있다. 이렇게 친정어머니의 생애와 최 시인의 간절한 그리움 등이 사물화에 성공하고 있는 작품이 바로 이 시이다. 그러면서도 개인적이라기보다 우리 민족의 전통적인 모녀관계를 보여주면서 시적 체험의 보편화에도 성공하고 있다.

이 상 두 작품에서처럼 최 시인이 역량은 지극히 개인적인 체험을 보편화 하는 능력에서 찾을 수 있다.

계속하여 최 시인의 시에 자주 등장하는 가족은 친정어머니이다. 그에 대한 그리움이 더욱 구체화되고 사물화 된 작품에 대하여 살펴보기로 한다.

매화 향기 그윽한 고향 언덕
치미폭에 감싸 안은
푸른 하늘

봄볕 따가움 모르고
흙더미 위로 쏘옥 내미는
새싹 합창소리

어머니 굳은 손마디
봄나물 한 소쿠리 가득 담아
으스름 해질 무렵
언덕고개 길 넘으며
들려주시는
어머니의 살아 온 이야기

"엄마보다 잘 살아야지"

후덥지근한 봄 향기 묻혀
바람 불어 올 때면
하롱거리는 어머니의 모습
눈시울이 뜨겁다.

–「봄 이야기」 전문

봄은 굳이 노드롭 프라이의 신화비평을 이론적 근거로 하지 않아도 겨우내 땅 속에서 죽은 듯이 있던 식물들이 새싹을 지상으로 보내는 데서 희망이 샘솟는다. 말하자면 4계절의 신화 가운데 '봄'은 희망을 상징한다. 이 작품「봄 이야기」에서도 첫째 연에서는 '새싹' 탄생의 과정을 다분히 감각적 표현으로 형상화 하고 있다. 그러나 둘째 연에서는 새싹의 탄생에서 발견할 수 있는 희망이나 새로운 생명의 탄생에서 맛보는 감격과는 거리가 먼 봄나물 캐면서 들려주시던 어머니의 살아온 신산한 이야기가 시적화자인 최 시인에게는 가장 중요한 기억으로 떠오른다. 셋째 연 "엄마보다 잘 살아야지" 라는 독백에서 시적화자의 단호하면서도 긍정적 태도를 엿볼 수 있다. 이러한 점에서 다소나마 희망이라는 신화비평적 상징성을 보여주고 있다. 그러면서도 마지막 넷째 연에서는 다시 어머니에 대한 그리움으로 눈물 흘리는 시적화자의 모습을 형상화 하고 있다. 따라서 이 시를 주도하고 있는 상징은 봄에서 연상되는 강인한 삶을 산 어머니라고 볼 수 있다.

3.

최은혜 시인의 제2시집에는 〈제4부 탯말 이야기(사투리)〉라는 부분이 별도로 엮어져 있다. 이 부분에는 첫 번째 작품 〈내 고향은 기장 미역골〉로부터 마지막 작품 〈송편〉까지 23편의 시가 수록되어 있다. 그 가운데 제목부터 기장 사투리, 넓은 지역으로 보면 동부 지역 경상남도 사투리가 등장하고 있는 작품들도 있다. 그러한 작품들을 순서대로 열거해 보면 다음과 같다.

〈부산 가시나〉, 〈청강리 무곡마실〉, 〈어무이의 쑥떡〉, 〈좋은 데로 가그레이〉, 〈고향 이바구〉, 〈어무이예 미안합니다〉, 〈꿈 속이라도 한번만 댕겨 가그레〉, 〈이 가실에〉, 〈언가야〉, 〈새첩게 봐 주이소〉, 〈미안합니다 아부지예〉 등 11편으로 거의 절반에 육박한다.

우리 현대시는 사투리로 인하여 한층 더 풍부해졌다. 이상화(1901~1943)와 박목월(1915~1978)의 경상도 사투리, 정지용(1902~1950)의 여러 시편에 산재해 있는 충청도 사투리, 김영랑(1903~1950)과 서정주(1915~2000)의 전라도 사투리 등이 대표적인 경우이다. 이들 시인의 몇몇 작품들은 간혹 독특한 사투리의 애매성으로 인하여 시를 해석하는 데에 논란을 야기 시키는 경우가 있기는 하지만 분명히 한국 현대시를 풍부하게 하는 측면에서는 기여한 바가 많다. 최은혜 시인의 동부 경남 나아가서는 경상도 사투리도 그러한 점에서 긍정적인 효과가 있다.

연초록 햇살 머금은
청강리 무곡마을

고향의 부모님 뵙는
그리움의 몸짓으로
새벽잠 서둘러
달려 온 고향

반백의 머리칼에
잃어버린 고향길

조상 대대로 이어 온
뿌리 깊은 진토
첨단의 신도시 개발과 함께
휘몰아친 도시문화 하소연

유년의 꿈 조각 줍던
옛 풍경은 온데 간데 없고

낯 설은 고향 길

가슴 풀어 놓은 시집살이 이바구
막내 어리광 부리고 싶었는데……
잡초에 묻힌 고향집을 지키시는 부모님
산바람에 눈 끝이 애린다

정겨운 고향산천
사진과 함께 추억 담아
돌아 온 고향길

—「고향 이바구」 전문

이 작품의 제목에 등장하는 '이바구'라는 시어는 최 시인이 친절하게 각주에서 '이야기'의 탯말(사투리)라고 밝히고 있다. 그러나 '이바구'라는 시어는 굳이 각주로 밝히지 않아도 표준말 '이야기'의 경상도 사투리라는 것을 알 수 있을 정도로 보편화 된 사투리이다. 따라서 '이야기'라는 시어보다 훨씬 시적 효과를 거둘 수 있는 시어이기도 하다. 이 작품에는 각주로 밝히고 있지는 않지만 여섯째 연 마지막 행의 '애린다'는 '아린다'의 경상도 사투리로 '상처나 살갗이 찌르는 듯 아프다'는 뜻이다. 이렇게 최 시인은 자연스럽게 사투리를 구사한다.

이 작품의 의미구조는 귀향 모티브에서 자주 발견되는 고향상실감으로 귀착된다. 최 시인의 고향마을 청강리는 기장군 기장읍에 소재하는 자연부락으로 해운대 송정 쪽에서 보면 기장군청 들어가기 전 부산 울산 고속도로와 동해남부선 철도가 지나는 마을이다. 기장 지역은 동부산관광단지라는 대형 프로젝트가 진행되면서 부산지역 가운데 도시화가 가장 급격화게 진행되고 있으며 지난 총선에서는 증가한 인구로 단일 국회의원 선거구로 독립되기도 했다. 그 가운데 특히 청강리는 개발의 열풍이 불고 있는 현장이다. 이 작품이 언제 창작되었는지 알 수 없으나 최 시인은 이러한 고향을 방문하면서 충분히 유년 시절과는 그야말로 상전벽해처럼 변해버림에서 고향상실감을 느끼지 않을 수 없었을 것이다. 시골을 고향으로 두고 대도시에 거주하는 사람들의 귀향은 누구나 상실감에 젖을 수밖에 없을 것이다. 그러나 최 시인의 고향 청강리처럼 대도시로 편입되어 급격하게 도시화되는 경우에는 그 상실감을 말로 표현할 수 없을 것이다. 최 시인은 이러한 충격을 담담하게 표현하고 있다. 잡초 덮힌 고향집을 지키는 부모님 때문에 눈물을 머금기는 하면서도 그것을 직접적으로 표현하지 않고 '산바람에 눈 끝이 애린다'로 감각화한 부분이나, 마지막 연에서 그래도 '정겨운 고향산천/사진과 함께 추억 담아/돌아온 고향길'이라고 위안을 얻고 있는 부분이 바로 그러한 부분들이다. 이러한 위안을 더욱 진솔하게 하는 효과가 제목 속에 구수한 사투리가 들어 있는 점에서 거두어지고 있다.

내 고향은,
경상남도 기장 미역골
해풍에 묻어 오던 그 소금내

오늘은
어머니 손맛 담긴
미역 초무침과 버물린
상큼한 그 회 맛
한입 가득 느껴 보며
추억에 잠겨 본다

그리운 내 고향
연초록 갯벌 내음 향긋한 기장 미역골

〉

달음산 언덕너머

감꽃잎 목걸이 꿰어

토끼풀 언약반지 끼고

뛰놀았던 소꼽친구들

지금은

어느 하늘 아래 살고 있을까

내 고향

동해의 짭조름한 그 갯벌 내

지금도 손등에 그 내음 남아 있을까

서울 사는 부산 가시나

그 시절 못내 그리워

꿈길을 달려 가본다

–「내 고향은 기장 미역골」 전문

제목에는 사투리가 들어 있지 않으나 이 시의 화자인 최 시인 자신은 그의 존재를 마지막 연에서 '서울 사는 부산 가시나'라고 밝히고 있다. 그리고 이 시의 또 다른 특징은 고향의 추억들을 감각적으로 인식한 점이다. 첫째 연의 '소금내', 둘째 연의 '상큼한 그 회 맛', 셋째 연과 다섯째 연의 '갯벌 내음' 등으로 인하여 추억은 더욱 싱싱해 진다. 최 시인의 고향 기장은 비록「고향 이바구」에서 최 시인이 직접 느낀 것처럼 대도시화로 인하여 고향상실감을 느끼는 공간이기는 하지만 부산 시민 나아가서는 한국인에게 청정지역이요 생동감을 느끼는 공간이다. 뿐만 아니라, 그곳은 한국 단편소설의 백미인 오영수(1909~1979)의 〈갯마을〉의 무대이고 기장 해변에는 그의 기념비가 세워져 있다. 그리고 봄에는 '기장멸치축제'가 열리고 여름에는 오영수의 작품 이름을 딴 〈내 고향은 기장갯마을축제〉가 열린다.

최 시인뿐만 아니라 우리 모두, 특히 부산 시민에게는 마음의 고향으로 자리 잡을 곳이 바로 '기장'이다. 그러한 점에서 최 시인의 「내 고향은 기장 미역골」은 누구에게나 애송될 수 있는 시이다. 대형 아웃랫이 많이 들어섰지만 한편으로는 부산국립과학관이 들어서서 어린이들에게 꿈과 희망을 주는 곳이 '기장'이다.

김현근 시인의 남해 사랑과 실천적 생태주의 시학

– 김현근 제1시집 『백일홍, 꿈을 꾸다』(2018)의 작품세계

1.

김현근 시인은 그의 공무원 생활의 대부분을 고향 남해에서 보냈다. 그리고 막바지에는 필자의 고향이자 김 시인의 처가 곳인 창선면장을 지냈고 마지막으로 환경녹지과장으로 2018년 12월 31일 정년을 하였다. 2004년 수필로 문예지에 등단을 했으나 2011년에는 문인 지망 공무원의 선망의 대상이고 우수 입상자에게는 한국문인협회 회원이 되는 특전이 부여된 제11회 공무원문예대전(행정안전부 주최)에서 시부문 금상을 수상하여 한국문인협회 회원이 되기도 했다. 그 때의 수상작은 「구제역 풍경접종」이다.

김 시인이 정년기념으로 그의 첫 시집 『백일홍, 꿈을 꾸다』(2018, 리토피아)를 내게 되어 필자에게 해설을 부탁해 왔다. 그의 작품의 배경은 남해가 대부분이며, 특히 필자는 중학을 졸업하고 떠난 후 학창 시절에는 여름이나 겨울 방학에 성인이 되어서는 추석이나 설 명절에 방문하는 고향 창선면 면장을 했던 시절의 작품에서는 고향 창선의 곳곳이 시적 공간으로 등장하여 더욱 감동적으로 읽지 않을 수가 없었다. 이제 그의 시에서 남해 사랑이 어떠한 모습으로 형상화 되어 있으며 그 사랑을 받쳐주고 있는 시적 방법론과 세계관은 어떠한가에 대하여 구체적인 작품 해석을 통하여 밝혀보기로 한다.

2.

우선 제1부에서는 남해군 전체가 시적 공간으로 등장하는 작품을 2편 인용하여 보기로 한다.

> 남해 편백 숲
> 의사들은 신문광고 대신 물소리를 풀고
> 바람개비를 돌리고 나비를 날린다
> 저수지 물소리를 풀면 귓병환자들이 달려오고
> 미술관 바람개빌 돌리면 눈병 환자들이 달려온다
> 생태공원에 나비들을 풀면
> 호기심병 환자들이 병아리 입을 달고 몰려와 종일 숲이
> 소란하다
> 뼈마디가 약하고 근육이 무른 체질병은
> 등고선 높은 곳에 근무하는 의사들의 몫이지만
> 몇 번 불러올리는 것이 치료법의 전부
> 너도 나도
> 바다에서 얻은 병, 들에서 얻은 병, 하늘에서 얻은 병
> 온갖 병 다 풀어놓아도 진료비와 약값은 무료
> 편백 병원, 피톤치드 링겔병만 수백만 개
> 아토피성 피부병도 편백 숲 병원에서는 맥을 못춘다
> 싱싱한 물소리로 목을 축인 새소리들과 숲길을 거닐어도
> 피부병은 사라진다
> 편백 숲에는 휴가를 반납한 50년 경력 베테랑 의사가 수천명
> 이 병원에 입원하려면 봄부터 예약을 서둘러야한다.

– 「산속 종합병원」 전문

이 작품은 1998년 개장한 《국립 남해 편백자연휴양림》을 중심 제재로 한 작품이다. 이 편백림의 구역 면적은 227만m²로 1일 수용 인원은 305명이다. 이성계가 백일기도 후 조선을 개국하여 왕이 되었다는 명산 금산錦山(해발 681m) 동쪽 자락에 있으며 각종 시설이 갖추어져 있고 주위에 남해도의 명승지가 가까이 있어 봄개장과 동시 연중 예약이 완료될 정도로 인기가 있다. 편백나무 숲은 편백나무에서 나오는 피톤치드로 인하여 심폐기능 강화와 항균, 이뇨, 거담 등의 치유 효과가 많다. 그래서 김 시인은 편백나무 숲을 '산속 종합병원'으로 비유하고 있다.

김 시인은 공무원 생활을 '환경녹지과장'으로 마감하였다. 즉, 남해군의 환경정화정책과 자연보호운동과 아름다운 숲 가꾸기 등의 사업을 일선에서 진두지휘하였다. 그러한 업무에 맞추듯이 이 작품에는 편백나무 숲뿐만 아니라 근처의 다른 명소 《나비생태공원》이나 《바람흔적 미술관》까지 등장시켜 편백나무 숲의 치유 효과를 극대화시킨다. 이러한 극대화의 효과가 한층 실감나는 까닭은 등장하는 사물 모두에다 생명력을 부여한 물활론적 상상력을 전개하고 있기 때문이다. 이러한 생명력에다 끝내 인격을 부여하는 것 즉, 의인법에 이르고 있기 때문에 더욱 실감난다. 이러한 인식의 근거는 환경과 녹지에 관심이 많은 그의 공무원 생활의 만년과도 관련이 있다. 그는 말하자면 시 속에서만 생태주의자가 아니고 삶의 현장에서도 생태주의자인 것이다. 따라서 이 작품은 그의 남해 사랑을 총체적으로 보여줄 뿐만 아니라 그 사랑의 근저에는 생태주의적 세계관이 깔려 있다는 점을 보여준다. 이러한 생태주의는 이미 다른 시인들에 의하여 시도된 바 있다. 그러나 대부분의 시인들이 도시에서 전원생활을 동경하여 한 두 번 방문한 경험이나 책상에 앉아서 관념적으로 생각하는 경우의 생태시가 많다. 그러나 김 시인은 이 작품뿐만 아니라 다른 많은 작품들이 지방공무원으로 행정현장에서 그 업무를 추진하고 실천하면서 쓴 작품들이 많다.

강은 바다의 먹잇감이라지, 강의 끄트머리엔 언제나 바다의 입이 있다지, 그래서 강을 먹고 시퍼렇게 살아서 저렇게 출렁거리는 것이라지, 바다에 붙어사는 섬은 사람과 배를 삼켰다가 뱉어낸다지, 달콤한 먹잇감은 계절마다 꽃으로 차린 진수성찬, 동백꽃, 매화, 개나리, 벚꽃, 유채, 해바라기, 해당화, 코스모스, 해국, 용담, 입맛도 다양하지, 남해섬은 옛 이름이 화전花田이라지, 제 이름을 먹어치우고 비빔밥, 회덮밥, 멸치쌈밥, 꽃바람 난 아줌마와 버스까지 차떼기로 먹어치운다지, 먹잇감이 되고 싶어 사람들은 꽃피는 섬으로 가지.

– 「꽃피는 섬」 전문

이 작품은 남해의 옛 이름인 '화전花田'을 한글로 풀어 쓴 즉 꽃 花, 밭 田을 풀어 쓴 이름으로 제목을 하고 있다. 화전이라는 명칭이 알려지고 지금까지 남아 있는 까닭은 조선조 중종 때 조광조 일파를 제거하기 위한 기묘사화(1519)에 연류되어 남해에서 13년(1519–1531)간 유배생활을 한 자암自菴 김구金絿(1488~1534) 선생이 남해에서 창작한 경기체가景幾體歌 「화전별곡花田別曲」(문집 自菴集에 수록되어 전해옴)에 등장하였기 때문이다.

이 작품도 역시 앞의 작품 「산속 종합병원」과 같이 물활론 나아가서는 의인법을 기반으로 상상력을 전계하고 있다. 그리고 산문시 형태이면서 쉼표를 찍어 호흡을 조절하면서도 역동적이다. 앞부분에서 인식한 강과 바다의 관계도 그렇고 섬과 사람 그리고 배와의 관계 설정도 역동적이다. 이어서 봄과 가을이 오면 남해에서 피는 갖가지 꽃을 열거하다가 결국 남해의 옛 이름 화전이 등장한다. 마지막 부분에서는 남해의 싱싱한 해산물을 동반하는 먹거리를 열거하고 있다. 그리고 관광객 아줌마들과 버스까지 등장시켜 자연스럽게 관광 홍보의 역할까지 하고 있다. 김 시인의 이 시는 남해의 관광업소나 공공기관의 벽에 시화로 제작하여 게시하는 것이 더욱 독자들에게 다가갈 수 있을 것이다.

제2부에서는 필자의 고향이기도 한 창선면의 면장 시절에 창작한 작품을 2편 인용해 보기로 한다. 김현근 시인은 2015년 7월 31일부터 2017년 7월 6일까지 2년 동안 창선면 제31대 면장을 역임하였는데 이 시집 가운데는 그 재임기간에 창작된 작품이 다수 있다.

가인마을 뒷산
고사리가 지천이다
볕을 움켜 쥔 주먹손을 잠시 바라보다가
고사리밭을 빠져나와
녹색길을 따라 간다

한나절 걷기 좋은 산책길
꼬막 멍게 속살 같은 달달한 이야기가 익어간다
한낮 햇발에
은빛 복근을 번뜩이는 적량 고두 가인
언포 바닷길, 복근의 힘줄로 튕겨낸 갈매기들
어디선가 들리는 공룡울음에
황급히 바다를 물고 날아 오른다

바닷가 갯바위에 직힌 공룡 발자국
아이들과 거대한 발작국을 신고
고생대 중생대를 걸어 들어간다

중생대 쥐라기공원에서 놓아 먹이던
시조새를 찾아 날개를 퍼덕이는 길

공룡 한 마리 뒤를 따라온다

–「남해 바래길」 전문

이 작품 제목은 「남해 바래길」이라 되어 있으나 실제로는 남해군을 이루고 있는 남해도 다음으로 큰 섬인 창선도가 배경이다. 창선도는 원래 독립된 행정단위였으나 1906년(조선조 말 고종 광무10년) 남해군과 합병되어 오늘날의 창선면이 된다. 창선면은 독립된 섬으로 현재 남해군 가운데 남해읍 다음으로 여러 면에서 그 규모를 자랑하고 있다. 남해에서는 바다에 조개나 해초 같은 수산물을 채취하기 위해 가는 것을 해바리 하러 간다고 한다. 이러한 행위는 남해 사람들 특히 여성들의 근면성으로 상징되어 왔다. 이러한 상징성에 근거하여 남해군은 해안 트래킹 코스를 2010년부터 개발하여 그 이름을 바래길이라 명명하였다.

남해군의 육지로부터의 접근하는 방법은 남해대교로 통하는 것과 창선삼천포 대교를 통하는 두 가지가 있는데 남해대교 쪽부터 오른쪽 해안선을 따라 남면 평산항에서 시작하여 일차적으로 8개의 바래길을 조성하였다. 그 가운데 창선면은 제6코스 말빌굽길(지족리에서 적량리까지 14.6km 5시간 소요), 제7코스 고사리밭길(적량리에서 동대리까지 14.3km 4시간 30분 소요), 제8코스 동대만진지리길(동대리에서 창선 삼천포 대교까지 10km, 3시간 소요)를 가지고 있다. 창선삼천포대교로부터 시작하면 첫째 코스부터 셋째 코스를 가진 셈이다.

이 시에서 바래길은 제7코스 적량리에서 가인리 고두리, 언포리 등을 거치는 코스이다. 이 코스에서 특이한 것은 가인리 해안가에 대규모 공룡발자국 화석이 발견된 것이다. 다른 곳에서는 찾아보기 힘든 날개를 가진 익룡 발자국 34개와 육식성, 초식성 공룡의 발자국이 혼재되어 있어 학계에서는 육식성과 초식성 공룡들의 싸움터였던 것이 아닌가 하는 보고서를 작성했다. 2008년 12월 29일 천연기념물 제499호롤 지정되어 보존되고 있다. 그러나 해안선이 험하여 접근이 용이하지는 않다. 그리고 주변의 산에는 유명한 창선 고사리 밭들이 있다. 해안선이 아닌 산등성이를 따라 바래길이 조성되어 있고 양쪽으로는 산에 나무를 배어내고 만든 고사리밭들이 있다. 이러한 배경을 알고 이 시에 접근하면 훨씬 이해가 편할 것이다.

김 시인은 첫째 연에서 고사리밭을 따라 조성된 바래길을 지난다. 그러다가 바닷가 마을 안으로 내려가 싱싱한 멍게나 꼬막 등을 맛본다. 마지막으로 갈매기가 휘돌고 있는 공룡 화석지를 찾아간다.

사실 공룡은 사람이 이 지구상에 살기 전에 이미 멸종했다. 그러나 영화 〈쥐라기 파크〉에서는 사람과 공존하는 상상력을 전개하고 있다. 김 시인은 이러한 상상력보다 한 걸음 더 나아가 이 시의 둘째 연 말미에서 공룡 울음을 등장시켜 아이를 포함한 사람뿐만 아니라 갈매기까지 공룡과 공존시킨다. 그리고 갈매기가 먹이를 물고 날아오르는 것을 공룡의 울음소리에 놀라 '황급히 바다를 물고 날아오른다'라고 비유적으로 표현하고 있다. 다음 셋째 연부터 마지막 다섯째 연까지는 아이들과 공룡을 동일한 시대에 거닌다는 보아 시간의식이 소멸된다.

이렇게 태고와 현재가 공존하는 표현은 시가 아니고서는 존재할 수 없다. 따라서 지금까지의 인용한 시편들 가운데 가장 시적인 표현으로 성공한 작품이 바로 이 작품이라고 볼 수 있다.

은빛 비늘이 번득이는
광천 앞바다를 펴놓고 선창에서 전어파티를 한다
파도의 소매 밑에서 건져 올린 한 다라이의 전어들
죽음은 싱싱할수록 꼬신 맛이 난다고
핫바지 면서기 불러다 놓고
핫뉴스 속 정치 경제인들 모셔와 바로바로 회를 친다
술잔이 입심을 자랑하며 자전공전을 한다
한 생을 쥐락펴락했던 거친 무용담이 술잔 안에서 출렁인다

전어는 가을전어라 했다

비린내 나는 사람들

올 가을엔 바다의 혀끝에서 진수성찬이 되고 있다

–「전어철」 전문

창선도는 지도상으로 보면 왼 쪽과 오른 쪽에 각각 긴 부분이 있고 가운데가 잘룩한 모양의 섬이다. 그래서 창선사람들은 왼 쪽을 웃산이라 하고 오른 쪽을 아랫산이라 한다. 그리고 가운데 부분에 면사무소와 초중고등학교, 농협사무실과 시장 그리고 가장 큰 교회가 있는 등 창선면의 중심지이다. 앞의 「남해 바래길」의 고사리길은 오른 쪽 위에 있다. 그래서 아랫산 쪽이다. 이 작품에 나오는 광천리는 윗산 왼 쪽의 중간쯤에 있는 마을 가운데로 제법 큰 개울이 흐르는 포구이다. 그래서 일명 '너른내'라고 한다. 이 마을에는 강진만에서 제철 고기와 게 등이 많이 잡힌다.

이 시는 광천 마을 선창가에서 김 시인은 주민들과 어울려 전어회를 먹는데서 시작된다. 첫째 연 넷째 행까지는 가을 전의 싱싱함이 감각적 이미지로 표현되어 있다. 그러나 다섯째 행부터 풍자적 어조가 등장한다. 우선 자기 자신을 핫바지 면서기라고 표현하는 부분부터 그러한 조짐이 보인다. 첫째 연의 후반부는 회를 먹으면서 서로 술잔을 돌리고 정치인과 경제인들을 화제에 올려 열변을 토하는 주민들의 모습이 간결하게 제시되어 있다.

그러나 이러한 풍자적 어조는 곧 청산된다. 둘째 연은 단 한 줄로 '전어는 가을전어라 했다'라고 표현하여 격앙된 분위기를 반전시킨다. 그리고 마지막 셋째 연 두 줄에서 선창가의 풍물이 후각적이고 미각적인 이미지를 동원하여 실감나게 한다.

이상과 같이 창선면장으로 관내를 두루 돌아다니며 풍경도 살펴보고, 사람들도 만났다. 이러한 행적을 실천적 생태주의라고 보아도 큰 무리는 없을 것이다.

제3부에서는 남해라는 지역성에서 벗어나는 보편적인 사물이 시적제재가 된 작품 가운데 2 편을 인용하여 보기로 한다.

펄펄 끓던 가마솥 여름날
배롱나무 열꽃도 붉게 피었다

핏기 없는 자식들을 위해 불볕더위로 탕을 끓이셨던 어머니, 건강의 묘약을 은근하게 달여 내었다 바람도 헉헉거리며 어머니의 굽은 등뼈를 올랐던 한낮, 늙은 배롱나무 이마에는 송알송알 묽은 꽃이 돋아나고 있었다 마음이라도 피서를 떠나보았으면, 그 자위 끝에 단풍나무, 은행나무 느티나무도 초록 바다색 옷을 입었다 세상이 모두 파랬다 꿈속에서라도 바닷물로 출렁이는 침대에 어머니를 쉬게 하고싶다는, 가끔은

뜨거운 탕약 열기에 숨이 차다 오랜 경험을 바라본다 피서를 떠나지 못하는, 웃거나 울지 못하는, 이 모든 병들고 가난한 이유를 위하여 배롱나무 열꽃이 환하다

한여름을 오래 달여 두려는 듯이 백일을 꽃피우며 정원을 지키는 검버섯 촉수가 파리한 어머니 같은

–「백일 홍, 꿈을 꾸다」 전문

이 작품은 우선 이 시집의 제목이 되는 영광 누리고 있다. 그래서 이 작품은 그만큼 예사롭지 않은 시적 상상력이 돋보이는 작품이기도 하다. 이 시의 중심 이미지가 되고 있는 백일홍百日紅은 배롱나무라고도 하고 여름부터 가을까지 100일 동안 붉은 꽃을 피운다고 하여 붙여진 이름인데 부처꽃과의 낙엽 교목이다. 예전에는 선비들의 정자나 절의 정원에 주로 심는 귀한 나무였으나 요즈음은 길가의 관상목으로 우리나라

곳곳에 심어져 있다. 그리고 오랜 세월 동안을 견뎌온 나무들로 전국에 흩어져 있으며 꽃이 귀한 여름에 사진 애호가들이 즐겨 찾는 나무이기도 하다.

김 시인은 배롱나무 꽃이 여름에 붉게 피는 데서 착안하여 마치 어린 아이들이 몸의 열을 이지지 못해 얼굴에 피는 열꽃으로 비유하고 있다. 그리고 김 시인의 어린 시절, 자녀들을 위하여 여름에도 쉬지 않고 일하시는 어머니로도 비유하고 있다. 또한 병들고 가난했던 어린 시절, 더위에 피서도 제대로 떠나지 못했던 그 시절도 생각나게 하는 꽃이 바로 백일홍 꽃이라는 점도 부각시키고 있다

아름답고 화사하다고는 볼 수 없는 백일홍 꽃으로 유년시절의 아픔을 느끼기도 하지만 단풍나무, 은행나무, 그리고 느티나무의 녹음 속에서 어머니를 쉬게 하고 싶다는 소망도 담겨 있는 작품이기도 하다. 그래서 김 시인은 백일홍을 바라보며 유년 시절의 아픔과 소망을 되새기는 것을 '백일홍, 꿈을 꾸다'라고 한 마디로 표현하였다.

마구간 밖에서는
뉴스가 소들을 기웃거린다
구제역이 송아지처럼 천방지축 뛰고 있다는
소식을 싸들고 예방접종을 나가는 마음이 촉촉하다
앰프도 속울음을 삭이느라 목이 메는지 찍찍거린다
"에~에 축산농가 여러분! 오늘 예방접종이 있습니다. 한 축주도 빠짐없이…"
엄마소 오빠소는 눈만 멀뚱거리고
송아지는 주사기를 피해 천정에 발갈질을 하면서 뛰어다닌다
사탕을 물릴까 요구르트를 먹일까
피붙이를 바라보는 엄마 소의 눈망울이 그렁그렁 젖고 있다

축사 옆 동백꽃도 붉은 울음 한 팔소매 가득 훔치고 있다.

－「구제역 풍경접종」 전문

이 시는 행정안전부가 주최하는 2011년 공무원문예대전 시 부문 금상 수상작이다. 공무원문예대전은 교원들도 포함하여 전국의 수많은 공무원 문인 지망생들이 응모한다. 김 시인의 이 작품이 2011년 시부문 최고상을 받았다. 따라서 이미 심사위원들로부터 평가를 받은 작품이다. 사실 구제역이 발생하면 소나 돼지에게는 절대 절명의 비극인 살처분이라는 처방이 시행된다. 억울하게 죽어가는 가축들도 가축이지만 축산농가의 고통도 말할 수 없을 정도이다. 이러한 비극적인 현실 직전의 풍경이 비로 이 작품이다.

상식적인 제목은 〈구제역 예방접종풍경〉이 돼야 할 것인데 〈구제역 풍경접종〉이라고 하여 제목부터 시니컬하기도 하고 긴장을 이완시키기도 하는 효과를 거두고 있다. 그리고 시 속에 전개되는 시적상황도 긴장보다는 오히려 유머가 있다. 특히 송아지가 마치 어린 아이처럼 주사를 맞지 않으려는 행동에서는 그러한 효과가 절정에 이른다. 사탕이나 요구르트로 송아지를 달랜다는 표현은 동화적 상상력을 불러일으킨다. 그리고 엄마 소나 오빠 소에다 인격을 부여한 것도 충분히 시적효과를 거두고 있다. 엄마 소의 눈망울에다 슬픔을 이입시킨 것도 납득이 가는 표현이다. 한행짜리 마지막 연에서 동백꽃에다 슬픔을 이입시키는 것 역시 김 시인의 시적 역량이 돋보이는 부분이다. 구제역이라는 큰 파도가 몰려오기 직전 구제역 예방주사를 맞히고 있는 농촌 풍경을 동화적 상상력으로 보여주는 여유를 발견할 수 있는 작품이 바로 이 시이다.

3.

마지막 제4부에서는 다소 관념적인 생태론을 형상화한 작품 한 편과 김 시인에게 시는 도대체 무엇인가를 알게 하는 일종의 시론으로서의 시 즉, 메타 시 한 편을 인용하여 살펴봄으로써 김 시인의 남해 사랑과 실천적 생태주의 시학에 대한 필자의 견해를 마무리하기로 한다.

나무의 혀는 땅 속에 있다
뿌리 끝에 입을 달아
땅과 하늘의 기운을 빨아 먹는다
나무의 입이 몇 개인지
아는 사람은 아무도 없다

계절을 알아 싹을 내는 것은 혀의 본능
거름을 삼키고 그늘을 키운다
봄이 눈두덩까지 차올라
산의 바짓가랑이 흥건히 젖는다

저 둥근 그늘도 나무의 입모양을 닮았다
거름냄새보다 독한 건 나무의 입
혓바닥을 돌리고 넘기며 계절을 넘어가는 푸른 입담들

저 나무의 머릿속을 뒤져볼 이유가 없다
가지에 매달린 나뭇잎을 보면
땅속 세상이 의정백서처럼 환하다

이 숲의 진짜 밥상 커닝페이퍼는
나무의 혀가 아니라 하늘을 가리는
그늘이라는 생각

—「그늘 論」 전문

이 작품은 지금까지의 다른 작품에 비하여 다분히 깊이 있는 추상적인 사유를 하고 있다. 따라서 눈에 보이는 구체적 사물의 형상보다 나무라는 것이 어떤 상태로 존재하고 있는가를 사유하는 과정을 시로 형상화한 것이다. 우리가 아는 나무의 식물학적 상식에 근거하면 나무는 뿌리를 내리고 그 뿌리를 통하여 물과 여러 가지 영양분을 흡수하고 잎이 자라고 그 잎을 통하여 태양빛을 받아드리는 광합성 작용을 하면서 점점 큰 나무가 된다. 그리고 나뭇잎은 태양빛을 받으며 그늘을 만든다. 그늘로 인하여 우리 인간은 무더운 여름이면 태양빛을 차단하여 더위를 피하기도 한다. 그래서 그늘에 대하여 감사한다.

김 시인은 이러한 상식적 '나무論'을 전개하지는 않는다. 나무에다 인격을 부여하여 광합성을 하는 과정을 마치 사람이 하는 것처럼 상상한다. 즉 뿌리를 나무의 혀라고 가정하여 땅과 하늘의 기운을 빨아 먹으면서 자란다고 본다. 그러면서 나무가 점점 자라는 것은 혀끝에 달려 있는 입의 능력이라고 한다. 그런데 이러한 나무의 본질은 뿌리나 잎이 아니고 잎에 의하여 만들어지는 그늘이라고 보고 오히려 이 시의 제목처럼 '그늘論'을 전개하고 있다. 이러한 역설적인 생각이 이 시를 지배하고 있다. 이 시 한 편으로 보면 김 시인이 인식하는 자연이나 아름다운 풍경이 우리에게 주는 감동의 정체는 모호해지고 자연이 존재하는 까닭은 그렇게 간단하지 않다. 다만 자연을 보호하고 가꾼다는 것이 자연을 위한 것이 아니고 인간 본위로 기울어지고 있는 것이 아닌가 하는 반성을 해볼 여지를 이 시는 주고 있는 것이 아닌가 하는 생각을 하게 한다. 즉 자연을 지나치게 가꾸기보다 그대로 두는 것이 진정한 생태주의가 아닐까 하는 생각을 하게 한다. 이러한 점에서 이 시는 앞으로의 김 시인의 시작 태도의 전환을 암시하고 있는 것이라는 생각을 하게 된다. 공직에서 정년 후의 김 시인의 새로운 생태주의에 의한 생태시가 이 한 편으로 기대된다면 지나친 비약일까?

나는 하루 한 편 한 끼의 시를 먹네
눈으로 먹고 입으로 먹고 귀로 먹기도 한다네
하자만 소화가 되지 않는 것도 있다네

새들은 지느러미를 달고
물고기는 날개를 달고 날아가는
신비한 상상의 나라
돌멩이가 생각을 하고 사람은 신이 되기도 한다네
시를 먹으면 누구나 신이 된다네
시는 신의 음식이라네

내가 지은 조촐한 밥상
아직 신이 되지 못한 나는
한 달에 한 권의 식사를 한다네
그래서 늘 허기가 진다네

–「시로 지은 밥」 전문

이 시에서 김 시인에게 시의 창작은 마치 한 끼 밥을 먹는 것이라고 첫째 연에서 밝히고 있다. 말하자면 정년을 하면 더욱 시작에 매진하겠다는 것을 이렇게 표현한 것이라고 생각된다. 그런데 김 시인은 시에 대해서는 둘째 연 앞부분에서 시적 상상력의 자유를 언급하고 그러한 자유는 신만 누릴 수 있다고 본다. 그래서 둘째 연 마지막 행에서 시를 '신의 음식'이라고 보고 있다.

김 시인은 마지막 연에서 그의 시는 아직 신의 경지에 이르지 못하고 자신의 마음에 흡족한 시가 쓰여지지 못하고 있음을 아쉬워한다. 그런데 이 시집에는 김 시인이 충실한 크리스천임을 보여주는 작품도 여럿 있다. 이러한 입장에서 신앙과 시를 동일선상에 놓고 창작을 해가면 이 시에서 보이는 허기는 평생 채울 수 없다는 점을 깨닫게 될 것이다. 그러면 그의 시는 더욱 성숙하고 원숙해질 것이다. 이러한 과제를 이 시는 던져주고 있다.

앞으로 김 시인에게 직면한 두 과제는 실천적 생태주의를 새롭게 정립하는 일과 상상력의 자유를 어떻게 갈고 닦을 것인가 하는 점이다. 그런데 이 두 과제를 풀어갈 비밀은 궁극적으로는 그가 기지고 있는 개신교 신앙이라고 볼 수 있을 것이다.

양왕용 평론집
한국 현대문학과 지역문학

제4부

미주 지역 문인들의 작품세계

미국 동부 한인 시의 현재와 미래

1.

재외국민들이 창작하는 문학에 대한 용어들은 많다. 교포문학, 혹은 동포문학이라고 하여 앞에다 속지주위屬地主義 차원에서 지역을 붙이는 경우가 있고, 최근에는 디아스포라Diaspora 라는 그리스어를 가져와 〈한민족 디아스포라 문학〉이라는 용어를 사용한 경우도 있다. 필자도 2014년『한국 현대시와 디아스포라』라는 평론집을 내기도 하였다. 디아스포라는 잘 아려져 있듯이 그리스어(헬라어)로 이산 혹은 분산이라는 뜻이다. 역사적으로 볼 때 기독교 초기에 헬레니즘 문화권과 로마제국에 흩어진 유대인의 이산을 가리키는 말로 우리나라에서는 오래 전부터 개신교신학에서 유대계 기독교인들이 로마제국 곳곳에 흩어져 교회를 만들어 결과적으로 기독교가 확산되었다는 긍정적 의미로 사용되어 왔다. 그런데 요즈음은 사회과학에서 재외국민 전체의 뜻으로 사용되어 타의에 의해서든 자의에 의해서든 외국에 거주하는 교민 전체를 지칭하여 이에 대한 연구를 중점적으로 하는 대학도 생겼다. 김종회 교수는 2015년 가을 경주의 국제펜클럽한국본부가 개최한 제1회 세계한글작가대회에서 유대인이 이산한 것과 유사하게 한국인이 연변 조선족, 중앙아시아 고려인, 재일 교포 등과 노동자 수출로 시작된 미국 교포의 기원을 지적하여 재외한국인 문학에다 디아스포라 문학이라는 용어를 도입하였다. 필자는 이러한 개념을 부분적으로는 동의한다. 그러나 디아스포라라 하여 지나치게 부정적인 의미로만 파악할 것은 아니라고 본다. 그래서 이 글에서는 가장 중립적인 〈한인문학〉이라는 용어를 사용

했다. 〈한인문학〉이라는 용어도 문제는 있다. 한국인이 쓴 문학이라는 속인주의屬人主義에 국한하여 한국인이 한글로만 창작된 문학으로만 볼 것이냐 아니면 미국의 경우 영어로 쓴 문학까지 포함할 것이냐 하는 문제가 대두된다. 필자는 영어까지 포함하자는 입장이다. 한국인에 의하여 한글로 쓴 문학만 한국문학이라는 사고는 이제는 청산돼야 한다. 1996년 정부에서 제정한 '문학의 해' 기념행사의 하나로 개최된 〈한민족문학인대회〉에서 제기한 중앙아시아 교민들에 의해 주장된 '고려인문학'의 위상문제로 이미 청산의 대상이 된지 오래이다. 특히 한국문학의 경우 중국의 영향에 의한 오랜 역사를 가진 한문문학이라는 유산 때문에 이러한 엄격한 잣대는 허용될 수 없다. 물론 국제펜클럽한국본부에서 하고 있는 한글문학이라는 속자주의屬字主義 문학 운동은 한글의 세계화 혹은 한류의 확산이라는 차원에서 이러한 문제와는 다른 일이다. 필자는 이렇게 속지주의, 속인주의, 속자주의 라는 개념에다 시나 소설에 등장하는 제재나 배경 그리고 주제 등이 한국적일 경우까지 포함한 속제주의屬題主義까지 염두에 두어야 할 것이라 생각한다. 특히 소설의 경우 강용흘(1898~1972)의 「초당」, 김용익(1920~1995)의 「꽃신」, 김은국(1932~2009)의 「순교자」, 「빼앗긴 이름」 심지어 이창래(1965~)의 「Native Spaeaker」(「영원한 이방인」으로도 번역됨), 「생존자」들과 같은 작품들이 한결같이 한국인이 등장하고 한국을 배경으로 하고 있다는 데서 속제주의 관점을 타당하게 볼 수 있을 것 같다.

이상과 같은 관점에서 미국 동부시인들의 작품을 살펴보고자 한다. 다만 영어로 된 시에 대해서는 필자의 능력으로는 불가능하기 때문에 한글로 된 미국 동부지역시인들의 작품에 대해서만 살펴보겠다. 사실 필자는 2014년 봄, 한국에서 발간되고 있는 《문학의 강》이라는 문예지에 「디아스포라 삶의 다양한 표현」이라는 제목으로 미국 전역의 시인들의 작품세계를 살펴본 바 있다. 거기에서는 여기서 언급할 시인들이 몇 분 포함되어 있으나 필자가 2011년, 2012년 두 차례나 장기 체류한 LA 지역 시인들이 중점적으로 언급되었다. 여기서는 미국 동부 지역 그것도 워싱턴 지역 시인들을 중심으로 살펴보겠다. 그리고 끝으로 필자가 국외자로서 본 미국 한인시단의 문제점과 그에 대한 대안 그리고 소망 등을 간단하게 피력해 보겠다.

2.

미국 교민들은 일본이나 중국 동북삼성 지역과 연변 조선인 자치주 그리고 중앙아시아 지역 세칭 고려인들과는 다른 경우로 미국에 머물게 되었다고 볼 수 있다. 심지어 남미 한인들과도 다르다고 볼 수 있다. 유학으로 혹은 상사 주재원으로 그리고 기술 이민으로 혹은 가족 초청으로 이민을 왔건 미국 교민들은 고국보다 나은 삶이 전개되는 곳을 자발적으로 온 사람들이 대부분이라고 생각한다. 필자가 2015년 가을 경주 한글작가대회에서 〈남미 한글문학의 현황과 전망〉이라는 제목으로 브라질과 아르헨티나의 한인 문학에 대하여 개괄적으로 살펴본 바 있는데 그들은 정착지라기보다 경유지라는 정신으로 살고 있고 문학작품 속에서도 그러한 경향이 농후했다. 그들이 동경하는 곳은 미국이었다. 실제로 LA에서 필자는 남미를 거쳐 미국에 정착한 많은 사람들과 문인들을 만난 바 있다. 미국 동부의 시인들과 서부 시인들도 미세하지만 차이는 있으리라 생각된다. 이러한 관점에서 미국 동부 시인들을 살펴보겠다.

우선 한국을 떠나기 전 이미 시인을 데뷔한 원로 시인들의 작품을 살펴보겠다.

1990년 워싱턴문인회 창립을 주도한 최연홍(1941~2021) 시인은 연세대학교 4학년 재학 중 박두진(1916~1998) 시인에 의하여 「빈 의자」(《현대문학》, 1962. 10.), 「사과」(《현대문학》, 1963. 2.)가 추천되고 졸업 직후 인 1963년 5월호에 「수평선 저 쪽의 신록」이 천료되어 20대 초반에 시인으로 데뷔하였다. 최 시인은 1967년 미국에 유학을 와 인디아나대학교에서 행정학 박사 학위를 받은 후 버지니아에 정착한 시인이다.

최 시인의 《미주시학》 8호(2013. 겨울)에 발표한 시 「슬픔」은 2012년 미국 동부 코네디켓 주의 뉴타운 시 샌디후크초등학교 총기난사 사건을 제재로 한 시이다. 총기범에 의하여 6, 7세 남녀학생 20여 명과 여자 교장을 포함한 5명의 여교사가 죽고 범인은 현장에서 어머니와 함께 자살한 끔직한 사고임에도 불구하고 최 시인은 사고 현장에다 초점을 맞춘 것이 아니고, '슬픔'이라는 인간의 근원적인 정서에 주목하여 그 사건으로 인한 슬픔이 전미국의 양심을 자극하여 상처를 어루만진다는 일종의 치유의 시학을 전개하고 있다. 지난 해 서울에서 발간한 시집 『하얀 목화꼬리사슴』(2015. 황금알)에는 다음과 같은 시가 수록되어 있다.

아무도 없는
겨울 숲 속에서
만난
사슴 한 마리,
하얀 목화꼬리사슴.
내 앞에 와서
그냥 물끄러미
나를 쳐다보고 있다.
떠나실 무렵
아무 말 없이
나를 그냥 바라보시던
어머니의 눈이
사슴의 눈 속에 들어 와 있다.
눈물 같기도 하고
수정 같기도 한

서러운 이야기들이
우리들 사이에
남아 있다.
목화 같은 눈송이들이
천국으로부터
내려와
이 겨울
어머니의 묘지를 덮고 있으리라.
부유하고 포근하게

–「하얀 목화꼬리사슴」 전문

이 시의 제목이 되고 있는 '하얀 목화꼬리사슴'(white cotton tail deer)은 미 동부 특히 워싱턴 근교 버지니아 주에 거주하는 한인들에게는 익숙한 동물이지만 한국에서는 보기 힘든 사슴이다. 최 시인은 잘 알다시피 어머니의 만년을 모시기 위하여 10년이 넘도록 버지니아를 떠나 서울시립대학교에서 도시과학대학원 교수로 근무했다. 물론 임종도 곁에서 지켰다. 그런 후 그는 미국의 집으로 돌아와 겨울을 지내면서 숲 속에서 하얀 목화꼬리사슴이 거닐고 있는 것을 발견하게 된 것이다. 그런데 그가 주목한 것은 산책을 하는 사슴 모습이 아니라 그를 물끄러미 쳐다보는 사슴의 눈 속에서 임종하실 때에 말없이 최 시인을 바라보시던 어머니의 눈을 발견한 것이다. 말하자면 전혀 한국적이 아닌 미국의 정경 속에서조차 어머니의 모습을 발견한 것이다. 달리 말하면 그의 어머니에 대한 사랑이 그만큼 간절하다는 것이다. 여기서도 최 시인은 슬픔을 슬픔으로만 인식하지 않는다. 시 끝 부분에서 '목화 같은 눈송이들이/천국으로부터/내려와/이 겨울/어머니의 묘지를 덮고 있으리라./부유하고 포근하게'라고 표현하여 슬픔을 승화시키고 있다. 이것도 일종의 치유의 시학이다. 이러한 모성애의 연장선상에 그의 나라사랑이 형상화 된 작품이 「버지니아 아리랑」이다. 이러한 모성애와 조국애가 공존하는 시인으로는 윤동주(1917~1945)가 있다. 잘 알다시피 윤동주 시인은 최 시인의 연세대 선배이기도 하다.

이창윤(1940~) 시인은 경북대학교 의과대학 재학시절인 1963년 《현대문학》(1963. 4.)에 「잎새들의 해안」, 공군 군의관 시절인 1964년에 「지나간 해변」(《현대문학》, 1964. 10.)으로 2회, 1966년에 「내 몸을 해변에 둘 때」(《현대문학》, 1966. 3.)로 3회 추천완료 하여 시단에 데뷔하였다. 그는 박목월(1915~1978) 시인으로부터 추천을 받았으나 실제로는 그 당시 경북대 교수였던 김춘수(1922~2004) 시인이 박목월 시인에게 추천하여 보내면 박목월 시인은 김춘수 시인의 글을 그대로 추천사에 옮기는 형식으로 데뷔하였기 때문에 엄격히 말하면 김춘수 시인의 제자이다. 이 시인은 1966년 군의관 제대와 동시 시집 『잎새들의 해안』을 내고 미국 의사 시험에 합격하여 미국으로 이민을 왔다. 그 동안 미시간 주립대 의과대학 산부인과 교수를 하다가 은퇴한 후 최근에는 추운 겨울에는 캘리포니아 산디에고의 따님 집을 오가며 지내는 시인이다.

> 북미주의 압도적인 겨울을 피해 남가주의 산간마을을 찾아온 후, 잠을 자면서도 나는 산의 숨소리를 듣는다. 비밀은 아니지만 그의 귀에다 대고 나지막하게 말한다. 이 자리에 앉아서도 어디든 갈 수 있는 것이 꿈이라고 꿈을 꾸어보라고, 6억 5천년만 년 전의 지층으로 내려가 공룡들의 화석을 불러 일으키면 그들의 울음소리에 산울림으로 대답할 수 있을 거라고, 그런가 하면 멀리 수천만 개의 기왓장으로 번쩍이는 바다의 지붕을 밟고 나가 태연히 섬 하나로 앉아보면 바다의 깊은 속마음을 두려움 없이 들여다 볼 수 있을 거라고,
>
> 그때 산은 옆구리에서 조개껍질과 바다의 화석을 꺼내어 보여주는 것이다. 한 때 나는 바다의 밑바닥이었다고, 하여 바다만이 아는 바다의

그 슬픔의 깊이를 이미 알고 있다고, 산 높이의 서늘한 외로움보다 먼저
길들여져 있다고

–「꿈꾸는 자여, 잠시 발걸음을 멈추고」 2, 3연 (《미주시학》, 2013, 겨울)

이창윤 시인의 작품은 이 시인의 겨울나기 즉, 산디에고 근교의 따님 집에서 산을 바라보며 펼친 지질학적 상상력에 의하여 창작된 작품의 일부분이다. 그의 상상력은 산에서는 6억 5천만 년 전을 회상하는 환상적 이미지를 불러오고 동시에 바다가 지각변동으로 산이 되어가는 것까지 상상하는 점에서 그의 사물에 대한 깊은 인식의 과정을 알 수 있게 한다. 인용하지 않은 4, 5, 6 연에서는 봄이 오면 다시 미시간으로 돌아갈 것이라고 암시하고 있다. 말하자면 산의 사유를 통해 봄을 미리 발견하는 것이다. 이러한 상상력이나 자연관은 결코 동양적인 자연관은 아니다. 산에다 관념이나 교훈을 직접적으로 부여하지 않고 오직 사유를 통한 깨달음은 한국 현대시의 또 다른 자산이다.

배미순(1946~) 시인은 1969년 연세대 국문과를 졸업하고 이듬해에 중앙일보 신춘문예에 당선하여 시단에 데뷔하였습니다. 1976년 도미하여 주로 시카고 지역에서 언론인으로 활약하였으며 문화센터 운영에도 관여하면서 활발한 시창작을 하고 있다.

할아버지 아파요?
그래, 할아버지가 몹시 아프단다

너보다 더 어린 네 아버지 데리고
남의 나라 남의 땅에 와서 사노라
이 구석 저 구석 다 멍들었나보다

아픈 할아버진 싫은데

네 맑고 고운 눈
눈물 고이게 하고 싶진 않은데
아픈 세상이 어떤 건지 몰랐으면 싶은데

할아버지 아파요?
그래, 할아버지가 몹시 아프단다
지친 새처럼 남모르는 눈물 숨기며
왼종일 속수무책 아프기만 하단다

–「할아버지 아파요?」 전문 (《문학세계》, 2012)

배미순 시인의 이 작품은 이민 2세인 손자와 1세인 할아버지가 대화를 나누는 담화구조를 가진 작품이다. 인용한 1, 2연에서는 할아버지가 손자에게 너보다 어린 네 아버지(이민 1.5세)를 데리고 이민을 와 삶의 현장에서 고생을 많이 하였다고 쉬운 한국어로 말하고 있다. 그러나 3 연에서는 대화구조가 아니라 할아버지의 독백이 되고 있다. 즉, 할아버지가 이민 2세인 손자는 고통스러운 현실을 몰랐으면 하는 소망을 독백으로 술회하고 있다. 그러나 4연에서는 다시 대화구조로 눈물을 숨기면서도 하루 종일 속수무책일 정도로 아프기만 하다고 말하고 있다. 비록 4연의 짧은 시이지만 이민생활의 고통을 극대화하고 있다는 점에서 한국 현대시의 영역을 확대하였다고 볼 수 있다.

다음으로는 이민을 와서 교민들을 위하여 발행되는 미주지역 신문에 글쓰기를 하다가 시인이 되기를 결심하여 시인으로 데뷔한 시인들에 대하여 살펴보겠다.

곽상희(1934~) 시인은 서울대 불문과를 졸업하고 1963년 도미하여 오하이오 대학과 그 외 여러 대학에서 공부를 계속하였다. 1970년대 이후에는 뉴욕 일원 신문에 교육, 문화, 사회에 관한 칼럼을 장기 집필하였다. 그는 이민을 온 후 한국의 이원섭(1924~2007) 시인의 추천으로 《현대문학》 1977년 10월호에 「망향」 외, 1980년 4월호에 「허드슨 강의 노을」 외 여러 편으로 추천 완료한 시인이다. 말하자면 이민을 와 한국의 시단, 그것도 역사가 오래인 《현대문학》에 데뷔한 최초의 시인이라고 볼 수 있다. 시단에 데뷔한 이후 그는 한국인과 외국인을 상대로 캐나다, 미국, 스페인, 중국, 영국 등지에서 시낭송 강연 등으로 한국문학과 문화를 소개하였다. 1984년부터 한영 창작 클리닉을 경영하여 후진 양성에도 힘을 쏟고 있다. 그리고 문학치유에도 관심이 많다. 그는 적지 않은 나이에도 불구하고 많은 작품을 발표하고 있다. 필자가 가지고 있는 자료 가운데 가장 최근의 작품을 인용해 보겠습니다.

공원 벤치에 비스듬히 앉아
책을 읽는다
비스듬히 글자 하나 하나 보인다
그도 이 글을 쓸 때 비스듬히 앉아서
비스듬한 생각을 했으리라
비스듬히 비스듬히 썼으리라

오늘 지구도 비스듬히
돌아간다

세상의 모든 것은
비스듬히 보아야 잘 보인다

비스듬히 서서
비스듬하게 서 있는 것을 기대는
비스듬한 사랑이여,
그런 모든 자유함이여

〉

비스듬한 사랑으로 시작하여

비스듬한 자유로

끝맺는 그런 세상이여.

* 비스듬한 것을 완전치 못하다는 것이라 해석하면 어떨까?

— 「비스듬히」 전문 (《미주시학》, 2014, 겨울)

곽상희 시인의 이 작품은 곽 자신이 작품 끝에 주로 달아 놓아 '비스듬한 것'을 완전치 못한 것이라 해석할 수도 있다. 그러나 이러한 곽 시인의 의도와는 달리 해석해도 무방하다. 보통 '비스듬히'는 한자로 표현하면 사시안적이라고 바꿀 수 있다. 이 경우 비판적이거나 부정적인 관점이라고 해석될 수 있다. 그러나 곽 시인의 작품들은 현실을 풍자하거나 비판하는 것과는 거리가 있다. 곽 시인의 다른 작품들에서는 주로 소멸, 비움 등과 같은 삶의 치열함과는 거리가 먼 존재의 덧없음과 사물의 버림과 같은 허무의식을 기반으로 한 경향이 많다. 이러한 태도는 이 작품에서 볼 수 있는 '완전치 못함' 즉 미완성의 시학에서 온 것이다. 이 세상의 사물이나 사랑 심지어 자유 등은 결코 완전지향성을 가질 수 없다. 그리고 보는 사람들의 관점에 따라서는 사랑이 아픔이나 미움도 될 수 있다. 이렇게 다원적인 해석이나 의미를 허용하는 시인의 태도는 그가 살아온 코스모폴리탄적 세계관에서 온 것이라 볼 수 있다. 그리고 그것은 어쩌면 완전한 것은 인간의 영역이 아니고 신의 영역이라는 기독교적 가치에서 온 것이라고도 볼 수 있다. 이 작품을 통하여 곽 시인의 오랜 삶에서 나오는 사물이나 사유, 심지어 정서 등의 불완전성을 시적으로 형상화 한 것이다.

노익장으로 시와 평론 활동을 겸하고 있는 임창현(1938~) 시인의 작품을 살펴보겠다. 그는 1995년《조선문학》에 시인으로 데뷔하였고, 1998년에는 같은 잡지에 문학평론으로도 데뷔하였다. 워싱턴문인협회 회장과 박남수문학상을 운영하는 동산문화재단 이사장을 지낸 바 있다. 뿐만 아니라, 평론집으로 국제펜클럽 한국본부에서 주는 20회 한국펜문학상 평론부문에 수상한 바도 있다. 미주지역에서는 귀한 평론가로 미주지역 문예지에 문학평론을 가끔 발표한다. 특히《미주시정신》2013년 여름호의 권두언「시인을 위하여-미주시정신을 생각하며」는 비록 짧은 글이지만 그의 시론과 미주 시단의 나아 갈 방향을 제시하고 있다.

저 숲 보아
무성한 잎, 열매
산처럼 이고 있던,

다 내려놓았네.

〈중략〉

꾸다 깬 꿈,
사랑도 미움도,
내려놓고 가세 무서운 세상
어찌 다 들고 갈 수 있으랴.

-「내려놓고 가세」1, 2연과 5연(《미주시정신》, 2013, 여름호)

앞의 곽상희 시인이 비움의 시학을 객관적 상관물과 비유적으로 표현한 데 비하여 임창현 시인의 시는 비록 1연에서 겨울이 되어 숲이 쇠락한 모습을 가져 왔으나 5연에서 보다 직접적으로 내려놓자고 표현하고 있다. 이러한 자연 특히 숲에서 비움 즉 무욕의 정신을 형상화한 것은 정지용(1902~1950) 시인의 시집 『백록담』(1941, 문장사)에 수록된 시편들에서 구현 된 바 있으나 최근에도 한국의 현역 원로시인들에 의해서도 자주 형상화 되고 있다. 말하자면 임창현 시인의 형상화 방법은 한국 시의 보편적 상상력에 힘입고 있다고 볼 수 있다. 특히 임 시인은 인생의 황혼 길에서 현실은 무서운 세상이요 내려놓을 대상이라고 인식하고 있다.

다음으로는 워싱턴문인회에서 비교적 활발하게 작품활동을 하고 있는 네 사람의 시에 대하여 살펴 보겠습니다.

우선, 김인기 시인의 작품에 대하여 살펴보겠다. 김 시인은 이민 가기 전 지금은 폐간된 월간 시지 《풀과 별》(1972년 7월 창간되어 1976년 1월에 폐간)에 초회 추천을 받은 바 있다. 1996년 《워싱턴문학》 신인문학상을 수상하였다. 1996년에는 계간 《한글문학》에 추천완료되어 한국의 시단에도 데뷔하였다. 역시 같은 해에 영시 콘테스트에도 당선되었다. 2000년에는 제2회 재외동포문학상 시부문에 입상하였다.

창문으로는 언제나 불빛 흘러나오게 하여 주십시오!
밤이 깊어질수록 더욱 달그랑거리는
내 워낭 소리를 언제까지나 지켜주는 것은
다만,
어르신네 담 너머로 흘러나오는 불빛뿐이다.

굴뚝으로는 때마다 짙은 연기를 내어주십시오!
어매의 진한 사랑의 콧김이 스며 있고
비린내 나는 내 입김이 스며 있을 여물통이
다시 또한번 핥아보고 싶은
새벽 여물 끓일 시간이 되면
어르신네 굴뚝에서 나오는 연기를 찾아

눈망울만 하염없이 굴립니다.

〈중략〉

이제는
돌아갈 기약을 몰라도 서러워 울지 않습니다.
이제는
혼자서 밤길 걸어도
외롭지만 무서워하지 않습니다.
밤이 다 지나도록 어둠을 밝히는
등불로 켜 주십시오.
어두워질수록 더욱 초롱초롱한 등불로 켜 주십시오.
반쯤은 열린 사립문 사이로 불빛 흘러나와
멀리서 밤길 걷는 내 발치도 비추는
크나큰 등불로 켜 주십시오.

–「품앗이 나간 송아지의 편지」 1, 2, 4연

김인기 시인의 이 작품은 우의적인 작품이다. 말하자면 알레고리가 있는 작품이다. 물론 그 배후의 관념이 다층적 의미를 가지고 있지 못한 점은 단점이기는 하다. 배후의 관념을 찾을 수 있는 단서는 우선 제목 속에 들어 있다. 이 시의 화자는 외연적으로 볼 때에는 '품앗이 나간 송아지'이다. 그러나 우리는 이 화자가 송아지라는 외연적인 의미가 아니라 각자의 아메리칸 드림을 가지고 고국을 떠나온 한인들을 상징하고 있고 볼 수 있다. 한편으로는 화자를 향토적인 동물로 내세워 향수에 젖도록 하는 기법에서 일종의 풍자성을 느낄 수가 있다. 이 정보화 시대에 향토색 짙은 송아지 그것도 워낭 소리 달랑거리는 송아지로 설정하였다는 것 자체에서 더욱 향수에 젖게 만들 것이다. 물론 이 시의 마지막 부분에서 고독과 공포를 극복하는 미래지향적인 점에서 다소 위안을 얻을 수는 있을 것 같다. 따라서 이 시는 디아스포라의 슬픔을 극복하자는 메시지를 주고 있다.

이정자 시인은 숙명여대 상학과를 졸업하고 이민을 왔다. 1998년《워싱턴문학》신인상을 받았으며, 2002년에는 한국의《문학시대》로 등단하였다. 그리고 2005년에는 중앙일보 미주본사 주최 문예공모에도 입상하였다. 2014년에는 LA의 배정웅 시인이 주도하는 미주시인회의의 연간지《미주시학》에서 시상하는 미주시학상을 수상하기도 했다.

나는 표절 시인
그녀의 생을 우려, 그녀가 하던 비유와 은유로 시를 쓰는

나를 데리고 목화를 따면서
'이거 보래 참 폭신하고 하얗재, 이건 열두 새 베가 될끼다'
그리고
끝물에 딴 목화는 북덕실로 뽑혀 석 새 베로 짜여 진다며
'석 새* 베에 열두 새 솜씬기라…'

봉창으로 스며든 새벽빛 같던
그 말씀
불현 듯 내 눈을 밝혀

땀 밴 이마에 흰 수건 동여매고
내 등에 짊어진 북덕무명 석 새 베로
세밀한 눈썰미, 간절한 손끝으로 마름질하여
깨끼로 옷을 짓듯
나의 삶을 지을게요

그날
당신께로 들면
열두 새 솜씨로 옷 한 벌 지어 입고
내 딸이 왔노라고, 열두 새로 왔노라고
애타시던 그 얼굴이 목화송이 같겠네요

＊새 : 피륙의 날을 재는 단위

–「석 새 베에 열두 새 솜씨」 전문

이정자 시인의 이 작품은 외연적으로는 시를 쓰는 방법론을 전개한 메타 시의 형식을 가지고 있다. 그러한 단서를 제공하는 부분이 첫째 연이다. 이 시인은 자기는 어머니의 삶, 특히 그가 구사하던 비유와 은유로 시를 쓰는 일종의 표절 시인이라 진술하고 있다. 물론 이 시인은 표절 시인은 아니다. 이러한 진술 자체가 이 시인이 가지고 있는 장점이다. 내포적으로 어머니의 삶을 통하여 이 시인 자신의 삶의 지향점을 보여주고 있다. 이 시인의 작품 가운데 유년 시절 어머니의 삶과 관련된 시편들이 가장 그의 시세계를 잘 드러내고 있으며 소중한 시적 자산이기도 하다. 이 시인의 '미주시학상' 수상 작품 가운데 하나인「단팥죽 끓이던 풍경」에서는 어머니의 신산한 삶이 보다 직접적으로 나타나 있다. 그러나 이 작품의 경우는 어린 시절 이 시인을 데리고 목화 따면서 나눈 대화를 모티브로 하여 어머니의 성실한 삶이 2연에서 전개 되고, 3, 4연에서는 이 시인이 그러한 어머니의 삶을 본받겠다는 점을 피력하고 있다.

이 작품의 제목「석 새 베 그리고 열두 새 솜씨」에 등장하는 '새'라는 어휘는 이 시인 자신이 각주로 설명하고 있지만, 요즈음의 사람들에게는 낯선 어휘이다. 수공업으로 목화솜이 원료인 무명베나 삼베, 모시베 심지어 누에고치를 길러 명주까지 짜던 것을 어린 시절 지켜본 농촌 체험을 가진 독자들에게는 유년 시절이 절로 회상되는 친근한 시어이다. 말하자면 시어 자체가 남다른 감동을 주는 셈이다. '새'의 정확한 사전적 의미는 '피륙의 날을 세는 단위로 날실 마흔을 한 새로 침'이라 되어 있다. '새'의 단위가 높을수록 가늘고 아름다운 베이다. 베틀로 베를 짤 때 도투마리에서 여인네의 허리에 걸린 부티의 힘으로 허리 앞 쪽에 바디를 놓고 바디집을 당겨 베를 짜게 하는 가로 실이 날실이고 북 속에서 좌우로 오가는 실이 씨실인데 고운 베 일수록 날실 수가 많다. 물론 북 속에 들어 있는 씨실도 가늘어야 한다. 말하자면 석 새 즉 120줄이라는 투박한 실이지만 열두 새 즉 480줄의 날줄로 짠 배처럼 솜씨가 있다는 뜻이다. 그리고 4 연의 '깨끼'라는 어휘도 생소할 수 있다. 깨끼는 깨끼옷를 가리킨 것이다. 깨끼옷의 사전적 뜻은 '안팎의 솔기(옷이나 이부자리의 두폭 맞대고 꿰맨 줄)를 곱솔로 박아 지은 겹옷'인데 깨끼는 깨끼옷을 말한 것이다. 즉 치밀한 바느질한 옷이라는 뜻이다. 어머니처럼 치밀하고 자상하게 살겠다는 삶의 자세를 구체화한 시어이다.

권귀순 시인은 동국대학교 국문과를 졸업하고 이민하였다. 2000년 국제펜클럽 한국본부에서 발간한 《펜과 문학》('PEN 문학'의 전신)에 2회 추천완료로 등단하였으며, 2007년에는 배정웅 시인이 남미에 체류할 때부터 시상을 주도한 〈가산문학상〉을 수상하기도 했다. 그는 동부에 있으면서 LA에서 편집되고 있는 《미주시학》의 편집위원으로 작품비평 활동도 겸하고 있다.

> 흩뿌려놓은 꽃잎이기나 한 듯
>
> 나무 밑 차창에 점점홍, 점점홍
>
> 새는 벌써 날아가고
> 열매를 닮은 붉은빛만

〉

허공에서 거침없이 배설하는
그 위풍당당

꽃에서 자란 벌레는 향기 있느니
새도, 벌레도 자연을 닮는데

사람은 무얼 닮나

꽃자줏빛으로 나도 한번 해보고 싶은
그 위풍당당

백문동 꽃이 그늘에서 웃고

—「위풍당당」 전문 (《미주시학》, 2013, 겨울)

이 작품의 상상력의 구조는 작품을 다 읽고 나서야 알 수 있다. 이러한 구조는 처음부터 독자를 긴장하게 한다. 왜냐하면 도대체 이러한 표현이 왜 등장하였으며 그 의미하는 바나 배후의 관념이 무엇인지 궁금하지 않을 수 없기 때문이다. 다 읽고 난 뒤에 독자들은 이 시인이 백문동 꽃을 보면서 전개한 상상력인 것을 알게 된다. 권 시인의 작품은 자연이나 사물을 자세하게 관찰하여 거기에서 삶의 의미를 찾거나 부여하는 상상력의 구조를 가지고 있다. 관찰하는 도중에 군데군데 삶의 의미가 이입된 작품도 있으나 이 작품의 경우 도중에는 나타나지 않고 있다가 후반부에서 극적으로 나타난다.

백문동 꽃이 나무밑 차창에 점점이 붉게 있는 것에서 시적화자 즉 권 시인이 발견한 의미는 위풍당당함이다. 그 꽃을 보면서 상상하는 꽃에 대한 인식과정이 1~4연까지 간략하면서도 긴장감 있게 전개된다. 그러다가 5연과 6연에서 권 시인 자신에게 위풍당당하게 살고 싶은 삶의 자세가 이입된다. 마지막 7연도 대단히 중요한 부분이다. 이 연이 없다면 이 작품의 의미구조 파악이 어려울 것이다. 이렇게 마지막에다 시의 의미구조 파악의 열쇠를 배치하고 있는 것은 순전히 권 시인의 시적 역량이라고 보고자 한다.

마지막으로 윤미희 시인의 시를 살펴보고자 한다. 윤 시인은 미주 한국일보 신춘문예로 등단한 시인이다. 물론 경희해외동포문학상을 수상하였고, 본국의 《한국문학평론》에 시로 등단도 하였다. 윤 시인의 경우 영시를 창작하여 상도 받았고, 단체의 멤버이기도 한다. 따라서 앞으로 영어로 시를 쓰는 시인들을 살펴볼 근거를 제공하기도 한다.

> 구십평생을 말 없이 지켜 온
> 아버지의 굽은 등을 눕혔을 때
> 시간의 태엽이 풀리고 있었다
> 아버지의 시간은 유효기간이 지난 듯
> 또다시
> 꽃이 되어 피질 못했다
> 〈5행 생략〉
> 나에게 꿈을 수혈해 준 심장의 꽃물이
> 눈물처럼 흐르고 있었다
> 〈4행 생략〉
> 나는 보았다 꽃잎이 질 때마다
> 아버지는 알 수 없는 필체로
> 참회의 시를 쓰고 계셨다는 것을
> 더 많이 사랑하지 못해 미안했노라고
> 더 많이 사랑하지 못해 미안했노라고
> 꽃잎 모두 흩어진 후
> 마지막 남은 앙상한 꽃대

바람이

허무의 부러진 뼈를 어루만지며

오랫동안 머물러 있었다

시간의 행방을 묻지 않은 채

—「뼈의 노래」

윤 미희 시인의 작품은 대체로 슬픔이나 절망과 같은 비극적 상황을 시로 형상화한 작품이 많다. 이 작품의 경우 90을 사신 아버지의 임종이 시적제재가 되어 있다. 아버지의 임종을 이처럼 객관화 시킬 수 있는 윤 시인의 시적 형상화 능력을 인정하지 않을 수 없다. 《미주시학》 2013년 겨울호에는 권기순 시인이 〈시를 다시 읽는다〉라는 일종의 작품평에서 윤미희 시인의 연작시 「시간해부학 3」을 자세히 읽은 글이 있다. 이 작품 역시 슬픔이라는 정서를 탐구한 시이다. 권 시인은 「붉음으로 영근 슬픔의 내부」라는 제목으로 '슬픔의 내부를 깊게 들여다 본 시'라고 평가하고 있다.

윤 시인은 앞에서 인용한 시의 전반부에서 시시각각으로 사그라지는 아버지의 목숨을 '꽃'이라는 사물로 상징화한다. 이 '꽃'은 시가 끝날 때까지 다양한 내포를 가진다. 뿐만 아니라 중간에는 화자 나의 감정까지 사물화 시키는 역할도 한다. 그런데 아버지가 참회의 시를 쓰고 계셨다는 표현에서는 오히려 화자 즉 시인의 사랑의 결핍을 발견할 수 있다. 이 시에서 아버지의 죽음 이후를 발견하거나 다른 시에서도 절망이나 슬픔을 통한 희망 혹은 사랑을 발견할 수 있는 부분이 없다는 것이 아쉽게 느껴졌다. 그것을 필자는 결핍의 시학이라고 보고 싶다.

3.

미국 동부의 한인시인들의 한글로 쓰여진 작품의 대체적인 경향은 자연을 제재로 거기에다 정서 혹은 관념을 이입 시키는 경우가 많다. 이러한 경향은 고전시가부터 현대시까지 내려오는 한국시의 전통이다. 말하자면 자연이라는 소재를 서정적 혹은 관념적으로 처리하는 것이다. 물론 세부적으로는 치유, 깨달음, 버림 혹은 결핍 등과 같이 특성면에서 개인차가 있다. 한국에 거주하는 시인들과의 차이를 굳이 말하면 제재가 미국의 자연이고 삶인 점이다. 이 점에서 한국 현대시의 영역을 확장하였다.

다른 특질 하나는 이민 떠나오기 전의 체험 특히 유년 시절의 체험을 이민자의 입장에서 형상화하고 있다는 점이다. 그러면서도 단순하게 그리워하거나 고국으로 돌아 가고 싶은 소망은 보이지 않고 있다. 동부 한인시인들의 작품을 서부 한인시인들의 작품보다 많이 접하지 못한 점은 필자가 가지고 있는 한계이나 서부 한인 시인들에게는 이민 생활의 회한의 표현이 생각보다 많았다. 그리고 디아스포라로 겪은 문화충돌이나 갈등을 보여주고 있었다. 물론 동부의 경우도 이민생활의 어려움이 형상화된 작품은 있었지만 서부에 비하여 현저히 적었다. 그 원인이 궁금하기도 하다.

다음으로 작품 외적인 것을 몇 가지만 지적하면 우선 미국에서 작품활동을 시작한 시인들은 한결같이 한국의 문예지에 등단의 과정을 거쳤는데 그 관문이 작품의 수준에 비하여 너무 손쉬운 곳을 택한 것이 아닌가 하는 아쉬움이 들었다. 좀 더 치열한 경쟁을 겪는 문예지에 도전하는 것이 미국 한인문단의 위상을 높여 아마추어리즘의 멍에로부터 벗어나는 길이라고 생각한다.

앞의 경향에서 한걸음 나아가 한국문단에 기대지 말고 독자적인 길을 모색하라고 당부하고 싶다. 동부의 경우는 심각하지 않으나 서부 특히 LA의 경우 문학단체가 난립하여 서로 연합이 되지 않는 경우가 허다하다. 물론 《미주문학》이라는 계간지가 있기는 하나 동부의 경우도 지역별로 소통이 되지 않는 경우가 많은 것 같다. 공간적거리가 멀어서이기도 하나 인터넷의 발달로 공간적 거리는 얼마든지 극복할 수 있을 것이다. 따라서 동서와 각 지역을 통합하는 문학단체의 결성과 그를 바탕으로 한국에서 제작하여 공수하는 문학지가 아닌 미국 내에서 제작하여 공식적으로 판매할 수 있는 문학지의 출현을 기대하여 본다. 재정적으로 어렵다면 한상들과 한국문화원을 통한 국제교류기금의 지원 등도 생각해 볼 수 있을 것이다.

다음으로는 한국의 경우 문학의 이념별 대립 혹은 친일문제 등이 예전에 비하여 심각하지 않다. 오히려 최근에는 표절문제가 중요 이슈가 되었다. 미국에서도 이념 대결이나 친일문제로 인한 대립이 사라져야 할 것이다.

마지막으로 한글작가들이 대부분 1세들이나 1.5세들이지 2세들은 거의 없는 현상을 어떻게 보아야 할 것인가 하는 문제이다. 워싱턴 지역에도 한국문화원에 세종학당이 있다. 그곳을 통하여 외국인에게 한글 보급 운동도 벌리고 심지어 고등학교에서 한국어를 제2외국어로 하는 곳도 늘어나고 있다. 뿐만 아니라 대학에서도 한국어가 교육과정에 어떠한 형태로든지 편성된 곳이 많다. 그러나 이렇다고 해서 그들 모두가 시를 짓고 수필을 쓰게 되지는 않을 것이다. 그런데 각급학교 한국어수강생들이 교포 2세들인 경우가 많다는 것은 오래 전부터의 현상이다. 1세와 1.5세들의 시, 수필 창작행위가 그들을 자극하여 2세 이후의 세대에서도 한글문학 작가가 나오게 하는 방법도 모색하여야 할 것이다. 그리고 필자가 알지 못하고 있는 탓일 수도 있겠으나 시에서도 소설에서 이창래 같은 시인 즉 영시단에서도 문제적 시인이 나올 수 있는 분위기 조성도 한인문인들의 몫이라고 생각된다. 이러한 까닭에 워싱턴 한인문학은 변방이 아니라 세계 최전방이다. 미국 동부, 특히 워싱턴이나 뉴욕 지역에서 비록 영어로 쓴 시나 소설이지만 한국인 최초의 노벨상 수상자가 나올 수도 있다는 생각을 하면서 동부 시인들의 건필을 통하여 그러한 필자의 소망이 하루빨리 현실이 되기를 기대하는 바이다.

남미 한인문학의 현황과 전망
– 브라질과 아르헨티나를 중심으로

1.

시인 브르헤스(1899~1986)와 네루다(1904~1971) 그리고 소설가 마르케스(1927~2014)의 고국 아르헨티나와 칠레, 그리고 콜롬비아가 있는 남미대륙은 1784만㎢의 면적에 12개국 3억 8천만의 인구를 가지고 있다. 이들 국가는 면적 850만㎢, 인구 2억으로 남미 최대국가인 포르트칼어를 사용하는 브라질을 제외하고는 남미 두번 째 큰 국가인 아르헨티나(면적 275만㎢ 인구 4천 3백만)를 비롯한 다른 나라들은 모두 스페인어를 사용하고 있다. 이들 나라는 빈부 격차가 심하고 군사정변의 연속과 경제성장의 기복이 심하는 등 국가가 안정적이지는 않지만 인종 차별과 편견이 없는 장점도 가지고 있다. 그리고 최근에는 브라질이 2014년 월드컵을 개최하였고, 2016년 올림픽도 개최하였기 때문에 주목받는 지역이 되었다. 남미가 우리 문학 속에 등장하기 시작한 것은 최인훈의 소설『광장』(1960)에서 주인공인 6.25 전쟁포로 이명준이 남과 북이 아닌 중립국 브라질로 가기로 한 것부터라고 해도 틀린 말은 아니다. 이명준은 브라질로 가는 도중 인도양에 투신하는 것으로 소설은 끝나지만, 실제로 중립국 선택 전쟁포로들은 1956년 브라질에 50명, 1956년과 57년에 아르헨티나에 12명이 정착하여 한국인 이민의 선구자가 되었다. 현재 남미에는 정확한 통계는 불가능하지만 10만 명에 가까운 교민들이 살고 있다. 그 가운데 1963년에 농업 이민이 시작된 브라질에 5만명(한인회 홈페이지에는 6만명으로 되어 있음)의 교민들이 살고 있고, 브라질보다 2년 늦은 1965년에 농업이민이 시작된 아르헨티나에 2만 2천명(한인회에서는 2만5천

명으로 봄)이 살고 있다. 이 두 나라가 이민을 금지하였을 때 남미의 이민 창구로 활용되어 한인회 공식 홈페이지에 20만의 한국인이 경유하였다고 밝혀놓은 파라과이에 5,000명이 살고 있고, 다른 나라에는 모두 몇 백의 소수가 살고 있다. 따라서 한인 문단이 형성되어 한글문학 간행물이 나오고 있는 나라는 브라질과 아르헨티나 두 나라에 한정되어 있다.

한글문학이라는 개념은 과거 한국문학이 한국인에 의하여 한글로 한국에서 창작된 것이라는 속지주의와 속인주의를 넘어 한글로 어느 지역에서 어느 인종이 창작하든지 한국문학이 될 수 있다는 철저한 속문주의에 기반을 두고 있다. 이러한 점에서 남미 교민을 포함한 모든 제외국민의 한글문학이 한국문학이라는 범위에 들어올 뿐만 아니라 외국인에 의하여 창작된 한글문학도 중요하게 보아야 될 것이다. 이 입장에서 브라질과 아르헨티나의 한인문학의 현황을 간략하게 파악하고 앞으로의 나아갈 바를 제시하여 보겠다.

필자는 2004년 한국시문학회 전국학술발표회(2004. 6. 5. 부산대)에서 「남미 한인의 시문학과 정체성」이라는 논문을 아르헨티나 지역에 한정하여 발표한 바 있다. 그 논문은 《한국시문학》 14집(2004)에 게재되었고, 2005년 배정웅 시인 주도로 미국 LA에서 창간한 《미주시인》(지금은 《미주시학》으로 개칭) 창간호에 재게재되어 해외문인들에게도 소개되었다.

2.

브라질 한인의 한글문학이 국내에 처음 소개된 것은 서울대 권영민 교수가 1989년 4월호 《문학사상》에 특별기획 해외동포문학 순례의 일환으로 〈브라질에 심은 한국문학〉이라는 글을 발표하면서 부터이며, 최근에는 동국대 김환기 교수가 오랜 기간의 현지답사의 성과를 중심으로 〈재 브라질 코리안 문학의 형성과 문학적 정체성〉(『중남미연구』, 2011)을 발표한 적도 있다. 김 교수는 『브라질 코리안 문학선집』(2013)을 〈시와 소설〉, 〈수필, 평론. 동화. 콩트〉로 나누어 편찬하였다. 평생 지구촌 해외 한인문학 연구에 힘쓴 이명재 교수도 「재브라질 한인문학의 형성과 성향」이라는 논문을 김낙현 교수와 함께 완성하여 학술지 『우리문학연구』 제41호(2015)에 발표를 한 바 있다.

브라질의 한글문학의 형성 배경과 경과에 대하여는 2011년에 편찬된 『브라질 한인 이민 50년사』(교음사, 2011)에 잘 정리되어 있다. 브라질의 한글문학은 1957년 《문학예술》로 데뷔한 언론인 출신이고 음악 공연과 연극에도 관심이 많았던 황운현(1931~2002) 시인의 주도로 동인지 《열대문화》가 1986년 12월 나오면서부터이다. 1971년 브라질로 이민 간 그는 교민사회의 고급문화의 역량을 배양하기 위하여 고국에서 문화부장 시절에 맺은 인연으로 국내의 유명 성악가를 초청하여 연주회도 주선하였다. 그러나 그는 공초 오상순을 방불케 하는 애연가로 그것이 원인이 되어 70을 갓 넘긴 2002년 브라질에서 작고하였다. 《열대문화》는 황운헌 시인의 이러한 문화적 취향이 반영된 동인지라고 볼 수 있다. 그 전에도 〈브라질 한인회〉에서 《백조》, 《무궁화》 등의 종합교양지가 나와 산발적으로 문학작품들이 발표되었다. 그러나 지속적으로 발간되지는 못했다. 황 시인은 《열대문화》 동인회의 생성 배경과 동인지 발간과정을 〈하나의 가능성을 찾아서〉라는 평론으로 미국 LA에서 시인 고원(1925~2008)이 1988년 발행한 《해외문학 울림》 2호에 밝히고 있다.

《열대문화》의 발간과정에 대하여는 『브라질 한인 이민 50년사』 편찬위원이자 '열대문화동인회'의 동인인 안경자 소설가에 의하여 소상하게 밝혀져 있다. 안경자 소설가는 서울대학교 사범대학 국어교육과 출신으로 9명의 동인 가운데 국어국문학을 전공한 유일한 사람이었다. 그는 이민사 제6부 교육 · 문화사를 직접 집필하였으며 그 가운데 14페이지에 걸쳐 《열대문화》를 소개하고 있다. 이렇게 소상하게 기록할 수 있는 까닭을 스스로 밝히고 있는데, 그 자신이 동인 중에서도 편집과 각종 회의의 기록을 하였기 때문이었다. 서술 서두에 '열대문화동인회'의 생성 배경과 성격 그리고 그 당시의 각계의 평가를 밝힌 후에, 1986년 12월 20일의 창간호로부터 1995년 7월 30일 중단된 제9호까지 면수 발행일자를 밝힌 후 표지를 사진판으로 제시하고 있다. 그리고 표지화 화가와 창간사를 비롯한 중요 자료를 제시하고 목차와 집필자, 내용요약, 심지어 후원자들까지 밝히고 있다. 그리고 마지막으로 동인회의 다른 활동과 황운헌 시인을 사진과 함께 1페이지가 넘게 소개하고 있다. 브라질 한인문단의 산 역사가 바로 안경자 작가라는 생각이 든다.

《열대문화》는 동인 9인의 면모를 보아도 황운헌 시인과 안경자 작가, 《해외문학》지에 작품을 발표한 가수이자 시인인 목동균 외에는 문학과는 다소 거리가 있는 동양방송 PD출신 권오식, 언론인 김우진, 미국으로 건너가 60세의 나이에 변호사가 된 연봉원, 미술(서예)에 일가견이 있는 이찬재, 한인자선병원을 건립한 주성근, 화가 한송운 등 문화계 전반에 관련된 인사들이다. 안경자 작가는 제호 그대로 문학지는 아니었으나 문학이 중심이었으며 시 소설, 수필 외에도 브라질 번역작품을 실으면서 교포사회의 문단 등단 역할도 했다고 밝히고 있다. 그리고 미국 한인문단과 국내문단과의 교류도 시도하고 있다. 창간사에서의 제시한 중요 지향점인 우리 전통문화를 간직한 채 브라질이라는 이질 문화를 수용하여야된다는 점도 그대로 반영되어 있다. 창간호의 경우 1000부를 찍어 무료로 배포할 정도로 교포사회에 영향력을 끼쳤다. 그러나 1990년대 초의 브라질의 경제 붕괴의 유탄이 교포사회의 경제활동까지 크게 영향을 미쳐 1995년 중단되고 만다. 오늘날 시점에서 고무적인 현상은 2011년 제10호가 속간되고 2013년 11호, 2014년 12호가 계속 발간되고 있다는 점이다. 김환기 교수가 편찬한 전집에도 속간호의 작품들이 몇 편 수록되어 있다.

브라질 한글문학의 작품세계에 대하여 장르별로 간략하게 언급하겠다. 우선 시의 경우 두드러진 경향이 고국을 그리워하는 망향의식을 표출한 것이다. 황운헌의 연작시 「망향의 노래」1-8(《열대문화》 2호와 6호)와 목동균의 「동백 2세」(《열대문화》 5호)와 「한계령」, 「수산리」, (《열대문화》 6호) 주성근의 「들국」, 「고향」(《열대문화》 2호). 「삼복」(《열대문화》 7호) 그리고 최용필의 「달래강 돌밭에 가면」(《열대문화》 10호) 등이 대표적인 작품들이다. 다음으로는 브라질의 풍물을 시로 형상화하여 라틴문화를 다양하게 수용하는 경향을 들 수 있다. 이 작품 역시 앞의 시인들이 발표한 작품들이 주류를 이루고 있다. 황운헌의 「빤따날」(《열대문화》 5호), 「상파울로 식물원의 연꽃」(《열대문화》 7호)과 목동균의 「살바돌 풍물」(《열대문화》 6호), 「백구촌-부에노스 아이레스」(《열대문화》 8호), 그리고 양정석의 「어떤 걸인」(《열대문화》 11호) 등이 대표적인 작품들이다. 마지막으로 해외 한국인 시인들의 공통적 경향이기도 한 기독교적 상상력을 표출한 작품들을 들 수 있다. 목동균의 최근작 「꽃 그리스도의 눈물」(《열대문화》 10호), 속간 10호부터 동인이 된 조건형의 「나의 기도」(《열대문화》 10호) 역시 신인 고영자의 「호수로 가겠습니다」(《열대문화》 10호) 등이 그것들이다.

소설의 경우는 현실 초월적이고 낭만적인 시와는 달리 현실 그것도 각박한 이민 생활로 인한 여러 문제점들을 형상화한 것들이 많다. 브라질 교민의 경우 1970년대에 발전을 한 섬유산업 즉, 봉제업을 통한 경제적 기반을 획득한 사람들이 많았다. 그러한 물질적 풍요에도 불구하고 정신적인 빈곤이 초래되는 가정들도 많았다. 이를 치유하기 위한 교민들의 소시민적 삶을 형상화한 작가로 안경자를 들 수 있다. 이진서라는 필명으로 발표된 「막다른 골목」(《열대문화》 4호)과 본명으로 발표한 「싸웅파울로의 겨울」(《열대문화》 8호)과 「아들의 섬」(《열대문화》 9호) 등이 그것이다. 그는 재외동포재단에서 2006년 현상 모집한 제8회 〈해외동포문학의 창〉에 「새와 나무」로 입선하는 등 명실상부한 소설가로 자리매김하게 되었다. 이 작품은 브라질로 이민하게 된 정체성의 고뇌를 수준 높게 형상화하였다고 평가하고 있다.

다음으로 브라질을 포함한 남미의 많은 교민들은 이민에 대하여 미국이나 카나다 교민들과는 다른 의식을 가지고 있다. 즉 남미는 이민의 종착지가 아니라 경유지라는 인식을 많은 교민들이 가지고 북미를 종착지로 생각한다고 한다. 물론 남미에서 다른 남미국가로 재이민하는 경우도 많다. 이러한 이민과 재이민을 거듭하는 실태로 인한 정신적 방황과 가족 사이의 문제점을 다룬 작가로 박정식을 들 수 있다. 그는 속간된 《열대문학》 10호에 「곰 다 마리」, 11호에 「SADDEST THING」을 발표하였다. 그러나 이민의 삶에 대한 고통만 형상화한 것은 아니다. 정수잔나의 자전적 이민체험소설 『국적이 많은 여인』은 신산했던 삶에도 불구하고 주인공은 도전적이고 열린 세계관을 가지고 있는 긍정적인 면도 있다. 이러한 다양한 이민 체험이나 안경자 작가의 작품에서도 나오는 '벤데돌'(의류 방문판매) 체험은 한민족의 근면성과 도전정신을 보여준다. 그리고 이러한 작품들로 인하여 한국 소설 혹은 문학의 영역이 확장될 것이다.

수필의 경우는 장르의 특성상 이민 체험과 그에 대한 견해와 역정 등이 직접적으로 서술된 작품들이 많다. 김우진의 「우리는 언제까지 한국사람인가」(『열대문화』 창간호), 「2세 교육의 과녁 찾기」(《열대문화》 9호)와 김덕기의 「둥그렇게 사는 사람들」(《열대문화》 2호) 등이 그것들이다. 국내 《수필문학》에 데뷔하고 『브라질 한인 이민 50년사』 편찬위원장을 지낸 장하원 수필가는 브라질에서의 여러 체험을 형상화한 「내게 걸맞는 자리」를 『수필문학』(2006. 4)에 발표하고 있다. 그리고 앞에 언급한 시인과 소설가들도 여행기를 포함한 많은 작품들을 발표하고 있다. 특히 《열대문화》가 아닌 다른 지면에도 발표된 수필로 인하여 브라질의 수필문단은 풍성하다.

3.

아르헨티나의 한글문학이 처음 소개된 것은 1980년대 이민을 떠나 볼

리비아-아르헨티나-칠레 등에서 의류 판매업을 하다가 2000년대부터 LA에서 2016년까지 미주시인협회 회장을 지냈고 《미주시학》 발행인으로 미주 한글시단을 이끌고 있었던 《현대문학》 출신 배정웅(1941~2016) 시인에 의하여서이다. 그것도 LA에서 2001년 고원 시인이 발간한 《문학세계》 13호에서 「남미 한국문학의 현주소-꿈꾼 것을 다시 꿈꾸는 지혜」라는 글에서이다. 그리고 발표자가 앞에서 언급한 「남미 한인의 시문학과 정체성」이 〈'아르헨티나' 지역을 중심으로〉라는 부제와 함께 2004년 발표하였다. 아르헨티나 한글문학 소설에 대한 첫번째 연구는 한동대 김윤규 교수에 의하여 2005년에 발표된 「재아르헨티나 한인소설의 몇 가지 성향」(《문학과 언어》 26호)이다. 그 후 김정훈 교수에 의하여 「재아한인 시문학 특성연구」(《한민족 문화연구》, 2010)가 발표되었고, 브라질 한인 문학에 대하여 연구한 바 있는 김환기 교수도 「재아르헨티나코리안 이민문학의 형성과 전개양상」(《중남미연구》, 2012)을 발표하였다. 그는 『아르헨티나 코리안 문학선집』(2013)을 〈시/수필〉, 〈소설〉로 나누어 편찬한 바 있다. 가장 최근의 연구는 이명재 교수가 한 「아르헨티나 한인들의 한글문단 고찰」(《우리어문학》, 2015. 4.)이다.

배정웅 시인에 의하여 1985년 아르헨티나 최초의 한인 문학서클인 〈문예동우회〉가 결성되었다. 한편 그는 1994년 가산문학상(제7회부터 안데스문학상으로 개칭)을 제정하여 1회부터 3회까지 아르헨티나 시인 심근종, 아르헨티나 선교사인 부산출신 윤춘식 시인, 임동각 시인을 시상하였다. 그리고 4회에는 미국 LA에서 《해외문학》이라는 전 세계의 재외한인문인들에게 문호가 개방되어 있는 연간지를 1997년 창간하여 2014년 18호까지 내고 있는 조윤호 시인, 5호에는 역시 아르헨티나의 주영석 시인을 시상하였다. 그 뒤에는 그가 옮겨간 미주 시인들을 주로 시상하여 2014년 19회에 이르고 있다. 그는 《해외문학》에 아르헨티나 시인들을 추천하여 아르헨티나 시단을 풍성하게 만들었다.

드디어 1993년 아르헨티나 한국일보에서 실시한 〈이민수기〉 심사에 참여한 김한식, 이교범,이헌영, 최일부 제씨들이 발기를 하고 창작활동을 하고 있던 심근종, 박복인 씨가 창립총회 모임을 주선하여 1994년 1월 비록 많은 사람들이 문학동호인들이었지만 명칭을 '재아르헨티나문인협회'로 정하고 창립하였다. 그리고, 초대 회장에 김한식 총무에 심근종 제씨를 선출하였다. 그동안의 발자취는 2014년 발간한 《로스 안데스 문학》 15호 말미에 자세하게 기록되어 있다. 초창기의 회원들은 주로 현지 중앙일보와 한국일보에 기고하던 사람들이 중심이 되어 41명의 회원으로 발족하였다. 그해 6월에는 본국의 소설가 김주영, 김원일 시인 김혜숙, 정현종 등 13명의 문인들이 아르헨티나를 방문하였으며, 본국 문단을 통해 데뷔하는 회원들도 생기기 시작하였다. 문학의 밤도 개최하면서 아르헨티나 작가들하고도 교류하기 시작하였다.

1996년 9월 제3대 임동각 회장 때에 《문학 안데스》가 무려 389페이지 분량으로 창간되었다. 창간호에는 41명의 회원 주소록이 말미에 있고, 정가가 15페소가 되어 있어서 무료배부를 하지 않았다는 것을 짐작하게 한다. 1997년 2호는 《로스 안데스》로 발간되었으나 1998년 3호부터 《로스 안데스 문학》로 정착되었다. 15호까지의 발간 연도를 열거해 보면 다음과 같다. 4호(1999), 5호(2000), 6호(2002), 7호(2003) 8호(2004), 9호(2005), 10호(2006), 11호(2007), 12호(2009), 13호(2011), 14호(2013), 15호(2014)이다. 1996년 창간된 이래 2001년, 2008년, 2010년, 2012년을 제외하고는 매년 발간되었다. 물론 해마다 분량의 부침은 있었으나 이렇게 지속적으로 발간되었다는 것 자체에 우리는 격려의 박수를 아낄 수가 없다. 그래서 역대 회장의 이름을 열거해 보기로 한다. 이들 가운데는 이미 고인이 된 분들도 여럿 있다. 1대; 김한식, 2대; 이헌영, 3대; 임동각, 4대; 김춘자, 5대; 최운, 6대; 심경희, 7대; 심근종, 8대와 10대; 김판석, 9대; 박형영, 11대; 황유숙, 12대; 이기은, 13대; 맹하린, 14대; 주성도, 15대와 16대; 박영창, 17대; 이세윤, 18대; 최태진 등 열여섯 분이다. 또한 국내문단과의 교류도 활발하여 2014년에는 한국문인협회 회원 28명이 아르헨티나를 방문하기도 했다.

아르헨티나 한글문학의 작품세계에 대하여 장르별로 간략하게 살펴보겠다. 시의 경우 브라질과는 달리 아르헨티나 풍경과 풍물을 형상화한 작품들이 많다. 즉, 라틴문화를 다양하게 수용한 작품들이 많다. 배정웅의 연작시 「남미 통신」 가운데 선집에는 11과 25가 수록되어 있는데, 오히려 주목받을 수 있는 작품은 창간호인 《문학 안데스》에 수록된 「내 친구 베드로」이다. 연전에 작고한 임동각 3대 회장의 선집 수록 23편 가운데 「이키토스의 인디오」(《로스 안데스문학》 2호, 1997), 「네 이름은 '띠그레'」, 윤춘식 목사의 「이과수 폭포」(2)(《문학 안데스》 창간호, 1996) 연작시, 박상수의 선집 수록 7편 가운데 「가짜 지폐 한 장」(《로데 안데스문학》 6호, 1999) 등 많은 작품들이 있다. 이렇게 라틴문화를 적극적으로 수용하는 측면에서 브라질과는 차이가 난다. 그러나 망향의식을 표출하는 경향이 전혀 없는 것은 아니다. 임동각 시인의 「내 고향 청양」(《로그 안데스 문학》 7호, 2003), 창간호부터 15호까지 계속 작품을 발표하고 있는 김옥산의 「옛이야기」(《로스 안데스문학》 7호, 2003) 맹하린의 「삼베 이불」(《로스 안데스문학》 10호, 2006), 심근종의 「송이 버섯」(《안데스 문학》 5호, 2000) 등이 그것들이다. 기독교적 상상력의 표출은 중학교를 다니다가 부모를 따라 이민을 간 1.5세라고 볼 수 있는 김재성의 시에서 두드러진다. 그는 의과대학을 다니다가 중퇴하고 침례교신학대학을 졸업한 후 목회자가 된 이색 경력의 소유자다. 연작시 「별비」(1)(2)(3)(《로스 안데스 문학》 5호, 2000)과 「마당을 쓸며」(《로스 안데스 문학》 6호, 2002) 등이 그것이다. 그는 1999년 《해외문학》에 데뷔한 뒤 왕성하게 활동하고 있다. 이러한 새 세대 시인으로 서상희가 있다. 그의 작품 「나무의 바람2」(《로스 안데스문학》 8호 2004), 「파노폴리아(전신갑주)」 《로스 안데스 문학》 11호) 등이 모두 기독교적 상상력으로 쓴 작품들이다. 1.5세에 의한 시 창작행위의 원동력은 교회일까? 혹은 한글 교실일까?

지금까지 주로 《로스 안데스문학》에 발표된 시들을 대상으로 언급하였지만, 아르헨티나 한글문학의 큰 성과는 윤춘식(1953~) 목사가 주도하고 있었던 라틴 크리스찬타임스가 엮은 '라틴 아메리카 내 한국시 정선 100편'이라는 부제가 붙은 합동시집 『그의 하늘이 이슬을 내리는 곳』(예영커뮤니케이션, 서울, 2004)이다. 여기에는 아르헨티나 5인, 볼리비아 2인, 브라질 3인, 칠레 1인, 미국 4인 등이 참여하여 100편의 한글 시를 앞부분에 수록하였고, 뒷부분에는 아르헨티나 시인의 도움을 받아 100편 가운데 36편의 시를 스페인어로 번역하고 있다. 발표자의 앞에서 언급한 논문 작성시에는 선집이 없었기 때문에 이 시집을 많이 참고하였다. 그리고 이 시집의 가장 주된 경향은 기독교적 상상력의 형상화이다. 아르헨티나 한글 문인 가운데 조미회 시인은 2006년 재외동포재단에서 공모한 〈재외동포 문학의 창〉에 「까라보보와 참나무」라는 한인타운 풍경을 제재로 한 시로 입상하였고, 김아영 시인도 같은 상 11회(2009)에서 시부문 우수상을 받았다.

다음으로 소설의 경우는 브라질과 큰 차이가 없다. 아르헨티나 한글 소설의 대표 작가는 이민 사회에서의 갈등을 다루는 맹하린 소설가이다. 그는 한국소설가협회 회원으로 소설집 『세탁부』(월간문학출판부, 2006)를 국내에서 발간하였다. 이 소설집은 7편의 단편이 수록되어 있다. 김환기 교수의 선집에도 8편이나 수록되어 있다. 이민자의 공허한 일상과 이민과 재이민 그리고 역이민 문제까지 다룬 「세탁부」가 가장 대표적인 작품이다. 그 외 「제2의 가족」(《로스 안데스 문학》 3호, 1998) 「환우기」(《한국소설》 98년 봄호 발표, 《로스 안데스문학》 4호 1999에 재발표) 등도 주목할 만하다. 박형영 작가도 선집에 7편이나 수록되어 있다. 그 가운데 「용봉탕」(《로스 안데스문학》 6호, 2002)은 이민 재이민, 역이민 등을 다루고 있다.

수필은 브라질도 그러했지만 장르의 특성상 이민 생활의 아픔에 대하여 직접적으로 서술하고 있다. 그 가운데 최태진 수필가의 「갈색 눈의 손녀 마이테」(《로스 안데스문학》 13호, 2011)에서는 이민, 재이민 그리고 다문화 가정의 문제까지 다루고 있다. 최 수필가의 경우 국내 문예지 《문학의 강》 2013년 봄호에 그의 〈파라과이 이민 입국기〉를 기고하고 있다. 아르헨티나 가기 전의 경유지 파라과이에서 고생한 일들을 서술하고 있는데 어려운 상황을 극복하는 의지가 잘 형상화되고 있다. 그리고 아르헨티나에 오랫동안 머물면서 학위를 받은후 한국으로 돌아왔다가 다시 아르헨티나로 재이민한 박채순 박사의 「다시 아르헨티나에 돌아와서」(《로스 안데스문학》 14호, 2013)와 「늘 속으며 사는 어리석은 사람」(《로스안데스문학》 15호, 2014)도 자신의 재이민을 결심하기까지의 고뇌와 어려움이 진술되어있는 점에서 주목할 만한 작품이다.

4.

지금까지 브라질과 아르헨티나 한글문학에 대하여 간략하게 살펴 보았다. 중요 문예지 중심으로 살펴보았으나, 한글문학의 진흥은 두 나라 뿐만 아니라 다른 나라들도 현지 한국신문이 큰 역할을 한다. 신문사마다 신춘문예 제도를 실시하고 지면에다 작품을 발표하게 한다. 그리고 교회 중심의 한글학교의 역할도 중요하다. 그러나 무엇보다 브라질의 황운헌, 아르헨티나의 배정웅 같은 시인들이 가장 큰 영향을 끼친다. 정보화 이후의 시대로 치닫고 있는 오늘날의 한글문학은 다양한 영상물로 인하여 여러 면에서 도전을 받고 있다. 아무리 미디어가 다양해져도 발달한 IT 산업 때문에 글쓰기는 오히려 예전보다 손쉬워졌다. 그래서 국내의 문학도 프로페스날 하기 보다 대중적이고 문학에 들어온 상업주의 때문에 문학은 더욱 그 위상이 추락되고 있는 현실이다. 이러한 입장에서 남미라는 먼 타국에서 한글로 문학창작행위를 왜 해야 하는가? 우리 2세와 3세들에게 한글은 무엇이며 한글문학은 무엇인가 하는 근본적인 질문을 던져야 할 것이다. 세계에서 가장 과학적이고 쉽게 배울 수 있는 한글의 우수성 때문에 문자가 없는 종족들에게 그들의 문자로 한글을 가르치게 한다는 이 놀라운 한글을 2세 3세에게 계속 가르치기 위하여 우리 문학행위는 더욱 진지해져야 하고 더욱 수준을 높여야 할 것이다. 그러하기 위해서는 교육부와 해외동포재단은 한국학교에다 문인들을 파견시켜 그들이 제2의 황운헌, 배정웅이 되어 한글문학을 창작하는 어른들의 수준도 향상시키고 한글문학을 2세 3세들에게도 가르치게 해야 할 것이다. 그리고 국제펜한국본부에서 주최하는 세계한글작가대회가 1회성으로 끝나지 말고 보다 규모있게 범국민적인 축제로 지속돼야 할 것이다. 뿐만아니라 그 장소가 국내로 한정할 것이 아니라 대륙별로 순회하여 2세 3세들을 직접 만날 수 있게 되어야 할 것이다.

김용익 소설가의 연구 성과와 통영시민들의 작가 사랑

1. 서언

필자의 김용익(1920~1995) 작가에 대한 관심은 다소 개인적인 측면이 있다. 김 작가의 작품을 필자가 처음 접한 것은 경북대학교 사범대학 국어교육과에 입학한 해인 1963년《현대문학》8월호에 게재된 단편「꽃신」을 읽은 것에서 출발한다. 이 작품은 잘 알려져 있다시피「The Wedding Shoes」라는 제목으로 영어로 쓰여져 1956년 6월 미국출판사 Harper's Bazarr 출판사에 의하여 발간된 그의 처녀작이다. 이 작품이 발표되자 그의 이름이 단번에 미국에 알려지고 이 작품이 세계 주요 매체에 19회나 소개되었다. 이로부터 7년 뒤인 1963년 김 작가에 의하여 한글로 번역되어 그 당시의 대표적인 문학잡지인《현대문학》에 소개된 것이다. 이 당시 그는 1946년부터 근무한 부산대학교 영문학과 전임강사를 1948년에 그만두고 미국으로 건너가 1956년까지 미국의 여러 대학에서 공부한 후 1958년 귀국하여 1965년까지 고려대학교와 이화여대에서 강의를 하고 있었다. 김 작가 자신은 영어로 먼저 발표된 작품을 다시 한국어로 발표하는 것을 단순한 번역이라 하지 않고 재창작하는 것이라고 밝히고 있다. 사실 필자는 이 작품을 여름방학 때에 고향인 경남 남해군 창선도에서 소설가를 지망하고 있던 선배가 구독하는《현대문학》을 빌려 읽었다. 그래서 그런지 이 작품에서 받은 감동은 뚜렷하게 남아 있지는 않았다. 그다음으로 접한 작품이「종자種字돈」이다. 이 작품은 1964년 4월호《문학춘추》에 발표되었다. 이 작품 역시『The Seed Money」라는 제목으로 1958년 1월《The New Yorker》라는 월간지에 먼저 발표되고 김 작가에 의하여 재창작되어 6년 뒤에 발표된 작품이다. 대학 2학년 때인 이 때에 필자는 시인을 지망하면서 이 잡지의 시인 추천위원이 된 은사이자 경북대학교 유일한 현대문학 전공 교수인 김춘수(1922~2004) 시인을 염두에 두고 창간호부터 직접 구입하여 애독하고 있었기 때문에 이 작품에 대한 감동과 줄거리는 자세하게 기억할 수 있었다. 그런데 지금부터 상당히 오래 전에 김용익 작가가 필자의 고등학교 동기인 조선일보 정운성 기자의 장인어른이라는 것을 알게 되었고 그의 부인 김수영 여사가 국내에 있는 김용익 작가의 유일한 혈육이라는 것도 알게 되었다. 그래서 김용익 작가가 작고하기 전부터 관심을 가지게 되었다. 이 글 서두에 다소 개인적인 관심이 있다는 것은 이를 두고 말한 것이다. 사실 이 글을 쓰면서 서울에 있는 《조선일보》와 《스포츠 조선》 간부로 정년을 하고 몇 년 전 김수영 여사를 저 세상으로 보내고 두 아들과 그들의 딸과 지내고 있는 정운성 동기와 두 시간에 가까운 통화를 했다. 주로 김용익 작가의 인간적인 면모를 이야기하면서 작품세계와 작품활동에 대한 연구현황에 대한 유족으로서의 아쉬움과 2013년 4월 17일 경남 통영시 태평동 22번지(주전3길 18호)에 개관된 김용익 기념관 건립 경위 등 많은 이야기를 나누었다.

2. 연구 성과물 소개

김용익 작가의 연구를 위한 논문 자료집은 『마술의 펜 김용익』이라는 제목으로 엮어져 있으며 이것은 현재 경남 통영시에서 〈통영문예술인기념사업회-통영예술의 향기〉를 이끌고 있는 박우권 회장이 만든 디지털 자료집으로 총 565쪽이나 된다. 통영디지털역사자료연구회라는 단체 이름으로 통영관련자료집 6집으로 2015년 엮어졌는데 종이책으로는 발간되지 않고 있다. 박 회장은 AG도시환경연구소라는 디자인 사업체를 운영하는 디자이너이다. 〈통영예술의 향기〉는 2004년 청마 유치환 관련 단체인 〈청지사〉와 2007년 김춘수 시인의 〈꽃〉 시비를 세우기 위해 조직된 〈꽃과 의미〉라는 순수 민간단체들이 통영 예술인을 추모하고 기념하는 단체로 2009년 확대 개편된 단체이다. 여기서 시인 유치환, 작곡가 윤이상, 정윤주, 시조시인 김상옥, 소설가 김용익, 시인 김춘수, 극작가 주평 등 통영 출신 예술가에 대한 추모와 기념행사를 매년 개최하고 있다. 이렇게 자생적인 단체가 뜻을 펼칠 수 있게 된 데는 문화의식이 투철하고 그에 조예가 있는 통영시장들이 많았기 때문이기도 하다.

자료집『마술의 펜 김용익』에 수록된 논문은 다음과 같다

(1) 홍기삼; 한국문학과 재외한국인문학(『작가연구 · 3-김용익 특집』, 1997, 새미, pp.10~44)
(2) 김윤식: 초벌과 재창조의 실험에대하여(『작가연구 · 3-김용익 특집』, 1997, 새미, pp.45~67)
(3) 서종택; 향수와 페이소스의 세계(『작가연구 · 3-김용익 특집』, 1997. 새미, pp.68~95)
(4) 송창섭; 상징의 닫함과 열림(『작가연구 · 3-김용익 특집』, 1997, 새미, pp.96~131)
(5) 송인희; 김용익소설연구(한남대학교 교육대학원 국어교육전공 석사학위논문, 1998)
(6) 신정범: 아동문학의 관점에서 본 토이 모리슨의 「가장 푸른 눈」과 김용익의 「푸른 씨앗」(『동화와 번역 · 8권』, 건국대학교 동화와 번역연구소, 2004)
(7) 박진임; 김용익의『푸른 씨앗』에 나타난 주제 형성과 차이의 문제(『미국학 논문집 · 37권 3호, 한국아메리키학회, 2004)
(8) 박영호; 1960년대의 미국한인소설-영문소설(하)〈김용익〉(『미주문학』, 통권 37호, 2006, 겨울호)

(9) 김제욱; 김용익 단편소설의 서정성 연구(한국현대문학회 학술발표자료집, 2007)

(10) 최현희; 한국계 미국 청소년 소설연구(수원대학교 대학원 영어영문학과 박사학위 논문, 2009)

(11) 김열규; 정든 품으로의 귀향(2009년 통영문학제 심포지엄 주제발표 논문)

(12) 서종택; 김용익 소설의 풍토성과 세계성(2010년 통영문학제 세미나 주제발표 논문)

(13) 김민영; 김용익 문학의 서지 연구(고려대학교 대학원 문예창작과 석사학위논문, 2010)

(14) 김정남; 통영 내 생의 기항지(2012년 통영문학제 초정강연 원고)

(15) 한미애; 김용익 단편소설의 문화번역과 자가번역에 나타난 혼종성(『번역학 연구』 15-3 한국1번역회, 2014)

(16) 진금주; 장소마케팅을 통한 통영시 예술인 기념관의 조성과정(서울대학교 대학원 지리학과 박사학위논문, 2015)

이상의 자료 가운데 (1)~(4)는 김용익 작가가 작고 한지 2년 후에 도서출판 새미에서 낸『작가연구』3집에 수록된 논문들이다. 그 가운데 (1) 홍기삼(동국대 교수), (2) 김윤식(서울대 교수), (3) 서종택(고려대 교수)의 글은 한글로 된 소설에 대한 연구이고 (4) 송창섭(경희대 영문과 교수)의 글은 영어로 쓰여진 소설에 대한 연구이다. 그러나 이 글 모두 작가에 의하여 영어로 먼저 쓰여지고 다시 작가 스스로 번역하여 한글로 재창작되었다는 점을 주목하고 있다.

(6) 신정범의 논문은 김용익의 「푸른 씨앗」을 아동문학으로 보아 토니 모리슨의 작품 「가장 푸른 눈」과 비교한 일종의 비교문학 논문이다. 그런데 과연 「푸른 씨앗」을 아동문학으로 볼 수 있는가 하는 점에서는 의

문이 제기된다. 이러한 현상은 (10) 최현희의 박사논문에서 김용익의 작품「푸른 씨앗」을 '미국청소년소설'이라는 장르라고 설정하여 연구하고 있는 데에서도 나타난다. 이 입장에 한국문학연구자로서는 쉽사리 동의할 수 없다. 이러한 영문학자의 태도는 이 자료집에는 수습되어 있지 않지만 유선모(경기대학교 영문과 교수)의 저서『미국 소수민족 문학의 이해』(신아사, 2001, p.88)에서「꽃신」을 '청소년들을 위해 쓴 것'이라고 규정하고 있는 것과 일맥상통한다. 이러한 견해차는 앞으로 미국 현지에 있는 연구자들에 의하여 규명될 수 있을 것이라는 생각이 든다.

(7) 박진임(평택대 교수)의 글은 한국아메리카 학회지에 실린 글이다. 이 논문은 비록 한글로 쓰여졌으나 미국의 입장에서 접근하고 있으며 영어와 한글로 창작하는 김 작가의 문화 인식의 이중성과「푸른 씨앗」에 나타난 주인공의 눈 빛깔의 차이로 인한 갈등에 주목하고 있다.

(8) 박영호 평론가의 글은 유일하게 미국에서 쓰여진 글이다. 박영호 평론가는 LA에서 활동한 평론가로 몇 년 전에 작고한 분으로 알려져 있는데 지금도 꾸준히 발간되고 있는 미국 유일의 한글문학 계간지《미주문학》2006년 겨울호에 발표된 글로 A4 용지 28쪽으로 꽤 긴 글이다. 본국에서는 고서로도 구하기 힘든 책이지만 미국에서는 구할 수 있을 것으로 생각된다. 이 글에는 본국에서 알 수 없는 사실들도 소개되고 있어서 필자는 대단히 소중한 자료라고 생각한다. 김용익 작가의 생애와 미국에서의 여러 행적은 이 글을 찾아 읽어보면 자세히 알 수 있고 작품세계의 특성도 간략하게 밝히고 있다.

다음으로 (11) 김열규(서강대 명예교수), (12) 서종택, (14) 김정남(소설가) 등의 글은 해마다 개최되고 있는 통영문학제에서 발표된 글이다. 통영문학제에서 김용익 작가를 얼마나 자주 언급되고 있는가는 뒤에서 자세하게 밝히고자 한다.

(13) 김민영의 논문은 김용익 작가에 대하여 깊이 연구한 서종택 교수가 지도한 석사학위논문이다. 그런데 논문의 제목처럼 김용익 문학을

서지적으로 정리한 글인데 영어로 쓰여진 작품들과 한글로 쓰여진 자료 모두를 찾아서 서지학적으로 정리하였다는 점에서 앞으로 김용익 연구자들에게 많은 도움이 될 논문이다. 그리고 기존 연구에서 빚어진 착오와 잘못도 여러 군데 지적하고 있다. 뿐만아니라 김용익 작가의 생애도 가장 정확하게 밝히고 있기 때문에 2015년 김용익 작가 20주기를 기념하여 통영시에서 500부 한정판 비매품으로 낸『김용익전집』에 이 논문을 바탕으로 생애를 정리하고 있다. 아마 고려대학교의 홈페이지에 들어가서 여러 단계를 거치면 이 논문이 검색될 것이다. 따라서 미주지역 후학들이 참고할 수 있을 것이다.

(15) 한미애의 논문 역시 김용익 작가의 이중적 글쓰기에 주목하고 있으며 이것을 자가번역이라 규정하고 있는 것이 특색이다.

마지막으로 (16) 진금주의 논문은 통영시에 조성되어 있는 예술가들의 기념공간 조성과정을 집대성한 논문으로 2013년 개관된 김용익 기념관의 조성과정이 소개되고 있다.

3. 통영시민들의 김용익 작가 사랑

앞에서 잠시 열거하였지만 통영은 한국 예술사에 남을 시인 소설가, 작곡가 화가 등 많은 예술인이 탄생한 고장이다. 그들을 출생연도 별로 나열하면 다음과 같다.

극작가 유치진(1905~1974), 시인 유치환(1908~1967), 화가 김용주(1911~1958), 작곡가 윤이상(1917~1995), 정윤주(1918~1997), 시조시인 김상옥(1920~2004), 소설가 김용익(1920~1995), 시인 김춘수(1922~2004), 소설가 박경리(1926~2008) 극작가 주평(1929~2015) 등이다. 그 가운데 유치한, 윤이상, 김상옥, 김춘수, 박경리 등의 기념관이나 기념물 그리고 유적지는 진작부터 조성되어 있었다. 그런데 유독 김용익 소설가의 유적은 그렇지 못했다.

김용익 작가는 1990년 1973년부터 피츠버그에 있는 듀켄스 대학의 소설창작 교수직을 정년하고 1994년 귀국하여 고려대학교에서 강의를 한다. 그러다가 갑자기 쓰러져 고려대 병원에 입원하여 있다가 둘째 따님 김수영과 사위 정운성이 지켜보는 가운데 1995년 4월 11일 오전 11시에 작고하여 통영시 용남면 선산에 묻힌다. 그의 귀국에 대하여 정운성 동기는 수구초심으로 돌아온 것은 아니라고 했다. 왜냐하면 거처할 집도 마련하지 않고 학교에서 주선해준 곳에 있다가 작고했기 때문에 언젠가 미국으로 갈 것이라고 생각하고 있었다는 것이다. 그러나 결과적으로 고국에서 작고하여 선산에 묻히게 된 것이다. 그런데 2007년부터 〈통영예술의 향기〉 회원들이 김용익 작가의 묘소를 찾아 벌초를 하고 추모제를 시작하였다. 이어서 2009년부터 통영문학제가 시작되고 그 때부터 2000년부터 제정된 청마문학상이 확대 개편되어 청마문학상에 이어 김춘수 문학상(시), 김상옥문학상(시조), 김용익 문학상(소설)을 통영문학상이라는 이름으로 전국의 작가들을 대상으로 시상하게 되었다.

그리고 앞에서 잠시 언급한대로 2009년 시작되는 통영문학제에 김용익의 작품세계가 집중 조명된다. 김열규 교수가 「정든 품으로의 귀향길」이라는 주제발표를 하고 통영출신 김정자 부산대 명예교수와 박영숙 소설가 토론자로 참여하는 심포지엄 형식이었다. 그리고 이듬해에도 서종택 교수를 초빙하여 세미나를 하였다. 이러한 소식이 그때까지 태평동 생가를 소유하고 있던 미국에 있는 김용익 작가의 형인 김용식(1913~1995) 전 외부부 장관의 큰아들 김수환 목사를 비롯한 가족들에게 전해지게 되어 생가를 결국 김용익 기념관으로 쓰라고 하면서 통영시에 기증하게 된다. 김용식 외무장관 역시 한국외교사와 정치계에 남긴 족적이 위대하여 두 형제의 기념관으로 하는 공사가 시작된다. 다행히 생가는 1990년 리모델링을 하여 크게 손 댈 필요는 없었다. 2013년 4월 17일 기념관이 드디어 김동진 통영시장과 시의원들, 〈통영예술의 향기〉 회원들 등 100여 명이 참석하여 개관식을 하였다. 유족으로는 김용식

장관의 딸 김보경 · 설원철 부부, 김용익 작가의 딸 김수영 · 정운성 부부가 참석하여 김보경 씨가 유족대표로 통영시로부터 감사패를 받았다. 미국에 있는 김수환 목사는 독감으로 참석 못해 정운성 동기가 감사의 편지를 대독하였다. 여기서 정운성 동기로부터 들은 김용식, 김용익 두 형제의 우애를 상징하는 김용식 대사의 평소의 말을 소개하면 "나는 힘없고 가난한 신생 한국의 외교적 대변자였다면, 내 동생 김용익은 우리말의 아름다움과 한국정서를 세계무대에 당당히 알린 작가로 후세에 김용익이 더 오래 기억될 것이다." 라고 했다고 한다. 어쩌면 김용익 작가 덕택에 김용식 · 김용익 기념관이 세워진 것일지도 모른다. 김용익 작가 서거 20주기인 2015년에는 〈통영예술의 향기〉가 수집하고 편집한 18편의 단편과 중편 1편, 작가 노트, 두 편의 대담(최일남 소설가, 김윤식교수) 영문 단편 4편, 서지학 연보, 사진 앨범 등 630페이지의 『김용익전집』을 비매품 한정판 500부로 발간하였다.

앞으로 〈통영예술의 향기〉 회원들의 염원은 서로 떨어져 있는 김용식, 김용익 두 형제의 묘를 원래의 선산인 김용익 작가가 묻힌 통영시 용남면 동달리로 모아서 그곳을 두 사람의 기념공원으로 지정하여 통영시와 〈통영예술의 향기〉에서 가꾸고 추모제를 지내는 꿈을 가지고 있다. 이 염원이 이루어지기 위해서는 미국에 있는 김용식 장관들의 유족들이 협조해야 할 것이다.

4. 결언

김용익 작가의 문학적 성과의 진정한 연구는 미국에서 이루어져야 할 것이 아닌가 하는 생각이 든다. 그것이 현재 활발하게 영어로 창작 활동을 하고 있는 교포 2세 혹은 3세를 위해서도, 선배 어쩌면 영어로 소설을 지속적으로 쓴 첫 작가이기 때문에 마땅히 해야 할 일이다. 왜냐하면, 김용익 작가의 족적과 작품 자료들도 미국에 훨씬 다양하게 흩어져 있기에 그것들에 대한 철저한 실증적 연구는 미국 현지에서 이루어질 수밖에 없기 때문이다. 그리고 미국에는 뉴욕에 김용익 작가의 큰 따님 김혜영 여사가 아직 생존해 있고, 미국에서 수학자로 이름을 떨치다가 서울대 수학과 교환교수로 왔다가 40대에 요절한 큰아들 김백기 박사의 딸 안젤라 정, 에밀리 안희, 조이스 안영 등도 살고 있다. 그리고 태평동 생가를 통영시에 기증하여 기념관을 탄생시킨 김수환 목사는 2018년 작고하였지만 그 자녀와 형제들도 살고 있다. 필자의 이 글이 그들에게도 전해지고 워싱턴 교민들에게도 읽혀 김용익 작가의 연구를 촉발시키는 계기가 되기를 소망한다.

영원한 방랑자 남해 출신 김선현 시인

1.

김선현金先現(1932~2000) 시인은 일제 강점기인 1932년 경상남도 남해군 이동면 용소리에서 김지평 장로님과 유소례 집사님 부부의 3남 1녀의 막내아들로 태어났다. 아버님 김지평 장로님은 한국 기독교 초기의 교인으로 이동면 용소리에서 남면의 당항교회에 출석할 정도로 열정적인 신앙생활을 하다가 이동면 용소리에다 지금의 성남교회의 모체인 용소교회를 개척하여 봉사하였다. 그리고 일제 강점기 말 신사참배를 끝까지 거부한 신앙의 순결성을 지킨 분이었다. 그의 큰 형님은 남해군민의 존경을 받던 분으로 몇 해 전 90을 넘도록 장수 하다가 돌아가신 남해읍 교회 김선일 장로님이었다. 그는 남해읍에서 사법서사로 오래 일하였다. 김 장로님 바로 밑은 김순엽 여사로 그도 오래 전에 미국에서 돌아갔다. 김선현 시인의 바로 위의 형님은 서울대 언어학과를 나오고, 미국 템펄대학교에서 철학박사 학위를 받으신 분으로 필라델피아에서 목회를 하신 김선운 목사님이다.

그는 해마다 한국에 나와서 부흥회도 하였고 부산대학교 물리학과 명예교수인 김장환 장로가 부산대 앞에서 개척한 평안장로교회에 나오셔서 특별집회도 하시고 예배도 인도 하셨다. 필자와도 친분이 있어서 필자가 부산대학교 근처에 있을 때 출석하던 소정교회에서 부흥회도 인도하셨다. 그때에 김선현 시인의 이야기도 나눈 적이 있다. 아마 김선현 시인이 돌아가던 2000년 10월에도 부흥회를 인도하셨는데 가족들이 김 시인의 별세 소식을 전해 왔으나 주위에서 부흥회 기간에는 알리지 않았다. 2011년까지 한국에 나오셨으나 그 이후로 건강 때문에 나오시지는 않으나 지금도 90세가 넘는 나이로 필라델피아에 생존하여 계신다.

2.

김선현 시인은 동국대학교 영문과를 1957년 졸업하였는데 대학 재학 중 서정주 시인의 인정을 받아 1956년 12월 《현대문학》에 「다리야」가 초회 추천되었고, 1957년 5월호에 「꽃병」으로 2회 추천, 1958년 1월호에 「바다」로 3회 추천 완료하여 문단에 데뷔하였다. 주로 《현대문학》에 많은 시를 발표하였고, 동아일보, 주간조선, 서울신문, 중앙일보, 한국일보, 경향신문, 《문학사상》 등에도 작품을 발표하여 50년대 후반부터 60년대까지는 촉망받는 시인으로 비교적 활발하게 작품 활동을 하였다. 영문과 졸업 후에는 서울의 동북고등학교, 서라벌고등학교, 장훈고등학교 등에서 근무하다가 그의 방랑자적 기질로 인하여 근무지를 지방으로 옮겨 거창 대성고등학교, 원주 대성고등학교 춘천 유봉여자고등학교 등에서 18년간 영어교사 생활을 하였다.

그러다가 드디어 본격적인 방랑 기질이 발동하여 1975년 일본 유학생활을 떠나 동지사대학, 경응대학, 상지대학 등에서 6년간 연구생으로 지내다가 1981년 미국 동부로 이민을 갔다. 아마 그의 바로 위에 형 김선운 목사와 그의 누님 탓이라고 생각되나 김 목사님이 잠시 비치는 바에 의하면 그는 가족들에 의지하지 않고 동부의 몇 지역을 옮기면서 어렵게 사셨던 것 같다.

김선현 시인의 말년의 모습은 부산에 살다가 지금은 경남 사천시 대방동에서 말년을 보내고 있는 그의 사촌 김효원 집사로부터 들었다. 김 집사 내외는 1990년대 말 수도 워싱턴과 멀지 않는 버지니아주 프레드릭버그라는 소도시에 거주하는 김선현 시인의 집에 여행을 가 오랫동안 머물면서, 미국과 카나다를 여행하였다고 한다. 그는 슬하에 세 아들을 두었는데 그중의 한 아들이 새 자동차를 사 주어 편안한 여행이 되었다고 한다. 그리고 막내아들은 미국 해군사관학교에 입학하여 졸업 후에는 중동전에도 참전하였다는 것이 김 시인의 시에 나타나 있다. 그는 커피와 담배를 즐겼고 기름진 음식도 많이 먹었다고 한다. 그래서 70에 이르지 못하고 돌아가신 것으로 추측하고 있었다.

김 시인은 1959년 문총회관(요즈음의 예총회관)에서 개인 시화전을 가졌으며, 1973년에는 문공부 중앙회관에서 역시 개인 시화전을 가졌고, 심지어 일본 유학 시절 동경과 경도에서도 개인 시화전을 가질 정도로 활발한 활동을 하였다. 시집으로는 1989년 미국에서 첫 시집 『낙엽 지는 계절의 변두리에서』를 펴냈고, 한국에서 1992년 제2시집 『人間山 고개 넘어』(혜선출판사)을 펴냈는데 이것은 필자가 소장하고 있다. 사실 제2시집이지만 그의 추천작부터 미국에서의 최근작까지 포함된 전집의 성격을 가지고 있는 시집이다. 표지 날개에 약력이 적혀 있고 그 밑에 미국의 광활한 평원과 합성된 회갑을 맞는 김선현 시인의 상반신이 천연색 사진으로 찍혀있다. 서문은 미당 서정주 시인이 썼는데 그의 동국대학 학생시절부터의 인연과 미국 생활까지 소개하면서 작품세계도 언급하는 비교적 자상한 글이다. 따라서 미당의 김 시인에 대한 사랑을 엿볼 수 있었다. 그리고 시평설은 오래 전 작고한 석용원 시인이 썼다. 그와는 한국크리스천문학가협회에서의 인연으로 해설을 썼다는 점을 밝히고 있다. 1997년 한국에서 제 3시집 『그 사람』을 펴냈는데 이것은 필자가 입수하지 못하였다. 그의 제4시집이자 유고집이 된 시집은 제목마저 『마지막 詩人』이다. 이 시집 역시 필자가 소장하고 있다. 이 시집은 경주 출신 시인인 김해석 시인이 자기 출판사 창작춘추사에서 펴냈다. 표지 날개 상단에 세월의 길이를 충분히 느낄 수 있는 김선현 시인의 아팔래치안 산맥 등성이 전망대애서 찍은 60대 후반의 모습이 있다. 해설은 김해석 시인이 「불편한 세상을 꿈꾸는 영원한 나그네」라는 제목으로 쓰고 있다.

김선현 시인은 이 시집의 자서에서 〈『마지막 詩人』을 내면서〉라는 제목으로 그의 죽음을 예감했는지는 모르나, 살아서 다시 시집을 내게 될 때에는 이 시집의 제목을 바꾸겠다고 의욕을 보이고 있다. 그리고 김해석 시인은 해설에서 이 시집이 출판되는 11월에는 한국에 나가서 시집을 싣고 오겠다는 담소를 나누면서 교회에 아무 탈없이 출석하였는데 밤새 갑자기 심장마비로 돌아가셨다는 가족들로부터의 비보를 들었다고 하는 유고시집이 되고 만 경위를 밝히고 있다.

그의 시집에 의하면 그는 버니지아 주를 떠나 미국의 동남부 사우스 캐롤라이나 주에도 잠시 머문 것 같다. 필자도 미국 여행 중 노스캐롤라이나 친지 집을 1993년과 2010년, 2016년 도합 세 번이나 방문하였으며 사우스 캐롤라이나 머틀 비치와 아팔래치안 산맥의 스모키 마운틴 전망대에도 가 보았다. 아마 마지막 시집의 사진은 필자도 가본 곳의 전망대인 듯도 하다. 그는 이렇게 영원한 방랑자로 살았다.

그의 초기작 특히 추천작들은 서정시의 한 경향을 보여주고 있다. 이러한 경향은 50년대 후반에 데뷔한 시인들의 일반적 경향이다. 그러나 미국에서 쓰여진 시들은 이민 생활의 어려움과 고향에 대한 그리움이 가득하다. 특히 마지막 시집에는 어린 시절의 고향 모습과 추억들이 시적 제재가 된 것이 많다. 그러나 여기서는 짧은 지면의 성격상 본격적인 작품론은 전개하지 못하고 말았다. 그리고 그의 시집에 흐르고 있는 한 특징은 이민 생활의 어려움 속에서도 기독교 신앙을 잃지 않고 있는 점이다.

앞으로 다른 지면을 통하여 긴 글을 쓸 때에는 미국의 그의 가족들도 만나보고 미국에서 발간한 첫 시집과 제3시집도 구하여 완벽한 김선현론을 쓸 작정을 하고 있다. 그는 20년 동안 고국을 떠나 있었음에도 불구하고 고국과 고향 남해를 한시도 잊은 적은 없다는 점이 그의 작품 곳곳에 나타나 있다. 따라서 남해에 남해현대문학관이 지어진다면 시인으로는 맨 첫 자리에 김선현 시인의 행적과 시적 성과가 놓여져야 한다는 주장을 하면서 아울러 그의 선친과 형님들의 업적도 기억되기를 기대하는 바이다.

3.

2016년 6월 18일 한국문인협회에서 주최하고 워싱턴문인회가 후원한 제25회 해외한국문학심포지엄이 미국 동부 워싱턴 근교 버지니아주 애난데일 코리어 모니터에서 개최된 바 있다. 필자는 그 당시 그 행사의 좌장 겸 주제발표자로 참여하여 〈미국 동부 한인시의 현재와 미래〉라는 주제를 발표하였다. 그런 후 24일까지 미 동부의 문인 에드가 앨런 포와 마크 테인의 유적지를 탐방한 바 있다. 그 행사 후 필자는 7월 15일까지 버지니아 페어팩스의 최연홍 시인 댁과 테네시 주 필자의 제자인 미들 테네시 주립대 교육학과 교수인 김좌근 박사 댁과 노스캐롤라이나 주 샬럿의 친구 박익삼 사장 집과 애틀랜타 문인회 초청 등으로 여러 곳을 방문했다.

최연홍 시인 댁에 머무는 동안 미국독립운동의 본거지 윌리엄스버그와 제퍼슨 대통령 생가 등을 방문하고 에드가 앨런 포가 다닌 버지니아 주립대 등도 방문하였다. 그렇게 분주하게 지내는 동안 최연홍 시인에게서 근처 공동묘지에 김선현 시인이 묻혀 있다는 사실을 알게 되었다. 그리고 워싱턴 한인 시인 가운데 1973년 시 전문지 《풀과 별》에 초회 추천을 받고 이민을 가 《워싱턴 문학》에 신인으로 당선되고 1999년 국내의 문예지 《한글문학》에 당선된 남해출신 시인 김인기 시인을 만나기도 했다. 그는 김선현 시인 이후 처음으로 남해 출신 시인을 만났다고 기뻐했다. 그러나 아쉽게도 김선현 시인의 묘지에는 방문 할 기회를 놓치고 말았다. 다음 기회에 다시 미 동부를 방문한다면 김 시인의 묘지도 참배하고 가족들의 근황도 알아보기로 다짐하는 바이다

최연홍 시인의 삶과 시의 특성

– 고향 지향성 그리고, 어머니와 윤동주

1.

최연홍(1941~2021) 시인은 충청북도 영동군 심천면 출신으로 연세대학교 정법대학 재학시절, 《현대문학》 1962년 10월호에 박두진 시인에 의하여 「빈 의자」가 1회, 1963년 2월호에 「사과」가 2회, 대학 졸업 직후인 1963년 5월호에는 「수평선 저쪽의 신록」이 3회 추천 완료되어 데뷔한 시인이다. 그는 ROTC 1기생으로 대학 졸업과 동시 통역병과 소위로 임관받아 대구와 전방에서 근무하였으며, 제대 후에는 1967년 필리핀 국립대학 행정대학원을 거쳐 미국 인디아나대학교에서 석 · 박사학위를 받은 후 미국에 정착하였다. 그는 위스칸신대학교, 버지니아대학교 교수를 역임하였으며, 안식년에는 미 국방장관 환경정책 보좌관도 역임하였다. 그러던 그가 1996년 노령인 어머니를 가까이 모시기 위하여 가족들은 미국에 두고 귀국하여 서울시립대학교 도시과학대학원 방재공학과 교수로 2006년 정년 할 때까지 10년 동안 근무한 이색 경력을 가지고 있다. 그 기간 동안 어머니의 임종도 지켜보았으며 정년 후는 다시 미국으로 돌아가 미국에서 작품 활동을 하다가 2021년 작고 하였다. 그는 워싱턴한인문인회 초대 회장과 미주시문학회 회장을 지냈으며, 영어로도 시를 부지런히 창작하여 국내 재단의 기금을 지원받지 않고 미국 출판사에서 시집을 3권이나 낸 유일한 시인이다. 뿐만아니라 미국 국회 계관시인 초청으로 의회도서관에서 시낭독회를 개최하기도 했다. 그의 영어산문은 워싱턴포스트, 워싱턴타임즈, 로스안젤레스타임즈 등에 발표되었으며, 연세대 재학시절부터 최근까지 영자신문 《Korea Times》에 글을 썼다. 그는 2015년 가을 미국에서 세 번 째 영문 시집 『Adieu, Winter』(AmericanStarBooks)(인도에서 나온 『Autumn Vocabularies』를 포함하면 네 권임)를 발간하였다.

최연홍 시인의 한글 첫 시집은 1985년 도서출판 〈나남〉에서 낸 『정읍사井邑詞』이다. 그런데 이 시집에는 그의 추천작이나 도미하기 전 한국에서 발표한 시편들은 한 편도 수록되어 있지 않다. 그만큼 그는 데뷔한 후 국내에서 본격적인 작품 활동을 하기 전 고국을 떠나 미국에 정착하였다. 물론 고국을 떠난 지 30년 만에 돌아와 10년 동안 한국에서 교수 생활을 하였지만 그는 다시 돌아가 두 자녀를 모두 독립시킨 워싱턴DC 근교 버지니아주 집에서 아내와 함께 다시 미국 시민이 되었다. 그러면서도 그는 최근에 발간한 시집 『별 하나에 어머니의 노래』(2018, 지혜)에 이르기까지 7권의 한글 시집을 발간하였다. 따라서 그는 미국 재외동포 문인들 가운데도 드문 영어와 한국어로 시를 쓰는 시인이다. 어쩌면 그는 한국 시의 세계화라는 과업을 선구적으로 실천한 시인이며 그러한 점에 크게 보람을 느끼고 있었을 것이다.

2.

최연홍 시인의 첫 시집 『정읍사』(나남, 1985)는 최 시인의 짧은 서문 다음으로 1부 〈인디아나 詩篇〉에 12편, 2부 〈정읍사〉에 19편, 3부 〈대서양〉에 19편 4부 〈悲歌〉에 7편 등 총 57편의 작품이 수록되어 있고 뒤에 최 시인의 중학교 은사인 김열규 평론가(그 당시 서강대 교수)의 「떠나감과 머무름」이라는 해설이 붙어 있다. 시집 한 권이 되기는 적은 57편의 작품에도 불구하고 138페이지라는 분량의 책이 된 까닭은 최 시인의 작품이 대체적으로 호흡이 길기 때문이다. 이러한 경향은 30년이 지난 『하얀 목화꼬리사슴』(황금알, 2015)에도 지속된다. 그의 시는 응축된 단단함보다는 비유나 감각적 이미지가 전혀 없는 것은 아니지만 사물이나 현실에 대한 느낌을 서정화 하고 있다. 따라서 독자들은 다소 여유를 가지고 최 시인의 시를 읽을 수 있다. 이것은 그가 오랫동안 서울생활과 미국생활을 했음에도 불구하고 고향 충청북도 영동의 어투와 성격을 가지고 있는 점과도 무관하지 않다. 그는 말하자면 소박하고 인정스러운 충청도 어른이다.

섬나라와 港口의 긴 旅路 끝에 닿은 나라
그 나라 미드 웨스트에 내 靑春의 몇 年을 묻어 두었지
亡命의 아픔 같은 것을 新鮮한 숲地帶에서 깨끗하게 씻는
몇 번째 異域
저녁마다 椰子樹 밑 바닷길을 거닐던 부유함과
이제 더 없어도 나의 잠과 자양을 함께 준 작은 州

누구가 植民地를 고향처럼 사랑할 수 있을까
총독은 그의 植民地를 더 아까와 할 수 있을까
그 안의 아름다운 木蓮과 散步를, 그대의 바람결을
午睡 後에도 투명해질 수 없네. 異狀하게
어디에서도 행복할 수 없는
그러나 더 돌아다니고 싶다. 나의 自然을
세월 속에 競馬의 아픈 세월이 지나면
모오두는 세계로 돌아가 흔들겠지, 그들의 野心을
얼마나 오랜 忘却이었을까
나 다시 돌아가 그 朝鮮의 河口에 서면
유리 왕자처럼 先史에 묻힌 純金의 칼자루라도 캐어 들까

들꽃의 언덕을, 非武裝地帶를 지나

유유라시아 大陸行 기차를 타고
지금은 남의 땅 싸이베리아 눈 덮힌 숲마을을
지나는
꿈을 壁에 걸린 고호의 검은 숲속에 재울 때
頭蓋骨 속에 숨어 잠들던 몇 마리 나이팅게일은
울음 울며 검은 숲속으로 날아간다.

―「인디아나 詩篇」 전문

이 작품은 그의 첫 한글 시집 『정읍사』(1985, 나남)의 1부 〈인디아나 詩篇〉을 대표하는 작품이다. 그는 그의 여행기 『코펜하겐의 자전거』(월인, 2010)에 의하면 1968년 5월 필리핀 유학을 끝내고 미국 샌프랜시스코행 유람선 값싼 선실에 몸을 실어 홍콩 하와이를 거쳐 샌프랜시스코에 도착하였다. 그 당시에도 한국에서 미국으로 유학을 가면 비행기로 갔는데 그는 마닐라 항에서 배로 태평양을 건넜다. 그런 후 이 시집의 시 「씨애틀」의 시적 공간이 되고 있는 시애틀 친지 집을 거쳐 미국의 동부 인디아나주 불루밍턴에 있는 인디아나대학교에서 다시 석.박사과정을 공부한다. 1968년부터 1972년까지의 유학생활 중에 쓴 시편들이 바로 〈인디아나 시편〉들이다. 인디아나주는 미시간호를 북쪽에 약간 물고 있으나 내륙 주이고 불루밍턴은 남중부에 위치하고 있다. 제조업이 발달하고 석회석 광산이 있으나 미국 제5대 대통령에 의하여 인디아나대학이 있는 곳을 교육지구로 계획하였다. 이곳에서 최 시인은 행정학 중에도 환경정책에 관계된 전공을 공부하게 된 것이다.

이 작품의 첫 연 6행은 앞에서 필자가 언급한 그의 미국 도착 여정을 짐작할 수 있는 부분이다. 그는 태평양을 배로 횡단하면서 만감이 교차되었겠으나 그러한 착잡한 심경보다 태평양 연안의 시간을 잠과 함께 자양을 준 것이라고 긍정적 태도를 가지고 있다. 둘째 연에서는 언젠가 고국으로 돌아가 포부를 펼칠 수 있겠다는 각오까지 보이고 있다. 그리고 마지막 셋째 연에서는 분단된 조국의 비좁음을 극복하면서 지금은 남의 땅이 된 시베리아를 거쳐 유럽까지 나아가고자하는 시적화자 즉 최 시인의 의지를 보여주고 있다. 시적화자를 식민지 생활을 하는 총독으로 비유하고 있는 것 역시 그의 당당함을 보여주는 단서가 된다. 이러한 의식은 2부에 수록된 「美國」이라는 시에서는 미국의 사회문화를 긍정하면서 '東洋의 青年에게 美國은 그런대로/괜찮다'로 바뀐다.

필자가 보기는 이러한 긍정적 태도가 그를 미국에 영주하게 만들었다고 볼 수 있다. 그러나 그의 마음 한구석에는 고국에 대한 그리움과 가족 그 가운데 아버지에 대한 장자로서의 부채감을 가지고 있으며 어머니와 외할머니에 대한 사랑과 그리움을 가지고 있다. 4부의 제목은 〈悲歌〉인데 거기에 수록된 「悲歌」는 '-아버님 영전에'라는 부제가 붙은 아버지에 대한 일종의 참회록이다. 이역만리 미국에서 아버지의 영면 소식을 듣고 귀국하여 장례를 치르고 삼우제를 지내면서 8년 동안 본의 아니게 들어올 수 없었던 점을 '기쁘게 돌아갈 수 없었던 고향과 /기쁘게 돌아갈 수 없었던 탕아'라고 비유하면서 아버지에 대한 불효를 회개하고 있다. 「1982년 겨울」은 그 해 본래 살던 곳에서 먼 곳으로 이사를 했고 봄과 여름 사이 즉 6월에 아버지가 돌아가시고 가을에는 어머니가 미국에 와 오래 머문다는 가족사적인 시이다. 그러나 그는 손자와 손녀의 털옷을 뜨개질하는 어머니에게 매일 시 한 편을 읽어드리는 효자가 되고 있다. 그는 이 작품에서 그 해의 다사다난한 것에 대해서 둘째 연 '봄 나그네/여름의 죽음과 新綠/가을의 訪問을/겨울은 포근한 눈으로 덮는다'는 부분처럼 긍정적으로 슬픔을 극복하면서 시작한다. 이러한 세계관은 그의 천성에도 관계가 있겠지만 그가 가지고 있는 개신교 신앙과도 유관하다.

그런데 그의 첫 시집은 그의 유학 초기부터 중년기까지의 미국체험의 작품이 대부분인데 시집 제목은 엉뚱하게 『井邑詞』이다. 그는 그의 산문에서 그렇게 된 연유를 밝히고 있다. 연보에도 자세히 서술되어 있지만 그는 고향이 충북 영동임에도 불구하고 유년기를 아버지가 농업학교 교원을 하고 있는 전북 정읍에서 보냈다. 그 지역은 그의 외가와 그리 멀지 않았다. 그래서 평소에 묘비명을 '시인의 아버지'로 쓰고 싶어 하던 아버지에게 첫 시집을 바치는 심정으로 첫 시집의 제목을 정했다고 한다. 사실 그에게는 정읍은 스쳐가는 공간이다. 그러나 그의 대표작이자 첫 시집 제목의 공간이기도 하다. 그는 초등학교 3학년 때 아버지 따라 서울로 전학을 가고 그 해에 6 · 25사변을 만나 피난지 부산과 대전을 전전하며 초등학교를 졸업했다.

> 다정했던 초등학교 친구들
> 마지막 우리들 내장산으로 간
> 봄 소풍을 기억하는가
> 山寺 앞에서 紀念寫眞을 찍은
> 몇몇은 그 寫眞을 찾지 못한 채
> 떠나간 나를 기억할거야
> 一學年이었던가 二學年이었던가
> 學藝會의 劇場에서는 童話를 읽었던가
> 그리고 정몽주의 後孫(?)과의 씨름에서는
> 내가 모두 이기고 있었다.

–「井邑詞」 중간 부분

이렇게 단편적으로는 생생한 기억에도 불구하고 그는 마지막 연에서는 1행으로 '불행하게도 누구의 이름도 기억할 수 없다'라고 끝맺고 있다. 이렇게 유년의 추억은 소중한 것이다. 그곳이 아버지의 젊음을 불태운 공간이기에 더욱 소중한 것이다.

이상으로 그의 첫 시집을 일별해도 그는 고국을 떠나 미국에 정주할 조짐을 보이고 있기는 하지만 가족과 연결되어있는 고향 지향성을 가지고 있다.

3.

1985년에 발간된 첫 시집『井邑詞』로부터 정확하게 30년 뒤에 발간한 『하얀 목화꼬리사슴』(2015, 황금알)에 대하여 살펴보기로 한다. 이 시집은 그가 1996년부터 만년의 어머니를 모시기 위해 미국의 교수 자리도 버리고, 나중에는 한국 국적을 획득하기 위해 미국 국적도 일시적으로 포기하고 2006년까지 10년 동안 서울시립대학교에서 교수 생활을 하고 미국으로 다시 돌아가고 난 뒤의 시집이라 그 지향성이 다소 변할 소지를 충분히 가지고 있다.

> 이제 내게 남은 것은 시입니다
>
> 해체되는 정신과 몸을
> 지탱할 것입니다.
>
> 어머니도 세상을 떠나셨고
> 이제 남겨진 것은
> 오직 시뿐입니다
>
> 시는 견고해서
> 내 정신과 육체가 해체되어
> 풍장이 되어도
> 산처럼
> 그렇게 나를 지켜 줄 것입니다.

당신의

창밖에

봄이면 들녘의 야생화로 피어났다가

여름이면 신록으로 숲을 아름답게 하고

가을이면 단풍나무로 서 있다가

겨울이면 천국에서 하강하는 눈으로

올 것입니다

먼 길을 걸어온 나그네처럼

―「시에게」 전문

시집 『하얀 목화사슴꼬리사슴』에 수록되어 있는 유일한 시에 대한 시 즉 메타시이다. 최 시인은 시는 어머니와 같은 존재라고 보고 있다. 어머니가 세상을 떠나시기 전 그는 어머니와의 사랑을 통하여 그의 해체되어 가는 정신과 몸을 지탱하였다. 그러나 어머니가 떠난 뒤에는 시가 그 자리를 대신하게 되었다. 둘째 연에서는 시는 견고해서 정신과 육체가 해체되어 풍장이 될지라도 산처럼 지켜 준다고 보고 있다. 이렇게 견고하고 단호함에도 불구하고 시는 봄의 야생화요, 여름의 신록의 숲이요 가을의 단풍나무요 겨울의 서설처럼 그 자신의 삶을 풍요롭게 하는 존재인 것이다. 말하자면 시는 피폐해지는 정신과 육체를 풍요롭게 하는 치유제인 것이다.

시보다 먼저 그의 정신과 육체를 지탱해 준 '어머니'는 그의 작품 도처에 나타나 있다. 그 가운데 가장 대표적인 작품이 시집의 표제이도 한 「하얀 목화꼬리사슴」이다.

아무도 없는

겨울 숲에서

만난
사슴 한 마리,
하얀 목화꼬리사슴.
내 앞에 와서
그냥 물끄러미
나를 쳐다보고 있다.
떠나실 무렵
아무 말 없이
나를 그냥 바라보시던
어머니의 눈이
사슴의 눈 속에 들어와 있다.
눈물 같기도 하고
수정 같기도 한
서러운 이야기들이
우리들 사이에
남아 있다.
목화 같은 눈송이들이
천국으로부터
내려와
이 겨울
어머니의 묘지를 덮고 있으리라.
부유하고 포근하게,

—「하얀 목화꼬리사슴」 전문

이 시의 제목이 되고 있는 '하얀 목화꼬리사슴(white cotton tail deer)'은 최 시인이 살고 있는 버지니아 주의 숲에서 흔히 보이는 사슴으로 우리나라에 있는 사슴은 아니다. 최 시인은 앞에서 언급한 대로 서울시립대학교 교수 시절 어머니의 임종을 지켰다. 그런 후 미국으로 돌아가 그의 집이 있는 버지니아에서 겨울을 지내면서 숲속에서 하얀 목화꼬리사슴이 거닐고 있는 것을 발견하게 된 것이다. 그가 주목한 것은 겨울 산책을 하고 있는 사슴의 모습이 아니라 그를 물끄러미 쳐다보고 있는 사슴의 눈이다. 그런데 그 사슴의 눈 속에서 임종하실 때 말없이 최 시인을 바라보던 어머니의 눈을 발견한 것이다.

말하자면 전혀 한국적이 아닌 사슴 속에서 그는 어머니의 모습을 발견한 것이다. 대부분의 미주 시인들이 한국적인 정경이나 사물 속에서 고향이나 가족 혹은 이민 오기 전의 추억들을 연상하는 데에 비하여 최 시인은 그렇지 않은 사물 즉, 미국에서만 발견되는 사물에서조차 어머니를 발견한 것이다. 그것도 지극히 슬픈 임종 직전의 어머니의 눈을 발견하고 있다. 달리 말하면 그의 어머니에 대한 사랑이 그만큼 간절한 것이다. 그런데 이러한 경우 대부분의 시인들은 슬픔 자체를 노래하는 것으로 끝난다. 물론 최 시인의 경우에도 '눈물 같기도 하고/수정 같기도 한/서러운 이야기들이/우리들 사이에/남아 있다.'라는 부분에서는 슬픔이 사물화되어 나타나고 있다. 이 시는 여기서 끝나지 않는다. 다음 부분에서 '목화 같은 눈송이들'이 천국에서 내려와 어머니의 묘지를 부유하고 포근하게 덮는다고 서술하면서 슬픔을 치유하고 있다. 이렇게 슬픔을 치유하는 원동력은 필자는 작품「첫 예배」와「새들의 합창」에 나타나 있는 순수하고 긍정적인 그의 개신교 신앙에서 나왔다고 보고자 한다. '어머니'에 대한 그의 그리움을 형상화한 다른 작품인「어머니를 위한 자장가」,「건초더미 안에서」도 주목할 만한 작품이다.

다음으로 그의 작품에 나타나 있는 정서 가운데는 어머니뿐만 아니라 다른 가족에 대한 사랑이 형상화된 경우가 많다. 자식 문예지 작품발표에 앞장선 아버지가 형상화되어있는「아버지」, 아들이 살다 떠났고, 딸이 살고 있는 도시 뉴욕이 제재가 된「뉴욕의 달」, 딸이 직접 제재가 된「시인의 딸」, 부부애가 느껴지는「왈츠」등이 그러한 작품들이다. 그러나 이러한 가까운 가족들보다 '외할머니'와의 유년기의 추억이 제재가 된 다음 작품을 살펴보지 않을 수 없다.

> 아이다호 주는 감자생산지로 유명한데
> 주 전체가 초록색 평원이었습니다.
> 눈여겨 보니 하얀 감자꽃,
> 보랏빛 감자꽃이 피었습니다.
> 초록평원에
> 스프링클러가
> 물을 주고 있었습니다.
> 물방울에 오색 무지개를 만들고 있었습니다.
> 고원지대
> 감자수확은 9월, 10월이랍니다.
>
> 어쩌다 둔 딸 하나가 낳은 손자가
> 좋아하는 감자,
> 호미 날에 상처 나지 않은 감자로
> 한 소쿠리 캐
> 머리에 이고
> 외사천에서 정읍으로
> 40리 신작로 길을
> 바람처럼 달려오시던
> 외할머니가
> 이 초록평원에
> 하얀 나비처럼
> 날아오셨습니다.

내 눈에 맺히는 눈물이

하얀 감자꽃으로 피어나고 있었습니다.

"손자야, 넌 아직도 왜 그리 눈물이 많으냐!"

-「아이다호 감자꽃」 전문

최 시인의 산문집 『코펜하겐의 자전거』(월인, 2010)에 수록된 이 시와 같은 제목인 「아이다호 감자꽃」에 의하면 2006년 여름 유타주 파크시티 산장에서 아들 결혼식을 마치고 하객들과 북쪽 옐로우스톤국립공원 여행 중 유타주 바로 북쪽 아이다호주에서 감자밭을 만나자 갑자기 최 시인이 유년 시절 머문 외가 고장 정읍에서의 감회가 떠올랐다고 쓰고 있다. 이때의 감회를 시로 형상화한 작품이 바로 앞의 시이다.

그런데 최 시인은 앞에서 인용한 「하얀 목화꼬리사슴」처럼 스프링클러 물 뿌림 속에 피어나 있는 감자꽃 속에서 사랑하는 외손자에게 감자를 먹이기 위하여 상처 나지 않은 감자만 골라 소쿠리에 담아 40리 길을 한달음에 달려오시던 외할머니를 발견한 것이다. 그 순간 그는 지금까지의 시에서는 좀처럼 보이지 않았던 눈물까지 자제하지 못한다. 가족들과 함께 하는 여행이고 아들 결혼식 뒤의 여행이기에 기쁨과 보람으로 충만해 있을 터인데 갑자기 눈물이 핑 도는 것은 그의 유년기의 체험이 얼마나 뚜렷하게 각인되어 있는가를 확인시켜주고 있다.

30년이 지나도 그의 어머니에 대한 사랑과 외할머니에 대한 유년기의 추억은 변함이 없다.

4.

필자는 최연홍 시인의 주선으로 2016년 6월 18일 제25회 한국문인협회 해외문학심포지움을 워싱턴에서 워싱턴문인협회 도움으로 개최하였다. 그는 그 자리에서 2015년 발간한 시집『하얀 목화꼬리사슴』으로 제24회 해외한국문학상을 수상했다. 문협 행사가 끝난 후 필자는 일행과 떨어져 워싱턴 근교의 최 시인의 댁에서 며칠 머물면서 에드거 앨런 포오가 1년 동안 다녔던 버지니아주립대를 방문하여 그의 기숙사 방이 그대로 보존 되어 있는 것에 놀라기도 했다. 그런 후 열차로 노스캐롤라이나 샬롯으러 내려가 친구 집에 며칠 머물고 테네시 주의 제자 집도 방문하였으며, 마지막으로 애틀란타문학회 초청강연 등을 하고 한국으로 돌아왔다. 그리고 월간문학 2017년 3월호에 최연홍 시인은 〈이 시대 창작의 산실〉 특집에 집중적으로 조명되었다. 그 특집에 필자는『고향 지향성, 그리고 어머니의 사랑』이라는 제목의 최연홍론을 썼다. 이렇게 최 시인은 필자와 워싱턴에서 만난 이후 한국 나들이가 잦았다. 2016년 10월에는 장인어른이신 서예가 일중 김충현(1921~2006) 선생의 기념행사로 귀국하여 남도 순례길에 부산까지 왔다. 그는 6.25 사변기인 초등학교 학생 시절 부산으로 피난하여 서대신동에서 식구들과 함께 단칸방에서 피난살이를 한 적이 있다. 2017년 6월에는 부산문인협회에서 개최한 국제문학제 해외초청작가로 며칠간 부산에 머물렀다. 그해 9월 초에는 윤동주 탄생 100주년 기념 제26회 한국문협 해외문학심포지움 참석자로 워싱턴의 몇몇 문인들과 더불어 참여하여 중국 연변과 일본의 동경과 경도와 복강 그리고 서울의 윤동주 유적지를 순례하였다. 물론 이 순례길에 필자도 행사 기획자로 동행하였다. 이렇게 자주 방문한 여정을 간략하게 소개하는 까닭은 이번에 발간한 그의 시집『별 하나에 어머니의 그네』(2018)에 수록된 작품의 대부분이 2016년부터 시작된 한국 방문에 나선 순례의 체험들이 제재가 되었기 때문이다.

그의 한국 순례길은 단순한 여정이 아니고 그의 지난날의 추억이 깃든 곳이다. 그 가운데 가장 어린 시절의 추억이 부산과 연관된 것이다.

부산 피난 시절 기록은

송도에서 찍은 누두 사진 하나
어머니, 누이, 아우,
우리들에게 방 한 칸 내 준
구효 선생님 부인과
이웃 아주머니,
두 집의 아이들,
아이들은 모두 누드로 거기 있나니
서대신동 아이들
지금은 어디에 살아있는가 몰라

전쟁은 사진 하나 남기고
사라졌다.
아직 전쟁이 끝나지 않았다는 소문도
들린다

–「서대신동 아이들」 전문

그는 두 번의 부산행에서 여러 편의 시를 남겼다. 「부산」과 〈부산별곡〉이라는 큰 제목에 엮어진 「서대신동 아이들」, 「송도」, 「월광곡」, 「멍게」, 「방 한 칸」, 「초등학교 이력서」 등이 그것들이다. 「부산」의 경우 2016년 남도 순례길이 제재가 된 작품이고, 〈부산별곡〉의 경우 2017년 국제문학제 참여 길에 필자와 더불어 서대신동과 송도 등 최 시인의 초등학교 시절의 피난체험 장소를 찾아 나선 것이 시적 제재가 되어 있다. 그동안 상전벽해桑田碧海가 될 정도로 변하였으나 최 시인의 기억을 토대로 짐작할 수 있었다. 인용한 시의 경우 그의 어머니가 남긴 부산 피난 시절의 유일한 흑백사진이 모티브가 된 작품이다. 최 시인은 이 사진을 인터넷으로 보내 필자도 보았으나 정말 전쟁의 비극과 어려움 속에서 천진난만한 아이들의 모습을 발견할 수 있었다.

첫째 연의 경우 그 사진 설명을 하고 난 뒤에 끝부분에서 '서대신동 아이들/지금은 어디에 살아있는가 몰라'라고 하여 최 시인의 기억이 현재로 끌어 당겨지고 있다. 말하자면 개인적인 그리움이다. 그러나 둘째 연에서는 지구상의 유일한 분단국가인 우리나라의 상황을 담담하게 보여주고 있다. 이러한 개인의 그리움과 분단의 비극이라는 집단의식의 이중구조는 그의 사회과학자로서의 관심과 역량에서 왔다고 볼 수 있다.

최 시인은 역시 윤동주 유적지 탐방에 관련된 시편을 남기고 있다. 〈탄생 100주년 윤동주에게 드리는 시편〉이라는 제목으로 「북간도」, 「윤동주 생가에서」, 「시인 윤동주지묘」, 「연세대학교」, 「릿교 대학 교정에서」, 「동지사 대학에서」, 「교도 하숙집에서」, 「후쿠오카 비가」 등 8편이 그것이다. 그는 윤동주 시인의 연세대 후배이고 워싱턴에서 윤동주 시인을 사랑하는 모임을 이끌었고, 지난 2016년 윤동주 해외시인 특별상을 받기도 했다. 그리고 그의 시에 나타난 '어머니 사랑'은 윤동주 시 「별 헤는 밤」에 나타난 어머니 지향성과 닿아 있다. 그리고 이 시집의 제목인 『별 하나에 어머니의 그네』는 그러한 그의 시 정신을 상징적으로 표현한 것이다. 따라서 그의 2017년 순례 역시 예사로운 여정이 아니었다.

필자는 중국 연변에서 개최한 2017년 해외문학 심포지움에서 행한 그의 윤동주에 대한 진솔한 기조강연에서 많은 감동을 받았으며 윤동주 시를 연구한 한국현대시 연구자로서 많은 도전을 받기도 했다.

> 윤동주의 발자취를 찾아 떠난 성지 순례
> 연길에서 내려 명동촌, 용정시, 선구자의 노래가 나온 일송정
> 그 북간도 동주의 「자화상」이 나온 우물을 찾아나섰다
> 동주의 생가에 있는 우물은 닫혀 있었고
> 용정의 우물은 관광지가 되어 있었으니
> 나는 두레박 내려 가을 하늘과 구름, 밤하늘의 별도

건져 올릴 수 없었다
그의 슬픈 자화상도 건져 올릴 수 없었다
추억처럼 사나이가 있는 우물
그 우물은 내 청춘의 동경이었다.

이제 우물은 사라졌고
수도관에서 물이 나오고 있다
북간도에도 우물이 사라졌다
우물을 잃어버린 세대는 얼마나 불행할까, 행복할까
그러나 아무도 동주를 잃어버릴 수는 없다

–「북간도」 전문

이 시는 윤동주 시편의 첫 작품이다. 최 시인을 비롯한 우리는 성지순례하는 심정으로 탐방에 임하였다. 그러면서 여행 내내 윤동주의 슬픈 생애를 생각했다. 최 시인은 그러한 심정을「자화상」에 나오는 '우물'로 사물화하고 있다. 윤동주의 꿈이요 상상력의 원천이었던 '우물'은 최 시인이 이 작품에서 지적하고 있듯이 어느 곳에서도 찾을 수 없었다. 그래서 우리 일행은 더욱 슬펐으며, 생가의 벽에 보이고 있는 '중국 조선족 애국 시인 윤동주'라는 표현에서는 중국 동북공정의 마수를 보고는 분노하지 않을 수 없었다. 그런데 첫 연 말미에서 윤동주의 우물 즉 '추억처럼 사나이가 있는 우물'은 최 시인의 '청춘의 동경'으로 치환되고 있다. 말하자면 우물의 상실은 최 시인 '청춘의 동경'의 상실이다. 그러나 둘째 연에서 우물은 잃어버렸으나 윤동주를 우리는 잃어버릴 수 없다고 단정하면서 시를 마무리하고 있다. 순례를 통하여 윤동주를 상실할 수 없음은 우리 일행에게 각인되었고, 특히 최 시인의 시「북간도」를 읽는 독자들에게도 각인될 것이다.

5.

최연홍 시인은 앞에서도 이미 지적했지만 미국 거주하는 시인들 가운데 몇 안 되는 영시와 한국시를 동시에 창작하는 시인이었다. 그리고 산문 역시 연세대 재학시절부터 연마한 실력으로 세계의 유수한 신문과 한국의 영자지에 기고하였다. 달리 말하면 다른 사람들보다 훨씬 미국화 되었었다. 특히 미국 수도 워싱턴 근교에 거주하고 있기 때문에 미국의회 계관시인들과도 활발한 교류를 했다. 그러나 그가 가지고 있는 고향 지향성은 변함이 없었다.

필자는 그러한 시작 태도의 근원은 그의 아버지와 어머니 그리고 아내와 아들 딸, 심지어 외할머니에 대한 사랑에서 왔다고 본다. 그것을 더욱 축약하면 그의 주장처럼 '어머니의 사랑'에서 왔다고 볼 수 있다. 이러한 가족 사랑을 기반으로 한 시 정신은 그의 연세대 선배이자 민족시인인 윤동주 사랑과 조국애로 승화되어 있다. 그 증거가 되는 작품들이 시집『하얀 목화꼬리 사슴』에 수록되어있는「버지니아 아리랑」과 서울시립대 교수 시절의 국내 여행시편들 그리고 시집『별 하나에 어머니의 그네』에 수록된 한국 순례 시편과 윤동주 유적지 순례시편들을 들 수 있다.

2014년 윤동주문학사상선양회가 사라진 것을 아쉬워하여 결성된 워싱턴윤동주문학회 발전을 위하여 2017년 윤동주 탄생 100주년에 즈음하여 왕성한 활동을 하던 최연홍 시인이 2020년 초 췌장암 선고를 받아 투병 과정에 들어갔다는 소식을 직접 전해왔다. 그러나 미국 발티모어에 있는 세계적으로 유명한 죤스 홉킨스 의과대학병원에서 항암치료를 마치고 12월에 수술도 성공적으로 되어 순조롭게 회복하고 있다는 소식은 친지들이 전해왔다. 그는 수술에 들어가기 전 병이 완쾌되면 귀국하여 2018년 이후 쓴 작품들의 시집『비단길』발간도 하고 필자와 함께 그의 고향 충북 영동을 방문하자고 했다. 그런데 2021년 1월 6일 갑자기 별세하였다는 소식이 날아왔다. 우리 두 사람은 서로 형제하자고 하고 헤어졌는데 하나님께서는 우리의 형제의 연을 너무 빨리 거두어 가셨다고 원망하며 슬픔에 잠기기도 했다. 그의 마지막 시집 『비단길』은 2021년 3월 10일 시문학사에서 발간되어 결국 유고집이 되고 말았다. 그 속에는 필자의 이름을 제목으로 한 시도 들어 있다. 그의 생전에는 답시도 못 쓰고 결국 추모시 한 편을 그의 고향 영동을 상기하며 「영동을 지날 때마다」라는 제목으로 창작하였다. 2022년 1월 6일에는 그의 1주기 행사가 그와 그의 가족들이 출석한 미국의 워싱턴중앙장로교회와 워싱턴 문우들이 주관하여 zoom으로 열렸는데 필자도 참여하여 추모시를 낭송하였다.

2022년 4월 23일(토) 오전 11시에는 워싱턴 근교의 조지 메이슨대학교에서 제1회 최연홍문학상 시상식(주최: 최연홍문학상운영위원회, 후원: 미주 한국일보, 워싱턴문인회, 워싱턴윤동주문학회, 워싱턴두란노 문학회, 포토맥포럼)이 거행되었다는 소식이 전해져 왔다. 수상자는 워싱턴에서 활약하고 있는 이경희 시인으로 수상작은 「가발장수」 외 4편이었다. 최연홍문학상은 최 시인의 미망인 김봉희 여사(서예가 김충현의 따님)와 자녀들이 출연한 기금으로 제정되었는데 상금은 2000달러라고 한다. 최 시인의 미주 한인시문학사에 남긴 족적과 최 시인의 따스한 인품과 워싱턴문인들의 단합된 모습, 그리고 교민들이 역량이 집결된 행사라는 생각이 들었다. 앞으로 해마다 거행될 최연홍문학상 시상식은 워싱턴 문인 사회뿐만 아니라 미주 전역의 문인 사회의 행사로 확장되기를 소망한다. 그리고 한국시와 영시 둘 다 창작하는 시인들에게도 수상의 기회가 생기기를 소망한다.

배정웅 시인의 삶과 남북미 문단에서의 족적

1.

배정웅(1941~2016) 시인과 필자와의 인연은 1963년 대학 1학년 시절부터 시작된다. 배 시인은 부산대학교 정치외교학과에 입학했으나 그 당시 박정희 대통령 초기 대학정비정책 때문에 부산대학교 정치외교학과는 경북대학교 법대(그 당시는 사회과학대학이 별도로 없었음) 정치외교학과로 통합되어 경북대 4학년 학생이었다. 나는 1963년 3월 1년 전에 폐과 되었다가 복과 된 경북대학교 사범대학 국어교육과에 신입생으로 입학하였다. 그때 필자는 경북대학교 정문 근처의 신암동 마당은 넓었으나 평범한 저택 아래쪽에 아래채라 하기도 민망한 조그만 한 방 7~8개에 쪽마루가 있는 집의 방 한 칸을 뒷날 민선 구로구청장을 8년이나 역임한 같은 사범대학 사회교육과 역사전공 신입생이자 집안 9촌인 양대웅 아재, 그리고 남해군 설천면 출신인 부산대학교 물리학과 교수로 정년한 과학교육과 장민수 학형과 셋이서 그 방 하나를 빌려 잠만 자고 식사는 사범대학 구내식당에서 사먹는 형태의 대학생활을 시작했다.

우리 셋은 남해군 창선면 출신 우리 둘과 설천면 장민수 교수는 남해 출신 선배들의 신입생 환영회에서 만나 의기투합했던 것이다. 그때에 바로 옆방에는 대구공고 다니는 아들의 숙식을 해결해 주기 위해 온 아주머니가 있었고, 그 다음 다음 방에 배정웅 시인이 부산에서 올라온 친구와 함께 있었다. 1학년 입학하고 조금 지난 늦은 봄 필자의 시가 〈경북대학보〉에 발표되자 배정웅 시인으로부터 열심히 쓰라는 격려의 말을 들었고 가을에 발표된 작품은 가능성에 대하여 언급해 주었다. 말하자면 시를 쓰는 선배로서 조언을 한 셈인데 나로서는 최초의 격려의 말이라 고무되었다.

그 외 몇 장면의 배 시인과 함께 기숙했던 선배들과 관련된 기억들이 있다. 배 시인의 회고의 글에 의하면 4학년 시절 배 시인은 그 당시 경북대 문리대 국문과 교수로 경북대 유일의 현대문학 전공 교수이셨던 김춘수(1922~2004) 시인의 눈에 들어 이미 고인이 된 나의 선배 시인인 전재수(1940~1986), 권국명(1942~2012)과 재미 시인인 이창윤(1940~)처럼 《현대문학》에 박목월(1916~1978) 시인의 이름으로 추천받을 기회가 있었다고 한다. 그러나 홀로 서기를 하겠다는 배 시인의 성격 때문에 추천받지 않고, 배 시인은 1964년 2월 졸업하면서 ROTC 보병장교로 임관되었다.

2.

필자는 1965년 7월부터 1966년 7월까지 1년 동안 그 당시 서울에서 발간된 지금의 《시문학》과는 다른 《시문학》(1965. 4.~1966. 12. 발간됨)에 김춘수 시인이 직접 추천하여 시단에 데뷔하였다. 필자는 그 동안 배 시인의 행적이 궁금하였다. 그는 1965년 3월 월남전 참전 첫 부대인 건설지원단 비둘기부대의 경비를 맡은 보병장교로 신세훈(1941~) 시인과 함께 베트남 전쟁에 참전하였으나 나는 그 사실을 알지 못했다. 그러나 신세훈 시인과 함께 엮은 진중 타자 시집 『티우이들의 현장』이라는 시집을 발간하고 그것이 국내 신문에 소개되면서 월남 참전 사실을 알게 되었다. 신세훈 시인의 문단 데뷔 50주년과 고희 기념 문집 『내가 산이 아니라 나의 산이다』에서 밝힌 「신세훈, 그 이름을 크게 부르리」라는 글에 의하면 '사이공 서북방 15마일' 지역에 있는 옛 베트남 철도청자리 띠안의 병영에서 신세훈 시인과 그야말로 생사고락을 같이 했다. 이때의 두 사람 사이에 얽힌 이야기를 2015년 8월 산청에서 개최된 제54회 한국문협 심포지움 때 장시간 버스 옆 자리에 앉게 된 신세훈 시인으로부터 자세히 들었다. 이러한 인연으로 배 시인과 신 시인은 형제 이상의 우정을 나누었다.

배 시인과 신 시인은 무사히 귀국하여 우여곡절 끝에 전역을 한다. 그리고 배 시인은 1968년『사이공 서북방 15마일』이라는 시집을 대학시절부터 인연이 있는 김춘수 시인의 서문으로 출간하면서 본격적인 문학활동을 시작한다. 이 시집은 앞에서도 배 시인이 밝힌 바 있지만 제목이 바로 배 시인과 신 시인이 베트남 참전 당시의 병영이 있던 자리이다. 따라서 수록 작품들은 배 시인의 베트남 참전에서 얻은 체험을 바탕으로 하고 있다.

1973년에는 한국참전시인협회 창립에 참여하였다. 창립을 주도한 문인은 일제강점기 광복군을 시작으로 6·25 참전, 1969년 준장으로 예편한 장호강(1916~2009) 시인, 6·25 참전 시인이자 정훈감 출신으로 1957년 육군소장으로 예편하였고 한국현대시인협회 회장을 지낸 김종문(1919~1981) 시인, 홍익대 명예교수이자 예술원회원이고 국제펜클럽한국본부회장과 한국문화예술진흥원 원장을 지낸 6·25 참전하여 부상까지 당한 문덕수(1928~2020) 시인, 역시 6·25 참전한 장안대 교수와 한국시인협회장을 지낸 김광림(1929~) 시인, 그리고 베트남 참전 시인인 배정웅 시인과 신세훈 시인 등이 중심 멤버였다. 이들은 창립하면서『한국전쟁시선』을 발간하였다. 배 시인은 1977년에는 경기도 성남시문인협회(한국문협 성남시 지부)를 창립하여 2대회장을 역임하였다. 1978년 5월에는 배명한이라는 필명으로《현대문학》에 추천완료(이원섭 시인(1924~2007) 추천)의 절차를 밟기도 하였다. 굳이 본명을 사용하지 않고 그 당시 추천위원이었던 김춘수 시인을 통하지 않은 것은 아무도 몰래 객관적으로 평가를 받고 싶었기 때문이었다. 배 시인의 회고에 의하면 1968년 개인시집을 내면서 문단활동을 하자 신세훈 시인이 문예지의 추천을 받고 문단활동을 하라고 권유했으나 그로부터 10년 후 추천이라는 제도와는 초연

한 고집을 꺾고 막상 과정을 거치자 '배형 나는 이제 추천을 안받아도 되는데'하며 오히려 새 출발을 아쉬움으로 바라보았다고 한다. 필자는 이러한 배 시인의 활동을 간간이 풍문으로 듣기도 하였고 시집이 나올 때마다 증정받기도 하였다. 그리고 신세훈 시인과 함께 배 시인은 동국대 정치학과 신 시인은 연극영화과 석사과정을 다닌다는 소식도 들었다. 그러다가 첫 번째 부인과 갑작스럽게 사별하고 배 시인의 표현대로 세상에 뜻을 잃고 동생이 먼저 이민 간 남미로 바람처럼 떠났다는 소식을 1980년대 초반에 들었다.

배 시인을 다시 만난 것은 1996년 〈문학의 해〉 행사의 하나로 10월 2일 서울 스위스그랜드 호텔에서 개최된 〈한민족문학인대회〉에서였다. 그는 남미 대표로 나타난 것이다. 그때에 배 시인과 필자는 부산 출신 문인들과 함께 사진을 찍었다. 그때에 찍은 사진이 배정웅 시인과 내가 같이 찍은 유일한 사진이다. 우리 둘과 평론가 이유식 탁영완 여류 시인 그리고 동아대 출신으로 서울에서 활동하는 송상욱, 김석 시인과 개막식 만찬 석상에서 만나 찍은 사진이다. 그런 후에 우리는 헤어졌다. 배 시인은 그 전 남미에서 1985년에는 아르헨티나에서 최초의 한인문학 서클인 〈문예동우회〉를 결성하였으며 1994년에는 그의 동생인 배무한 사장님의 후원으로 남미 최초의 한인문학상인 〈가산문학상〉을 제정하는 등 오늘날의 재아문인협회(1993년 창립, 1996년 회지 《로스 안데스문학》 창간, 2021년 현재 22호 발간)의 초석을 놓았다.

배정웅 시인은 남미의 여러 나라를 거쳐 2000년대 초반부터 LA에 정착한 것은 모두 알고 있는 사실이다. 2001년 10월 그는 한국문인협회 미주지회의 창립을 주도하고 지회장을 역임하는 등 왕성한 활동을 하였다. 그리고 2003년 미주이민 100주년 기념 『한인문학 대사전』(미주문학단체연합회 발행, 월간문학출판부 제작)을 만드는 것을 주도하였다. 이 사전은 배 시인의 배려로 신세훈 시인으로부터 기증받아 내 집필에 요긴하게 쓰고 있다. 이렇게 다양한 활동을 하고 있는 배 시인과 필자가 다시 인연을 맺게 된 것은 2004년 필자가 회장으로 있었던 학술단체 한국시문학회 학술대회에서 학술대회 테마를 '세계 각 지역의 재외 한국인문학'으로 정하게 되었기 때문이다. 마침 남미지역 한인문학을 주제 발표할 사람이 마땅하지 않아 필자가 맡기로 하였다. 필자가 남미지역을 맡게 된 것은 우선 배정웅 시인에게 도움을 청하면 될 것 같다는 생각에서였다. 그리고 그 당시 서울에서 고등학교 스페인어 교사를 하는 집안 조카가 아르헨티나 한인학교 교장으로 다녀왔기에 그를 통하여 자료를 구할 수 있겠다고 생각했기 때문이다. 그래서 우선 LA의 배 시인에게 연락을 했다. 그 당시만 해도 요즈음처럼 인터넷이 일반화되지 않아 편지로 서로 소식을 주고받았다. 그리고 소포로 배 시인이 남미문학에 대한 글을 발표한 고원(1925~2008) 시인이 주재한 《문학세계》와 조윤호 시인에게서 빌린 자료도 보내왔다. 필자는 조카가 보내온 자료와 배 시인이 보내 온 자료, 그리고 조윤호 시인의 《해외문학》에 발표된 남미 한인의 시들을 바탕으로 〈남미한인의 시문학과 정체성 –'아르헨티나' 지역을 중심으로〉라는 논문을 2004년 6월 5일 부산대학교에서 개최된 한국시문학회 전국대회에서 발표하였고 그 결과를 학회지 《한국시문학》 14집에 게재하였다. 그리고 나서 그것을 배 시인에게 보냈더니 2005년 《미주시인》(《미주시학》의 전신) 창간호에 재게재하였으며 그로 인하여 미주 시인들과 남미 시인들에게 내 글이 읽히기도 하였다.

2006년 5월에는 부산문인협회가 발행하는 격월간지 《문학도시》 5–6월호에 편집인으로 있던 필자가 기획한 〈해외거주 부산문인〉 첫 번째로 배정웅 시인을 모셨다. 그곳에는 시 「목각인형」, 「어떤 풍속」, 「국경간이역에서」, 「삽화」, 「서울을 가면서」 등 5편과 5페이지나 되는 긴 「내 시적 영감의 뿌리였던 부산, 내 고향」이라는 산문과 사진 두 장 그리고 약력이 수록되어 있다. 이 책은 5부가 우여곡절 끝에 미국으로 배달되었다. 시 5편 가운데 두 따님의 어머니이자 남미부터 함께 살다가 배 시인보다 먼저 작고하신 부인과 치과 가는 것이 모티브가 된 「삽화」를 제외하고는 모두 남미체험이 시적 제재가 되어 있다.

3.

태평양을 편지로 혹은 책으로만 오가던 배정웅 시인과의 교류는 드디어 2011년 11월에 필자가 LA에 2개월 머물면서 직접 만나게 되는 데까지 이르게 된다. 2011년 11월 5일부터 2012년 1월 9일까지 필자는 아내와 함께 10년 동안 대기업에 다니다가 서울대 다닐 때부터 활동하던 대중음악의 길을 걷고자 헐리우드에 있는 MI라는 대중음악대학에 다니는 큰아들 집을 방문하게 되어 2개월 남짓 머물기로 하였던 것이다. 며느리는 마침 서울서 근무하던 외국계 컨설팅 회사의 LA 지사에 자리가 나서 파견 근무하는 형식으로 같이 머물면서 웨스드 헐리우드에 투 베드룸의 아파트를 얻어 생활하고 있었다. 그래서 말하자면 결혼하여 서울에서 살림을 차린 큰아들 내외 와 비록 미국이지만 2개월 동안 함께 살기로 하고 도미하였던 것이다.

11월 8일 필자의 진주고등학교 2년 선배인 김호길 시조시인과 배 시인 그리고 우리 부부 넷이서 한인타운 〈북창동순두부집〉에서 점심을 하면서 배 시인을 처음 만나게 되었다. 그리고 나서 11월 17일에는 고원문학상 시상식에 온 마종시 시인 부부, 우리 부부 그리고 김호길 시인과 배 시인이 함께 〈오대산〉에서 김호길 시인의 호스트로 점심을 하였다. 12월12일에는 미주시인협회 행사장에서 미시간에서 겨울에는 산디애고 딸 집에 와 있는 경북대 의대 출신 선배인 이창윤 시인을 함께 만나고 이튿날에는 배 시인, 이 시인 부부, 우리 부부 그리고 조윤호 시인과 〈뉴 서울 호텔〉에서 점심도 같이 했다. 이렇게 자주 만나 60년대 대구 시절 이야기와 한국 문단 이야기 그동안의 삶에 대하여 많은 이야기를 나누었다. 뿐만 아니라 배 시인의 부탁으로 2009년 12월 1일 일본 경도 동지사대학에서 가진 〈정지용 국제세미나〉의 주제발표 원고인

「정지용 시인과 동지사 대학 출신 문인들」이라는 원고를 한국에 있는 둘째 아들에게 부탁하여 내 컴퓨터에서 큰 아들 컴퓨터로 전송하여 대폭 수정 후 〈미주시학〉 12호(2012. 여름)호에 기고하였다. 이 원고는 사실 한국에서도 소개되지 않은 원고였다. 그리고 1월 9일 귀국하기 전날에는 《미주시학》 사무실에서 배 시인의 동생이자 가산문화재단 이사장인 배무한 회장을 만나기도 했다.

배 시인과의 인연은 여기서 끝나지 않는다. 2012년 12월 말에는 2013년 1월과 걸쳐 1개월 남짓 친구 부부와 우리 부부 넷이서 한인 타운에서 하숙을 하며 배 시인의 알선으로 LA 근교 위리어 골프장에서 골프를 치는 골프여행을 다녀왔다. 이 때 배시인은 부인이 아프기 때문에 경황이 없는 중에도 시간을 쪼개어 우리를 위해 배려하였고 골프는 치지 않았지만 친절한 분을 소개하여 그 분의 안내로 주중에는 골프를 시니어 가격으로 치고 주말에는 우리 일행 넷이서 구경을 다녔다. 이때에는 큰 며느리는 서울로 복귀하고 큰 아들 혼자 LA에 있을 때이라 아파트는 해약하고 혼자 원룸의 집에 살고 있었기 때문에 같이 있을 수는 없었다. 배 시인은 지난해의 원고료라고 금일봉을 달러로 주어 체재비에 보탬이 되었으며 2013년 1월 30일에는 미주 시학 사무실에서 송석중 시인과 대담을 하였다. 이 대담은 2013년 《미주시학》 8호에 게재되었다. 그리고 국내의 문예지에 발표한 김영교 시인의 작품론 「시와 신앙의 통합적 상상력」 역시 8호에 발췌 수록되었다. 2015년에는 그 당시 LA에서 활동하고 있던 큰 아들이 미주시인협회 행사장에 초청되어 공연을 하기도 했다. 말하자면 필자의 아들까지 인연을 맺은 것이다.

2년 동안 연이어 LA에 장기 체류하면서 배 시인과 김호길, 이창윤 그리고 조윤호 시인 등 많은 미주시단의 원로시인들과 문금숙 그 당시 미주시인협회 회장, 그리고 조성희, 김영교, 윤휘윤, 정미셀, 장효정 등 많은 여류 시인들과 교류하게 되었다. 이러한 교류의 결과로 필자는 김영교론 외에 석정희 시인론을 「길의 시학」이라는 제목으로 국내 문예지에 발표하였다. 드디어 2014년 5월 서울에서 발간된 《문학의 강》 4호에 「디아스포라 삶의 다양한 표현 - 최근 미국 동포 시인들의 작품세계」을 발표하였다. 물론 이 글도 《미주시학》 편집부로 전송되어 2014년 겨울에 발간된 《미주시학》 9호에 게재 되었다. 본국의 독자들보다 미국 특히 LA 지역 시인들에게 직접 읽히게 된 계기를 마련해 준 배 시인에게 감사하지 않을 수 없었다. 그리고 이 글들은 필자의 여섯 번째 평론집 『한국현대시와 디아스포라』(2014, 작가마을)에 수록되었다.

말하자면 배정웅 시인으로 인하여 디아스포라 남북 미주 한인 시인들에 관심이 생겼고 끝내 책의 제목으로까지 등장한 것이다. 뿐만 아니라 2015년 9월15일부터 18일까지 경주 화백컨벤션센터에서 개최된 (사)국제펜클럽한국본부주체 제1회 한글작가대회에서 필자는 「남미 한글문학의 현황과 전망」이라는 주제발표에서 배정웅 시인의 남미 특히 아르헨티나 한인문학에서의 역할을 소개하였다.

4.

앞에서 언급한 신세훈 시인을 통해 투병 중인 부인의 작고 소식도 2015년 여름에 들었다. 그리고 2016년 6월 18일 미국 버지니아 아난데일에서 워싱턴문인회 후원으로 개최된 한국문인협회의 해외문학심포지움을 마치고 필자는 7월 20일까지 미국 동부에 머물고 있었다. 배정웅 시인의 작고 소식은 노스캐롤라이나 샬럿 친구 집에 머물고 있을 때 여러 경로를 통하여 알게 되었다. 그리고 조윤호 시인과 연락해 LA 현지 사정을 들은 후 우여곡절 끝에 한국문협 사상 전례가 드문 해외 회원 장례식장에 조화가 전달되었다. 며칠 뒤 개최된 장례식 소식은 역시 친구 집에서 청취한 교민 방송 자막으로 알게 되었다. 미국에 있으면서도 동부의 일정과 애틀란타 문인회의 행사 등으로 장례식에 참석하지 못한 점은 두고두고 배 시인에게 송구할 뿐이다. 카톡과 페이스 북이 있어 신세훈 시인이 직접 장례식에 참석한다는 소식을 들었으나 출국을 할 수 없는 법적 사항 때문에 참석하지 못했다는 후일담은 신 시인으로부터 2016년 9월 29일 부산에서 개최된 한국문협 국내 심포지움 때에 들었다. 벌써 배정웅 시인이 작고한지 6년이 넘었다. 그동안 나는 배 시인의 작품세계에서 월남 참전 체험과 라티문화의 수용은 한국시문학사의 중요한 자산임을 여러 곳에서 역설했다. 그리고 배 시인으로 인하여 남미 한인문학 특히 스페인어권 한인문학이 확산되었다는 주장도 했다. 그리고 2000년대 초반부터 LA 한인문학에 끼친 공로 또한 오래오래 기억돼야 할 것이다. 특히 가산문화재단을 이끌고 있는 배정웅 시인의 동생 배무한 회장의 그 동안의 관심 때문에 배 시인이 그 역할을 했다는 것도 결코 가볍게 볼 수 없다. 그리고 어머님과 아버님을 연달아 하늘나라로 보낸 두 따님들의 슬픔은 크겠지만 아버님의 미주 한인문단에 끼친 영향은 두고두고 기억해야 할 것이다.

《미주시학》에서 배 시인의 추모특집을 했다는 것은 매우 뜻 깊은 일이라 생각된다. 《미주시학》이 배 시인의 별세로 좌절되지 않고 여러 회원들의 노력과 가산문화재단의 변함없는 성원으로 더욱 번성하기를 소망한다. 배 시인은 그의 별칭처럼 '바람'의 시인이다. 필자에게 남미 특히 아내와 인연이 있는 멕시코를 동경한다는 말을 하였다. 아마 배정웅 시인의 영혼은 멕시코 뿐만 아니라 아르헨티나, 페루, 파라과이. 그리고 그가 한인회회장을 지낸 볼리비아 하늘을 바람처럼 떠돌고 있을 것이다. 필자 역시 하루빨리 LA로 갈 기회가 생겨 배 시인의 무덤에 헌화하고 싶다.

캐나다 동포 이정순 시인의 시세계

-그리움과 일상, 그리고 신앙

1.

이정순 시인은 고등학교 시절부터 시재를 발휘한 시인이다. 경주의 원로 시인이자 최근까지 동리목월문학관장을 맡은 바 있는 정민호(1939~) 시인의 근화여고 제자이다. 그는 여고 시절 문예반장을 맡았으며, 제20회 학원문학상과 지금도 경주에서 개최되고 있는 신라문화제 한글시 백일장에서 대통령상을 수상하였다. 그는 대학졸업 후 1991년 《문학세계》 신인상으로 시단에 데뷔하였으며, 1994년에는 첫 시집 『밀물처럼 오소서』를 상재하였다. 그러다가 남편을 따라 1998년 캐나다로 이민을 떠났다. 그는 그곳에서 활발하게 시작활동을 하면서 국제펜클럽 한국본부 캐나다 지역위원회 회장을 맡아 3, 4, 5대 연임하고 있다.

필자가 이정순 시인을 만난 것은 2015년 9월 15일부터 18일까지 이 시인의 고향이기도 한 경주에서 개최된 제1회 세계한글작가대회에서였다. 필자는 그 당시 「남미한글문학의 현황과 전망」이라는 주제발표를 하기 위해 참여하고 있었다. 주제발표는 둘째 날에 잡혀 있었다. 필자는 그 당시 한국문인협회 국내외 심포지움 담당 부이사장으로 혹시 참가한 재외문인들 가운데 2016년도 해외문학심포지엄 유치할 곳이 없을가를 염두에 두고 여러 문인들과 접촉하기로 마음먹고 있었다. 16일 주제발표 후 여러 문인들의 의사를 타진했으나 선뜻 나서는 곳이 없었다. 나는 조바심이 났다. 왜냐하면 2015년 해외 심포지엄을 미국 LA로 결정했다가 여러 가지 사정으로 무산되었기 때문에 다음부터는 그리 되어서는 안 되겠다는 생각이 들었다. 18일 아침 나는 식사 후 혼자서 케피숍으로 갔다. 그곳에서 이정순 시인을 만났다. 그는 토론토에서 왔으며 캐나다 대표로 주제발표를 했다는 것이다. 그래서 토론토를 비롯한 캐나다 동부 교민들의 문단활동을 물어보니 활발하다는 것이었다. 필자는 혹시 내년에 한국문인협회 해외심포지엄을 유치할 수 없겠느냐는 제안을 했다. 자기는 펜 지역위원장이기 때문에 돌아가서 캐나다문인협회 대표에게 전달하겠다는 것이었다. 그렇게 헤어졌다.

그런 후 필자는 캐나다 대표와 직접 연락하였으나 여러 가지 사정으로 캐나다는 가지 못하고 워싱턴 근교 버지니아에 거주하는 최연홍(1941~2021) 시인의 주선으로 미국 동부 워싱턴문인협회와 연결되어 그곳에서 심포지엄을 개최 한 후 미국 동부와 캐나다 나이아가라 폭포 등으로 문학탐방을 나서기로 하고 2016년 6월 16일부터 24일까지 일정으로 그곳으로 출국하게 되었다. 그래서 이정순 시인에게 알렸더니 나이아가라 폭포 쪽으로 올라오지 않느냐는 것이었다. 그렇다고 하니 토론토 근교의 자기 집으로 29명의 우리 대표단 전원을 초청할 터이니 오라는 것이었다. 그렇게 폐를 끼쳐 되겠느냐고 사양했으나 괜찮다는 것이었다. 그래서 사무국과 담당 여행사 측과 의논하여 그리 하기로 했다. 간단한 간담회와 특강만 하기로 하고 식사 후 호텔로 돌아오는 일정을 합의 했던 것이다. 6월 16일부터 18일까지 워싱턴 일정을 모두 끝내고 19일 우리 일행은 남북전쟁의 격전지 게티스버그를 거쳐 캐나다 국경을 넘었다. 국경 넘는데 시간이 많이 걸려 해지기 직전에 겨우 이 시인의 댁에 도착할 수 있었다. 그런데 40명이 넘는 캐나다 동부 문인들이 우리를 환영하였으며 해지기 전에 우선 여러 장의 기념사진을 촬영했다. 필자는 그곳에서 경북대학 문리대 영문과 여자 동기생을 만나기도 했다. 이 시인의 댁이 넓어 캐나다 문인들과 우리 일행이 여러 곳으로 나누어 식사를 했다. 식사 메뉴는 순 한식이었는데 음식 하나하나에 이 시인의 정성이 담겨 있었다. 우리 일행은 전날 저녁에 워싱턴에서 심포지엄 후에 방문한 이영묵 소설가 댁에서 벌어진 게 파티에 이어 단체 여행에서 찾을 수 없는 귀한 대접을 받게 되었던 것이다. 식사 후 벌어진 문학의 밤은 각종 악기 연주와 시와 수필 낭독으로 이루어져 있었다. 우리 측은 문효치 이사장의 인사와 필자의 이 모임이 이루어지게 된 경위 설명, 권대근 수필가의 간단한 수필작법 특강을 했다. 행사는 밤늦게까지 계속되었다. 그런 후 우리 일행은 일정에 따라 여행하면서 지금까지 문협 해외 행사에서 찾아볼 수 없는 독특한 체험을 했고 특히 이 시인의 정성이 담긴 대접을 두고두고 되새겼다.

2.

2016년 9월 20일~23일까지 역시 경주에서 개최된 제2회 한글작가대회 때에도 이 시인은 캐나다 대표로 귀국하여 주제발표를 했으나 필자는 9월 29일~30일에 부산에서 개최되는 한국문협 국내 심포지엄 준비로 갈 수가 없어 이 시인에게 감사의 말도 전하지 못 했다. 다만 참석한 부산 회원 조성순 시인이 가져다 준 자료집은 볼 수 있었다. 이 시인은 해외 동포 문단의 발전을 위해서는 이민 1세 중심의 한글문학의 육성도 중요하지만 2세에 대한 한글 교육에도 관심이 많아야 한다고 생각하고 있었다. 그래서 제1회 한글작가대회에서 주제 발표한 제목은 「이민 1세대 동포작가와 2세들의 한국어에 대한 인식」이었다.

제2회 때의 「한글문단이 나아갈 길」이라는 제목의 글 속에서도 2세 한글작가 육성에 대하여 언급하고 있었다. 1회 발표에서 느낀 바이지만, 많은 동포작가들의 주제발표가 참가지역의 대표성에 입각한 발표보다 자기 자신의 작품해설 내지 이중언어로 창작하는 개인의 어려움을 밝히기에 급급하였으나 이 시인의 두 번의 주제 발표 내용은 캐나다 동포문학을 대변하였으며 그 자신이 3, 4, 5대 연임하고 있는 캐나다 지역회의 회장으로서의 소임을 다했다고 생각되었다. 그리고 한글작가대회를 세계의 각 지역으로 순회하면서 개최하자는 건의는 한국문학 단체의 집행부와 문체부 당국과 문화예술위원회, 그리고 국제교류재단이 충분히 수용해야 할 정책이라고 생각되었다.

그런 후 2016년 연말에 이 시인의 제2시집『솔잎을 태우며』가 우송 되어 왔다. 이 시집으로 이 시인은 2016년 국제펜클럽 한국본부에서 수여하는 해외작가상을 수상하였다. 이 시집은 그가 1998년 캐나다로 이민 간 이후 내는 첫 시집이었다. 이 시집은 근 20년 동안의 이민 생활의 분주함 속에서 창작한 67편의 작품이 5부로 나누어 편집되어 있었다. 첫 머리에「이 책을 바치며」라는 이 시인의 서문이 있고 이어서 이 시인의 고등학교 은사인 정민호 시인의 권두해설이「한국적 Lyricism의 시적 미학」이라는 제목으로 12쪽에 걸쳐 편집되어 있었다.

이 시집에는 해외 이민 생활 속에서도 고국이나 고향을 그리워하는 정서가 배어 있는 경향의 작품과 그리워 한 나머지 고향으로 일시 귀국하여 전원생활을 즐기는 모습을 형상화한 작품들이 많다. 그리고 캐나다에서의 일상이 시적 제재가 된 작품도 있다. 그러나 무엇보다 중심이 되는 작품이 그의 신앙인 개신교 교인으로서 신앙고백을 시적으로 형상화한 작품들이 많다는 점이다. 그가 앞에서 밝힌 시작의 변「내 뜨거운 기도와 시들을」에서의 다음 글귀처럼 신앙은 그의 이민 생활의 버팀목이 되고 있다.

> 캐나다 토론토 피어슨 공항에 처음으로 도착한 날, 한 손은 가족의 손을 꼭 잡고 또 한 손은 땀이 베이도록 주님 손을 잡았습니다.

그리고 시집 서문에도 다음과 같이 그의 신앙이 나타나 있다.

> 이스라엘 성지 순례를 하면서 나 자신과 만났다.
>
> 안개 낀 항구처럼 희미하게 보였던 내 모습이 예수님이 밟으셨던 발자취마다에서 드러나기 시작했고, 유대광야, 그 작은 광야 모퉁이에 엎드

렸을 때 쏟아지는 태양 빛 아래 드러나는 나 자신과 만나야만 했습니다.

이와 같은 글들로 볼 때 시집 서문의 제목을 「이 책을 바치며」로 한 것은 하나님께 혹은 예수님께 시집을 바친다는 것으로 이해할 수도 있다.

3.

이제 작품 속에서 그러한 경향이 어떻게 나타나 있는가를 살펴보기로 하겠다.

앞마당 벤치에 앉아 별을 세다가
지나가는 비행기를 향해
"한국 가는 비행기 아니다"
큰 소리로 외치는 나에게
남편이 걱정스레 물었다.
"한국 가고 싶어"
나는 이렇게 대답했다.
"아니요"

－「그리움(4)」 전문

이 작품은 전체적으로 아이러니의 구조를 가지고 있다. 시적 화자 이 시인의 직접화법에 나타난 '아니다'와 '아니요'는 대표적인 반어법이다. 이렇게 한국 가고 싶지 않다는 표현은 한국에 대한 그리움의 역설적 표현이다. 이러한 그리움 때문에 이 시인은 가끔 고향 근처 국당리(정민호 시인의 해설에 의하면 경주와 포항 사이에 있는 지명이다.)에 마련한 전원주택에 와 생활한다. 그 생활의 일면이 시적 제재가 된 다음의 작품에서 그의 그리움의 정체가 더욱 선명하게 드러난다.

밤새워 밤새워 들리던
개구리 소리가 뚝 끊겼다.

어두운 논둑길을 몇 번이나 둘러보아도
어디로 다 가벼렸는지 고요하다.
오래 오래 서성이다가
집으로 돌아와 창문을 닫으려는데
정원에 있는 작은 연못에서 들려오는
끄윽 끄윽 황소 개구리 울음소리

아
이런 것이었구나
황소개구리에게 잡혀 먹히지 않으려면
몸을 숨기고 소리를 숨기고
죽은 듯이 숨어 지내는 것

이튿날 정원사를 불러
연꽃들을 걷어 내고
정원 연못을 흙으로 채우고 소나무를 심었다.

–「국당리 이야기–생존의 법칙」 전문

시집에 수록된 연작시 「국당리 이야기」 6편의 마지막 작품이다. 다른 작품들이 주로 농촌 체험이 시적 제재가 된 아름다운 에피소드들로 채워진 작품임에 비하여 이 작품은 부제 「생존의 법칙」처럼 의미심장한 작품이다. 이 작품은 개구리 울음 소리가 끊겨 그 원인을 애써 찾아보아도 알 수 없다가 집으로 돌아와 집의 정원의 연못에서 울고 있는 황소개구리 울음소리를 듣고 그것 때문에 그렇다고 단정하고 연못을 매워

소나무를 심는 것으로 그 원인을 근본적으로 제거한다는 다분히 환경론적 혹은 생태주의적인 시이다. 황소개구리는 잘 알다시피 우리나라가 원산지인 개구리가 아니다. 1970년대 농가의 소득을 올려주기 위해 미국과 일본으로부터 수입하여 농가에서 사육하도록 했다. 그러나 농가에서 이것을 키워 파는 것이 소득과 연결되지 않자 무단으로 방류하기 시작했다. 황소개구리는 원래 육식성이었으며 들어온지 얼마되지 않아 천적이 없는 탓으로 개체수가 급속도롤 늘어나 우리의 고유종 물고기와 개구리를 잡아먹기 시작했다. 그래서 사회적 문제로 대두되어 한동안 황소개구리 포획행사를 실시한 적도 있다. 그러나 요즈음은 서식지가 파괴되고 뱀 왜가리 등의 천적으로 그 개체수가 많이 줄었다고 한다. 그런데 아이러니컬하게도 그 중요 분포지 가운데에는 이 시인이 거주하는 캐나다 남부가 포함되어 있다.

이 작품에서 시적화자 이 시인이 듣고 싶은 것은 황소개구리의 울음이 아니라 우리나라 고유종 개구리 울음 소리인 것이다. 사실 지금은 농촌에 가도 개구리 울음소리를 잘 듣지 못한다. 특히 과도한 농약을 치는 영농방법으로 개구리뿐만 아니라 메뚜기도 사라진지 오래다. 그렇다면 이 시인은 그의 유년기의 자연이 파괴되지 않은 농촌을 그리워하고 있다고 볼 수 있다. 사실 필자가 방문한 이 시인의 저택은 숲 속 그것도 자그마한 동산 속의 아름다운 주택이었다. 물론 앞 뜰과 뒷 뜰이 있는 큰 주택이었다. 그리고 필자가 몇 년 동안 방문한 미국의 동서부 혹은 남부의 지인들 가운데 대부분, 특히 이민 간지 오래 되어 자리를 잡은 교포들은 우리나라처럼 아파트에 살지 않고 단독주택 그것도 앞뒤에 뜰을 가진 주택에 살고 있다. 말하자면 우리나라 도시에 사는 사람들보다 훨씬 전원생활을 즐기고 살아가고 있다. 이 시인의 작품 「Woodland에 살면서」 연작시(Woodland는 이 시인이 살고 있는 지역이자 거리 주소명이다)에는 사슴도 내려오고 정원에는 갖가지 과일들이 열린다. 그리고 한국에서 가져온 씨로 심은 갖가지 채소들도 자란다. 이러한 환경임에도 불구하고 이 시인을 비롯한 많은 동포 시인들은 고국 한국, 그것도 그들이 이민 가기 전 파괴되지 않은 고국을 그리워하면서 살고 있다. 그리고 이 시인처럼 생활의 여유가 있는 분들은 자주 한국을 방문하여 옛 추억에 잠기기도 한다. 말하자면 '떠난 자의 정체성 찾기'라고 볼 수 있다.

> 심은 지 7년 된 도라지를 캤다.
> 45cm나 되는 미끈한 다리를
> 3개씩 4개씩 가진 도라지들이
> 나를 감격케 한다.
>
> 태어난 지 50년이 넘는 나는
> 무엇을 가지고 있는가
> 나로 인하여 기뻐하고
> 나로 인하여 감격하는 누군가가
> 내게도 있을까
>
> –「Woodland에 살면서–도라지」 전문

이 시인은 아마 한국에서 가져온 씨로 심은 도라지 그것도 비옥한 땅에서 7년이나 자란 도라지를 캐면서 그 속에서 자신을 발견하기를 노력한다. 이러한 자아의 발견이 도달하는 곳은 바로 그가 가지고 있는 신앙이다. 그는 결국 성지 순례를 감행하고 유대 광야에서 다음과 같은 자신을 발견한다.

> 숨을 곳이 없습니다.
> 엎드린 이곳은 메마른 광야
> 태양빛이 쏟아져 내려
> 밝음 앞에 낱낱이 드러나는 나를 가려줄

아무것도 없습니다.
채울수록 갈증 나는
세상을 향해 달려가다
뉘우침만을 지일질 끌고 돌아온
목마른 내가 있을 뿐이다.
작은 풍랑에도 요동치며
표류선으로 둥둥 떠다니던
아픈 내가 있을 뿐이다.

—「유대광야」 앞 부분

이렇게 이 시인은 유대 광야에서 자기 자신, 그것도 세상을 향해 달려가다 표류하고 있는 자기 자신의 모습을 발견한다. 말하자면 성지순례에서 자기의 참모습을 발견한 것이다. 그러면서 자기 자신을 빌라도의 뜰에서 모닥불 쬐던 베드로로 비유하면서 참회한다. 그러나 이 시의 마지막 부분에서는 다시 불러 주신다면 다음과 같이 하겠다고 다짐한다.

오, 주님
당신께서 손 내밀어
내 이름 다시 불러 주신다면
나를 훨훨 벗고 일어나겠습니다.
로마로 돌아가던 베드로처럼
다시 일어나 달려가겠습니다.

—「유대광야」 끝 부분

4.

성지 순례 이후의 심정이 차분하게 형상화된 작품이 이 시집의 제목인

「솔잎을 태우면서」이다. 비교적 긴 시이지만 이 시인의 시 정신 내지 삶의 태도 그리고 거의 무욕의 철학에 가까운 앞으로의 삶의 자세를 '솔잎 태움'이라는 객관적 상관물로 형상화 한 것이라 전문을 인용하면서 필자의 글을 마무리하기로 한다.

마당에 쌓이는 솔잎들을 모아
어둑어둑한 황혼 무렵이면
남편과 함께 솔잎을 태운다.
뒷들 둥근 난로에다 솔잎을 넣고 불을 붙이면
10월의 맑고도 깊은 하늘까지
솔잎 내음이 번져 나간다.

비바람 따라 출렁이던 세월도
안달하던 내 그리움도
어두운 세상을 향해 외치고 싶었던
젊은 날의 열기도 고뇌도 뜨거웠던 심장도
함께 타오른다.

내가 지나온 발자국에도
이렇게 깊고 그윽한 솔잎 내음이 배여 있었을까
30년을 함께 살아온 남편과의 만남 안에서
내 딸과 아들과 이웃들의 추억 안에서
먼 길 돌아돌아 캐나다 땅에 서 있는 오늘까지
나는 어떤 내음을 남기며 살아왔을까
긴 포물선의 빛 둘레를 넓히며
모닥불은 타오르는데
내 영혼에 지울 수 없는 선으로 스쳐간 그 날들을

하나하나 지운다.
가난했던 이야기도 슬펐던 이야기도
남김없이 보낸다.

모두를 떠나보낸 빈 가슴으로
솔잎내음이 스며든다.
가을의 노래가 차오른다.

—「솔잎을 태우면서」 전문

이영묵 작가의 장편소설『절규』(2019)의 특성
– 죽은 자와 살아 남은 자의 비극과 치유, 그리고 현실 풍자

1.

이영묵(1941~) 작가는 미국의 수도 워싱턴 근교에 살고 있는 작가이다. 이 작가를 필자가 알게 된 것은 2016년 6월 18일 한국문인협회가 주최하는 제25회 해외한국문학심포지엄을 워싱턴문인회 후원으로 워싱턴 DC 근교 아난데일 〈코리아 모니터〉에서 〈미국동부 한인 문학의 현재와 미래〉라는 주제로 가지게 되면서부터이다. 그 당시 필자는 한국문인협회 부이사장으로 한국문협 사업 가운데 국내외심포지엄을 주관하고 있었다. 초대 워싱턴 문인회 회장을 역임한 최연홍 시인의 주선으로 개최된 심포지엄 자리에서 제24회 해외한국문학상을 최연홍 시인에게 수여(수상 작품집; 시집『하얀 목화꼬리 사슴』)하였다. 그 자리에서 필자는 시 분야를 임영천 평론가(협회 평론분과회장)는 소설 분야를 그리고 현지 한인문학의 현황에 대하여 이영묵 작가가 각각 주제발표를 하였다. 그 뒤 이 작가는 한국문인협회에 가입하여 작품도 발표하고 필자와는 심포지엄 후 20여일 머문 미국에서 혹은 이 작가가 귀국할 때마다 부산과 서울에서 여러 차례 만났다.

이 작가의 심포지엄에서 주제발표의 제목은 다소 도전적인 〈워싱턴은 한국문학의 변방인가〉라는 제목이었다. 그는 워싱턴에서 한국인이 하는 문학행위가 결코 변방의 문학이 아니라고 역설하였다. 그 근거로 앨런 브레너트의「사진신부 진이」(원제 Honolulu), 김은국의「순교자」, 김용익의「꽃신」을 예로 들면서 이 작품은 모두 영어로 쓰여 졌으며 한국인의 의식구조 혹은 한국의 문화를 영어권에 소개하는 역할을 하였다는 점에서 변방의 문학이 아니라고 주장하고 있다. 그리고 미국 동부 혹은 미국의 한인 문학이 결코 연변이나 일본 그리고 중앙아시아 한인들의 문학처럼 타의에 의해 이주된 이민 문학이 아니라 자발적인 이민들의 문학이라는 점에서 디아스포라 문학으로 규정되는 것도 수용하지 않고 있었다. 이는 디아스포라의 개념을 축소한 입장이지만 분명히 미국 한인 문학은 연변과 일본 그리고 중앙아시아 한인들의 문학과는 차이가 있는 것도 엄연한 현실이다. 그리고 이 작가는 워싱턴의 한인 문학을 워싱턴이나 미국에서의 이민 생활의 애환을 한글로 한국에 소개하는 문학과 영어로 한국인의 의식과 문화 혹은 상황의식을 영어권 독자들에게 알리는 두 트랙의 문학 활동을 하고 있다고 언급하였다.

필자는 결코 해외 교민들의 한글문학을 변방의 문학이라고 보지 않는다. 한국에서도 서울 중심의 사고방식 때문에 중앙문단과 지방문단으로 구분하거나 지방문학을 변방의 문학으로 보는 것도 물론 찬성하지 않는다. 서울도 지역 가운데 하나이고 각 지역마다 그 나름의 독특한 문학이 있고 문학의 수준은 작가 개인의 역량이지 지방과 중앙에 의한 차이가 있을 수 없다. 따라서 해외 교민 문인들의 문학 활동 특히 한글문학도 한국문학의 영역의 확대라는 차원에서 한국문학으로 편입되어야 하고 그 가치와 특성에 대하여 살펴볼 필요가 충분히 있다. 그리고 현지어로의 문학 활동도 한민족문학이라는 광범위한 개념으로 한국문학에 포함돼야 할 것이다. 이상의 입장에서 이영묵 작가의 작품집『절규』를 살펴보기로 한다.

2.

이영묵 작가는 앞의 주제발표에서 6·25전쟁 이후에 미국에 이민 온 교민의 유형을 두 가지로 나누고 있다. 유학 또는 정부 및 공공기관에 파견되었다가 미국에 정착한 경우와 국제결혼과 그 가족 그리고 노동

이민 등으로 정착한 경우로 나누고 있다. 필자는 앞의 경우에다 상사의 주재원까지 포함하여야 된다고 생각한다. 그런 의미에서 이영묵 작가는 1941년 생으로 경기고등학교와 서울대학교 공과대학 섬유공학과를 졸업하고 상사 주재원으로 미국에 왔다가 정착한 경우이다. 이러한 경우는 국제결혼이나 노동이민보다는 다소 안정적으로 정착할 수 있었을 것이다. 그런데 이 작가의 이미 발간한 소설집 『워싱턴 달동네』와 『워싱턴 도박꾼』에 등장하는 인물들은 안정된 이민 생활을 한 이 작가가 속하는 계층보다 국제결혼이나 노동이민으로 신산한 이민 생활을 겪고 정착한 사람들이 많다. 그래서 이민 생활의 어려움과 미국 사회의 병리현상에 노출된 인물들의 이야기가 주류를 이룬다. 이번의 작품집에는 장편 「절규」(2019, 창조문예사)와 단편 〈수잔의 눈동자〉, 〈하얀 선인장〉이 수록되어 있다. 장편 〈절규〉는 이전의 작품과 동일한 계층의 인물들이 주인공이나 단편은 이 작가 자신이 속한 계층의 인물들이 주인공이다.

그런데 이번 작품집의 중심이 되는 작품 「절규」의 경우 인물의 특성이나 주제보다 전체적 구조면에서 특이성을 가지고 있다.

「절규」는 월간 《창조문예》 2018년 8월호부터 2019년 4월호까지 9회에 걸쳐 연재된 소설이다. 그러나 이 작가도 '연재의 변'에서 밝히고 있지만 〈진혼곡〉(김준석 이야기), 〈상여소리〉(박기동 이야기), 〈엘레지〉(한지인 이야기), 〈내 몸매가 어때요〉(이 현수 이야기), 등 네 편의 독립된 소설과 마지막 〈에필로그〉로 구성되어 있다. 마지막 '에필로그' 때문에 이 소설을 단순히 단편 소설 네 작품을 엮은 것이라 보기보다 일종의 옴니버스 소설이라고 볼 수 있다. 달리 말하면 결말을 염두에 둔 일종의 연작소설이다. 그러나 조세희의 〈난장이가 쏘아 올린 작은 공〉이나 윤흥길의 〈아홉 켤레 구두로 남은 사나이〉처럼 한 사람의 주인공이 여러 작품에 나오는 구조는 아니다. 이영묵 작가는 이 소설로 창조문예사가 제정한 제1회 창조문예 해외동포문학상을 수상하였다.

각 작품의 주요 인물들 가운데 일부가 주로 미국사회의 병리현상인 총기에 의하여 살해되고 남은 주요 인물들은 그로 인하여 상처를 받는다. 그러다가 살아남은 인물가운데 두 여자는 우연히 만나서 사랑한 사람들을 잃은 상처를 치유하고, 끝내는 살아남은 인물들 모두가 크루즈 선 MSC에 승선하여 만남으로써 독자들에게 새로운 삶이 전개될 것이라는 예상을 하게 하면서 소설이 끝난다. 따라서 이 소설의 연작성 장편소설이라는 장르의식은 등장인물의 일관성보다 주인공들의 우여곡절의 연속인 삶과 미국의 병리현상인 총기에 의한 등장인물들의 사망 그리고 미국 사회의 또 다른 풍조인 성의 개방성 등을 매개로 한 기존의 다른 연작소설과는 차별성이 있는 장편 소설이라 볼 수 있다.

이 소설의 구조적 특성은 작품마다 주요인물이 다른 인물들이지만 한국에서 여러 가지 사정으로 신산한 삶을 살아온 주인공들이 자의라기보다 처한 현실의 부조리 때문에 타의적으로 노동이민의 형식으로 한국을 떠나 미국으로 이민 와서 겪는 삶이 표면적 줄거리이고, 등장인물들의 회상 형식으로 전개되는 한국에서의 우여곡절 많은 삶이 내포적 줄거리이다. 이러한 특징을 개별적 작품을 통하여 확인하여 보기로 한다.

우선 첫째 작품 〈진혼곡〉의 주인공 김준석은 어릴 적에 어머니가 죽어 재혼한 아버지 곁을 떠나 할머니와 살다가 야간 공고에서 배운 기술로 텔레비전전 수리 가게를 하다가 미국의 닭공장 노동 이민으로 와 우여곡절 끝에 워싱턴에서 전당포를 인수하여 생활하는 청년이다.

그의 기구한 운명은 5캐럿 물방울 다이어를 흑인 소년으로부터 구입한 데서부터 전개된다. 그 전에 그는 자기의 호화 드레스를 팔겠다는 흑인 미녀 제니퍼와 깊은 사랑을 나눈다, 그는 한국의 할머니 묘지 이장 문제로 귀국하여 전당포에 있던 물방울 다이어와 보석류를 처분하고 다시 워싱턴으로 돌아온다. 전당포를 다른 사람에게 넘기고 리큐어스토어를 시작한 어느 날 제니퍼가 다시 찾아와 둘이서 꿈같은 세월을 보낸다. 그러나 곧 사건이 터진다. 가게 앞에서 오래 전에 그에게 물방울 다이어를 판 소년이 살해된다. 결국 그 다이어를 그가 구입했다는 것이 밝혀지고 물방울 다이어 주인인 갱단 킬러로부터 다이어 값 3만5천불과 정신적 피해 3만5천불을 변상하라는 협박에 시달린다.

준석은 자기도 모르게 이웃 교회를 찾아 목사님께 처한 사실을 말하고 같이 기도도 한다. 끝내 제니퍼에게 실토하고 리큐어스토어를 처분하여 갚을 궁리를 하면서 근처 지역갱단 보스에게 같이 가 의논한다. 며칠 후 보스 집에서 보스와 제니퍼와 다이어 주인 킬러와 만나 협상하는 것을 근처에서 준석이 지켜보고 있는데 갑자기 까만 벤츠 SUV가 나타나 그들을 향하여 총격을 가하여 그 자리에서 제니퍼와 킬러는 죽고 보스는 다친다. 신문 기사에서 마약 갱단끼리의 암투로 벌어진 사건임이 밝혀지고 제니퍼는 묘지에 묻힌다. 그러나 준석은 장례식에 참석하지도 못한다.

그로부터 며칠 후 병상에서 회복한 보스의 부름을 받고 가 본 결과 보스는 마약 갱단 보스라는 직업 때문에 비록 절연하였으나 그가 제니퍼의 아버지임이 밝혀지고 준석은 킬러의 죽음으로 보상금으로부터 해방된다. 조지아주로 농사짓기 위해 떠난다는 보스로부터 준석은 제니퍼의 묘지에 부활절과 추수 감사절에 꽃을 바치라는 당부를 듣고 바로 제니퍼의 묘지를 찾는 것으로 이야기는 끝난다. 말하자면 준석은 제니퍼라는 흑인 여자와 사랑을 나누고 그를 갱단의 총 때문에 떠나보내는 아픔을 겪는다. 이렇게 이 작품에는 주인공 준석이 살아남는 사람이 된다.

둘째 작품 〈상여 소리〉의 주인공 박기동은 대구 근교 농촌 마을에서 역시 어릴 적에 어머니가 죽어 아버지가 재혼하여 계모 밑에 자란다. 그러나 계모의 데리고 온 자식이 기동이의 눈앞에서 설매 타다가 얼음이 깨져 죽자 갖은 구박 속에서 고등학교 1학년 때까지 지낸다. 그러다가 친구들과 같이 가출하여 서울로 간다고 탄 화물열차가 부산에 도착하여 밀수꾼의 수하가 된다. 기동은 밀수꾼 김사장의 딸 연남을 만나 강요에 의한 사랑을 나누고 장래를 약속한 후 김 사장이 경찰에 잡혀가 연남과 헤어지고 친구들과 같이 고향으로 돌아간다.

군대에 입대하여 제대 후 서울의 고향 아주머니 집에서 재산을 관리하는 집사 일을 본다. 아주머니 남편이 장성이었는데 특전 사령관으로 있다가 박 대통령이 서거후 그 동안의 재산축적 과정이 발각되어 신군부에 의하여 숙군의 대상이 되자 기동을 미국으로 이민가게 한다. 기동은 비자가 나올 동안 영어도 배울 겸 동두천에 가서 미군부대에서 나오는 물품을 남대문 시장에 내다 파는 일에 종사한다. 그 곳에서 옛날의 연인 연남을 기적적으로 만난다. 그래서 둘은 동거하면서 실질적인 결혼 생활에 돌입한다. 기동이 먼저 이민을 떠나 LA에 6개월 머물다가 뒤따라 온 연남과 함께 워싱턴 근처 아난데일에 정착하여 리큐어스토어를 인수하여 연남의 능력으로 3년 동안 장사를 잘 하면서 아이를 가질 라고 노력했으나 가지지 못하는 것을 제외하고는 행복하게 산다.

그러나 그들에게도 비극이 닥쳐온다. 가게에 강도가 든 것을 연남이 대항하다가 총에 맞아 죽게 된다. 결국 이 작품에서도 중요 인물 연남이 죽고 주인공 박기동만 살아 남는다.

셋째 작품 〈엘레지〉의 주인공 한자인은 경기도 양주 백석읍 청주 한씨 집 아들 한영수와 덕수 장씨 집 딸 장영숙이 동두천 통학 길에 만나 사랑을 하여 양가 부모들의 반대를 무릅쓰고 결혼하여 낳은 딸로 태어났다. 그러나 서구적 외모로 태어나 혼혈아로 오해되어 어머니와 함께 한씨 가문에서 축출 당하고 장씨 가문에도 버림받는다. 어머니와 같이 살다가 어머니가 만든 스웨터를 지역 파출소장 집에 배달 갔다가 어른들은 없고 고등학생인 파출소장 아들 고재봉과 그 친구들에게 집단 성폭행까지 당한다.

그러나, 그녀의 모녀는 편물학원 박 원장을 만나 안정적인 삶을 누리게 된다. 박원장이 편물학원 원장에서 스웨터 수출회사 사장이 되자 그는 그 회사의 중요한 사원이 된다. 그리고 그의 이복 남동생이 같은 회사에 근무하게 되고 그의 머리카락과 한자인의 머리카락을 검사하여 남매가 동일한 DNA를 가져 한명수의 딸인 것도 증명된다. 우연히 미군 장교 에디를 만나 서로 사랑하게 되고 그의 과거를 고백하자 결혼해서 남편이 되고 보호자가 되겠다고 한다.

고재봉과는 같은 섬유 계통의 사업자로 만나 다시 감옥에 갈 악연을 고재봉이 위증으로 조작했으나 에디의 도움으로 풀려나고, 그런 후에 고재봉이 탈세 등의 범죄로 청송감호소를 끌려가는 현장을 경찰서장과 함께 나가서 지켜본다.

그는 에디와 결혼하여 미국으로 이민을 와 워싱턴에서 행복한 생활을 하나 성관계 때마다 옛날 성폭행의 트라우마로 고통을 받다가 결국 에디가 독일 근무를 자원하면서 두 사람은 자연스럽게 멀어진다. 이 작품에는 총격에 의한 살인 사건은 등장하지 않지만 성폭행 당한 트라우마로 사랑하는 남편과 헤어지는 아픔을 간직한 여자 주인공 한자인이 상처 많은 인물로 등장한다.

넷째 작품 〈내 몸매가 어때요〉의 주인공 이현수는 이민 온 1세대의 딸로 고등학생이다. 그는 역시 이민 온 1세대의 아들이자 그보다 나이가 많은 성복을 짝사랑한다. 성복 아버지는 자기가 죽은 줄 알고 기지촌에서 만난 미군가 결혼하여 미국으로 떠난 성복 어머니를 찾기 위하여 남대문 도깨비 시장에서 10년 넘게 장사를 하여 돈을 모아 아들 성복과 함께 알칸소 주 닭공장 노동자로 이민을 왔다. 서울에서 성복은 공부보다 아버지의 장사를 도와주다가 동갑인 단골 다방의 새끼 마담 영란과 정이 들어 군대에 갔다가 3년 후에 돌아오면 결혼하겠다는 약속을 한다. 그래서 이민 3년이 지나 아버지의 영주권이 나오게 되자 그는 이현수의 사랑의 고백을 어리다는 핑계로 3년 뒤로 미루고 한국으로 돌아간다. 이현수는 아버지의 통장에 들어 있는 한국의 배다른 고모가 죽으면서 남긴 아파트가 처분되어 입금된 돈을 들고 가출을 감행하여 워싱턴으로 간다.

한국으로 간 성복은 황혼 다방에서 황혼 카페로 바뀐 단골 다방으로 가서 주방장으로부터 영란의 출생의 비밀과 행방을 알게 된다. 영란은 사할린 교포의 딸로 폐암말기인 아버지를 수술시키기 위해 돈에 팔렸으나 아버지는 죽고 사할린에서 온 오빠를 따라 부산으로 갔으며 러시아 마피아 조직에 빠진 것 같다는 말을 듣고 영란이 성복이 오면 주라는 전화번호를 가지고 부산으로 내려간다. 마피아 조직의 인질로 잡혀 있는 영란을 몇 번 만나 그를 구해야되겠다는 일념으로 마피아 조직의 밀수 사업에 가담하게 된다.

워싱턴에 간 현수는 나이를 속이고 워싱턴의 스트립 쇼가 공연되는 가게에 취업하여 3년을 지낸다. 그 자리에서 러시아 마피아의 사업원의 일행으로 미국은행에 당좌개설을 하기 위하여 워싱턴으로 온 성복을 만난다. 그러나 성복은 현수와 이야기를 나누다가 러시아 마피아가 쏜 총에 맞고 현수 품에서 숨을 거둔다. 이 작품에서도 중요 인물인 성복은 총에 맞아 죽고 주인공 이현수만 남겨진다.

이상의 네 편의 이야기에서 살아 남은 자는 김준석과 박기동이라는 두 남자와 한자인과 이현수라는 두 여자이다.

네 편의 이야기는 미국 워싱턴 근교와 남부의 알칸소 주, 그리고 회상 속에 등장하는 한국의 서울과 부산 그리고 의정부와 동두천 등을 배경으로 하여 우여곡절 끝에 미국으로 이민 와 살아남은 1세대와 2세대의 평범하지 않은 삶과 총격에 숨진 흑인 여인 제니퍼와 한국 여인 연남 그리고 한국 남자 성복의 굴곡 많은 삶이 현실과 회상 속의 과거로 형상화된다. 이러한 네 이야기는 우선 빈번한 장면 전환, 즉 공간적 배경 이동과 빠른 시간의 흐름으로 독자들을 사로잡는다. 달리 말하면 인물들의 성격묘사보다는 행동의 묘사에 집중하여 호기심을 유발한다. 그러나 이 네 편의 이야기로만 끝나면 등장인물들의 평범하지 않은 일대기로만 끝나고 말 위험성을 다분히 가지고 있다. 따라서 마지막 이야기인 〈에필로그〉가 무엇보다도 이 소설의 가장 중요한 부분이고 앞의 네 편을 유기적으로 연결하는 고리인 것이다.

다섯 번째 이야기 〈에필로그〉는 앞의 네 이야기가 끝나고 10년이 지난 후의 이야기로 일종의 후일담이다. 한자인은 10년 동안 워싱턴의 〈햇빛 양로원〉에 근무하고 있다. 그 동안 그는 특별보좌관이라는 예외적 이름으로 근무 하면서 양로원 200개 방 가운데 80개의 한국계 노인에게 배정된 방을 관리하는 부지배인급으로 진급하였다. 이러한 한자인이 이현수를 만나게 된다. 이현수는 남편이 바람이 나고 하나뿐인 아들은 군에 입대하여 독일에 가 있어서 텅 빈 것 같은 집을 나와 워싱턴 근교 한인촌 아난데일에 방을 하나 얻어 혼자 외롭게 살고 있다.

한자인이 한국 슈퍼마켓에서 주최하는 요리 강습에 자주 갔는데 그 때에 요리 강사를 돕는 도우미 이현수를 만나게 된 것이다. 그래서 이현수와 한자인은 자주 만나고 이현수는 양로원에 봉사활동도 간혹 한다. 이 두 여자가 돕는 한국계 노인들의 이야기 대부분은 이민와 고생하며 자녀들을 키웠으나 그들로부터 버림받는 가족해체의 사례들이다. 이 사례들은 이제 한국 사회에도 그대로 적용되고 있다는 점에서 시사하는 바가 크다.

그중에 최근에 죽은 미주 할머니의 유언에 따라 그녀의 유서와 머리카락을 가지고 두 여자가 스페인 바로셀로나 행 비행기를 탄다. 그리고 크루즈 선 MSC에 오른다. 그곳에서 같은 배를 탄 박기동과 김준석을 만나다. 김준석은 이국적인 한자인의 모습에서 죽은 애인 제니퍼를 발견하고 그녀에게 호감을 가진다. 한자인 역시 준석에게 지금까지 가지고 있는 남성에 대한 거부감보다 다른 따뜻함을 느낀다. 이현수는 박기동가 어울리고 한자인은 이현수와 둘만의 시간을 가지지 못하는 점을 아쉬워하다가 크루즈 선이 마르세유 항에 도착하였을 때 그 동안 미주 할머니의 사연을 공유한 네 사람이 몽테크리스드 백작이 갇혀 있던 감옥이 있다는 이즈 섬이 보이는 바닷가에서 미주 할머니의 머리카락을 날려 보내는 의식을 한다. 이현수는 눈물을 흘리고 김준석은 조약돌에 그동안 찾아가지 못한 제니퍼의 무덤에 찾아가겠다는 글을 적어 바다에 던지고 박기동은 무릎을 꿇고 연남을 사랑했다는 독백을 한다. 두 남자의 이러한 행위는 지나간 연인들로부터의 결별이자 새 여자를 만나기 위한 예비 행위라고 볼 수 있을 것 같다. 그들은 산등성이에 있는 마르세유 상징인 하얀 색의 수호 성모마리아 성당으로 발을 옮긴다. 한자인은 재빠르게 성당 안으로 들어가 미주 할머니를 위한 기도를 한다. 한편으로는 그를 의식 속에서 항상 따라다닌 고재봉을 용서하면서 그와 그의 두 친구 사이에 있었던 고통의 트라우마에서 벗어난다. 그 아래에서는 김준석이 놓칠 수 없는 여인 한자인을 쳐다보고 있다. 박기동과 이현수는 환희에 잠겨 두 손을 잡고 계단에 오른다. 이러한 네 사람을 성당의 성모마리아 상이 미소를 머금고 바라보는 것으로 소설은 결말을 맺는다.

3.

지금까지 살펴본 이영묵 작가의 장편 「절규」의 특성은 우선 한국 소설의 배경을 공간적으로 크게 확대시켰다고 볼 수 있다. 이러한 장점은 이 작가의 미국과 한국 나아가서는 유럽에서의 다양한 생활 체험과 여행체험에서 왔다고 볼 수 있다.

중요한 다른 장점은 재미있게 읽히는 무한한 가독성을 가지고 있다는 점이다. 물론 이러한 현상에는 등장인물들의 자유분방하고 적극적인 애정 표현도 일조를 했다고 볼 수 있다.

마지막으로 비록 직접적으로 고발하고 있지는 않지만 미국의 사회문제인 총기사고와 재미교포들의 가족해체, 그리고 6·25전쟁 직후의 한국의 미군부대 주변 기지촌에서 생겼던 각종 사회문제를 되돌아보게 하고 있는 점을 지적할 수 있다.

앞으로 더욱 흥미롭고 한편으로는 현대 사회의 여러 문제점을 워싱턴적 시각에서 바라보는 매우 치밀하고 스케일이 큰 워싱턴 보고서를 기대하는 바이다. 특히 두 단편에서 시도하고 있는 엘리트 계층의 이민사회가 안고 있는 문제점이나, 워싱턴을 빈번하게 드나들던 한국 정치지도자와 교민사회가 얽힌 사건들과 그 문제점, 이민사회의 이념적 갈등 등 워싱턴만 가지고 있는 주제들의 작품을 기대하는 바이다.